시집살이
이야기
연구

저자 소개 (수록순)

신동흔 : 건국대 국어국문학과 교수
김경섭 : 건국대 인문학연구원 전임연구원
최원오 : 광주교대 국어교육과 교수
서영숙 : 한남대 국어교육과 교수
박경열 : 건국대 인문학연구원 전임연구원
윤택림 : 한국구술사연구소 소장
김정경 : 서강대 국어국문학과 대우교수
김귀옥 : 한성대 교양교직학부 교수
김종군 : 건국대 통일인문학연구단 HK교수

시집살이 이야기 연구

초판 인쇄 2012년 6월 20일 | 초판 발행 2012년 6월 28일

저자 신동흔·김경섭·최원오·서영숙·박경열·윤택림·김정경·김귀옥·김종군
펴낸이 박찬익 | 책임편집 공혜정 | 펴낸곳 도서출판 박이정
주소 서울시 동대문구 용두동 129-162 | 전화 02) 922-1192~3
전송 02) 928-4683 | 홈페이지 www.pijbook.com
이메일 pijbook@naver.com | 등록 1991년 3월 12일 제1-1182호
ISBN 978-89-6292-321-6 (93810)
* 저자와의 협의에 의하여 인지는 생략합니다.
* 책값은 뒤표지에 있습니다.

시집살이
이야기
연구

신동흔 · 김경섭 · 최원오 · 서영숙 · 박경열 · 윤택림 · 김정경 · 김귀옥 · 김종군

도서
출판 박이정

머리말

　할머니들의 주름진 모습과 음성이 아직도 생생하다. 그분들은 살아있는 철학자들이었다. 어떤 철학인가 하면 삶의 철학. 겉으로 보기에 평범하기 그지없어 보이는 할머니들의 입에서 마음을 흔드는 삶의 언어들이 흘러나올 때 우리 조사자들은 연신 고개를 끄덕일 수밖에 없었다.

　이 책은 한국학술진흥재단(현 한국연구재단)의 기초학문 연구지원에 힘입어 수행된 2년간의 현지조사를 통해 수집한 시집살이 체험담에 대한 공동 연구분석 작업을 결집한 것이다. 현지조사는 2008년 7월부터 2010년 6월까지 만 2년에 걸쳐 전국적으로 수행되었으며, 모두 200명이 넘는 여성 제보자로부터 다양한 체험담이 수집되었다. 그 중 160여 제보자의 자료를 녹취하여 정리하였는데, 총분량이 A4 용지로 2,500쪽을 상회한다. 그 중 100여 명 제보자의 자료를 선별하여 총 10권의 자료집 출간 작업을 진행중이거니와, 이 책은 자료집과 짝을 이루는 연구서에 해당한다. 연구는 자료집 출판을 위한 선별 이전의 원자료, 곧 160여명 제보자의 자료를 바탕으로 수행되었다.

　전통적으로 구술담화에 대한 문학적 연구는 신화와 전설, 민담 등 설화에 집중되어 왔다. 학계에는 문학적 구술담화는 설화로 대변된다는 인식이 일반화되어 있는데, 실제 현장의 상황은 이와 다르다. 허구적 서사로서의 설화와 더불어 삶의 다양한 경험을 전하는 사실적 이야기들이 문학적 담화의 또 다른 기본 축을 이루고 있다. 최근 들어 현장에서 설화가 전승력을 잃어가고 있는 가운데도 경험을 전하는 사실적 담화는 여전히 왕성한 생명력을 유지하고 있다.

경험담 내지 생애담에 대한 문학적 연구는 그리 활발하지 못했었다. 무엇보다도 연구대상이 될 만한 자료가 온전히 갖추어지지 않았었다. 몇몇 연구자가 개인적인 조사를 통해 연구를 수행한 사례를 제외하면, 본격적인 현지조사 자료집이 거의 없었다고 해도 과언이 아니다. 근간에 역사학이나 사회학 분야에서 생애 관련 자료집들이 출간되었으나, 역사적 삶에 얽힌 정보 쪽에 초점을 맞춘 것이어서 문학적 연구의 대상으로 삼기에는 적합지 않은 것들이었다.

사실적 담화에 대한 문학적 연구의 활성화를 위해서는 무엇보다도 양질의 이야기 자료를 확보하는 것이 우선이었다. 이때 우리가 주목한 것이 바로 여성들의 시집살이 체험이었다. 지난 시절 여성들의 삶은 갖가지 애환으로 점철되어 있었거니와, 시집살이에 얽힌 우여곡절은 그 핵심 축을 이루는 요소가 된다. 그 사연들을 집중적으로 조사하여 연구 분석하면 생애담의 존재 양상과 특성을 단면적으로 드러낼 수 있을 것으로 생각했다. 아니나 다를까, 현지조사에 나서보니 할머니들이 전해주는 시집살이 사연은 우리가 예상했던 것보다 훨씬 다양하고 놀라우며 강한 울림을 지닌 것이었다. 우리는 살아온 이야기가 훌륭한 문학임을 새삼 실감할 수 있었다.

할머니들이 전해준 시집살이 이야기들은 생생한 삶의 문학이면서 역사라 할 수 있다. 우리는 그 이야기들을 문학적·역사적 관점에서 함께 살피고자 했다. 처음부터 조사연구팀에 구비문학 연구자와 구술사 연구자가 함께 했거니와, 문학연구자는 역사적 특성을 주목하고자 했고 역사연구자는 문학적 측면을 포용하고자 했다. 총 9편의 논문은 예외 없이 독창적이면서도 수준 높은 것들이었다. 문학연구자와 역사연구자가 공통의 연구대상과 자료를 놓고 긴밀한 소통을 통해 수준 높은 공동연구 성과를 산출한 것은 학술적으로 특별한 의의를 지니는 일이라고 자부한다.

한국학술진흥재단의 연구지원이 적시에 이루어져서 의미 깊은 조사연구 사업이 수행될 수 있었던 것을 다행으로 여기며 감사의 뜻을 밝힌다. 연구기획 및 조사작업 전반에 걸쳐 큰 역할을 해주고 수준 높은 글로 공동연구를 빛내준 서영숙, 윤택림, 김귀옥, 최원오, 김종군, 김경섭, 박경열, 김정경 선생께 깊이 감사드린다. 아울러, 이야기 현지조사 및 자료정리 작업의 실무를 성실히 수행해 준

박현숙, 김예선, 김정은, 김효실, 김영희, 김경희, 유효철, 오정미, 나주연, 김아름, 조홍윤, 은현정, 이원영, 황승업, 김명수 등 젊은 연구원들의 노고에 큰 감사와 사랑을 전한다. 책의 출판을 기꺼이 맡아서 빠른 시간에 좋은 책을 만들어주신 박이정 출판의 박찬익 사장님과 편집자들께도 이 자리를 빌어 감사의 뜻을 전한다. 무엇보다도 조사자들을 따뜻하게 맞이하여 가슴속 이야기를 기꺼이 풀어내주신 여러 할머니들께 깊이 감사드리면서 건강하고 행복하게 오래오래 사시기를 기원한다.

2012년 5월
저자를 대표하여 신 동 흔

Contents
차례

시집살이담의 담화적 특성과 의의*

-'가슴 저린 기억'에서 만나는 문학과 역사-

신동흔

1. 들어가는 말

듣기만 해도 마음이 싸해지는 말들이 있다. '시집살이'는 그런 말들 가운데 하나일 것이다. 특히나 지난 시절 이루 헤아릴 수 없는 힘겨운 삶을 살았던 이 땅의 '할머니'들에게 있어 시집살이라는 말에는 '시집에서 살림을 사는 일'이라는 식의 뜻풀이로는 감당할 수 없는 크고도 깊은 애환이 깃들어 있다. "나는 시집살이 같은 거 안 했다"고 말하는 화자들도 종종 있지만, 대다수의 '할머니'들로 하여금 깊은 한숨부터 내쉬게끔 하는 말이, 저도 모르게 가슴이 저려오게 하는 말이 바로 '시집살이'이다. 개인에 따른 차이가 있겠지만, 여성들의 가슴에 새겨진 시집살이의 사연은 무엇 하나 놀랍고 기막히지 않은 것이 없다고 해도 과언이 아닐 정도다.

시집살이 체험을 전하는 담화에 대해서는 여성 생애사 내지 생애담에 대한 연구의 일환으로 문학이나 역사학, 민속학 연구자 등에 의해 일련의 논의가 이루어져 왔다. 천혜숙과 김성례, 강진옥, 정현옥, 김정경, 김예선 등이 시집살이에 얽힌 사연이 포함된 여성의 생애담(살아온 이야기)을 대상으로 그 담화적 특성을 드러내고 의미맥락을 짚어내는 연구 작업을 수행하였다.[1] 이러한 성과는 매우 소중한 것이지만, 문학(구비문학) 및 역사(구술사) 분야 연구의 전체적 맥락에서 볼 때 그 관심과 성과는 아직 제한적인 것이라 할 수 있다. 구비문학 분야의 담화 연구는 여전히 허구적 서사로서의 설화에 집중되어 있어 체험담의 영역으로 쉽사리 넓어지지 않고 있으며, 구술사 분야에서는 주요 역사적 사건과 관련되는 정보 내지 담화에 관심을 기울이다 보니 시집살이와 같은 일상적인 화두에는 손길이 잘 미치지 못하고 있다. 구비문학과 구술사 분야에 있어

---

* 이 글은 『구비문학연구』 제32집(한국구비문학회, 2011. 6)에 실린 논문을 일부 수정하여 수록한 것임.
1) 천혜숙, 「여성생애담의 구술사례와 그 의미 분석」, 『구비문학연구』 제4집, 한국구비문학회, 1997 ; 천혜숙, 「농촌여성 생애담의 주제와 생애인식 양상」, 『한국고전여성문학연구』 2, 한국고전여성문학회, 2001 ; 천혜숙, 「농촌여성생애담의 문학담론적 특성」, 『한국고전여성문학연구』 15, 한국고전여성문학회, 2007 ; 강진옥, 「여성민요창자 정영엽 연구」, 『구비문학연구』 제7집, 한국구비문학회, 1999 ; 김성례, 「여성주의 구술사의 방법론적 성찰」, 『한국문화인류학』 35-2, 2001 ; 정현옥, 「여성 생애담 연구」, 경상대학교 박사학위논문, 2007 ; 김정경, 「여성 생애담의 서사구조와 의미화방식 연구」, 『한국고전여성문학연구』 17, 한국고전여성문학회, 2008 ; 김예선, 「여성의 살아온 이야기에 담긴 파격의 상상력」, 『구비문학연구』 제29집, 한국구비문학회, 2009.

공히 시집살이 체험담에 대한 본격적인 연구 분석은 아직 출발 지점에 있다고 할 수 있다.

전국을 대상으로 한 광범위한 현지조사를 통해 시집살이 체험담을 폭넓게 수집하고 정리하는 우리의 조사연구 작업은 이와 같은 배경 속에서 수행되었다. 우리는 2008년에 총 21명 규모의 '시집살이 이야기 조사 연구팀'을 꾸린 뒤 2010년까지 2년 동안 전국을 두루 찾아다니면서 수많은 여성 제보자들을 만나 시집살이에 얽힌 다양한 사연들을 조사 채록하였다.[2] 그 담화와 사연들은 그야말로 제각각이었다. 기억을 제대로 풀어내지 못한 소략한 담화로부터 몇 시간에 걸친 생생한 이야기까지 그 형태가 다양했으며, 시집살이의 사연들 또한 천차만별이었다. 특이하고 재미있는 것이 있는가 하면 슬프고 기막힌 사연도 꽤나 많았다. '가슴 저린 삶'의 사연이 하나씩 하나씩 펼쳐질 때마다 조사자들은 제보자들과 더불어 함께 한숨을 쉬고 또 눈물을 흘렸다. 그 이야기들은 이 땅의 생생한 역사이자 살아있는 문학이었다.

이 글의 과제는 전체 논의의 서론 내지 총론으로서 시집살이 체험담의 문학적·역사적 성격과 가치를 개괄적이면서도 종합적인 형태로 살펴보는 것이다. 다양한 형태의 시집살이 체험담 가운데도 문학적으로나 역사적으로 가치가 있는 양질의 텍스트에 초점을 맞추어서 시집살이담의 정체성을 구성하는 핵심적인 담화 특성을 조명하고 그 의의를 가늠해 보는 방향으로 논의를 진행하고자 한다.

2. 시집살이담의 담화 형태와 질적 층위

시집살이 체험을 전하는 구술담화는 그 내용과 형태가 매우 다양하다. 화자에 따라 살아온 지역이나 계층, 직업적 배경이 다르고 그에 따라 시집에 얽힌

---

2) 2008 학술진흥재단 기초학문 연구과제(토대 분야) '시집살이 이야기 조사연구-현지조사를 통한 시집살이담 구술 자료의 집대성' 연구팀은 신동흔을 연구책임자로 하는 가운데 전임연구원 3명을 포함한 8명의 공동연구원과 10명 내외의 연구보조원으로 구성되었다. 그 조사연구의 성격과 진행과정에 대해서는 신동흔, 「여성 생애담의 성격과 조사연구의 방향」, 『인문학논총』 47, 건국대 인문학연구원, 2009 및 김경섭·김정경, 「시집살이 이야기 조사연구 중간보고」, 『인문학논총』 47, 건국대 인문학연구원, 2009 참조.

생활경험이 천차만별로 다르게 마련이니 이야기가 제각각으로 달라지는 것은 당연한 일이라 할 수 있다. 화자마다 성격과 취향이 같지 않고 말하는 방식이나 능력이 다르다는 것 또한 시집살이담의 형태를 다변화하는 주요 변인이 된다. 이와 함께 시집살이담이 설화와 달리 모종의 잘 짜여진 서사적 틀 없이 경험과 기억에 의해 다분히 임의적이고 가변적으로 이야기가 구성된다고 하는 사실 또한 담화의 층위를 다양하게 하는 요소가 된다. 발단에서 결말에 이르는 일련의 스토리구조를 갖춘 설화의 경우 화자의 말하기 방식이나 구연 능력과 상관없이 서사의 기본 틀을 바탕으로 담화의 기본적인 정체성이 유지되는 데 비해 시집살이담의 경우는 그와 같은 제어 기제가 없음으로 해서 구연자와 구연상황에 따른 담화의 층차가 그만큼 크게 나타날 수밖에 없다는 것이다.

이와 같은 사실은 실제 현장조사 자료를 통해 쉽게 확인이 된다. 우리가 현지조사를 통해 수집한 시집살이 담화는 그 질적 층위가 매우 다양하다. 자연스럽고 안정된 서사적 질서와 풍부한 형상을 갖춘 길고도 감동적인 담화가 있는가하면, 그 맞은편에는 문학적 이야기로서의 형상적 질서를 온전히 갖추었다고 보기 힘든 산만하고 건조한 담화들이 있다. 조사자들이 이리저리 이야기를 유도하고 제보자가 성의껏 거기 응대했음에도 불구하고 '이야기'라고 할 만한 것이 구성되지 못한 사례들도 많았다.

여성의 시집생활에 얽힌 모종의 유용한 '정보'를 확인하고자 하는 입장에서는 서사적 짜임새나 문학적 형상 등이 큰 문제가 되지 않을 수도 있겠다. 하지만 시집살이담을 문학적 담화로 다루는 입장에서는 이 부분이 결정적인 요소가 될 수밖에 없다. 실제의 삶의 내력을 전하는 담화에 있어 그 문학적 정체성을 어떻게 찾을 것인가 하는 사항이 기본적인 문제가 되는 상황이다. 그 담화가 '삶의 진실을 생생하고 감동적으로 담아낸다'고 하는 식의 답을 제시할 수도 있겠으나, 이러한 막연한 추상적 진술로써 그 문학적 자질을 설명하는 데는 한계가 있을 수밖에 없다.

이에 대하여 연구자들은 시집살이담을 포함한 생애담에 설화에 비견할 만한 모종의 담화적 관습과 서사적 짜임새가 있다는 사실에 주목해 왔다. 여성의 생애담이 '고난-고난극복'의 구조를 반복하고 있으며 이러한 서사담론은 영웅서사의 구조를 모방한 것이라고 본 천혜숙의 견해를 대표적인 것으로 들 수 있다.[3] 제주도 무녀의 생애담이 〈바리데기〉 신화의 서사를 따르고 있다고 본 김성례의 논의[4]와 '시련의 반복'을 통한 삶의 의미화를 여성 생애담의 기본적인 서사전략으로 본 김정경의 논의[5] 또한 이와 맥락이 통하는 것이라 할 수 있다. 여성의 생애담을 대상으로 한 것은 아니나, '살아온 이야기'가 핵심사연을 중심을 이루는 가운데 보조사연과 삽입사연이 곁들여지는 방식으로 삶을 구조화한다고 본 김예선의 논의[6]는 설화와 구별되는 생애담 특유의 서사전략을 탐색한 논의에 해당한다.

생애담으로서의 시집살이담이 이런저런 경험을 투영한 두서없는 이야기가 되기 쉽다는 점에서 이와 같이 생애담의 서사적 전략에 주목한 것은 자연스럽고도 유의미한 작업이라 할 수 있다. 하지만 그 문학적 정체성과 안정성을 확인하고자 하는 논의가 혹시라도 '설화적 담화 따라가기'의 형태를 취하게 된다면 그것은 합당한 일이라 하기 어렵다. 사실적 담화로서의 경험담 내지 생애담은 담화적 본질에 있어 허구적 서사로서의 설화와는 기본적인 정체성을 달리하는 것이기 때문이다. 설화의 문학적 의미가 견고한 서사구조에 기초한 허구적 상상력을 기본 축으로 삼아 실현된다면, 경험담에 있어서는 화자가 전하는 경험의 질 및 그것의 충실한 재현이 담화의 핵심 요소를 이룬다는 사실을 놓칠 수 없다. 경험담이 설화에 비해 서사적 짜임새가 느슨한 것은 당연한 일로서, 그것은 모종의 '약점'이 아닌 정체성이라 할 수 있다. 꾸민 일이 아닌 실제의 일로서의 신뢰성과 그에 따른 현실적 긴장감은 경험담 고유의 담화적 특성이자 의미 요소를 이루는 것이라 할 수 있다.[7]

관건은 시집살이담의 질적 층위를 분별해낼 기준을 어떻게 설정할 것인가의 문제이다. 이때 한 가지 유의할 사실은 그것이 '생애담'을 대상으로 할 때의 기

3) 천혜숙, 앞의 논문(2007).
4) 김성례, 앞의 논문.
5) 김정경, 앞의 논문.
6) 김예선, 「'살아온 이야기'의 담화 전략-삶의 구조화를 중심으로」, 『한국고전연구』 19, 고전연구학회, 2009.
7) 신동흔, 「경험담의 문학적 성격에 대한 고찰 : 현지조사 자료를 중심으로」, 『구비문학연구』 제4집, 한국구비문학회, 1997, 177-178쪽 참조.

준과 똑같을 수는 없다는 것이다. 시집살이가 여성 생애의 핵심 국면임은 분명하나, 시집살이담 자체가 곧 생애담이라고 할 수는 없다. 일련의 삶의 역정을 전하는 이야기로서의 생애담에 있어서는 삶의 제반 경험을 어떻게 갈무리해서 이야기를 전개할 것인가 하는 전체적 이야기 구성의 문제가 중요한 요소가 되는 데 비해, 생애의 핵심 국면에 대한 이야기로서의 시집살이담의 경우는 경험 자체의 질적 측면이 상대적으로 더 중요한 요소가 된다. 어떠한 시집살이 경험을 했으며, 그것을 얼마나 잘 풀어내는가 하는 것이 핵심적 중요성을 지닌다는 뜻이다.

다음은 이러한 사실을 고려해서 시집살이담의 질적 층위를 가리는 기준을 정리하여 본 것이다.

(1) 체험의 질	시집살이 체험의 남다른 절박함. 체험에 깃든 삶의 깊이와 진정성
(2) 기억과 재현	경험내용 및 관련 상황의 정확한 기억을 통한 폭넓고 생생한 재현
(3) 표현 능력	사연의 서사적 구조화. 구연의 흡인력과 형상적 표현의 재미

설화와 비교하여 말하자면, 세 가지 요소 중 (1)은 설화와 구별되는 요소이고, (3)은 설화와 공유하는 요소이며, (2)는 부분적으로 겹치는 요소라 할 수 있다. (3)부터 보면, 이야기를 짜임새 있게 구성하며 재미있고 설득력 있는 표현을 통해 청중을 이야기 속에 흡인하는 것은 모든 종류의 문학적 담화에 필요한 공통 요건이라 할 수 있다. 그러한 표현 능력은 (2)에 정리한 바 기억과 재현의 능력과도 긴밀한 연관을 갖는데, 중요한 사실은 이야기 종류에 따라 기억의 대상과 재현의 방식이 다르다는 것이다. 설화의 경우 기본적으로 기억의 대상은 '스토리'이며 그것의 형상적 재현은 화자의 상상력에 기초하여 이루어진다. 스토리의 맥락만 잘 기억하여 짚어 나가면 이야기의 디테일은 화자의 상상력과 표현 능력에 따라 임의적으로 채워나갈 수 있다. 하지만 시집살이담과 같은 체험담에서는 스토리가 아닌 '실제 경험'이 기본적인 기억의 대상이 되며, 상황의 재현 또한 어디까지나 사실에 입각해 이루어지게 된다.[8] 그리하여 상황을 얼마나 정

----

8) 옛 경험을 기억하고 재현하는 과정에는 의식 무의식 중에 다양한 형태로 사실의 변형이 이루어지는 것이 보통이다. 하지만 '사실을 전하는 과정에서의 변형'과 '사실에 구애받지 않는 상상적 설정'

확하고 자세하게 기억해내는가 하는 것이 담화의 양과 질을 규정하는 기본 요소가 된다. 설화와 비교할 때 '재현'보다 '기억'의 중요성이 훨씬 큰 것이라고 할 수 있다. 한편 (1)에서 말하는 '체험의 질'은 설화와 본질적으로 구별되는 요소라 할 수 있다. 사람들에게 유용한 정보를 제공하며 또한 재미와 감동을 전해줄 수 있는 경험담이란 남다른 절실성을 지니는 삶의 체험이 바탕이 되어야만 가능한 것이라 할 수 있다. 이때 체험의 질은 '무엇을 경험했는가'에 한정되지 않으며, '어떻게 경험했는가' 하는 것이 그 이상으로 중요하다. 주체에 주어진 상황과 그에 대한 주체의 대처가 서로 맞물려서 체험의 질을 규정한다고 할 수 있다. 비슷한 상황이라고 하더라도 소극적으로 대응하여 회피한 경우와 주체적으로 부딪쳐 감당하면서 의미를 빚어낸 경우는 체험의 '아우라'가 크게 달라진다는 뜻이다. 위 표에서 '체험에 깃든 삶의 깊이와 진정성'이라고 한 표현은 이를 나타낸 것이다.

시집살이에 얽힌 사연에 접근하는 서로 다른 두 가지 관점을 생각해 볼 수 있다. 하나는 '정보적 가치'에 주목하는 관점이다. 이때 중요한 것은 체험이 얼마나 특별하며 그것을 얼마나 정확하고 폭넓게 기억하는가 하는 측면이 될 것이다. 역사학 분야의 관심이 이에 가까울 것이다. 또 하나는 '이야기적 재미'에 주목하는 관점이다. 이때 중요한 것은 이야기가 얼마나 서사적으로 잘 구성돼 있고 구연과 표현의 재미가 맛깔나게 살아나며 경험내용이 실감나는 형상으로 재현되는가 하는 측면이 될 것이다. 문학 분야의 관심은 이에 가까울 것이다.

놓치지 말아야 할 중요한 사실은 시집살이담의 문학적·역사적 가치라는 것이 실상 둘로 분리될 수 없다고 하는 점이다. 위에 제시한 세 가지 요소는 서로 긴밀히 어울림으로써 의미 있는 담화를 이루는 것이라 할 수 있다. 아무리 구연능력과 표현력이 뛰어난 화자라 할지라도 체험의 질과 기억력이 담보되지 않으면 좋은 경험담을 전해줄 수 없다. 역으로, 아무리 놀라운 '소설 같은' 삶을 살았다 하더라도 그것을 이야기로 온전히 풀어내지 못한다면 그 또한 의미 있는 것이 되기 어렵다. 문학적 접근이거나 역사학적 접근이거나를 막론하고 체험적 측면과 담화적 측면을 서로 긴밀하게 연결된 하나의 전체로서 다루어야만 시집

사이에는 엄연한 질적 차이가 있는 것 또한 분명한 사실이다.

살이 체험담이 온전히 그 가치를 발현해낼 수 있다.

이는 특히 역사학적 접근에 있어 문제가 된다고 생각하여 다소 부연해 본다. 문학적 관점에서 시집살이담에 접근함에 있어 담화적 측면에만 관심을 한정하는 것은 드문 일이다. 어떤 체험을 어떤 식으로 펼쳐내는지를 함께 다루면서 담화의 의미맥락을 드러내는 것이 일반적이다. 이에 비해 역사학적 접근에 있어서는 정보적 가치에 관심을 집중하는 측면이 있지 않은가 한다. '이야기'를 배제한 상태로 '정보'를 탐색하고 수집하는 형태의 조사 연구가 이루어지는 경우도 있으니 말이다. 어떤가 하면, 특정의 역사적 사건에 얽힌 진실을 규명하는 형태의 연구에 있어서는 이러한 방식이 유효한 측면이 있을 것이다. 하지만 그러한 연구 관점은 '일상의 산 역사'로서의 생활사적 가치를 발견하고 구현하는 데는 한계를 노정하게 되리라고 본다. 여성 생활사의 한 축으로서의 시집살이란 이런저런 '정보'들을 통해 그 실상과 의미맥락이 제대로 드러날 수 있는 것이 아니다. 시집살이를 어떻게 했는가 하는 것 외에 그것을 어떻게 기억하고 재현하여 구연하는가 하는 그 모든 것이 '산 역사'를 이루는 요소가 된다. 담화의 구조와 전략을 아우르는 총체적 접근의 관점이 필요하다. 그러한 접근이 이루어질 때 시집살이담은 대상 및 관점의 두 측면에서 문학과 역사학이 함께 만나는 의미 있는 공동적 연구대상이 되어줄 것이다.[9]

우리의 구체적인 연구 대상인 시집살이 체험담과 관련하여 문학적·역사적 측면을 아우르면서 담화적 정체성을 드러내는 화두로서 이 글에서는 '가슴 저린 기억'이라는 요소를 제기하고자 한다. 여기서의 '기억'은 경험적 사실로서의 측면과 그것의 담화적 재현을 매개하고 포괄하는 개념으로서 사용한다. '가슴 저림'을 시집살이담의 기본 의미요소로 제시하는 것은 그것이 곧 이 땅의 여성들에게 있어 '시집살이'가 환기하는 핵심적인 정서적 반응이라고 하는 판단에 따른 것이다. 물론 그것은 상상적 추정이 아니라 실제 현장에서의 경험에 기초한 판단이다. 현장의 수많은 '할머니'들이 시집살이라는 말에 대해 보이는 반응

---

9) 시집살이담 가운데는 정신대 공출이나 6.25전쟁 같은 특정 역사적 국면과 관련되는 사연들을 포함하고 있는 것들이 있다. 이들은 당시 역사적 상황과 관련한 유용한 정보를 제공해줄 수 있는 것이 사실이다. 하지만 이런 특별한 역사 연관성이 없는 대다수 자료를 포괄하며 일상적 삶의 역사를 온전히 드러낼 수 있을 때 진정한 의미의 구술사 내지 민중사가 성립될 수 있다는 것이 우리의 관점이다.

은, 그리고 시집살이 사연을 풀어내면서 나타내 보이는 모습은 십중팔구 한숨이거나 눈물이었으며 가슴 저린 회한이었다. 그러한 특징은 질적으로 안정성을 갖춘 시집살이담에서 더욱 두드러지게 나타났다.

이땅의 여성들에게 있어 시집살이 경험이 '가슴 저린 기억'으로 재현되는 맥락에 대해서는 그리 긴 설명이 필요 없으리라 믿는다. 불과 두어 세대 전만 하더라도 며느리는 남성 중심 가부장 사회에서 갖은 구속과 억압을 온몸으로 받아내야 하는 존재였다. 시집을 가는 일이란 어느 날 갑자기 정든 고향과 식구를 떠나 잘 알지도 못하는 사내의 짝이 되어 모든 것이 낯설기만 한 '남의 집'으로 훌쩍 던져지는 일이었다. 남편이나 시댁 식구가 이해하고 돌봐주기라도 하면 그나마 다행이겠지만, 외면과 꾸중 속에 외톨이가 되기라도 할라치면 그 삶은 단 하루도 감내하기가 힘든 것이었다. 시댁의 살림이 가난하여 생계를 유지하기 어려울 경우—서민 대다수가 그러했다—살림살이를 꾸려가야 하는 며느리의 입장에서 겪어야 하는 물리적·정신적 고통은 헤아릴 수 없는 것이었다. 특별한 탈출구도 없이 일년 삼백육십일 내내 그런 삶을 영위해야 했으니 그 삶의 과정이 '가슴 저리지' 않는다면 오히려 그것이 이상할 것이다.

시집살이담의 주체로서의 여성은 사회적으로나 가정적으로 약자였고 소수자였으며 갇힌 존재였다. 그들은 '생활'을 온몸으로 감당하며 크고작은 수많은 문제들을 해결해온 삶의 직접적인 당사자였다. 요컨대 그들은 밑바닥에서 삶을 짐져오고 일구어온 이 땅의 역사적 삶의 주체였다. 그 삶의 곡절을 표상하는 화두가 곧 '시집살이'이거니와, 시집살이담에는 절박한 삶이 있고 진정한 역사가 있다. 수많은 경험적 담화 가운데도 시집살이담에 특별한 관심을 두는 이유이다.

3. '가슴 저린 기억'이 구현하는 형상적·인식적 의의

시집살이담의 담화적 정체성을 나타내는 말로 '가슴 저린 기억'이라는 표현을 내걸었다. 이때 '저리다'는 것은 기본적으로 '아픔'을 내포한 말이다. 일시적인 아픔이 아니라 거듭 되살아나는 지속적인 아픔이다. 시집살이가 아무리 고되고 힘들다 해도 희로애락애오욕의 여러 측면이 있을 터인데, 그 중 '아픔[哀]'의 측면만 강조하여 드러내는 것은 편파적이라 볼 수도 있을 것이다. 그럼에도 굳이 이를 내거는 것은 경험적으로 볼 때 대다수 여성들에게 있어 시집살이가 지우기 어려운 깊은 '트라우마'로 남아있다고 보기 때문이다. 김예선은 화자들이 '살아온 이야기'를 기억하고 구성함에 있어 모종의 핵심사연을 축으로 삼는다 했거니와,[10] 이를 응용하여 더 자세히 들여다보면 핵심사연은 모종의 핵심정서를 축으로 하여 되새겨진다고 말할 수 있을 것이다. 여성들의 생애담에 있어 시집살이가 핵심사연을 이룬다면, 그 핵심사연이 환기하는 핵심 정서는 '가슴 저림'이라는 것이 우리의 시각이다. 여전히 힘든 삶을 살고 있는 화자는 물론이고 힘들던 시절을 과거로 보내고 유복한 생활을 하고 있는 화자들까지도 시집살이라는 말에는 반사적으로 '아픔'을 떠올리는 것이 상례다. 그것은 거의 시집살이의 한 '속성'을 이루고 있다고 해도 과언이 아닐 것이다.

핵심 사연이나 핵심 정서란 것이 무엇인가 하면 사람들에게 있어 수많은 삶의 역정 가운데 특별히 의미 있는 기억으로, 의미 있는 삶의 내용으로 남아있는 그 무엇이라 할 수 있다. 이제 노년기에 접어든 여성들이 지난 삶을 되돌아보면서 떠올리는 핵심 정서가 가슴 저린 아픔이라는 것은 슬프고 안타까운 일이다. 하지만 우리가 잊지 말아야 할 것은 그러한 가슴 저린 사연을 통해 그들의 삶이 일정한 의미를 부여 받으며 빛을 낸다고 하는 사실이다. 이제 몇 가지 구체적인 이야기 사례를 통해 그 양상과 맥락을 살펴보기로 한다.[11]

3.1 사례 1 : 조미영 할머니(76세, 충북 제천)[12]
 – 현재형으로 지속되고 있는 가족사의 아픔

조미영 할머니는 충북 제천시 봉양읍 미당2리에서 만난 화자이다. 1933년생으로 단양 영춘면이 고향이다. 조사자들이 경로당에 찾아갔을 때 할머니들이

---

10) 김예선, 앞의 논문.
11) 아래에 제시하는 세 편의 사례는 물론 광활한 시집살이담의 특성을 전반적으로 반영하는 것이 아니며, 그 대표적인 담화라고 말할 수 있는 것도 아니다. 이들은 시집살이담의 담화 특성을 단면적으로 보여주는 비근한 체험적 사례에 가깝다. 하나의 사례가 아닌 세 가지 사례를 보이는 것은 '가슴저린 기억'이 어떻게 형성되고 기억되며 의미화되는지를 다각적으로 드러내기 위함이다.
12) 2010년 1월 13일 오후에 충청북도 제천시 봉양읍 미당2리 웅당마을 경로당에서 신동흔, 박경열, 김아름, 황승업 조사. 화자가 정보 공개에 동의하였으나, 성함을 가명으로 표시한다.

화투놀이를 하는 중이라 이야기 구연에 잘 관심을 기울이지 않았는데, 조미영 화자가 조사자들과 함께 옆방으로 자리를 옮긴 뒤 1시간 넘도록 시집살이에 얽힌 사연들을 들려주고 또 옛이야기도 구연해 주었다. 시집살이에 얽힌 사연을 요약하여 정리하면 다음과 같다.

나의 원래 고향은 단양 영춘이다. 언니가 둘이고 남동생이 한 명 있었는데 아홉 살에 어머니가 돌아가시자 아버지가 자식을 키울 수 없어 어느 선생님 댁에 수양딸로 주었다. 수양아버지한테 자주 맞아서 살 수가 없어 돌아오자 아버지는 자신을 동생을 딸려서 깊은 산중 마을에 민며느리로 보냈다. 그때 내가 열세 살, 동생이 여덟 살이었다.

시어머니의 구박이 심하여 견디지 못하고 동생을 데리고 호랑이한테 잡아먹히려고 산에 올라갔는데, 호랑이는 안 오고 천둥이 치고 소나기가 쏟아져 집으로 돌아왔다. 하도 배가 고파 옥수수를 훔쳐 산으로 달아났다가 사람을 만나서 먹지도 못하고 돌아오기도 했는데, 산돼지를 만나 쫓겨왔다고 둘러대서 상황을 모면하기도 했다. 그렇게 몇년을 살다가 남편과 함께 토막집으로 살림을 난 뒤로 열심히 일해서 형편이 좀 나아졌다.

세상에 참 불쌍한 것이 부모 없이 큰 사람이다. 동생을 데리고 시집을 간지라 구박이 더 심했다. 동생은 내 곁에 있다가 오촌들 집으로 가서 지냈는데, 거기서도 박대가 심했다. 동생은 원주로 가서 학교를 다니고 서울도 갔다가 군대에 지원했는데, 어느 날 사람이 찾아와서 동생이 행방불명되었다는 소식을 전해주었다. 동생은 그 뒤로 끝내 소식이 없어 생각하면 가슴이 미어진다.

시집을 살았던 영춘 화산은 길도 없는 산속의 작은 마을이었다. 배를 타고 물을 건너야 장에 나올 수 있었다. 옥수수로 밥을 해먹고 감자를 쪄먹고 살았는데 고생이 많았다. 스물여덟에 이 동네로 이사온 뒤에야 그 고생을 면할 수 있었다. 남편이 막걸리를 좋아했는데 그래도 부부가 열심히 살아서 큰 문제는 없었다.

시어머니 구박에 호랑이 밥이 되려고 동생 데리고 산에 올랐던 일을 잊을 수 없다. 학교도 못 가고 혼자서 아이 젖먹이며 떠듬떠듬 한글을 익히기도 했다. 그래도 어려움 속에서 부지런히 일을 해서 인정을 받고 살 수 있었던 것 같다. 어머니가 돌아가셨을 때 어머니 보고 싶다고 우니까 할머니가 때리기도 하고 달래기도 했던 일이 생각난다. 엄마 아버지 없이 사는 건 참 힘든 일이다.

조미영 할머니의 시집살이 기억 가운데 핵심이 되는 것은 어머니를 잃고 수양딸로 보내졌다가 열세 살 어린 나이로 깊은 산중에 버려지듯 민며느리로 보내져서 어린 동생과 함께 구박을 겪은 일이라 할 수 있다. 그 힘들고 아팠던 기억의 표상이 무엇인가 하면 도저히 견딜 수가 없어 차라리 호랑이한테 물려서 죽자고 동생을 이끌고 밤에 산에 올라갔던 일이다.

　　그랬는데 나를 민며느리를 줬어. 무주구천동 같은 데다가. 동상을 데리고 가는데 날 이사 간다고 하니까로, 이사 가는가 했더니, 거기다 갔다가 둘을 띠어놓고, 아버지는 그 이튿날 가셨어. 우리 모르게 밤에. 아침에 나오니까 아부지가 없는 거야. 그래서 막 울어 봐도 소용이 없고 이래 사는데, 산골에 아주 집도 없고 물 암 십리는 가야 되고, 쪼만한 거,
　　"물 이어와라, 방아 찧어라."
　　말도 못하지 뭐. 열세 살 먹었는데. 그랬는데 밭 메래, 근데 밭을 멜 줄 모르잖아. 그러면 내일은 언나(어린애) 둘을 맽겨. 언나 보고 너 새 해 와라. 감자 쪄 와라, 그러더라고. 그러면 언나 둘을 볼 수가 있어? 막 이렇게 도망을 가니까로, 둘은 못 보고 감자 까다가 도망가고, 하나는 업었는데, 감자를 쪄가지고 갔어. 갔는데 기다리다, 기다리다 시어머니가 들어온 거여. 그리고 감자를 안 끓고 그러니까 막 뚜드러 패더라고. 막 뚜드러 패니까로 내가 맞아야지 어떻게 해?
　　그래서 실컷 울고서는 이제, 친구 보고 싶지, 아부지 보고 싶지, 동생하고 둘이 댕겼는데, 내가 아이고, 죽어야지, 이러다 살 수 있나? 죽을라고 동상을 데리고 밤에 이제 산에 가면 호랭이 물어간다 그러기에, 산을 갔어요. 뭐 그래가지고 산을 가서, 소나무가 있는데 동상을 데리고 가니 앉었어. 앉었으니까로 뭐 바싹바싹 소리가 나서 호랭이 오는가보다 하고 눈을 똥그랗게 뜨고 앉었는데, 동상은 옆에서 자고, 그러는데 토끼가 오다가 화닥 하고 도망을 가더라고. 도망을 가니까로 토낀가 보다 하고 또 앉었지.
　　그러니까 막 하늘에서요,
　　"호랑이 절대 안 오니까 들어가"
　　해요. 뭔 소리냐 하면 천둥을 하더라고, 천둥을. 천둥을 해서 가만히 앉어 있으니 쏘내기가 막 내려와. 그래서 집에 들어가서 잤어.

철부지 어린 나이에 깊은 산중마을에 민며느리로 가서 힘에 부치는 일을 해야 한 것도 그렇거니와 거기 군식구인 동생까지 딸려 있었으니 그 마음의 고통이 어땠을지 이루 헤아리기 어렵다. 어머니가 없다는 사실에서 오는, 버려지듯 그렇게 남겨졌다는 사실에서 오는 외로움과 상실감은 그 삶을 더더욱 힘들게 했을 것이다. '죽고 싶다'는 말은 누구나 할 수 있을지 모르나, 실제로 호랑이에게 물려서 죽자고 밤중에 동생을 데리고 산에 올랐다는 사실은 그 가슴 저린 고통을 단적으로 대변한다.

조미영 할머니가 시부모 밑에서 시집살이를 한 기간은 그리 긴 것이 아니었다. 남편하고 살림을 나기 전의 몇 년이었다. 그럼에도 그 시절 기억은 생애의 가장 아프고 힘들었던 기억으로 생생히 남아 잊지 못할 장면이 되었다고 할 수 있다. 조사자가 시어머니 때문에 힘들었던 일을 되묻자 할머니는 예의 '호랑이 찾아 간 사연'을 다시 한 번 들려주었는데, 내용이 앞에서보다 더 자세하고 생생하였다.

시어머니가 그렇게 좀 미련스럽고 사랑하는 게 없어. 그러니까 언나 둘을 보라 그러고 감자 쪄오라 그랬지. 열세 살 먹은 애가 어떻게 해가나요? 그러면 애 업었지, 하나 업고 애 붙들고, 감자도 못 굽겠어. 못 굽다가, 지금 생각하면 그게 될 일이 아니지. 어떻게 감자를요, 지금처럼 가스불이 있어요? 낭구때서 불을 때야 돼. 그게 될 수가 없는데 그렇게 미련하다니까로.

그래 이제 동상이 있으니까 동상을 애기 보라는 거지. 근데 동상이 여덟살 먹은 게 뭔 애기를 봐? 그냥 지 멋대로 지 볼일 보고 댕기지. 잼자리나 잡고 이러고 돌아댕기지. 그러니 동상이 감자도 못 굽는데 애들은 눈이 빨개서 안 놓으니까로 들어와서

"여적지 감자도 안 굽고 뭐했어"

막 뚜드러패는 거여. 그러니까로 내가 살 수가 없는 거여, 방아 찌라, 물 이어와라, 이놈의 친구 보고 싶지, 아버지보고 싶지, 아이고 해낼 수가 있는 거야? 그래 죽는다고, 호랑이한테 물려간다고 내가 산엘 갔잖아요. 산에 가 무서운 것도 몰라. 그랬는데 호랑이는 안 오더라고. 아니 이제 할머니들 이런 얘기해요, 호랑이 물어가니 산에 안 간다, 그래 산에 물어가면 호랑이 물어가는 줄 알았지. 산에는 산골이니까로 가찹지, 가차우니까로 내가 가서 소나무 밑에 가만히 앉았으면 찾아 댕기드

라고 날. 솔가지를 써(켜)가지고 날 찾아 댕기더라고. 산에 가 앉은 걸 어떻게 찾아? 못 찾지.

찾다보면 들어가더라고. 들어가니 난 가만히 앉았지. 뭐 바싹바싹하니 나는 호랑이 온 줄 알았지. 그래도 호랑이한테 물어가도 정신을 차리라 한다고 탁 앉았지. 근데 토끼가 지나가다가 파파닥 하더라니까. 아, 무서운 것도 모르겠더라고 그때 난요. 어린 맘에 무서운 것도 모르고, 내가 어떻게 살 수 있나. 이상용이 그날 말마따나 호랑이도 양심이 있대. 어떻게 붙잡아 가냐고. (웃음) 나는 살 수가 없다, 호랑이한테 물려간다, 그러고 간 거야. 그러니까 호랑이도 오지도 않아요. 그래 내가 하나님이 절대로 호랑이는 안 오니까로 들어가라, 그래도 앉은 거야. 앉았더니 막 천둥번개를 치고. 천둥번개 치면 무서워요, 그 때는. 불이 막 번쩍거리고 무섭더라고. 그랬더니 소내기가 따라 붓는 거야. 그러니 그때는 쫓겨 가야지 어떻게 해. 그래 쫓겨 가서 앉았더니 야단 안 치더라고.

열세 살 적 일이니 헤아려 보면 60년이 지난 일이다. 하지만 저때의 상황은 조미영 할머니의 마음에 생생히 각인되어, 그 삶의 일부가 되었다고 할 수 있다. 그리고 그것은 우리에게 이 땅 여성들의 삶의 한 표상으로 다가온다. 깜깜한 밤중에 여덟살 짜리 동생을 데리고서 무서운 줄도 모르고 깊은 산중에 앉아 있는 열세 살 민며느리(그때 동생의 마음은 또 어떠했을지!). 소리가 나서 호랑인가 봤더니 토끼다. 보니 사람들이 불을 켜고 자신을 찾고 있다. 그래도 끝내 모른 척 버티고 앉은 그 마음이 매섭기도 하다. 하늘에서 천둥이 치고 소나기가 내려오자 비로소 그것이 하늘의 뜻임을 알고서 동생을 데리고 집으로 돌아오는 열세 살 소녀. 미사여구 하나 쓰지 않은 질박한 표현이지만, 그 외면적 형상과 내면 풍경이 손에 잡힐 듯 생생하다. 할머니들이 살아온 역사의 한 단면이다.

조미영 할머니에게 있어 그 '가슴 저린 기억'은 현재진행형으로 지속되고 있다. 마을 이장을 보는 아들과 함께 평안한 노년을 보내고 있지만, 가슴에서 지울 수 없는 아픔이 있으니, 그것은 고통스런 시집살이의 기억을 함께 했던 동생의 사연이 그것이다.

그래 동생이 서울 가서 어디 있다가 군인을 지원해 갔어. 지원해 갔는데, 하루는 우리집에를 조회를 온 거여. 신원조회를 왔어. 경찰이. 그래서 아유, 눈이 똥그래져서 "조ㅇㅇ이 누납니까?" 그래서 "맞아요." 그러니까는 "그러면 조ㅇㅇ이 소식을 압니까?" 그래, 소식을 모른다고, 소식을 알 것 같으면 내가 뭔 걱정해느냐고, 왜 그러시냐고 그러니께로, 경찰서 왔다고 그러기에 무슨 일로 조ㅇㅇ이를 찾느냐 그러니까로 "이 사람이 군인을 갔는데 행상불명이 됐습니다. 죽은 데도 없고 산 데도 없고, 행상불명이 됐으니, 누나래도 연락을, 소식을 알거랑 연락을 해주고, 우리가 알면 누나한테 알려 드리겠습니다." 이러고서는 그 질로 가고는 소식을 몰라요. 그러고서는 내가 이산가족 찾을 때 얼마나 울었는지 몰라요. [울먹이면서] 그 고상을 해 커가지고, 살았으면요. 이런 얘기도 하고, 동상 생각을 하면 내가 가슴이 미어지는 거 같아.

돌이켜 살펴보면 조미영 할머니의 이야기 속에는 그 출발점에서부터 '어린 동생'이 있었다. 동생과 함께 수양 자식으로 보내졌었고, 동생이 딸린 채로 민며느리로 보내졌었다. 그 동생 때문에 더욱 서러워 호랑이한테 물려죽기로 결심했는지 모른다. 오촌 댁으로 갔다가 6.25때 구사일생으로 살아남았다는 동생이 군대에서 행방불명되어 끝내 만나지 못한 일은 지금도 조미영 할머니로 하여금 이야기를 하면서도 울먹이게 만드는, 듣는 사람 또한 눈시울 젖게 만드는 아픈 트라우마로 남아 있다. 영원한 이별로 해서 더욱 가슴에 크게 남은 혈육의 아픈 정. 우리네 가슴 저린 가족사의, 생활사의 한 단면이다. 가족 간의 영이별이란 언제나 있을 수 있는 일이라고 할 수도 있겠으나, 할머니의 저 사연은 '민며느리 시집살이'의 그 가슴 저린 기억과 맞물려 있음으로 해서 전형적인 표상성을 획득하며 역사적 가치를 발현하고 있다고 할 수 있다.

조미영 할머니와 똑같은 사연은 아니지만, 이처럼 지난날의 아픈 사연이 미해결의 상태로 지속되는 가운데 여전히 크나큰 가슴 저림을 낳고 있는 많은 사례들이 있었다. 이러한 사례들은 시집살이가 낳은 가슴 아픈 삶의 역사가 현재형으로 여전히 살아 움직이고 있음을 확인시켜 주는 것이라 할 수 있다.

3.2. 사례 2 : 서명순 할머니(78세, 전남 담양)[13]
─이제는 옛 추억이 되었으나 여전히 가슴 저린 장면들

서명순 할머니는 전남 담양의 한 작은 경로당에서 만난 화자이다. 1932년생으로, 담양 수북면 오정리에서 태어나 나산리로 시집 와서 살았다. MBC '늘푸른 인생'에 이웃집 할머니와 함께 출연하여 재치와 입담을 뽐낸 분이다. 외진 경로당을 어렵게 찾아갔더니 다른 할머니들과 놀고 계시다가 반갑게 조사자들을 맞이하여 이야기를 들려주었다. 이웃집 할머니가 옆에서 이야기를 거들어주어서 무척 즐거운 이야기판이 되었다. 서명순 할머니는 매우 명랑한 성격으로, 이웃 사촌들과 더불어 즐거운 하루하루를 보내고 계신 듯 보였다. 시집살이 이야기를 청하자 즐거운 이야기나 하자며 시집살이 사연을 구체적으로 들려주지 않다가 이야기판이 진행되자 차차 가슴속에 담았던 사연을 하나하나 풀어놓았다. 그 가운데는 이웃집 할머니들이 듣지 못했던 사연들도 포함돼 있었다. 화자들의 고통의 날을 과거로 하고 현재의 삶을 즐겁게 누리고 있다 하더라도 시집살이의 기억이 마음속 깊은 곳에 트라우마로 깃들어 있음을 보여주는 사례로서 관심을 끈다.

서명순 할머니가 들려준 사연 가운데 시집살이와 관련된 내용을 정리하면 다음과 같다.

내가 시집을 오고 보니까 집이 조그맣게 한 조각만 있었다. 그 작은 집에서 얼마나 몸살을 치고 산지 모른다. 내 시집살이 하고 산 것은 이루 말할 수가 없다. 몇날 며칠을 해도 다할 수가 없다.

시집을 왔는데 여섯 살과 세 살 먹은 시동생 둘이 있었다. 남편이 스무 날 만에 군대를 가는 바람에 머슴처럼 일을 하며 살았다. 세 살배기 시동생 똥을 치우며 업어서 키웠다. 베를 짜서 옷을 해 입혀서 키우고 학교를 보내고 또 장가를 보냈다. 아기를 낳아서 직접 수발하고 피빨래까지 다 한 일을 생각하면 징그럽다. 영감이 군인 가고 없을 때 부뚜막에서 혼자 밥을 긁어먹던 일을 생각하면 눈물이 나려 한다.

---

13) 2010년 1월 21일 오후에 전라북도 담양군 수북면 나산노인회관에서 신동흔, 김정경, 오정미, 이원영 조사. 화자가 정보 공개에 동의하였으나, 성함을 가명으로 표시한다.

영감이 6년 만에 군대에서 제대한 뒤 첫 딸을 낳았는데, 그 아이가 지금은 보배다. 근데 그 아이가 기저귀에 피가 보이더니 젖을 먹으면 자지러지게 울었다. 살펴보니 우묵가슴에 멍울이 있었다. 점쟁이한테 물어보니 임신중에 시아버지가 두더지 잡을 적에 호미를 갖다 준 동티라는 것이었다. 정성을 다해 빈 덕에 아이가 겨우 살아났다.

남편이 군인 간 사이에 머슴처럼 일을 했다. 시아버지가 엄해서 아기 젖을 주는 모습도 두고 보지를 못하고 혼을 냈다. 언제는 거처하는 방 방 윗목에 나락을 쟁여 놓았는데, 아이를 혼자 두고 일을 하는 사이에 아이가 가마니 틈새에 끼어서 발이 다 벗겨져 울고 있었다.

집에 양식이 있었는데도 없는 집에 장리를 주어 불리느라 먹지를 못해서 배를 곯고 살았다. 언젠가는 조기를 구워 먹는데, 조기 대가리 남은 것마저 자기한테 주지 않고 따로 덮어놓는 시댁 식구의 처사에 어찌나 서러웠는지 모른다. 하도 힘이 들어서 아이 데리고 친정에도 가고, 빠져 죽으려고 새벽 세시에 저수지에 올라가기도 했는데 들어가지는 못했다.

시어머니가 겉으로는 참 조신하셨는데 실제로는 무척이나 까다로워 힘들었다. 차멀미가 심하여 어디를 가지 못해 집에만 계시다가 아흔 셋에 돌아가셨다. 그 시어머니를 51년 동안 모셨다. 시어머니는 평생 머리를 감지 못했다. 쪽진 채로 마른 빗질만 했다. 머리를 감는다는 걸 상상만 해도 멀미가 올라와 헛구역질을 해서 약을 먹어야 했다. 물만 봐도 어지럽다는 것이었다.

앞에서도 언급했지만 서명순 할머니는 무척 성격이 쾌활한 분이셨다. 이야기를 구연하는 데도 재치가 넘쳐 좌중에 즐거운 웃음을 선사하곤 했다. 그런데 이분이 전해준 시집살이 사연은 위에서 보듯이 누구 못지않게 힘들고 가슴 저린 것이었다.

서명순 할머니에게 있어 시집살이를 연상하는 핵심 축은 '혼인을 하자마자 남편이 군인을 가고 없는 채로 6년 동안 시댁 식구를 챙기며 살았다'는 것이라 여겨진다. 남편이 군대에 가고 없는 채로 힘든 일을 하면서 고초를 겪어야 했다는 사실을 거듭해서 환기하곤 했다. 바람막이가 되어줘야 할 남편이 부재한 가운데 자기편이 되어줄 사람이 아무도 없는 속에서 집안의 제반사를 감당해야 했던 일이 힘들고도 아픈 기억으로 남아 있는 상황이다.

서명순 할머니에게 있어 시집살이의 가슴 저린 기억은 작지만 뼈아팠던 몇 가지의 일화들을 통해서 마음속 깊이 각인되어 있는 것이 특징이다. 예컨대 다음과 같은 장면들이다.

　　나 와서 시집살이 허고 우리 영감 시, 저 군인에 가고, 없을 때에 나 산 일을 생각허믄, 나 그 거거, 눈물 나올라 해서도 못 혀. [청중 : 그게 거식허더만.]
　　세상에, 일만 그저 논들로 밭들로 다 돌고 댕임서 일만 시켜묵제, 양석(양식) 매 주고, 또 와서 밥 채리주고, 밥 채려서 갖고 들어가시불고 내 밥 한 긋, 한 북데기 딱 붙여서 부수막(부뚜막)에다 나(놓아), 옛날에는 불 때서 밥 해먹고, 여 헛, 부수 막이고 그려-, 지금 같은 세상이 아니고-, 근디. 밥 딱 담어서 내가 다 밥 혀서 상 놔서 반찬해서 딱 놔두면, 나와에서 밥 채리갖고 담어서 깟고 들어가불고 나만, 그 그다 하나 놔두면 고놈 부수막 앞에서 고놈 조롷게 긁어묵고, 눈물 나올라는디 못 혀, 은자 고만혀. (웃음)

　　애기 젖을 조께 주고 앉었으면(앉았으면) 기양, 우리 시아바이가 뭐라 그러시는 지 아요?
　　"옛날에 인- 놈이 그랬단다, 저 중이 동냥을 허러 온게로, 예, 나 동냥 못 주겄소 -." 헌게. "왜 못 주냐고." 그런게, "나 애기 젖준게 동냥 못 주겄소." 헌게 그 중이, "응 그럼 애기를 한 삼 년만 고러게 보듬고 안거서시요, 그럼은, 에 저 거시기, 뭐이냐 애기 똥구녕에서 보화덩어리가 나올 것인게 그럼 이양, 애기를 고놈 보듬고 안거서, 삼 년을 보듬고 안거서 기양, 베릉박지(버러지)가 되야불소." [소리를 높여 악을 쓰는 흉내를 내며] "베릉박지가 되었단다-!" 고렇고 악을 쓰셔어-. 그러니 어- 처고 내가 애기를 키우고 살 것소, 내가 이서(여기서), 어처고 살아-. 나 눈물 나와 서 얘기도 못 혀-.

　　인자 조구(조기)를 한 마리 구웠던가 뭣을 했던가, 한 마리 혔어, 그떠니(그랬더 니). 밥을 고놈, 조구 꿔서 해놓고, 다 인자 밥을 해놓고 긍게 우리 어머이가 와서 밥을 채리드만- 채리드니. 이놈을 밥을 누룽지가 이렇게 누룽게를 닥-닥 긁어서 다해서 갖고 가불고, 내가 딱 붙여져 놔두고, 소잿댁이 봤어-, 소잿댁이.
　　그러고는 인자, 그 조구 대그박(조기머리)을, 그 조구 대그박을 나 빨아먹을, 빨 아무라허면 얼매나 좋겄는가, 그 잡아죽일 놈의 대그, 대그박을 시방은, 시방은 아 무도 안 묵건디 다. [일동 웃음] 요놈의 대그박을 사랑에를 갖고 가서 여그다 덮을라다, 여그다 덮을라나 헌게 소잿댁이 봤어, 갖고 소잿댁이 그지어 나보고. [청중 : 거 고, 고양이나 물어가불지.] 어? 긍게 덮어 괭이(고양이) 물어갈께미 여그다 덮을까, 여그다 덮을까 하서 인자 인자 요러고 온게로, 소잿댁이 봤어, 그리고 그려 소잿댁이.

"아-이그미- 이 사람들 다 첨 봤네, 아 거거거 조그 대그박 고것을 며느리나 빨아 묵어부러라 그러제 고것을 기양 여다 덮을까, 여그다 덮을까, 고러고 댕겨-."

누룽밥도 그 놈 쬐까(조금) 누룬게 다 긁어서 다 갖고 들어가. 나 살았다고 얘기 헐라면 눈물나온게 인자 고만 헐라우.

첫째 대목은 할머니가 밥상을 차려놓으면 시댁 식구들이 방으로 가지고 가서 먹으면 할머니 혼자서 부엌에서 밥을 먹어야 했다는 것이다. 집에서 힘든 일은 다 하면서도 어엿한 식구로 인정받지 못하고 소외되는 아픔이 그대로 묻어나는 장면이다. 다음 둘째 대목은 시아버지가 아기 젖먹이는 모습을 두고 보지 못하고 "그렇게 아기 젖먹이다가 버려지가 됐단다" 하고 호통을 쳤다는 이야기다. 며느리를 머슴처럼 부리는 것도 모자라 아기 젖먹이는 시간까지도 참고 보지를 못했다니 기가 막힐 노릇이다. 한 집의 며느리라는 게 도대체 무엇인가를 되돌아보게 하는 장면이다. 셋째 대목 또한 기가 막히기는 마찬가지이다. 조기를 구워먹고 남은 대가리마저 며느리가 손을 못 대도록 야단을 하는 저 시댁 식구의 마음자리가 어찌 그리 강퍅한지 모른다. 서명순 할머니는 위 사연들을 모두 '눈물 나서 못하겠다'는 말로 맺고 있거니와, 그 심정이 이해되고도 남는다. 육체적으로나 물리적으로 힘든 일이야 그렇다 하더라도 한 인간으로서 대우받지 못하는 일이야말로 가슴 저린 고통의 원천임을 잘 보여주는 이야기라 하겠다.

아마도 저 시댁 식구들은 위의 일들을 금방 잊고 넘어갔을 것이다. 그것이 한 여인의 마음에 깊은 상처가 되어 평생토록 가슴에 남아 그들이 저세상으로 떠난 지금까지도 눈물과 한숨을 자아내고 있음은 꿈에도 몰랐을 것이다. 하지만 그것이 바로 인간사라고 하는 것을 가슴 깊은 곳에서 길어낸 저 이야기들은 생생히 증명해 보이고 있다. 이 또한 시집살이에 얽힌, 여성의 삶에 얽힌 '가슴 저린 기억'의 전형적 표상을 이루고 있으니, 우리 생활사의 이면적 단면을 보여주는 살아있는 형상이라 할 수 있다.

시집살이담을 구연한 제보자들 가운데는 서명순 할머니의 사례처럼 시집살이의 역정을 과거사로서 마무리한 가운데 편안하고 즐거운 일상을 영위하는 분들이 많다. 이들에게 시집살이의 사연은 세월 속에 묻힌 먼 옛날의 추억 같은 것이라 할 수 있다. 그것은 이제 편안히 웃으며 환기할 수 있는 그 무엇이다. 그렇지만 서명순 할머니의 사례에서와 같이 제보자들은 추억으로 되새기는 그 시절의 사연에서 문득 가슴 저림을 느끼며 눈물을 짓곤 한다. 너무나 절실하여 가슴속 깊이 아픔으로 깃들어 있는 잊을 수 있는 장면들 때문이다. 우리 생활사의 단면적 실체를 이루는 그 장면들 말이다.

3.3. 사례 3 : 조정례 할머니(73세, 경남 사천)[14]
-고난 극복의 역정을 통한 자기존재의 실현

조정례 할머니는 경남 사천시에서 만난 화자이다. 1938년생으로, 사천시 용현면이 고향이며 신도라는 섬에 시집가서 살다가 삼천포로 나와 여러 가지 일을 하면서 살아온 분이다. 조사자 지인의 소개로 친구분 댁에 찾아가 이야기를 들었는데, 미리 준비하기라도 한 듯 이야기가 조리정연하고 막힘이 없었다. 조사자의 개입이 별로 없는 가운데 스스로 여러 가지 살아온 사연을 들려주었는데, 이야기가 흡인력과 설득력을 지니고 있어 조사자들로 하여금 경청을 하면서 고개를 끄덕이게 했다. 조정례 할머니의 이야기는 시집살이 사연을 출발로 삼는 가운데 한 집안을 지키고 꾸려온 일련의 인생 역정으로 이어졌는데, 하나의 산 역사를 보는 느낌을 주었다. 친구분이 먼저 이야기를 권하면서 "이 사람은 뭐어 역사가 깊으다"고 한 말 그대로였다.

시집살이 사연을 중심으로 조정례 할머니의 구연 내용을 정리하면 다음과 같다.

나는 아버지가 6.25 때 돌아가신 뒤 초등학교를 마치고 집안일을 돕다가 스무 살에 신도라는 섬으로 시집을 왔다. 신도는 작은 섬인데 물이 귀해서 밤중에 동이를 이고 가서 길어 와야 했다. 시할아버지 시할머니까지 다 계셨는데, 시할머니가

---

14) 2010년 1월 17일 오후에 경남 사천시 동동 조정례 할머니 친구분 댁에서 신동흔, 김종군, 김경섭, 박현숙, 은현정 조사. 화자가 정보 공개에 동의하였으나, 성함을 가명으로 표시한다.

낙상한 뒤 거동을 못하셔서 17년간 대소변을 다 받아냈다. 멸치 잡는 어장을 했는데 일이 많아 밤을 꼬박 새우곤 했다. 계속 딸 넷을 낳아서 시할머니와 시어머니의 구박이 심했다. 시할아버지가 이해하고 잘해주셔서 큰 힘이 됐다. 시할아버지가 병이 나셔서 지성껏 간호했으나 돌아가셨다. 너무 슬퍼서 목놓아 울고, 남들이 사흘에 탈상하라는 걸 100일장을 했다.

삼천포에 나와서 배를 부렸는데 다른 배의 실수로 배에 불이 나 배가 전파되어 파산이 되었다. 남편이 술장사를 하자 하는데 자신이 없어 이리저리 알아보고 어렵사리 떡방앗간을 냈다. 방앗간이 잘 되어 집안을 다시 일으킬 수 있었다. 딸 다섯 아들 하나에 오갈 데 없는 딸을 하나 수양딸로 두어 일곱 남매를 정성껏 키워 자식들이 다 잘 되었다.

처음 시집을 갈 적에, 영 집을 떠나기 싫었다. 시집을 안 간다고 하자 집에서 1년 뒤에 가라고 해놓고는 바로 보내서 많이 울었다. 섬에서 돌길을 걸으며 물을 긷는 일은 꽤나 낯설고 힘들었다. 배가 오면 타고서 섬을 나가고 싶었다. 고깃배가 만선이 되어 들어와도 해야 할 일만 많아서 즐거운 줄을 몰랐다. 한 번은 바닷물 무서운 줄을 모르고 바다에서 무를 씻다가 물이 밀려들어와서 죽을 뻔하기도 했다. 그때 죽을 걸 왜 살아났나 하는 생각을 많이 했다.

첫째 딸을 낳을 때, 산통이 오는데도 샘에 나가서 집안식구 많은 빨래를 다했다. 빨래를 마치고 집에 들어오는데 배가 많이 아팠다. 방에 들어가 보니 냉골이었다. 거기서 아무도 없이 혼자서 아기를 낳고는 할아버지를 부르고 까무러쳤다. 하혈을 많이 해서 쉽게 정신이 돌아오지 않았다. 겨우 깨어난 뒤에도 몸을 회복하는 데 긴 시간이 걸렸다. 지금도 힘이 많이 들면 배가 뒤틀린다.

조정례 할머니는 전체적으로 차분한 태도로 차근차근 삶의 사연들을 들려주었다. 그것을 자신의 삶의 역정을 돌아보고 의미 있는 자취를 남기는 작은 의식(儀式)과도 같았다. 화자는 이야기를 참 잘 하신다는 조사자의 칭찬에 다음과 같은 말을 덧붙이기도 했다.

[조사자 : 말씀도 정말 잘 하시네요.] 잘 하는 깁니까? [친구분 : 참 잘한다.] [조사자 : 네] 그래 많이 빠졌으예. 그런 거 저런 거 다, 할 수가. 다 할 수가 있나예. 지가 뭐 배운 것도 없고 이라니까. [물을 마시면서 잠깐 휴식함.] 내가, 내가 평소에 내가 그리 맘을 많이 먹었으예. 내가 이렇게 살아 온 길일 누가 알까. 다 글일 쓸 줄

알았으면 내가 글을 써야 되는데. 그런 마음도 많이 들었고. 쟤도 노래도 몬하거든요. 노래 갖고는 참 노래 잘 하는 사람 보면 노래라도 좀 잘 하면 착- 해서 내 마음을 좀 풀어뻴 걸. 그런 마음도 많이 들고 그랬어.

자신이 살아온 길을 어떻게든 남기고 싶다는 마음의 표현이다. 힘든 삶의 역정을 거쳐온 자신의 삶에서 존재의미를 찾고자 하는 바람이라고 생각된다. 한편 그것은 마음에 맺히고 쌓인 것을 풀어내고자 하는 욕망이기도 하다고 생각된다. 노래를 배워서 마음을 풀어보고 싶다는 얘기에 그런 바람이 함축돼 있다. 그 바람이 이야기 구연으로 이어진 것이니, 조정례 할머니는 조사자들에게 자신의 살아온 내력을 이야기하면서 마음을 풀어내고 있는 것이었다. 조사자들의 경청과 칭탄은 할머니에게 작은 위로가 되었던 것으로 생각되는바, 친구분의 이야기에 이어 다시 2차 구연을 통해 남은 이야기를 마저 전해주는 열성으로 이어졌다. 할머니는 그렇게 자신을 삶의 한 주인공으로 삼고 싶어 하는 것이었다.

어떤가 하면, 조정례 할머니는 과연 자신의 삶의 오롯한 주인공이었으며, 나아가 이땅의 역사를 만들어온 숨은 주인공이었다고 생각된다. 의식적으로 스스로의 삶의 의미있는 부분을 드러내 강조한 면이 있겠으나, 이야기를 들으면서 조사자 모두 '이분이 정말 열심히 사셨구나' 하는 생각을 하지 않을 수 없었다. 앞 절에서 말한 바 '체험의 깊이와 진정성'이 깃들어 있는 것이 조정례 할머니의 이야기였다.

참, 할아버지가 나를 참 좋다 캤으예 참. 진짜 살면서 울 할아버지 보고 내가 살았으예. [조사자 : 시할아버지가요?] 네, 시할아버지가… 참말 날… [울먹이느라 말을 잠깐 멈춤] [친구분 : 이뻐해 주고 그랑께…] 날 이리 해 주고, 참 그래가주고 인자 살았는데… [울먹이면서 계속 구연함] 하이- 고만 할아버지가 삼천포 갔다가 오니까, 고마마 입을 닫고 말을 몬하더라구예. 그 때에, 반 요래, 반팅이 요래 딱 이래 가지고는, 또닥또닥하니 빨-간게 순도 오른순, 얼굴도 전부 오른쪽 어깨 이런 데랑 막 옷을 벳겨놓으니까 전신이 고마 또닥또닥하게 그걸로 되이뻤대.

그래 가지고 딱 자리에 눕는데 그 또닥또닥한 그기 돌래 돌래 돌래 전부 벌어져요. 그게 벌어지고 겉은 까맣게 요리 됨면서 나가, 그래가주고 전-부 살이 썩어 나가예. 도저히 마 안 되고, 아무 것도 몬 잡숫고 딱 그리 누웠는데, 눕으면서 하리 그렇게 내가, 제가 인자 세 번 네 번 그 치료를 했지요. 내가 나서... [조사자 : 썩어 가니까...] 뭐, 썩어 들어가니까 그래 그 그거는 몸에 묻... 저, 막 옷을 뜯어노니까 전부 다 옷을 남한 사람이 다 흰옷이 옛날에 되어노니까 그거를 빨아보며는 안 지더라구예, 미끌 미끌하면서, 그게. 그래 갖고 막 비누를 대기 문대서 연탄 그, 마당 에다 두 개로 피어놓고 내- 삶았다아임미까? 쌂아서 널고, 인제 또 모리면 저 그얘 가지고 저-저, 씻거서 또 갈아입히 놓으면 연방 그리 묻어 나오고, 묻어 나오고 그 러더라구예. (중략)

그래, 침을 닦다가 오글 오글 오글 소리가 났사서 문을 딱 열어 보니까 할아버지 가 고마 가드라고. 얼마나 그 때 인자, 나는 젊을 때고 되가 하니께 가 사람이 죽는 걸 한 번도 안 봐 노니까 얼마나 무사밨든지 고마 "하이고- 동네 사람아 할아 버지 돌아간다!"코 막 마당에서 막 뜀서 울어노니까 동네 사람들이 막 와서 보고 "간다."고 카더라구예.

그리 내 혼채 우리 할아버지 종신을 하고, 우리 집안 사람 아무도 몬 오고 그래 가지고 참 5일장을 해 가지고 할아버지가 인제 대방이라고 카는 데로 인자 출상을 했는데. 그리 가시고 나서, 지가 백날 그거를 했심미다. 벤소로 채리놓고, 예, 100일 상을 했습니다, 그래 고만 3일, 3일에 저-저 벗자코는 거를 그리 내가 모시고 있는 데 너무나 아쉽더라구여 그래서 내가 100일장을 했으예. 그라면서 얼-마나 우리 할아버지 돌아가고 울었는지 [계속 울먹이면서 구연함] 고만 울어도 울어도 눈물이 고만 끄처지지를 않더라구요. 그래 지금도 그 말을 하민 눈물이 납니다. 참 할아 버지가 좋다 캤구마는...

힘든 시집살이에 자신을 이해하고 예뻐해 준 시할아버지에 대한 화자가 쏟은 정성은 듣는 사람을 감동시키기에 충분한 것이었다. 가감 없는 진실이라고 믿 어지는 화자의 행동은 진심과 성심이 없이는 할 수 없는 일이었다. 마음이 너무 나 아쉬워서 혼자 100일장을 했다는 이야기는 화자가 얼마나 성의껏 타인을 대 했는지를 잘 보여주는 대목이었다. 화자는 시할아버지 이야기를 하면서 연신 울먹이면서 구연을 이어갔거니와, 이야기로 재현된 상황 또한 눈앞에 잡힐 듯 실감이 났다. 사람이 사람을 대하는 것이란 이런 것이구나 하고 느끼게 하는 그런 장면이었다. 수동적으로 상황에 이끌려간 삶이 아니라 스스로 주체가 되 어 상황을 풀어나간 삶이 전해 주는 감동이 거기 깃들어 있다.

다음은 배가 화재로 전소된 상황에서 살 길을 찾아 방황할 때의 사연을 전한 부분인데, 이 대목에서도 화자의 성품이 그대로 묻어나고 있다.

내 가만히 세알려 보니까 우리 아이씨가 하는 말이 그래. "아무 것도 할 건 없고..." 이란께 내가 "낼로 저 홀에 저 떠다가 탁주 장사 하고로-" 얼마나 그람서 그런 소리 하겠심미까? "탁주 장사 하고로. 거기다가 좀 그거를 좀 해 주라." 카더라고. 그래서 그런 거는 안 되는 기고 나 혼차 인자 시청으로 올라갔으예. 마 가면서요 행님도(옆에 같이 있던 친구분을 가르킴) 고만 내가 "행님, 요기에 뭐, 떡을 한 번 해 보면 어떨까예." 그래갖고 내가. 행님도 "해 보라."카고 [친구분 : 떡 장사는 해도 술 장사는 몬하라 캤다. 아저씨가 강짜를 부리는데...] 내도 그런 거는 아무리 해도 자신이 없고.

이... 배로 갔다가 이렇게 해 가지고 나오민서. 배로 우리가 많이 했심미다. 여러 척을 했심미다. [친구분 : 이 사람 결혼하고 한 해에 한 척씩 맨들었어. 지었은께네.] 그리 나오민서... 그, 그래도 그 많은 돈이 그렇게 깔렸는데. 그기 장부로 돈을 받을라꼬. 뱃사람들 돈, 장부 받을 끼 요만치(손으로 가슴 높이를 가리키며) 됐심미다. 하나또 고짓말 안 하고. 요- 공책이. 마 그래도- 그 뭐, 물리가문 안 주더라구, 사람들이. 다. 돈을 가지가꼬 자기가 그, 돈을 물렀으민 그 돈을 갚아야 할텐데 하나도 안 갚더라구예. 그렇게 많은 그런 것도 몬 갚는데, 몬 받는데. 내가 내가 그 식당을 해 가지고 내가 그 돈을 받겠나. 그것도 먹고 나면 계산 되는 장산데, 없다코면 내 맘에 악도 몬 지겠고, 그리도 몬 할 처지니까 내가 그런 거로 몬하겠는데 싶어서.

남의 잘못으로 배가 파손됐는데도 피해 변상을 제대로 요청하지 못한 것은 물론이고, 받을 빚이 있는데도 그것을 차마 달라고 말하지 못하는 마음 씀이 애처로울 정도다. 그런 성격에 술장사를 해도 외상값을 받을 자신이 서지 않았다는 이야기는 필자로 하여금 고개를 끄덕이게 했다. 하지만 그것은 어리석은 소극적 태도하고는 달랐으니, 화자가 당시 상황에서 자신의 성격에 맞으며 현실적 가능성이 있는 일을 찾고자 모색했다는 데서 그것을 확인할 수 있다. 술장사 대신 떡방앗간을 해보겠다는 조정례 할머니의 판단은 시의 적절한 것으로서 사업이 잘 풀려서 가산을 회복하는 일로 이어졌다 하거니와, 주변사람들에게 야박한 처사를 하지 않고 피해를 감수하면서 스스로의 힘으로 삶을 개척하는 삶의 태도란 범상한 것이라 하기 어렵다. 조정례 할머니의 사업이 잘 풀리고 자식들이 다 잘 되었다는 것은 그러한 인덕(人德)이 가져온 필연적 응보이리라고 하는 것이 이야기를 들으면서 거듭 들었던 느낌이었다. 이웃에서 형제지간처럼 어울려 살고 있는 친구분이 곁에서 사이사이 이를 확인시켜 주기도 했다.[15]

조정례 할머니는 섬에서의 힘든 시집살이 시절을 떠올리면서 다음과 같은 자평을 덧붙이기도 했다.[16]

> 그라는데 내는 아무 것도 아무 것도 돈이고 뭐고 그런 것도 뭐 뭐 귀찮고 '아 저기만 없으면 내가 고마 오데로 들어가뻘긴데.' 이제 애가 나나 노니까. 그거 땜에 그기 인제 또 원망시럽더라고 '아- 저기만 없으면 내가 고마 갈 낀데 인자 애가 있이니까 아우 저 애를 놔두고 내가 죽자니 죽어도 저기 에미 없는 기 될끼고 또 도망은 가도 저 무슨 일이 나서 도망을 갔는가 할끼고.'
> 그래 갖고 사는 기 뭐 일단 여기서 고만, 그 때 그리 그 고비를 넘겼기 때문에 지금은 행복합니다. [웃음] [친구분 : 참 그게 세상살이야, 그게 세상살이다.] 예. 글로 오니까 인제 집안에서도 대우도 받고 우리 애들도 다- 엄마 때문에 저거들이 다 공부도 그리 했다고. 아 그리고.

섬에서 벗어나고 싶은 것을 참고서 그 고비를 잘 넘겼기 때문에 지금은 행복하다는 말에, 그리고 그렇게 지낸 결과로 집안에서 대우도 받고 자식들한테도 좋은 말을 듣는다는 말에 자신의 인생을 돌아보며 그것이 나쁘지 않은 것이었음을, 가치와 보람이 있는 것이었음을 확인하는 태도가 깃들어 있다. 스스로 제 삶의 주체로 움직이면서 온몸으로써 열심히 살아온 데 대한 자부심 같은 것이

---

15) 시집살이와 직접적인 연관은 없는 내용이지만, 조정례 할머니가 딸이 본래 다섯이나 됨에도 갈 곳이 없고 몸이 불편한 여자 아이를 수양딸로 들여서 친자식처럼 키운 일은 이분의 성품과 삶의 방식을 잘 보여주는 일이었다. "그래서 가만히 생각해 보니까 너무 불쌍터라꼬. 지 몸도 그래가 있는 데다 아무도 데구 가도 안 할라카고, '저기 그라문 저기 우이 고아원뿐이 더 보내겠나.' 그 맘이 들대예." 이런 생각에서 남편과 상의하여 그 아이를 데려다가 자식과 똑같이 키웠다는 것이다. 저절로 고개를 숙이게 만드는 휴머니즘이 아닐 수 없다.

16) 참고로 조정례 할머니는 시집살이 이야기에서 핵심 사연이 되는 요소는 '작은 섬에서 시작한 낯설고 힘겨운 삶'이라고 할 수 있다. 시집살이와 관련되는 사연은 섬 생활을 반추하는 데서부터 실마리가 풀리곤 했으며, 이야기 과정에 흔히 섬 생활 시절로 되돌아가곤 했다.

라 할 수 있다. '고생을 이겨낸 결과로 행복하다'는 것은 얼핏 정형적인 교과서적 진술로 여겨질지 모르지만, 조정례 할머니의 저 발언은 체험의 깊이와 진정성이 깃들어 있는 것이라서 커다란 무게감을 현시하고 있다. 말하자면 그것은 '이름 없는 주인공'으로서 이 땅을 살아온 이의 오롯한 '인생의 철학'이라고 할 수 있다. 친구분이 "참 그게 세상살이야, 그게 세상살이다." 하고 말하는 것은 바로 이를 뜻하는 것이라 할 수 있다.

조정례 할머니의 시집살이담은 지난날의 가슴 저린 상황을 온몸으로 감당하여 그것을 마침내 자기 삶의 존재의미로 승화한 인생 역정을 생생히 담고 있는 것이었다. 천혜숙이나 김성례가 말한 바 '고난-극복'으로 이어지는, 그리고 그를 통한 가치구현을 수반하는 영웅적 삶의 서사에 해당하는 사례가 된다. 여러 제보자들이 이러한 성격의 이야기를 들려주었거니와, 그 '인간승리의 서사'의 화자이면서 주인공인 저 할머니들은 곧 우리 근대사를 밑바탕에서 움직여온 실체적 주역이었다고 말할 수 있을 것이다.

4. 맺음 : 삶의 진정성이 깃든 참 문학과 역사를 위하여

삶의 진정성이 깃들어 있는 시집살이담은 허구가 아닌 생생한 사실적 형상으로서 마음을 움직이면서 우리의 상상과 체험의 편폭을 넓혀준다. 그 이야기 속에는 지난 시절 삶의 애틋한 풍경으로 상상의 여행을 떠나는 재미가 있으며, 가슴 저린 사연이 불러일으키는 짙은 감동과 깨우침이 있다. 흔히 문학적 가치로 일컬어온 그 무엇이다. 그와 동시에 그 이야기들은 인간과 삶이란 무엇인가를 반추하는 가운데 이 땅의 여성들이 어떠한 삶을 영위해 왔는가를 실체적으로 보여준다고 하는 의미를 지니고 있다. 역사적 가치에 해당하는 요소이다. 이 두 측면의 가치는 시집살이 이야기에 있어 서로 한 몸으로 어울린 상태에서 살아 있는 문학이자 역사로서의 힘을 동시적으로 발현하고 있다. 그 이야기들이 전하는 감동과 일깨움은 기교나 지식으로써 만들어진 것이 아니라 삶의 깊이와 진정성으로부터 연원한 것이라서 더욱 큰 가치를 지닌다고 할 수 있다.

이 글에서는 재미와 감동, 일깨움을 내 편하고 있는 세 가지의 사례를 중심으로 하여 시집살이담이 지니는 문학적·역사적 가치를 단면적으로 짚어보는 논의를 수행했다. 시집살이담의 위상을 가늠하기 위한 총론적이고 시론적인 논의였다. 시집살이의 사연은 화자마다 제각각이고 환기하는 정서 또한 다양하지만, 그 중심축을 이루는 요소로서 이 글에서 주목한 것은 '가슴저린 기억'이었다. 여성 생애의 가장 힘든 시기로서의 시집살이 시절 경험이 어떻게 가슴 저린 형상으로 재현되면서 의미화가 이루어지는지를 살피고자 했다. 본문에서 다룬 세 가지 사례는 공히 가슴 저린 기억을 담은 것이면서도, 그 발현 양상에는 주목할 만한 차이를 나타냈다. 첫째 사례는 시집살이의 아픈 사연이 미해결 상태로 남아 현재형으로 지속되면서 가슴 저림을 낳고 있는 모습을 단면적으로 보여주었으며, 둘째 사례는 이제는 과거형의 먼 추억이 되어 버린 기억이 문득 힘들던 시절의 아픔을 환기하면서 가슴 저림을 낳는 모습을 보여주었다. 셋째 사례는 지난날의 힘들었던 상황을 온몸으로 감당하여 극복함으로써 이제는 아픔과 자랑이 겹쳐진 상태로 그것을 되새기면서 자기존재의 의의를 확인하고 있는 모습을 보여주었다. 이들은 서로 다른 형태의 감동과 일깨움 속에, 삶의 진정성으로부터 우러나오는 참 문학과 참 역사의 실체를 단면적으로 보여주었다.

삶의 진정성으로부터 우러나오는 참 문학과 역사가 여성의 이야기 속에서만, 특히 시집살이 이야기 속에서만 구현될 수 있는 것은 아닐 터이다. 또한 시집살이 이야기가 모두 그러한 진정성과 가치를 지닌다고 말할 수 있는 것도 아니다. 그럼에도 시집살이 체험담이 지니는 특별한 의의와 가치를 강조하고 싶은 것 또한 사실이다. 앞서 몇몇 사례를 통해 살펴본바 삶의 의미로운 자취로서의 '가슴 저린 기억'은 엘리트 지식인의 삶과 문학에서 보편적으로 만날 수 있는 것이 아니다. 지식인의 언어란 자만과 허세, 낭만과 감상, 수사와 기교 등으로부터 자유롭기가 쉽지 않다. 그런가 하면 그것은 시집살이담의 화자로서의 '할머니'들과 동시대를 살았던 '할아버지'들의 삶과 이야기에서 그리 쉽게 기대할 수 없는 무엇이기도 하다. 할아버지들의 체험적 담화란 구체적 삶에서 우러나온 가슴 저린 기억보다는 과시적 자기자랑이나 편파성 짙은 이념적 지향으로 흐르는 사례가 많다. 한편 그것은 현대 젊은이들의 삶이나 이야기와도 질적으로 구별되는 것이라 할 수 있다. 흔히 '가슴 뛰는 삶'을 원한다고 하는 현대 젊은이들의 담화와 행동방식이란 허튼 말장난과 공격적인 말다툼, 사실과 유리된 과장이나 공상, 타자적 삶에 대한 동경 등을 주요한 특징으로 삼고 있다. 물론 다 그런 것은 아니라 할지라도, 이들의 삶과 문학에 있어 '삶의 진정성에 기초한 가슴 저린 기억'이 주도적인 정체성을 이루지 못한다는 사실은 분명하지 않을까 한다.[17]

오늘날 우리에게 시집살이의 체험과 그것을 전하는 이야기가 특별한 의의를 지니는 것은 이러한 상황과 관련이 있다. 그것은 우리로 하여금 정말로 뼈저린 삶이 무엇이며 정말로 진솔하고 힘 있는 담화가 무엇인지를 깨우쳐 준다. 그리고 세상의 참된 주인이 되어 역사를 만들어간다는 것이 무엇인지를 새롭게 되새기도록 한다. 한마디로 그것은 우리에게 인간과 삶의 본질이 무엇인지에 대한 근원적 깨우침을 전해 준다고 하겠다.

서두에서 밝혔듯이 이 글에서 펼쳐놓은 이야기는 시집살이담의 특성과 의의를 결산하는 논의가 아니라 그 실마리를 찾기 위한 논의였다. 시집살이담의 문학적·역사적 위상에 대한 논의는 이제 본격적으로 시작되어야 마땅하다. 그리고 그 바탕은 물론 장기적으로 지속되어야 할 폭넓고도 밀도 있는 현지조사 작업이 되어야 할 것이다.

---

17) 민중 여성으로서의 '할머니'의 체험담과 할아버지, 엘리트 지식인, 젊은이들의 담화 특성에 대한 이러한 설명은 이야기문화에 대한 경험에 입각한 직관적 판단으로서 구체적 검증을 필요로 한다. 이와 관련한 본격적인 비교 고찰은 차후의 논의를 기약한다.

20세기민중생활사연구단 편, 『한국민중구술열전』 1-15, 눈빛, 2006.

강진옥, 「여성민요창자 정영엽 연구」, 『구비문학연구』 제7집, 한국구비문학회, 1999쪽.

김경섭·김정경, 「시집살이 이야기 조사연구 중간보고」, 『인문학논총』 47, 건국대 인문
학연구원, 2009.

김귀옥, 「지역 조사와 구술사 방법론 : 경험과 성찰, 새로운 출발」, 『한국사회과학』 22,
서울대학교 사회과학연구원, 2000.

김성례, 「여성주의 구술사의 방법론적 성찰」, 『한국문화인류학』 35-2, 2001.

김예선, 「'살아온 이야기'의 담화 전략-삶의 구조화를 중심으로」, 『한국고전연구』 19,
고전연구학회, 2009.

김예선, 「여성의 살아온 이야기에 담긴 파격의 상상력」, 『구비문학연구』 제29집, 한국구
비문학회, 2009.

김정경, 「여성 생애담의 서사구조와 의미화방식 연구」, 『한국고전여성문학연구』 17, 한
국고전여성문학회, 2008.

나승만, 「민생 생애담 조사법」, 『역사민속학』 9, 한국역사민속학회, 1999.

디새집 편, 『책 한 권으로도 모자랄 여자이야기』, 열림원, 2003.

뿌리깊은나무 편, 『뿌리깊은나무 민중자서전』 1-20, 뿌리깊은나무, 1981-1991.

신동흔, 「경험담의 문학적 성격에 대한 고찰 : 현지조사 자료를 중심으로」, 『구비문학연
구』 제4집, 한국구비문학회, 1997.

신동흔, 「이야기문화의 세대별 양상과 경험적 담화 : 경기도 양주 지역의 사례를 중심으
로」, 『구비문학연구』 제17집, 한국구비문학회, 2003.

신동흔, 「여성 생애담의 성격과 조사연구의 방향」, 『인문학논총』 47, 건국대 인문학연구
원, 2009.

윤택림, 「기억에서 역사로 : 구술사의 이론적, 방법론적 쟁점들에 대한 고찰」, 『한국문
화인류학』 25, 한국문화인류학회, 1994.

윤택림, 「해방 이후 한국 부엌의 변화와 여성의 일 : 서울 지역을 중심으로」, 『가족과
문화』 16-3, 한국가족학회, 2004.

윤택림·함한희, 『새로운 역사 쓰기를 위한 구술사 연구방법론』, 아르케, 2006.

윤택림 편역, 『구술사, 기억으로 쓰는 역사』, 아르케, 2010.

이균옥 외, 『20세기 한국민중의 구술자서전』 1-6, 소화, 2005.

정현옥, 「여성 생애담 연구」, 경상대학교 박사학위논문, 2007.

정혜경 외, 『구술사, 방법과 사례』, 선인, 2005.

천혜숙, 「여성생애담의 구술사례와 그 의미 분석」, 『구비문학연구』 제4집, 한국구비문학회, 1997.

천혜숙, 「농촌여성 생애담의 주제와 생애인식 양상」, 『한국고전여성문학연구』 2, 한국고전여성문학회, 2001.

천혜숙, 「농촌여성 생애담의 문학담론적 특성」, 『한국고전여성문학연구』 15, 한국고전여성문학회, 2007.

함한희, 「구비문학을 통한 문화연구 방법」, 『구비문학연구』 제13집, 한국구비문학회, 2001.

시집살이담의 유형과 전승 양상*

- 경상도 자료를 중심으로 -

김경섭

1. 유형 분류의 전제

전통적으로 우리나라 가정에서 며느리는 정당한 권리보다는 불합리한 의무만 많았다. 불합리한 의무 속에서 며느리가 시댁에서 자신의 가족 내 지위를 가장 쉽게 확보할 수 있는 방법은 아들의 출산이었다. 태어난 아들은 며느리의 지위와 권리를 보장해 주는 가장 확실한 근거였으며, 이런 측면은 부계가족 체계에서 특수한 母子관계를 형성하는 요인이 되었다. 또한 며느리에게 있어서 자신의 아들은 부계사회에서 엄격하게 규제되어 오던 여성의 애정표현의 유일한 대상으로 허용되므로 아들과 어머니의 관계는 시간이 지날수록 특수화 될 수밖에 없었다.

그러므로 모자관계는 근본적으로 부계가족의 구조적 필연성에서 유래된 것이며, 프로이트식의 외디푸스적 모자관계와는 그 성격이 다른 것이다.[1] 부계가족에서의 모자관계는 남녀의 단순한 리비도적인 인력에 의한 것이 아니라, 시댁에서 자신의 의무를 완성하고, 부계가족에서 어머니의 지위를 향상시켜주며, 어머니의 투사체로서 아들이 기능하는 우리 가족체계의 특징을 함유하고 있기 때문이다. 이런 체계에서 며느리가 시어머니가 되어 새로운 며느리를 대할 때, 기본적으로 아들의 배우자로서, 새로운 가족 구성원으로 며느리를 인정하게 되는 과정이 험난할 수밖에 없었을 것이다. 아들에게 가지는 애정의 정도만큼 며느리에 대한 적의와 불신이 증대되는 심리현상이 나타나기 때문이다.

여기에 경제적 가난과 가문의 차별 등의 문제가 겹치거나, 시부모 개인의 정서적 특성까지 중첩되면 며느리의 시집살이는 그야말로 가시밭길이었다. 딸에서 아내로, 며느리에서 어머니로, 다시 시어머니로 점철되는 우리의 여성 생활 전통에서 여성의 '시집살이'는 이런 방식의 보편성과 전형성을 지닌 삶의 국면이었다. 특히 전통적 생활방식의 연장선상에서 결혼생활을 해온 현대 노년기 여성들의 시집생활 경험담은 각별한 의의를 지닌다. 가부장제하에서 여성 삶의 희로애락이 그 속에 짙게 배어 있기 때문이다.

---

* 이 글은 「시학과 언어학」 제 20호(시학과언어학회, 2011. 2)에 실린 논문을 수정 보완한 것임을 밝힌다.
1) 최명옥, 「우리나라 가정의 고부갈등 사례와 해소방안에 관한 연구」, 상명대 사회복지학과 석사논문, 2005, 19쪽.

인간의 경험은 이미 과거 속으로 사라진 것으로, 그것을 이야기로 되살리는 작업은 필연적으로 지난 상황을 마음속에 환기하는 과정 곧 '상상'의 과정을 요구한다. 또 과거의 경험이란 그 자체가 완전한 총체가 아니며 그것을 이야기로 엮고 생명력을 부여하는 작업에 필연적으로 창조적 재구성의 과정 곧 문학적 허구화의 과정이 필요하다. 따라서 경험담의 구연 과정은 사실을 이야기로 엮고 형상으로 재구하는 문학적 과정으로서, 그를 통해 삶의 곡절 및 그에 얽힌 정서적 반응이 생생히 살아난다고 할 수 있다. 그것은 여성의 삶을 넘어서서 우리 생활사 전반에 걸친 소중한 생애사적·문학적·민속적 유산이며, 수동적인 '신세타령' 이상의 살아있는 감동적인 문학행위[2]인 것이다. 본 논의는 경상도 지역에서 채록된 시집살이담을 중심으로 시집살이담의 유형과 전승 양상을 정리하는 것이 그 목적이다.[3]

이로부터 실제 구연되는 시집살이담의 유형을 세밀하게 살필 수 있는 토대를 마련하여, 실제의 시집살이담이 어떤 방식으로 전승되는지를 효과적으로 언급할 수 있는 기반을 마련하고자 한다.

일반적으로 경험담류의 이야기 유형을 논의할 때, 아래와 같은 도식을 많이 상정했고 실제로도 이런 전제로부터 논의를 전개하기가 쉽다. 지역은 공간적으로 이미 나누어진 분류이고, 계층은 화자를 식별하는 일차적 기준이며, 세대나 양상은 유형분류에서 상식적으로 상정할 수 있는 주안점이 되기 쉽기 때문이다. 하지만 실제 이야기를 토대로 살펴보니 몇 가지 문제가 있었다.

---

2) 천혜숙, 「여성생애담의 구술사례와 그 의미분석」, 『구비문학연구』 4집, 한국구비문학회, 1997, 87쪽.
3) 본 논의는 한국학술진흥재단의 2008년 기초학문육성 지원 사업(토대분야)에 의해 수행된 전국단위의 시집살이담 조사(2008년 7월 1일~2010년 6월 30일)에서 채록된 일부 자료를 토대로 한 것이다. 조사 결과는 '시집살이 이야기 집성'이라는 자료집(전10권)으로 발간될 예정이다.

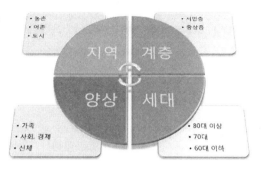

[그림 1] 경험담 유형분류의 예

위와 같은 체계를 토대로 가령 지역과 세대를 중심으로 이야기를 분류하다
보면 농촌의 80·70·60대를 구분해야하고 어촌의 80·70·60대, 도시의 80·70·60대 등
을 구분하는 논의과정을 상정해야만 한다. 여기에 계층과 양상까지를 고려하면
더욱 복잡해진다. 물론 모든 가능한 순열 조합식에 걸맞은 이야기가 존재하는
것은 아니기에, 실제 이야기에 해당하는 조합은 제한적이겠지만 유형 분류 상
비효율적인 것만은 사실이다. 더 큰 문제는 이런 체계로는 화자나 청중과 같은
연행의 요소들을 유형분류에 제대로 반영하기 어렵다는 사실이다. 이런 이유로
다른 방식을 고민할 필요성이 제기된다.

2. 시집살이담 유형 분류

먼저 시집살이담의 갈래 상 위치를 점검해 볼 필요가 있다. 조금은 단순해
보이지만 '문학'-'구술(口述)문학'-'구술산문'-'사실담'-'생애담'4)의 체계는 '문학'-
'기술(記述)문학'-'기술산문'-'허구담'-'고소설'과 같은 체계와 뚜렷하게 양분되기
에 별 이견 없이 받아들일 수 있을 듯하다. 그렇다면, 시집살이담은 갈래 상 생
애담의 하위 장르에 위치시킬 수 있다. 그러므로 시집살이담은 기술문학 내지
는 허구적 담화의 반대편에 서 있는 것이다. 그런데 여기서 또 한 가지 중요하
게 취급해야 할 것이 있다. 시집살이담은 이야기 연행이라는 연행 예술인 점이
그것이다. 그렇다면 시집살이담이라는 연행 사건은 이야기를 구연하는 '화자'와

---

4) 정현옥, 「여성 생애담 연구-신수도 이야기판을 중심으로-」, 경상대 국문과 박사논문, 2007, 3쪽.

화자가 구술한 '이야기', 그리고 그 이야기를 듣고 있는 '청중'으로 구성된다고 할 수 있다.

그러므로 시집살이담의 유형이나 전승양상을 살피기 위해서는 갈래 상의 위치와 시집살이담 연행을 구성하고 있는 요소들을 항상 염두에 두어야 한다. 여기서 시집살이담이 구연상황에서의 면대면 소통을 근간으로 한다는 점을 상기할 수 있고, 그렇다면 가장 일반적인 의사소통 모델을 기본으로 이야기 연행 상황의 국면을 하나하나 정리해 나가는 방식을 채택하기로 하겠다. 일단 다음과 같이 정리할 수 있을 것이다.

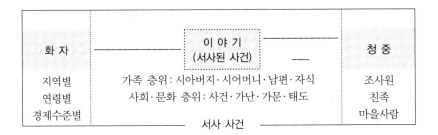

[그림 2] '서사 사건·서사된 사건'으로서의 이야기 구연

이 체계에 속한 항목들을 살펴보면 그 층위가 서로 어울리지 못하고 있다. 그러므로 상당히 비체계적으로 보이지만, 이야기 연행이라는 '서사 사건'은 그만큼 서로 층위가 다른 요소들이 서로 충돌하고 있는 발화의 현장이라는 점을 반증하는 것이다. 화자 항목은 화자라는 생물적 주체의 정보에 따라 구분한 것이고, 이야기는 항목은 이야기 내용이라는 '서사된 사건'을 중심으로 구분한 것이다. 반면 청중 항목은 생물적 주체에 따른 구분이지만 화자 항목이 일개인의 정보를 구분한 것임에 반해, 청중은 복수의 생물적 주체들을 신분에 따라 구분한 것이기에 차이가 있다. 그만큼 연행 사건은 서로 이질적인 서사 요인들이 복합적으로 관련되는 현장인 것이다.

그런데 여기서 화자와 청중은 이야기 유형을 결정하는 결정적인 요소는 아니다. 이야기의 유형은 기본적으로 '서사된 사건' 중심이지 '서사 사건'에 집중되는 것이 아니기 때문이다. 아무래도 화자별로 이야기 유형이 결정된다기보다는 화자가 이야기한 이야기의 내용에 따라 유형을 결정하는 것이 더 효율적이다. 다만, 시집살이담의 유형을 논의할 때 이야기를 중심으로 하되 화자의 유형과 청중의 유형을 함께 고려하는 입장을 취하는 것이, 연행의 전체적 요소를 염두에 둔 논의를 전개하는데 좀더 효과적일 것이다.

유형분류와는 별도로 전승양상을 살피는 데 있어서는 화자와 청중의 항목이 적극 검토되어야 한다. 전승양상에 있어서 지역별, 연령별 기준이 양상의 면모를 살피는 데 주요한 항목이기 때문이며, 청중의 존재 유무나 정체성도 연행에 중요한 영향을 미치기 때문이다. 이후 논의에서는 유형을 검토하면서 전승 양상의 특징들을 함께 언급하는 방식을 취하도록 하겠다.

이제 화자에 의해 '서사된 사건'인 '이야기'의 세부 항목들을 좀더 본격적으로 언급하기로 한다. 이 부분이 유형분류의 핵심 사안이 되기 때문이다. 채록되어 필사 완료된 시집살이담은 크게 두 가지로 나눌 수 있다. 첫 번째는 며느리와 가족 구성원 사이의 관계로부터 비롯되는 이야기이다. 여기서 가장 일반적인 것은 물론 시어머니 시집살이이며, 그 밖에 시아버지 시집살이, 남편 시집살이, 자식 시집살이를 들 수 있다.

두 번째는 인간관계에서 비롯된 것이 아닌 시집살이의 제반 사항들에 관련된 이야기들이다. 가장 일반적인 것은 가난과 역사적 사건에서 비롯된 시집살이이며, 며느리의 가문이나 용모, 태도 등 때문에 심한 시집살이를 한 경우도 있었다. 그러므로 시집살이담은 가족 구성원과의 관계에서 비롯되는 축과 인간 생활의 사회·문화적인 축이 서로 얽혀 있다고 할 수 있다.[5] 이러한 양상을 항목화하면 다음과 같다.

---

5) 여기서 일반적인 여성 생애담과 시집살이담의 범주 구분 문제가 자연스레 고개를 든다. 시집살이담이 여성 생애담의 하위 장르로 쉽게 취급될 수 있을 듯 하지만, 이 문제가 그리 쉽지만은 않다. 일단 시집살이담은 여성의 결혼이 개입되어야 하므로, 기혼 여성의 생애담에 속하겠지만 기혼 여성의 일반적인 생애담에서 어디까지가 시집살이담인가 하는 구분이 쉽지 않기 때문이다. 또 일반적으로 시어머니 시집살이, 남편 시집살이, 자식 시집살이 같은 말들은 흔히 사용하지만 가난 시집살이나 사건 시집살이 같은 말들을 사용하지 않는 것처럼, 시집살이란 용어를 주로 가족관계의 층위에서 사용한 의식이 있는 점도 염두에 두어야 한다. 일단 본 논의와는 별도의 문제이므로 문젯거리로 남겨 둔다.

[표 1] 시집살이담 유형 분류의 체계[6]

사회·문화 \ 가족	Ø	시어머니 (M)	시아버지 (F)	남 편(H)	자 식(C)
Ø		M	F	H	C
가 난(1)	1	M1	F1	H1	C1
사 건(2)	2	M2	F2	H2	C2
가 문(3)	3	M3	F3	H3	C3
태 도(4)	4	M4	F4	H4	C4

1~4까지 유형은 가족과의 인간관계에서 비롯된 시집살이가 아닌 경우에 해당되고, M~C까지 유형은 주로 인간관계만이 문제가 되는 이야기들에 해당된다.

가령, 평생 생활고에 시달리거나, 전쟁이나 이산으로 시달린 1과 2의 이야기들은 일반적인 생애담의 성격을 지닌 채 구연된다고 할 수 있다.[7] 사건 항목인 2의 경우 '역사적 사건'과 '개인적 사건'으로 구별할 수 있다. 역사적 사건에 속하는 것은 전쟁이나, 천재지변 같은 것과 시집살이가 결합된 것이고 개인적 사건에 속하는 것은 출산, 출국, 장사, 육아, 간병 등으로 인한 시집살이로 그 종류가 매우 다양하다.

3과 4의 경우, 이것이 시집살이가 되는 경우는 이런 요소들을 빌미로 며느리와 갈등관계에 있는 가족 내의 어떤 인물 때문일 것이다. 그러므로 3과 4처럼 인간관계의 축과 관련이 없는 이야기는 존재할 수 없다. 또 부유한 시댁에 시집 갔지만 별다른 이유 없이 시어머니의 혹독한 시집살이로 고생한 경우는 시어머니로 인한 시집살이인 M의 유형에 속한다고 하겠다. 시아버지와 남편, 자식으로 인한 시집살이인 F나 H, C의 경우는 가난이나 사건이 개입된 경우가 많았고, 사회·문화적 층위가 연결되지 않은 자료는 찾기 힘들었다.

반면 남편이나 자식이 아내나 어머니의 가문을 문제 삼거나(H3, C3), 자식이

---

6) 표에서 세로축을 담당하는 사회문화적 층위의 요소들은 그 항목이 더 늘어날 수도 있다. 여기서는 대표적인 항목들을 제시한 것이다. 반면 가로 축인 가족적 층위에서는 시누이나 손자 정도의 항목이 추가될 수 있다.
7) 사건 항목인 2의 경우 '역사적 사건'과 '개인적 사건'으로 구별할 수 있다. 역사적 사건에 속하는 것은 전쟁이나, 천재지변 같은 것과 시집살이가 결합된 것이고 개인적 사건에 속하는 것은 출산, 출국, 장사, 육아, 간병 등으로 인한 시집살이로 그 종류가 매우 다양하다.

시집살이담의 유형과 전승 양상   45

어머니의 태도를 문제 삼아 시집살이를 시키는 자료(C4)도 찾아보기 힘들었다.

3. 유형별 전승 양상

이제 세부항목의 유형별 특징을 간략하게 살펴보도록 하겠다. 앞서 제시한 대로 두 가지 층위의 항목들을 먼저 논의하고, 이 둘의 혼합형을 언급하는 방식을 취한다. 유형분류의 전제를 논의하면서 제기한 연행의 요소들도 물론 염두에 두고, 화자와 청중의 특징을 유형에 관련시키면서 전승 양상을 살피도록 할 것이다.

3.1. 가족 층위의 시집살이담(M·F·H·C유형)

M은 시어머니 시집살이로 순전히 시어머니 탓으로 시집살이를 한 경우에 해당한다. 물론 시어머니와 가난 혹은 시어머니와 사건이 관련되는 경우인 혼합형도 많다. 하지만 이 유형은 순전히 시어머니의 개인적 성격과 성향 탓에 며느리가 힘든 시집살이를 한 것이다. F는 시아버지로 인한 시집살이인데 시어머니 시집살이와 비슷하게 순전히 시아버지의 개인적 특성 탓에 시집살이를 한 경우이다. 이 유형도 시아버지가 며느리의 가문이나 태도를 문제 삼는 혼합형이 있다.

H는 남편으로 인한 시집살이인데 주로 남편의 무능, 도박, 외도 등과 관련된다. 그러므로 이 유형은 순전히 남편의 개인적 행동 특성 때문에 며느리인 아내가 힘들어 하는 이야기가 대부분이다. C는 자식으로 인한 시집살이로 주로 사건이 자식과 결부되는 혼합형이 많고, 다른 이유 없이 자식의 행동 특성 때문에 문제가 되는 경우도 있다.

그런데 MFHC가 서로 결합된 최악의 시집살이를 한 사례도 종종 채록되었다. 이 경우 MFHC는 통시적으로 진행되는 특징이 있다. 가족층위의 네 가지 항목이 동시 발생적인 유형은 현실적으로 힘들 것이고, 주로 남편과 아들 시집살이는 시부모 시집살이 이후 진행된다. 그러므로 이 경우의 화자는 고통의 시집살이를 과거에도 살았고, 현재에도 살고 있는 것이다. 시부모와 남편 시집살이를 모두 겪고, 현재는 자식 시집살이로 여전히 고통 받고 있는 할머니를 종종 만날 수 있었던 것이다.

반면 M과 F인 시어머니 시아버지 시집살이를 동시에 경험한 이야기는 발견하기 힘들었다. 이 경우 화자가 두 사람으로 인한 시집살이를 했더라도 구연과정에서 시간차가 있는 것처럼 구연했을 가능성이 있겠지만, 시아버지와 시어머니가 동시에 며느리를 괴롭힌 경우는 찾기 힘들었다.[8]

연행의 다른 두 요소인 화자와 청중의 측면과 이들 유형의 관련성을 살펴보자면, 화자가 청중 구성원에 민감한 반응을 보이는 유형은 H형 시집살이라 할 수 있다. 가령 남편 시집살이를 구연하는 이야기판에 화자의 딸이 동석하게 된 경우, 화자의 구연이 부자연스러울 수밖에 없다. 청중에 화자의 자식이 동참하게 되었을 때, 시부모와 관련된 이야기들은 비교적 제한 없이 구연되는 경향이지만 남편 이야기를 화자가 자식들 앞에서 노출하기는 어려운 것이 사실이다.

이런 유형에서 화자의 지역별, 연령별, 경제수준별 특성이 특정 유형과 깊은 연관을 드러내지는 않았다. 가령 경상도라는 지역별 특성이 시아버지 시집살이나 남편 시집살이 같은 특정 유형과 어떤 관련성 맺고 있거나, 특정 시집살이 유형이 특정 연령대에 집중되어 두드러지지는 않았다.

3.2. 사회·문화 층위의 시집살이담(1·2 유형)

사회·문화 층위의 대표 항목인 1은 가난으로 인한 시집살이를 나타낸다. 1은 가족과의 관계에서 비롯된 것이 아니라 생활고로 인한 이야기지만 시집살이 자료에서 흔히 발견할 수 있는 유형이다. 인간관계로부터 비롯된 갈등이 시집살이를 야기한 것이 아니기 때문에 1유형의 화자들은 심한 정서적 충격이나 심리적 상처를 안고 있는 화자들이 아닌 것이 이 유형의 특징 중 하나이다. 가난이 보편적인 현상이었던 과거에 가난으로 인한 시집을 산 것은 현재의 화자들에게 추억 정도로 남아 있는 것이 보통이었다.

2는 역사적·개인적 사건으로 인한 시집살인데 아무래도 6.25 전쟁과 관련된 것이 가장 많았고, 개인적 사건으로는 출산이나 간병 등의 경험이 다수를 이루

---

8) 양쪽 모두보다 한 쪽의 문제를 강조하다 빠뜨린 경우도 있을 수 있고, 기억을 형상화하는 과정에서 고난을 순차적으로 재생하다보니, 공시적인 과정이 선조적으로 배열되어 청중이 통시적인 차원으로 이해했을 수도 있다.

었다.

반면 일제강점기라는 시대 배경에서 도일(渡日)한 이야기들은 역사적 사건과 개인적 사건 그리고 가난이 혼합된 양상을 보인 예이다. 앞서 가족적 층위의 요소가 서로 결합된 시집살이담을 거론했거니와 사회·문화적 층위가 서로 결합된 이야기도 존재할 수 있는 것이다. 실제로, 우리 현대사에서 가난과 사건은 항상 동전의 앞뒷면인 점을 상기한다면 이들 요소의 결합 양상을 쉽게 예상할 수 있을 것이다.

화자와 청중의 측면과 이들 유형의 관련성을 살펴보자면, 이들 유형 중 도일과 가난은 화자의 지역별 특성과 이야기 유형이 관련을 맺고 있는 예가 될 수 있다. 경상도라는 지역적 특성상 일본에서의 생활고를 경험한 화자들이 많았고, 이것이 귀국 이후의 생활고로 이어지는 이야기가 다른 지역에 비해 집중되어 있다. 또 육지에서 태어나 섬으로 시집간 화자들도 다수 존재하는 것이 이 지역 화자들의 특성이다. 육지에서 태어난 화자의 섬 생활 적응기 자체가 고된 시집살이를 구성하는 이야기는 이 지역별 화자의 특성과 이야기 유형이 서로 관련된 예라 할 수 있다.

청중과 관련해서는 특별한 사건(좌익 운동, 빨치산, 인민군 경험 등)과 관련된 시집살이담을 구연할 때 화자가 청중을 의식하는 면이 많았다. 가령 밀양이나 의성에서 채록된 이야기 중에는 좌익인사나 인민군과 관련된 이야 화자 연령별로는 80대 이상에서 정신대와 관련된 이야기가 집중되어 있는 점도 특기할 점이다. 이 경우에는 정신대를 피하기 위해 아내가 있는 남자의 후처 자리에 울면서 시집가거나, 어린 나이에 나이 많은 남자와 하기 싫은 결혼을 한 경우가 많았다. 대부분 친정어머니가 그런 사정을 알면서도 어쩔 수 없이 사랑하는 딸을 시집보내는 사연이기에 이야기의 비극성이 더욱 강조된다.

청중과 관련해서는 특별한 사건(좌익 운동, 빨치산, 인민군 경험 등)과 관련된 시집살이담을 구연할 때 화자가 청중을 의식하는 면이 많았다. 가령 밀양이나 의성에서 채록된 이야기 중에는 좌익인사나 인민군과 관련된 이야기를 구연하는 화자가 있었는데 청중 가운데 동네 사람들보다는 조사팀원의 성향이나 눈치를 의식하여 이야기의 강도가 조절되는 모습을 보였다. 마을 사람들 사이에서 어느 정도 이야기 수위 조절의 합의가 이루어진 이야기라도 조사원이라는 새로운 청중들 앞에서는 조심스러울 수밖에 없는 것이다.

3.3. 혼합 층위의 시집살이담(M1~C2 유형)

실제 시집살이담에서는 가족과의 관계와 사회·문화적인 것이 서로 혼합되는 양상을 드러내는 것도 많다. 이는 시집살이란 것이 온전히 시어머니 때문만도 아니고, 어떤 사건이나 며느리 자신의 태도만이 문제가 되는 것이 아님을 반증하는 것이다. 선후의 문제와 정도의 차이는 있겠지만 여러 요소들이 혼합될 수밖에 없는 것이 인생살이이기 때문이다.

M1~M4의 경우는 사회·문화적 층위의 여러 요소가 시어머니와 관련되는 이야기들이다. 아무래도 가장 흔한 것은 M1처럼 시어머니와 가난의 문제가 혼합된 것이다. 이 유형은 아마도 한국 시집살이담의 대표가 될 것이다. 사건과 시어머니가 결합된 M2의 경우에 사건은 주로 역사적인 것보다는 개인적인 것이 결부되는 경우가 많다. 며느리 개인사에 있어서 특별한 사건이 시어머니의 분노를 사거나, 시댁의 어떤 사건이나 사고가 며느리와 결부되면서 시집살이가 본격화되거나 심화되는 경우가 많기 때문이다.[9]

F1~F4에서 주목할 유형은 시아버지와 사건이 결합되는 유형이다. 이 경우는 6.25 전쟁이나 일제 강점기의 어떤 사건으로 시아버지가 비교적 안정적인 지위에서 추락하거나, 신체상의 해를 입어 가세가 기울고, 그에 따라 며느리의 힘든 생활이 전개되는 이야기에 해당된다. 가문과 시아버지가 결합되는 경우와 시아버지가 며느리의 특정 태도를 문제 삼아 심한 시집살이를 시킨 이야기도 채록되었다.[10]

H1과 H2 유형은 남편과 가난, 사건이 혼합된 유형인데 시어머니나 시아버지 시집살이 후속으로 나타나는 경우가 많았다. 그 결과 시부모 시집살이를 한 경

---

9) M3과 M4는 자체적으로 이야기를 이루는 경우도 있지만, 대부분은 가난이나 사건이 시어머니와 결부될 때 종속적으로 뒤따르는 경향이 있다.
10) 지금 70-80대 할머니들 세대의 젊었을 적 어느 시기에 경상도 시골에 까지 '파마'가 유행인 시절이 있었던 듯하다. 시부모 몰래 파마가 너무나 하고 싶어서 했다가 시아버지에게 혼쭐난 사연이 심심찮게 채록되었다.

우가 하지 않은 경우보다 남편 시집살이를 경험하는 빈도가 많다. 그러므로 남편 시집살이는 시부모 시집살이의 후속편 격으로 여인의 일생에 개입하는 경우가 많았다. 남편과 가난이 결합된 시집살이담의 경우 생활고의 원인이 남편인 경우가 많기 때문에, 시집살이의 원인이 가난보다는 남편으로 귀결되는 이야기가 예상보다 많았다.[11] 남편과 사건이 결합된 경우는 개인적 사건보다 역사적 사건인 경우가 많았는데, 이 경우는 시아버지 시집살이인 F2의 경우와 대동소이 했다. 반면 H4의 경우는 아내의 특정 태도를 문제 삼아 정당하지 않게 아내를 괴롭히고 못살게 구는 이야기 유형이다. 지금으로서는 이혼의 사유가 될 만한 사연이 많았다.

'시부모 시집살이는 누워서 하고, 남편 시집살이는 앉아서 하고, 자식 시집살이는 서서 한다'는 말이 있다. 자식 시집살이의 혼합 유형인 C1과 C2의 심적 고통을 대변하는 말이다. C1의 유형은 자신이 가난해서라기보다는 자식이 가난해서 오는 삶의 고단함이 더욱 드러난다. 자식 시집살이를 서서 한다는 심정을 이해할 수 있는 사연들이 많다. C2의 경우에는 사건이 자식과 관련된 것인데 현대로 올수록 격변의 역사적 사건이 적고, 아직 어린 나이인 자녀들이 그런 사건과 결부될 가능성도 낮기 때문에 역사적인 사건보다는 개인적인 사건인 경우가 많다. 여기에는 자식의 투병이나 사고 등이 포함되고, 자식의 사망도 그 심리적인 후폭풍이 어머니의 남은 인생을 지배하는 경우가 많다.

화자와 청중의 측면과 이들 유형의 관련성을 살펴보자면, 혼합형 유형과 화자별 경제적 수준을 고려하지 않을 수 없다. 아무래도 자식 시집살이의 혼합형들은 비교적 넉넉하지 못한 화자들에 의해 구연되는 경향이 짙었다. 또 시어머니에서부터 자식까지, 가난에서부터 태도에 이르기까지 혼합형의 양상이 극심한 시집살이를 살아온 화자일수록 마을 구성원이 청중이 되는 것을 꺼리고, 적

---

11) 필자가 채록과정에서 느낀 점 중의 하나는 적어도 80년대 이전의 한국사회에서 너무나 많은 '아버지'들이 '가정'이라는 울타리를 자의반 타의반으로 비워 둔 흔적이 많았다 것이다. 특히 중산층 이하의 가정에서 그런 현상은 비일비재했다. 그것이 타의였다면 국가적인 의무를 이행하기 위한 것이었다고 치부할 수 있겠지만, 채록 현장에서 이야기를 듣다보면 자의로 아버지나 남편의 자리를 비운 사람들이 너무도 많았다. 그들 아버지들이 수출역군으로 자리를 비웠든 한량으로 자리를 비웠든, 반쪽만 남은 가정을 지켜내는 것이 얼마나 힘들었을까는 쉽게 예상할 수 있다. 그 자리를 고통스럽지만 굳건히 지켜내어, 사회의 근간을 이룰 '아이들'을 현재의 기성세대로 키워낸 '며느리이자 어머니'들의 공을 사회적으로 학문적으로 제대로 평가해주고 있는지 자문해 본다.

은 수의 조사팀원이 청중이 되는 이야기판을 더 선호하는 경향을 보였다. 이웃들에게도 하고 싶지 않은 자신의 한 많은 이야기인 것이다.

또 시부모 혼합형 이야기의 경우에는 이야기의 강도를 조절하는 모습을 보이지 않지만 자식 혼합형의 이야기들은 아무래도 자식들이 현재 생활인으로 살아가고 있다는 점을 화자가 의식하는지 이야기별로 그 수위가 조절되는 모습을 드러냈다. 시부모 이야기보다는 자식 이야기에서 화자와 청중의 요소들이 이야기에 개입하는 경우가 많았던 것이다.

4. 대표적 화자의 시집살이담 사례

한 화자의 기나긴 시집살이담이 위에서 언급한 어느 유형 한 가지에 대응하는 것은 물론 아니다. 한 명의 화자가 구연한 이야기 속에는 여러 유형이 복합적으로 포함되어 있는 것이 보통이다. 경상도에서 만난 화자중 비교적 장편의 이야기를 구연한 대표적인 화자의 시집살이담을 중심으로 그 사례를 살펴보기로 하겠다.

사례 ① 이○○(문경) 74세(1935년생) - 2008년 10월 19일 채록[12]

[이야기개요] 화자는 중학교까지 졸업하고 보건소에 취직하여 직장생활을 하던 중, 부친의 중매로 가기 싫은 곳으로 시집을 갔다. 그녀는 시아버지 시어머니 병수발에 힘든 나날을 보낸 후, 무능한 남편을 대신해 생활을 책임지느라 그릇장사에서부터 일수놀이 까지 온갖 일을 했다. 심지어 땔나무조차 남편이 마련하지 않아 자신이 근처 탄광에서 얻어 왔다. 그런데 남편은 그런 자신을 도와주기는커녕 바깥일을 하는 자신을 못마땅히 여겨 구타를 일삼았다. 남편이 사망한 후에는 알코올중독에 걸린 큰아들과 위암으로 먼저 사망한 둘째아들 탓에 고생했고, 지금은 요양병원에 있는 큰아들을 대신해 고등학생인 손녀딸을 어렵게 키우며 살고 있다. 그녀는 자신의 인생을 "한숨이 쌓여 산꼭대기가 되고 눈물이 모여 한강수가 됐을 인생"으로 표현했다.

12) 조사에 응한 화자들로부터 실명을 밝혀도 된다는 동의서를 받았지만 아직 자료집이 출간된 상황이 아니기에 이름을 밝히지 않는다. 또 나이는 채록 당시의 나이로 통일하였다.

이 이야기의 경우 가히 시집살이담의 종합판이라 할 만한 사연을 담고 있다. 그만큼 화자는 고통의 인생을 지금도 살아가고 있는 것이다. 우선 M2와 F2 그리고 H4, C2형의 사연이 담겨 있는 것을 확인할 수 있다.[13] 전체적으로는 가난이라는 요소가 배경을 이루고 있다. 그러므로 이야기의 복합적 요소를 효율적으로 드러내기 위해서는 2차원적인 체계보다는 3차원적인 구도를 상정해야 더욱 정확한 모습을 드러낼 수 있으리라 생각한다.

또 앞서 언급한 것처럼 극심한 시집살이 사연이다보니, 화자는 청중이 많은 자리를 굳이 피하는 모습을 보였다. 원래 여성 노인회관 실내에서 조사할 수도 있었으나, 화자는 구연 장소를 실외로 선택하여 조사팀원만을 청중으로 하고 구연하는 것을 택했다.

사례 ② 김○○(포항) 81세(1929년생) - 2009년 2월 13일 채록
[이야기개요] 화자의 부친은 홀로 일본으로 건너갔다가 빈털터리가 되어 돌아온 후 자신을 독가촌이 있는 깊은 산골로 시집을 보냈다. 화자가 어렸을 때 부모가 자신을 다른 집에 버렸으나 자기 혼자 다시 집을 찾아 간 적이 있을 정도로 당찬 성격이었다. 깊은 산골 독가촌으로 시집을 간 화자는 어려운 결혼 생활을 경험했다. 극도로 식사량이 적었던 자신을 먹이기 위해 시어머니가 노력했고, 화자의 결혼 생활은 아침부터 저녁까지 베짜기의 연속이었다. 워낙 잘 먹지 않고 일만하는 체질이라 바깥 출입도 잘 하지 않고 하루 종일 베만 짰다. 전쟁 와중에는 피난 중에 딸을 출산하기도 했는데, 그 딸이 나중에 펜팔로 사귄 남자와 결혼했다. 호랑이 같던 시아버지 탓에 하루하루가 힘들었는데 나중에는 그런 시아버지에게서 담배를 배워 지금까지 피우고 있다.

화자는 그 당시 유행했던 파마가 너무나 하고 싶어서 했다가 예상치 못한 시아버지의 엄청난 구박에 시달려야 했다. 심지어 자살까지 시도하기도 할 정도로 심한 스트레스를 받았다. 또 시아버지의 둘째 부인인 작은 시어머니의 아들을 찾아 주었다가 또 한 번 시아버지의 구박을 받기도 했다. 농사일에 포도 과수원일 심지어

---

13) 여기서 지금까지 논의한 '유형'들이 사실 'motif'의 성격을 띤 것으로 보일 수 있을지 모르겠다. 하나의 시집살이담 내에 여러 이야기 유형이 있다기보다는, 모티프로 간주할 만한 것들이 논의되는 것처럼 보이기 때문이다. 하지만 위에서 언급한 것은 '이야기 개요'를 놓고 다루다 보니 그런 것이고, 실제 채록물이나 구연 상황에서는 하나의 서사단위로 기능하거나, 독자적인 이야기로 취급될 수 있는 여지가 분명히 있다는 점을 지적한다.

봇짐장사까지 열심히 했지만 평생 시아버지 시집살이에 시달려야 했다. 하지만 시부모님 살아생전에 더 잘해드리지 못했다고 후회하기도 했다. 화자는 결혼 초기에 아들을 못 낳는다고 시어른들로부터 구박을 받았다. 가자미로는 국을 끓여 먹지 않고 회를 해 먹었다가 꾸중을 받기도 했다. 속이 아파 시아버지의 권유로 피기 시작했던 담배였는데 결국 담배 장사도 하게 되었다.

이 이야기는 시아버지 시집살이담으로 불릴 수 있는 대표적인 자료이다. 세부적으로는 F의 성격이 F2나 F4의 이야기 유형으로 발전하고 있다고 할 수 있다. 화자는 순전히 시아버지의 깐깐한 성격 탓에 시집살이를 해 나갔고, 특정 사건(F2)과 본인의 태도(F4)때문에 그 강도가 심화되기도 하는 사연을 지니고 있는 것이다.

이 이야기 채록에는 두 분의 할머니 청중이 함께 했다. 장시간에 걸친 구연(약 8시간)에서도 화자가 지치지 않고 지속적으로 이야기를 할 수 있었던 것은 두 분의 역할이 컸다.[14] 때로는 맞장구를 쳐주면서, 때로는 화자가 자신의 기억을 과시하는 밑바탕의 역할도 하면서 구연상황을 지루하지 않게 해 주었다. 이 경우 청자가 이야기를 구성하는데 있어서 또 다른 화자라 해도 무방할 정도로 중요한 역할을 담당하고 있었다.[15]

반면 이 사연을 구술한 김○○ 화자는 기억을 형상화해내는 데 탁월한 능력을 지니고 있는 일급의 화자였다. 동일한 경험을 공유했던 두 명의 청중은 전혀 기억해 내지 못하는 과거의 일을 정밀화와 같이 재생해 내는 능력을 지녔는데, 몇 시간 후 그 대목을 다시 상기할 일이 생기자 앞서와 토씨하나 틀리지 않게 다시 재생해 내는 솜씨를 보였던 것이다. 구연 과정이나 형상화 능력에 대한 세밀한 분석을 할 만한 화자인 것이다.

사례 ③ 장○○(김천) 68세(1942년생) - 2009년 3월 16일 채록
[이야기개요] 21살에 결혼한 화자는 시어머니 시집살이를 심하게 살았다. 시집

---

14) 조사는 할머니의 자택에서 이루어 졌으며 두 분의 청중이 집으로 돌아가신 후, 할머니는 조사팀원과 한 방에서 잠자리를 같이 했다. 할머니는 주무실 때까지 이야기를 지속했다.
15) 김정경, 「자기서사의 구술시학적 연구」-여성 생애담을 중심으로, 『한국문학이론과 비평』 44집, 한국문학이론과 비평학회, 2009, 195면.

이 비교적 부유했지만 며느리를 차갑게 대한 시어머니 탓에 항상 배를 곯았다고 한다. 농협에 오랫동안 근무한 남편은 이런 사정을 몰랐고, 4번이나 자살을 시도하기도 했다. 이런 과정에서 시아버지가 많이 도움을 주었지만 시아버지의 도움을 오해한 시어머니 탓에 또 힘든 생활을 하기도 했다. 이후 시아버지 병수발을 12년간 했다.

시어머니가 화자를 의심하여 집안일이나 농사일에 힘든 점이 너무 많았다. 시아버지 병수발에 자식들이 많은 도움을 준 게 그나마 화자를 덜 힘들게 했다. 시어머니는 시아버지가 병든 후 화자의 남편인 큰아들 곁에 있지 않고 서울에 사는 막내아들 옆에 방을 얻어 근 10년을 혼자 살기도 했다. 하지만 마지막에는 큰며느리 곁으로 돌아왔다. 부모 병수발에 적극적이지 않았던 시동생을 뒷바라지 하여 세 명이나 교직에 진출하도록 했다. 가수 공연을 보러 갔다가 화자가 늦게 들어오는 바람에 남편이 문을 열어 주지 않거나, 집안에 불화가 생기면 엽총으로 자살 소동을 벌였던 남편도 화자를 힘들게 했다.

시어머니 시집살이의 이유가 특이한 경우에 해당하는 사연이다. 애초에는 M 유형에서 이야기가 출발했지만, 며느리를 측은해 한 시아버지의 관심을 오해하여 시어머니가 혹독한 시집살이를 시킨 사례(M2)이다. 여기에 자신의 행동(H4)이나 특정 사건(H2)과 관련된 남편 시집살이까지 살아온 면모도 엿보인다. 앞서 논의한 바대로, 남편 시집살이는 시어머니 시집살이 이후에 발생하고 있었다.

남편 시집살이를 구연할 당시에는 큰 딸이 동석했기에 할 말을 다 못한 아쉬움을 화자의 태도나 표정에서 읽을 수 있었다. 또 고부간의 일들을 남편인 할아버지가 전혀 몰랐었고, 최근에 와서야 동네 사람들이나 할머니의 말을 통해 알게 되었다는 점이 흥미로웠다. 이런 상황이 화자를 더욱 힘들게 했을 것으로 추측할 수 있다. 남편이 똑똑하면 시집살이를 덜 한다는 말이 헛말은 아닌 것이다.

사례 ④ 박ㅇㅇ(사천) 83세(1928년생) - 2010년 1월 17일 채록
[이야기 개요] 화자는 고명딸로 태어나 경남 하동에 귀하게 자랐다. 23살에 부잣집인 조씨네 집안으로 시집갔는데, 남편은 동네에서 소문난 멋쟁이고 인물이 좋아서 따르는 여자가 많았다. 결혼 이후에도 경제적으로는 부족함이 없었지만 집안에 들어오지 않고 외도를 일삼는 남편 탓에 마음고생이 심했다. 한평생 남편의 바람기

로 속편할 날이 없었다. 하지만 스스로 자신의 운명으로 받아들이고 자녀교육에 전념했다. 자식들이 어머니의 고생을 다 알아주고 어머니를 받드는 것에 위안을 삼는다.

사례 ⑤ 안ㅇㅇ(사천) 88세 (1923년생) - 2010년 1월 18일 채록
[이야기 개요] 화자는 남해에서 정신대에 끌려가지 않으려고 17살에 삼천포로 시집갔다. 시댁이 가난하여 소작농으로 아들 셋, 딸 둘을 공부시키는 과정에서 고생으로 골병이 많이 들었다. 그러나 착한 남편을 만나 평생 마음고생은 하지 않은 것을 감사하게 여기며 살았다. 남편은 90세에 세상을 떠났다.

이 두 이야기는 상이한 성격을 지니고 있다. 사례 ④는 남편 시집살이인 H유형의 대표적인 예이고, 사례 ⑤는 가난으로 인한 시집살이인 I유형의 대표적인 예이기 때문이다. 하나는 순전히 인간관계에서 비롯된, 그 중에도 남편 탓에 정신적인 고통의 시집살이를 한 경우이고, 다른 하나는 생활고라는 요소 말고는 별반 문제될 게 없었던 시집살이인 것이다. 어떤 시집살이가 더 힘들고, 어떤 시집살이가 더 행복했는가를 생각하게 한다.

사례 ⑥ 장ㅇㅇ(밀양) 76세(1935년생) -2010년 1월 24일 채록
[이야기 개요] 화자는 삼남 일녀 중 셋째로 자라면서, 학교를 다니지도 못하고 일만 하면서 귀염도 받지 못하고 자랐다. 친정어머니가 길쌈을 잘하셔서 본인도 길쌈을 잘했다고 하는데, 길쌈 잘한다고 소문이 나는 바람에 시집가서도 길쌈만 한 것이 힘들었다. 혼인은 스무 살에 건너 동네의 총각과 했는데 오남매의 둘째였다. 시댁은 바로 앞 동네 살았는데 친정아버지가 보고 싶어서 새벽마다 밥 하러 나와서 건너편 친정집을 바라보곤 하였다. 그러면 건너편에서도 친정아버지가 새벽마다 나와 딸을 바라보았다. 시댁 어른이 인자해서 시집살이 마음고생은 하지 않았다.
남편은 6.25때 군에 갔다가 포로로 잡혀 5년 만에 포로교환으로 살아 돌아왔다. 그러는 동안 집안일을 혼자 다 해냈다. 현재 마을에서 정미소를 운영하고 있는데, 물레방아부터 시작하여 40년 동안 방아를 찧고 있다고 한다. 방앗간 일을 주로 본인이 다 해내는 바람에 이제는 기계 수리까지 하는 전문가가 됐다.

친정아버지와 관련된 애틋한 사연이 있는 이야기이다. 한편 이 사례는 남편 시집살이의 원인이 전쟁과 포로교환이라는 역사적 사건과 관련되어 있으므로 H2의 성격을 지니고 있는 이야기이다. 이 이야기에서 특기할 점은 시부모 시집살이가 없는 상태에서 남편 시집살이를 경험했다는 점이다. 이런 경우는 대부분 남편을 둘러싼 역사적 사건이 발생하여, 남편의 부재를 야기함으로써 며느리의 처지를 악화시킨 사례에 해당된다. 그러므로 사례 ⑥과 같은 남편 시집살이담은 남편 스스로의 문제로부터 생긴 시집살이가 아니다.

보통 남편의 개인적 성향이나 문제로 남편 시집살이를 하는 경우에는 남편 시집살이 이전에 시부모 시집살이가 선행되는 경향이 짙었다. 하지만 사례 ⑥처럼 시부모 시집살이가 없는 남편 시집살이의 경우에는 그 원인이 남편 개인의 문제가 아닌 역사적인 사건에 있게 되는 모습을 보인다. 그러므로 이런 경우의 화자는 정신적인 고통은 다른 시집살이에 비해 상대적으로 덜 했을 것으로 판단된다.

5. 맺음말

본고의 논의는 주로 시집살이담 유형분류에 대한 시론적 성격이 짙다. 일단 생애담 내지 경험담류의 유형분류에 대한 시도가 많지 않았고, 최근에 와서야 문학적 담화로 취급되고 있는 실정이기 때문이다. 앞머리에서 제기한 바와 같이 시집살이담과 같은 생애담이 하나의 구연 예술로서, 화자에 의해 연행되는 '서사 사건'임을 최대한 의식하면서 화자나 청중의 요소들을 유형에 반영하려 했다. 하지만 아무래도 유형 분류는 '서사된 사건'이 중심이 되고 다른 요소들이 고려되어야 함을 깨달을 수 있었다.

시집살이담에 관련된 연구 주제는 구술사나 민중사 혹은 여성학 쪽에서 접근한 논의가 많았지만 문학 쪽에서도 다 각도로 설정될 여지가 많다는 점도 새삼 느끼게 되었다. 여기서는 유형 분류와 관련하여 여전히 문제 및 과제로 생각되는 지점들을 몇 가지 언급하기로 하겠다.

먼저 개인 생애담의 한 범주인 '시집살이담'을 어떻게 한정할 것인가 하는 문제이다. 앞서 잠깐 언급했듯이 '시집살이'란 일단 기혼 여성의 생애사로 제한되겠지만, 그 개념을 정할 때 과연 어디까지를 시집살이로 규정할 것인가 하는 문제에 합리적이고 효율적인 합의가 선행되면 유형 분류의 문제가 좀 더 명확하게 논의될 수 있을 것이다.

시집살이 경험이 채록된 시집살이담은 이야기이므로, 2차원적인 차원에서 분석이 가능하리라 기대했지만 막상 논의를 진행하다보니 3차원적인 결합양상을 드러내는 복합적인 담화라는 점을 깨달을 수 있었다. 가족관계와 화자의 특성과 사회·문화적 요소가 얽혀있고 여기에 청중이라는 변수까지 3차원적 공간을 상정해야만 그 특성을 효율적으로 추출할 성격을 지니고 있었던 것이다. 유형을 설정하기 위해서는, 통일적인 단순성을 어느 정도 드러내야 하기에 시집살이담의 세세한 부분들이 간과되었을 가능성이 얼마든지 있을 것이다.

다음으로 이야기 유형과 전승 양상이 좀 더 유기적으로 논의될 가능성을 찾아야 한다. 여기서 화자나 청중과 관련된 특정 유형을 언급했지만 전국적인 단위의 시집살이담에서는 또 다른 전승 양상이 추출될 수 있으므로 화자별 특성과 이야기의 구성방식, 청중의 성격과 이야기의 가변성 등을 다각도로 살피는 논의가 필요하리라 본다.

시집살이담은 전통적인 설화와의 관련성이 이미 학계에서 논의된 바 있다.[16] 하지만 시집살이담과 같은 사실적 담화가 전통 설화적 담화와 얼마나 닮았나 하는 쪽의 문제의식은 정당하지 않다. 그것은 경험담에 대한 정체성을 밝히는 데 합당하지 않기 때문이다.[17] 경험담은 경험담만의 구비문학적 의의를 지니고 있고 그것을 효과적으로 논의하는 것이 앞으로의 과제가 될 것이다. 앞으로 경험담의 좋은 예인 시집살이담의 유형이 전통적인 서사문법과 어떤 차별성과 유연성을 지니는지가 좀 더 효과적으로 논의될 수 있다면, 사실과 허구라는 전근대적 이분법을 새로운 각도에서 논의할 수 있을 것이다. 이는 근대 이후, 허구 중심으로 좁혀진 문학의 영역을 새롭게 조명하는 출발점이 될 수 있다는 점에서 중요한 의미를 담고 있다.

---

16) 『구비문학연구』 4집(1997년)에 실린 다음과 같은 논의들을 예로 들 수 있다.
   천혜숙, 「여성생애담의 구술사례와 그 의미분석」 / 김현주, 「일상 경험담과 '민담'의 구술성 연구」, / 신동흔, 「경험담의 문학적 성격에 대한 고찰-현지조사를 중심으로」.
17) 신동흔, 위의 글, 177-178면.

참고문헌

김대숙, 「한국구비문학대계 여성제보자 구연설화에 관한 통계적 연구」, 『한국고전연구』 9, 한국고전연구학회, 2003.

김성례, 「한국무속에 나타난 여성체험 : 구술 생애사의 서사분석」, 『한국여성학』 7, 한국여성학회, 1991.

김성례, 「여성주의 구술사의 방법론적 성찰」, 『한국문화인류학』 35-2, 한국문화인류학회, 2002.

김예선, 「'살아온 이야기'의 문학적 성격과 위상 연구」, 건국대학교 석사학위논문, 2005.

김정경, 「자기서사의 구술시학적 연구」-여성 생애담을 중심으로, 『한국문학이론과 비평』 44집, 한국문학이론과 비평학회, 2009.

김진명, 『굴레 속의 한국 여성』, 집문당, 1993.

김현주, 「'일상경험담'과 '민담'의 구술성 연구」, 『구비문학연구』 4, 한국구비문학회, 1997.

신동흔, 「경험담의 문학적 성격에 대한 고찰 : 현지조사 자료를 중심으로」, 『구비문학연구』 4, 한국구비문학회, 1997.

신동흔, 「이야기꾼의 작가적 특성에 관한 연구 : 탑골공원 이야기꾼들의 사례를 중심으로」, 『구비문학연구』 6, 한국구비문학회, 1999.

윤택림, 「기억에서 역사로 : 구술사의 이론적, 방법론적 쟁점들에 대한 고찰」, 『한국문화인류학』 25, 한국문화인류학회, 1994.

윤택림, 「해방 이후 한국 부엌의 변화와 여성의 일 : 서울 지역을 중심으로」, 『가족과 문화』 16-3, 한국가족학회, 2004.

윤택림·함한희, 『새로운 역사 쓰기를 위한 구술사 연구방법론』 아르케, 2006.

이정애, 「구술텍스트 형성에 있어서의 화자 태도」, 『한국언어문학』 45, 한국언어문학회, 2000.

이정애, 「경험담의 구연적 특성과 화법교육적 의미」, 『화법연구』 5, 화법연구학회, 2003.

정현옥, 「여성 생애담 연구-신수도 이야기판을 중심으로-」, 경상대학교 박사학위논문, 2007.

천혜숙, 「여성생애담의 구술사례와 그 의미 분석」, 『구비문학연구』 4, 한국구비문학회, 1997.

천혜숙, 「농촌여성 생애담의 주제와 생애인식 양상」, 『한국고전여성문학연구』 2, 한국
　　　고전여성문학회, 2001.
최명옥, 「우리나라 가정의 고부갈등 사례와 해소방안에 관한 연구」, 상명대 사회복지학
　　　과 석사논문, 2005.
황인덕, 「이야기꾼 유형 탐색과 사례 연구 : 충남 부여지역 여성 화자 이인순의 경우」,
　　　『구비문학연구』 7, 한국구비문학회, 1999.

여성생애담의 이야기화 과정, 그 가능성과 한계*

최원오

1. 여성생애담을 보는 연구시각의 설정

여성생애담과 같은 구술담의 특질은 무엇이며, 이를 어떻게 연구할 것인가? 이제까지의 연구는 그것이 담고 있는 내용의 활용에 치중한 감이 없지 않다. 예컨대, "구술사가 단순히 과거에 대한 회상이나 사실의 진술이라는 차원을 넘어서 당대의 문화연구"[1]로 가야 한다는 시각이나 "기존 문헌 중심의 연구사적 지평과는 별개의 새로운 자료들(구술 증언)을 제공함으로써, 복잡 다단한 문학사를 보다 풍부하고 진실하게 재구성"[2]할 수 있다고 보는 시각은 이러한 경향을 잘 보여준다. 또한 구술사 연구가 사회 구조를 재구성하는 방법론이 될 수 있다고 보는 시각[3], 구술사 연구가 민속음악사를 구축하는 방법론이 될 수 있다고 보는 시각[4], 구술사를 인문치료에 활용할 수 있다고 보는 시각[5] 등도 마찬가지다. 요컨대 이러한 모든 시각은 구술담의 내용을 어떻게 활용할 것인가에 맞춰져 있다고 본다.

그런데 이러한 시각이 잘못되었다고 평가할 수는 없다. 연구자마다 배경으로 삼고 있는 학문적 성격에 비춰볼 때, 지극히 당연한 연구를 수행한 것이라고 할 수 있기 때문이다. 다만 이러한 연구 경향이 우위를 점하고 있다는 것만은 부정할 수 없다. 따라서 구술담을 더 체계적으로 이해하기 위해서는 다양한 시각을 통해 구술담 그 자체의 구조나 특징 등을 분석할 필요성이 제기된다. 구술담을 하나의 문학 텍스트로 간주하여 분석하는 것은 그러한 예의 하나가 될 수 있다. 활용의 시각에서 구술담을 취급하더라도, 대상 자료의 내적 구조나 특징에 대한 이해가 더해진다면 그 활용의 가치는 더욱 높아질 것이 분명하기 때문이다.

---

* 이 글은 『구비문학연구』 제32집(한국구비문학회, 2011. 6)에 실린 논문을 일부 수정하여 수록한 것임.

1) 함한희, 「구술사와 문화연구」, 『한국문화인류학』 33-1, 한국문화인류학회, 2000, 17쪽.
2) 김성수, 「구술사(oral history) 방법론과 현대문학 연구의 새 지평」, 『한국근대문학연구』 제5집 2호, 한국근대문학회, 2004, 307쪽.
3) 이희영, 「사회학 방법론으로서의 생애사 재구성 : 행위이론의 관점에서 본 이론적 의의와 방법론적 원칙」, 『한국사회학』 제39집 3호, 한국사회학회, 2006, 121-122쪽.
4) 이용식, 「구술사를 통한 민속음악사의 구축을 위한 방법론 : 『국립남도국악원총서 1 : 채정례의 삶과 예술』과 『국립남도국악원총서 2 : 김귀봉의 삶과 예술』(진도 : 국립남도국악원, 2005)의 서평」, 『한국음악사학보』 제36집, 한국음악사학회, 2006, 259-264쪽.
5) 김호연·엄찬호, 「구술사(oral histiry)를 활용한 인문치료의 모색-기억, 트라우마, 그리고 역사치료-」, 『인문과학연구』 제24집, 강원대학교 인문과학연구소, 2010, 361-383쪽.

그런 점에서 구술담의 구조나 특징 등에 대한 이해는 구술담 연구의 토대를 이룬다고 할 수 있다.

이러한 관점에 입각하여 필자는 여성생애담을 '이야기화 과정'과 '미디어로서의 이야기'라는 시각에서 검토하고자 한다. '여성생애담'은 말 그대로 여성이 살아온 삶을 서사(narrative)의 관점에서 파악하려는 용어로 제시되고 있는 것이 일반적이다. 누가 되었든 간에 그녀가 살아온 삶은 한낱 경험에 지나지 않은 것이지만, '시간 순으로 무엇을 기억하고 표현하는 모든 말6)'이 '서사'라는 점에서 보자면 여성생애담은 서사로 간주되기에 충분한 것이다. 여성생애담을 생애서사7)나 자기서사8)라는 말을 사용하여 분석하고 있다는 점은 이를 잘 말해준다.

그러나 필자는 좀 다른 관점에서 이를 접근해 보고자 한다. 여성생애담이 서사의 하나라는 것은 분명하지만, 그 서사의 성격을 좀 더 세밀하게 고찰하기 위해서는 '이야기(story)'라고 하는 용어를 끌어들일 필요가 있다. 생애담을 현대구전설화의 하위 항목으로 끼워 넣으려는 것이 한국 구비문학계의 관심9)이고 보면, 이러한 작업은 어떤 식으로건 철저한 검증의 단계에 놓여야 하는 것이다. 주지하다시피 이야기는 서사의 하나이다. 다만 '이야기'는 '기본 정보나 자료를

6) A. Liebkich & R. Tuval-Mashiach & T. Zilber, *Narrative Research*, London : Sage, 1998, p.2.

7) 이재인, 「서사유형과 내면세계 : 기혼여성들의 생애이야기에 대한 서사적 접근」, 『한국사회학』 제39집 3호, 한국사회학회, 2005 ; 이재인, 「서사의 개정과 의식의 변화」, 『한국여성학』 제22권 2호, 한국여성학회, 2006.

8) 김정경, 「자기 서사의 구술시학적 연구-여성생애담을 중심으로」, 『한국문학이론과 비평』 제44집(13권 3호), 한국문학이론과 비평학회, 2009.9 ; 박혜숙·최경희·박희병, 「한국여성의 자기서사(1)」, 『여성문학연구』 제7집, 한국여성문학학회, 2002 ; 박혜숙·최경희·박희병, 「한국여성의 자기서사(2)」, 『여성문학연구』 제8집, 한국여성문학학회, 2002 ; 박혜숙, 「여성 자기서사체의 인식」, 『여성문학연구』 제8집, 한국여성문학학회, 2002 ; 박혜숙·최경희·박희병, 「한국여성의 자기서사(3) : 근대편」, 『여성문학연구』 제9집, 한국여성문학학회, 2003.

9) 여성생애담 또는 일상경험담을 문학적 관점에서 분석한 다음의 논문들이 이에 해당한다. 신동흔, 「경험담의 문학적 성격에 대한 고찰-현지조사를 중심으로-」, 『구비문학연구』 제4집, 한국구비문학회, 1997 ; 천혜숙, 「여성생애담의 구술사례와 그 의미분석」, 『구비문학연구』 제4집, 한국구비문학회, 1997 ; 천혜숙, 「농촌여성 생애담의 주제와 생애인식 양상」, 『한국고전여성문학연구』 제2집, 한국고전여성문학회, 2001 ; 김예선, 「'살아온 이야기'의 문학적 성격과 위상 연구」, 건국대학교 석사학위논문, 2005 ; 천혜숙, 「농촌 여성 생애담의 문학담론적 특성」, 『한국고전여성문학연구』 제15집, 한국고전여성문학회, 2007 ; 김정경, 「여성 생애담의 서사 구조와 의미화 방식 연구-『책 한 권으로도 모자랄 여자이야기』를 중심으로-」, 『한국고전여성문학연구』 제17집, 한국고전여성문학회, 2008. 한편, 영어권에서는 Sandra Dolby Stahl에 의해 일찍이 구술문학 갈래의 하나로써 생애담이 연구된 바 있다(*Literary Folkloristics and the Personal Narrative*, Bloomington : Indiana University Press, 1989).

시간 순으로 배열하여 하나의 또는 다수의 사건을 설명하기 위한 서사'라는 점에서 보편적 의미에서의 '서사'보다는 훨씬 구체성을 띤다. 더 자세하게 말하자면 이야기의 화자나 작가는 플롯, 배경, 주제, 갈등, 해결, 작중 인물 등을 사용하게 되며, 그 내용의 사실 여부를 떠나 청자나 독자에게 특정 정보나 즐거움을 전달한다.10) 따라서 이러한 내용을 참조해 볼 때, 여성생애담을 이야기의 관점에서 논의하는 것이 타당할 것이다.

그런데 이때 이야기는 문학 양식이기 이전에 전달을 목적으로 발명된 것이라는 관점을 더 취할 필요가 있다고 본다.11) 즉 이야기(이야기하기 포함)를 의사소통의 수단인 미디어로 간주할 필요성이 있다고 본다.12) 이렇게 보면 여성생애담이 문학양식의 하나인 이야기인가, 이야기에 가까운 어떤 것인가 등에 대한 논의는 별로 중요하지 않게 된다.13) 중요한 것은 여성생애담이 미디어로서의 이야기적 성격—여기에서 파생되는 관계적 성격까지를 포함하여—을 얼마나 갖고 있느냐 하는 것이다. 만약에 미디어로서의 이야기적 성격을 충분히 갖고 있다고 판정되면, 우리는 이야기가 오늘날 언어예술의 하나로 자리 잡기 훨씬 이전의 원초적 형태로써의 '이야기'를 여성생애담을 통해서 고찰—가능성과 한계—할 수 있을 것이다.

2. '전통 이야기'의 미디어적 성격과 관계적 성격

여성생애담의 이야기적 성격을 구명하기 위해 먼저 전통적 의미에서의 '이야기'가 갖고 있는 미디어적 성격과 관계적 성격을 설명하기로 한다. 이때 용어의

---

10) Jacqueline S. Thursby, *Story : A Handbook*, Westport : Greenwood Press, 2006, p.23.
11) 이에 대해서는 필자의 「미디어융합의 점증에 따른 구비문학 연구의 확장지점 모색」(『우리말글』 제47집, 우리말글학회, 2009.12)에서 다룬 바 있다.
12) Robert Atkinson, *The Life Story Interview*, London : Sage Publications, Inc., 1998, p.1.
13) 이와 관련된 대개의 연구는 생애담이 오늘날 문학계에서 인식되고 있는 '서사'나 '이야기'일 수 있음을 미리 전제하고 분석하는 경향을 보여준다. 이야기문학으로서 '살아온 이야기'를 규정한 연구 (김예선, 「문화콘텐츠로서의 '살아온 이야기' 연구」, 『겨레어문학』 제34집, 겨레어문학회, 2005), 영웅서사의 구조인 '고난-고난극복' 구조를 모방하여 반복적으로 서사단락을 늘어놓은 것이 여성생애담이며, 그것은 가부장제 사회에 대한 저항담론적 가능성 예고하고 있는 문학양식이라는 연구 (천혜숙, 앞의 논문, 2007), 여성생애담의 서사구조와 의미가 갖는 특성을 '희생의 과시를 통한 피해의식과 자부심의 역설적 상황'으로 정리한 연구(김정경, 앞의 논문, 2008) 등이 이에 해당한다.

혼란을 피하기 위해 전통적 의미에서의 이야기를 특별히 지칭할 때에는 '전통 이야기'라는 용어를 사용하여 논의를 진행하겠다.

주지하다시피 매체 또는 매개체로 번역되는 미디어는 특정 정보, 지식, 감정, 오락거리 등을 전달하는 역할을 하는 것을 말한다. 또한 오늘날에는 라디오, 텔레비전, 인터넷 등 대중 전자매체를 지칭하는 것으로써 사용되는 것이 일반적이다. 그렇다면 이러한 매개체 역할을 하는 것이 이전에는 없었는가? 미디어는 문자사회에서 뿐만 아니라 구술사회에서도 있었다. 그 대표적인 것이 '전통 이야기'이다. 인류는 중요한 지식과 경험을 구전으로 전달하는 과정에서 특정의 전달형태를 고안해서 발전시켜 왔고, 그것은 애초의 발생목적에서 점차 진화해 각종 정보를 전달하는 형태로 진화하였다. '이야기하는 인간', 즉 호모 나랜스 (Homo Narrans)[14]로서의 인류는 인간의 신체감각의 일부인 '입', 그리고 언어를 사용하여 정보, 지식, 감정, 오락거리 등을 전달할 수 있는 능력을 갖추고 있었고, 그것을 오늘날까지 계속해서 발전시켜 왔다. 따라서 오늘날 우리가 언어예술의 하나로 분류하는 '전통 이야기'는 언어예술로서의 이야기이기 이전에 본질적으로는 각종 정보, 지식, 감정, 오락거리를 전달하는 미디어의 기능을 갖고 있었다.

(가) 약 3개월간의 결혼 생활이 지나자 젊은 부부는 처가(妻家)를 방문하게 되었다. 신부 집 부모는 매우 기뻐하여 양을 잡아 이들 부부를 대접하였다. 함께 모여 저녁을 먹을 때, 신부 집 부모가 사위에게 이야기를 하나 해달라고 말했다. 사위는 3개의 훌륭한 이야기를 알고 있었지만 무슨 이유에서인지 이야기를 전혀 모른다고 답했다. 정령을 볼 수 있는, 신부의 누이 카랑 쾨누르가 이웃에 약간의 음식을 가져다주기 위해 밖으로 나왔다가 그녀의 형부가 알고 있는 3개의 이야기 정령이 문 밖에 있는 것을 본다. 3개의 이야기 정령은 각자 자기가 훌륭한 이야기라면서 먼저

---

14) 이 용어는 1980년대 중반에 사용되기 시작하여 현재에도 널리 쓰이고 있다. Walter R. Fisher, Narration as a human communication paradigm : The case of public moral argument, *Communication Monographs*, Vol.51, No.1, 1984, pp.1-22 ; John D. Niles, *Homo Narrans : The Poetics and Anthropology of Oral Literature*, University of Pennsylvania Press, 2010(1999). '호모 나랜스'라는 용어는 최근에는 한국의 디지털스토리텔링 분야에서도 사용되고 있다. 한혜원은 『디지털시대의 신인류 호모 나랜스』(살림출판사, 2010)라는 책에서 이야기는 "인간의 무의식과 욕망의 발현이요, 타인과 의사소통을 가능케 하는 매개체"라고 정의하고 있다.

얘기되기를 기다리고 있었다. 카랑 쾨누르가 이웃에 음식을 주고 돌아왔을 때 3개의 이야기 정령은 더 이상 자기들이 얘기되지 않을 것이라는 것을 깨달은 상태였다. 그래서 3개의 이야기 정령은 다음 날 각각 활, 화살, 칼 등으로 변하여 있다가 카랑 쾨누르의 형부를 죽이기로 약속한다. 그런데 3개의 이야기 정령은 그들의 이야기를 카랑 쾨누르가 엿들었다는 것을 알고서 "누군가가 우리의 계획을 듣고 다른 사람에게 말한다면 그는 석상(石像) 쾨지로 변하게 될 것이다"라는 저주의 말을 덧붙인다. 그날 밤 카랑 쾨누르의 형부는 활, 화살, 칼이 나타나는 꿈을 꾸고서, 다음 날 집으로 가는 중에 자신이 좋은 사냥을 하게 될 꿈이라고 풀이한다. 카랑 쾨누르는 다음 날 형부 부부가 집으로 돌아가려고 할 때, 같이 가겠다고 간청하여 허락을 받는다. 도중에 카랑 쾨누르는 길에서 활, 화살, 칼을 주워 모두 망가뜨린다. 집으로 돌아온 뒤, 화가 난 형부는 처제인 카랑 쾨누르를 심하게 구타한 뒤 먹을 것을 주지 않는다. 장인, 장모가 카랑 쾨누르를 데리러 왔을 때는 뼈와 살가죽만 남은 채로 말라 있었다. 부모는 사위가 처제를 얼마나 나쁘게 대접하고 있는가를, 또 어떻게 그들의 딸이 활, 화살, 칼을 망가뜨렸는가를 듣게 된다. 이때 카랑 쾨누르가 집 바깥으로 나가더니 소리를 내지를 때까지 염소의 꼬리를 비틀었다. 그리고는 염소가 뭐라고 하는지 잘 들어보라며 그동안에 있었던 일의 자초지종을 모두 얘기한다. 얘기가 끝나자 염소는 석상 쾨지로 변한다. 카랑 쾨누르의 형부는 그제야 자신이 처제에게 잘못 대했다는 것을 깨닫는다. 그리고는 처제에게 사과를 한 뒤 이야기하려고 앉는다. 그러나 이제는 이야기할 수 없다는 것을 알게 된다.[15]

(나) 고대는 여인의 시대이다. 아랑(阿娘)이란 현재의 아버지[阿爹]와 같아서 그 당시 사람은 어머니만을 알 뿐이었다. 오래지 않아 요포호(鬧泡湖) 지역에 능력이 있고 힘이 센 남자가 나타났는데, 10여 세가 되자 키가 자라서 마치 물소같이 힘이 셌다-이 사나운 남자는 아차대대(阿扯大大)라고 불렸다-. 하루는 개울가에 있던 아차대대가, 한 아가씨가 산에 올라 땔감을 하고 있는 것을 보았다. 그것을 본 아차대대는 그 아가씨가 원하던 원치 않던 간에 상관없이 한 손으로 아가씨를 안고 집으로 와서 일을 치렀다. 그리고 부부가 되어 살면서 그녀가 돌아가는 것도 허락하지 않았고, 더욱이 다른 사내가 그녀를 따라가는 것도 허락하지 않았다. 1년이 되지 않아 여자는 자식을 낳게 되었다. 그 이후로 남자는 여자에게 복종하지 않게 되었다. 많은 남자들이 여자를 따르지 않고, 여자가 남자를 따를 것이 요구되었다. 여자

15) Kira Van Deusen, *Singing Story Healing Drum : Shamans and Storytellers of Tirkic Siberia*, McGill-Queen's University Press, 2004, pp.101-102.

는 남자와 싸워 이길 방법을 마련하지 못하고, 그저 울면서 남자와 함께 생활하는 수밖에 없었다. 오랜 세월이 흘러 남자가 장가가고 여자가 시집가는 혼속이 마련되었다. 여자는 시집가기 전에 모두 칠일, 팔일 간 대성통곡하면서 울어야 했다. 이렇게 해서 곡가가(哭嫁歌)라는 것이 매일매일 생겨나게 되었다.[16]

(가)는 〈인색한 이야기꾼(the stingy storyteller)〉이라는 제목으로 시베리아 뚜바(Tuva) 민족에게서 전승되고 있는 구전설화이다. 우리의 〈이야기귀신〉과 매우 흡사한 이 구전설화에서 사위의 부모가 사위에게 '이야기'를 부탁하는 상황, 사위가 훌륭한(또는 매우 유용한) '이야기'를 알고 있음에도 불구하고 '이야기'하기를 거절하는 상황이 매우 특징적으로 제시되어 있다. 그렇다면 이러한 특징적 상황들이 말하고자 하는 바는 무엇일까? 이 구전설화에서 문제가 되고 있는 '이야기', 그러니까 사위 부모가 요청한 '이야기'는 현대의 서사이론에서 말하는 허구적 '이야기'는 아니다. 여기서의 '이야기'는 실생활에 유용한 정보, 또는 자신이 직접 체험해보지 못한 지역이나 사건에 대한 정보를 담고 있는 이야기, 즉 미디어적 성격이 강한 형태의 이야기를 의미한다. 사위의 부모는 사위가 살고 있던 곳을 잘 알지 못했기 때문에 사위가 전해준 '이야기'를 통해서 미지의 '그곳'에 대한 각종 정보를 알고 싶었던 것이다. 따라서 이러한 상황은 '이야기'가 정보 전달의 매체로 상호 인식되었을 때라야 발생할 수 있다. 이러한 상황을 이해할 수 있는 또 다른 사례로써 구술사회의 호주 원주민을 관찰한 기록을 참조해 보자면, 이들은 '전통 이야기'를 각종 지식을 한 세대에서 다음 세대로 전달하는 매개체로 인식하였기 때문에 '전통 이야기'를 배우는 것 자체를 매우 소중하게 생각하였다고 한다.[17] 그들에게는 '전통 이야기'가 곧 기록보관고(記錄保管庫)이자 미디어의 역할을 했던 것이다. 따라서 경험(직접 체험을 한 것이건, 아니건 간에 여러 사람에게 필요한 내용으로 채워진 것)을 안정적으로 전달하기 위한 수단, 즉 미디어가 필요했고, 그 결과 발명된 것이 '전통 이야기'라고 보는 데는 무리가 없을 것이다. 이야기는 인간이 고안해 낸 최초의 구전 미디어였던 셈이다. 이러한 정황을 (나)에서는 더 정확하게 파악할 수 있다. (나)가 중

---

16) 曹毅, 『土家族民間文學』, 中央民族大學出版社, 1999.
17) 칼-에릭 스베이비 · 텍스 스쿠프, 『모든 것을 살아 있게 하라』, 이한중 옮김, 뜰, 2009, 68-107쪽.

국 소수민족 중의 하나인 토가족(土家族)의 곡가가(哭嫁歌)가 어떻게 해서 만들어지게 되었는가를 알려주는, 또는 알리고 있는 '전통 이야기'라는 것이 이야기의 내용을 통해 자세히 전달되고 있기 때문이다.[18]

한편, '전통 이야기'는 미디어적 성격뿐만 아니라, 관계적 성격도 보여준다는 점을 고려할 필요가 있다. 기본적으로 '전통 이야기'는 사랑방, 또는 그와 유사한 기능을 하는 일상적 공간에서 구연되는데, 이때 이야기판은 그 자리에 모인 사람들 간의 관계를 암시해 준다. 또한 구연된 이야기 그 자체는 각종 관계의 얽히고설킨 세계의 제반 양상을 서사적으로 보여주고자 한다. 따라서 '전통 이야기'는 구연 현장에서건, 그 내용에서건 다양한 존재들 간에 얽혀 있는 관계적 양상을 보여주려는 특성을 발현하기 마련이다. 그런데 이 중에서 우리가 특히 유념할 것은 내용에서의 제반 관계 양상이라고 본다. 인간은 제반 관계를 통해서 삶의 의미를 획득하고 자신의 정체성을 형성하는 존재이기 때문이다. '전통 이야기'는 바로 그러한 인간의 제반 관계를 내용으로 하고 있는 것이다. (가)에서의 신부 집 부모와 사위의 관계, 처제와 형부의 관계, 인간과 물질(활, 화살, 칼 등)의 관계, 인간과 정령의 관계 및 (나)에서의 신비하게 출현한 남자와 주체적 고대 여성의 관계, 아버지와 어머니의 관계, 명령과 복종의 관계, 여권과 부권의 관계 등은 그러한 관계의 구체적 내용이다. 이와 관련하여 캠벨이 신화와 민담 같은 '전통 이야기'를 '우리를 우리 자신(주체), 다른 사람(타자), 우리를 둘러싼 삶의 신비 및 우주와 조화되도록 하는 기능을 갖고 있는 것'으로 파악한 것도 '전통 이야기' 속의 제반 관계를 중시한 데서 나온 논의라고 하겠다.[19]

이상에서 본 바와 같이 '전통 이야기'는 미디어적 성격과 관계적 성격을 갖고 있다. 그런데 이 둘은 상호 대조적이면서도 밀접한 관계 속에 놓여 있다. 미디어적 성격이 '전통 이야기'라고 하는 갈래의 형식에 주로 초점이 있다면, 관계적 성격은 그 '전통 이야기'가 담고 있는 내용에 주로 초점이 있다. 또한 미디어로서의 '전통 이야기'라고 하는 것이 특정 내용을 전달하기 위해 이것과 저것을 매개하는 역할을 한다면, '전통 이야기'의 내용은 인간 세상을 둘러싼 제반 관계

---

18) (나)는 노래라고 하는 또 다른 미디어의 탄생도 말해주고 있다. 이는 이야기와는 달리 노래만이 갖는 미디어적 기능이 있음을 말해준다.

19) Joseph Campbell, *The Masks of God : Vol 4, Creative Mythology*, Viking, 1970.

를 보여주고자 한다.[20] 따라서 '전통 이야기'가 갖고 있는 성격이 여럿 있겠지만, '전통 이야기'가 내재하고 있는 가장 본질적이고 원초적인 기능은 이 두 가지의 성격에서 찾아야 할 것이다.

3. 여성생애담의 미디어적 성격과 관계적 성격

여성생애담을 '전통 이야기'에서 파악되는 미디어적 성격과 관계적 성격에 초점을 맞춰 분석하기 위해서는 여성생애담이 어떤 내용을 전달하고 있는가를 먼저 이해할 필요가 있다. 2장에서 든 (가), (나)의 경우, 특히 (가)에서 '전통 이야기'가 정보나 지식을 전달하는 미디어의 기능을 했다는 것을 확인하였다. 그러나 여성생애담의 경우, 그것이 '전통 이야기'의 전단계적 속성을 갖고 있는가를 검토하기 위한 대상이라는 점을 고려해야 하는 것이다. 현재의 상태로써는 여성생애담이 갖고 있는 미디어적 성격은 그것이 구성하고 있는 내용이 무엇인가에 따라 결정될 수밖에 없는 것이다. 이때 여성생애담의 내용이 타인에게 전달할 만한 것이라면 충분히 미디어적 가치가 있는 것이고, 없다면 미디어적 가치가 그만큼 약화될 수밖에 없다는 것은 전제되어야 하겠다. 아래에 소개한 것은 이번의 조사프로젝트에서 1차적으로 보고한 자료일람표이다.

자료	인간관계	갯수	비고
고○○(원주) : 술주정하는 시어머니 모신 사연 박○○(오산) : 딸처럼 여기겠다던 시어머니가 며느리로 대한 사연 김○○(안산) : 시부모가 악몽이었던 사연 김○○4(포항) : 괜히 먹은 가자미회 장○○2(김천) : 시어머니 시집살이, 남편 시집살이 박○○(밀양) : 두 분의 시어머니를 모시다 김○○(김해) : 중매한 사람이 시어머니 김○○1(서울) : 착한 시어머니와 아들 병구완 김○○(군산) : 시어머니를 이긴 며느리 원○○(익산) : 홀시어머니 시집살이 유○○(익산) : 며느리 흉보는 시어머니	시어머니	16	

---

20) 이에 대해서는 앞에서 든 칼-에릭 스베이비·텍스 스쿠소프의 저서를 참조하기 바란다. 구술사회의 이야기가 인간을 둘러싼 제반 관계에 얼마나 초점이 있는가를 구체적으로 잘 제시하고 있다.

김○○(광주) : 친정어머니보다 다정했던 시어머니 김○○(남원) : 7대 독자의 며느리로 사이 나쁜 두 시어머니를 모시다 김○○(군산) : 100세를 1달 남기고 돌아가신 시어머니 이○○(예산) : 시어머니가 빗자루로 쓸어버린 사연 이○○(음성) : 혹독한 시집살이 시킨 시어머니를 극진히 간호한 사연		
정○○(삼척) : 깐깐한 시아버지 시집살이 김○○(홍천) : 20년간 시아버지 술심부름한 사연 원○○(홍천) : 니 년은 일원짜리도 안 돼 김○○2(포항) : 시아버지에게 배운 담배 김○○3(포항) : 파마와 시아버지 김○○ : 시아버지 시집살이 양○○(담양) : 며느리를 딸처럼 아껴준 시아버지 권○○(충주) : 시아버지가 여덟 번 장가 간 사연 박○○(공주) : 트집 잡는 시아버지 시집살이 육○○(보은) : 시아버지가 친정 무시한 사연 성○○(청원) : 딸 낳아 시아버지에게 구박받은 사연	시아버지	11
유○○(원주) : 술 먹는 남편살이 김○○(삼척) : 남편을 구해 준 산신이야기 임○○(태백) : 광산에서 죽은 남편 김○○(삼척) : 둘째 부인 얻어 도망 간 남편 이야기 함○○(평창) : 건달 중에 상건달인 남편과 산 인생 김○○(동해) : 남편이 죽자 웃은 사연 황○○(동해) : 남편과 이혼하기 위해 보낸 세월 최○○(평창) : 남편의 노름빚 갚느라 평생을 보낸 사연 송○(오산) : 노름꾼 남편 때문에 도망다닌 사연 최○○(안산) : 노름 좋아하는 남편 강○○1(산청) : 나이차이 나는 남편과 시부모 병수발 이○○(하동) : 군대 간 남편을 대신 한 살림살이 박○○(김해) : 교사남편 만들기 안○○(사천) : 가난한 시댁, 착한 남편 강○○(김해) : 결혼 7년 만에 사망한 남편 김○○2(서울) : 자식 시집살이, 남편 시집살이 박○○1(서울) : 노름에 빠진 남편 이○○(서울) : 가난한 생활, 착한 남편 김○○(서울) : 딴 살림 차린 남편 박○○(서울) : 남편의 의처증 이○○(서울) : 남편이 잘하면 시집살이 안한다 강○○2(군산) : 남편과는 석 달 살고 각방생활	남편	36

정ㅇㅇ1(진도) : 여자 욕심이 많았던 남편			
박ㅇㅇ(무안) : 술독에 빠진 남편			
박ㅇㅇ(무주) : 호랑이가 맺어준 인연			
정ㅇㅇ(완도) : 남편을 잃고 품팔이 한 인생			
김ㅇㅇ(함평) : 일본에서 결혼하고 귀국해 남편 덕에 살다			
이ㅇㅇ(함평) : 군대 간 남편, 가난한 살림살이			
김ㅇㅇ(예산) : 평생 바람 핀 남편을 용서한 사연			
황ㅇㅇ(제천) : 지랄병만 안 걸린 나쁜 남편 이야기			
임ㅇㅇ(충주) : 작은 마누라 얻어 산 남편이야기			
박ㅇㅇ(금산) : 폭력적인 남편과 이혼한 사연			
유ㅇㅇ(청양) : 일하지 않는 시어머니와 남편			
유ㅇㅇ(청양) : 전쟁 중에 죽은 남편과 자식 보낸 이야기			
이ㅇㅇ(홍성) : 시조 잘 하는 남편 때문에 고생한 이야기			
백ㅇㅇ(아산) : 시어머니가 남편을 건달이라 부른 사연			
유ㅇㅇ(정선) : 동네 과부가 낳은 아들을 키운 사연	다른 여인 전처/첩 자식	6	
김ㅇㅇ(화성) : 전처가 낳은 일곱 명의 자식			
김ㅇㅇ2(문경) : 먼저 시집 온 여인과 함께 살다			
박ㅇㅇ1(하동) : 시집간 첫날 남편의 딸들이 인사하다			
박ㅇㅇ2(무안) : 첫사랑의 아이를 낳아 기르다			
이ㅇㅇ(완주) : 작은 각시가 낳은 두 딸			
안ㅇㅇ(평창) : 아들을 위해 호적 찾으러 간 사연	자기자식	9	
김ㅇㅇ(문경) : 젊어서 과부되어 5남매를 키우다			
민ㅇㅇ(문경) : 금쪽같은 아들을 먼저 보내고 살아오다			
박ㅇㅇ3(서울) : 남이 된 자식들			
ㅇㅇㅇ우정목련아파트2(전주) : 혼자서 자식들 키운 이야기			
정ㅇㅇ2(진도) : 큰딸 덕분에 구한 목숨			
최ㅇㅇ(익산) : 보따리 장사를 하며 13명의 자녀를 거두다			
ㅇㅇㅇ(대전) : 윗돌 빼고 아랫돌 빼서 자식 가르친 사연			
김ㅇㅇ(익산) : 아들 낳고 좋아진 형편			
이ㅇㅇ(인제) : 야박한 큰동서 시집살이	동서/시누이/시동생	6	
오ㅇㅇ(안산) : 메주 벌출이의 맏동서 시집살이			
이ㅇㅇ(김해) : 구렁이로 시동생 병구완			
정ㅇㅇ(포항) : 힘든 시동생 양육			
정ㅇㅇ2(완주) : 놀부같은 큰형님 때문에 고생하다			
현ㅇㅇ(제주) : 시아주방의 4.3			
양ㅇㅇ(삼척) : 명태 고기와 함께 한 인생			
차ㅇㅇ(인제) : 죽도록 일만 한 인생			
이ㅇㅇ(홍천) : 재주가 있어야 사람대접 받는다는 사연			

이ㅇㅇ(안성) : 남의 집 살이 십년 한 사연		
김ㅇㅇ1(문경) : 정신대를 피한 결혼		
최ㅇㅇ(문경) : 종부로서의 삶과 노인회장 일		
이ㅇㅇ(봉화) : 종가집 딸로 태어나 종가집 며느리가 되다		
이ㅇㅇ(문경) : 한숨이 산꼭대기가 되고 울음이 한강수가 됐을 인생		
이ㅇㅇ(문경) : 한 잔 술에 결혼		
박ㅇㅇ2(하동) : 시집온 후 생긴 화병		
김ㅇㅇ1(포항) : 산골의 독가촌으로 시집가다		
임ㅇㅇ(포항) : 산중에 시집가기 싫어 일주일 단식		
장ㅇㅇ1(김천) : 부유한 시집, 힘든 시집살이		
이ㅇㅇ(밀양) : 함흥에서 밀양까지		
박ㅇㅇ(의성) : 12남매 장남에게 시집가다		
최ㅇㅇ(의성) : 서울 생활을 접고 한 결혼		
박ㅇㅇ(김해) : 일본 가서 고생, 한국 와서도 고생		
장ㅇㅇ(김해) : 친정 아버지 노름빚 대신 결혼하다		
김ㅇㅇ(사천) : 80킬로 5가마니를 끈 여장부		
박ㅇㅇ(사천) : 생활은 풍족했지만, 마음은 가난했던 결혼생활		
조ㅇㅇ1(사천) : 섬 시집살이, 육지 떡장사		
조ㅇㅇ2(사천) : 출산 경험과 자식 결혼		
남ㅇㅇ(사천) : 고기상자 짜며 보낸 인생		
조ㅇㅇ(사천) : 10남매 시댁의 맏며느리		
장ㅇㅇ1(밀양) : 한 곳에서 평생 산 것이 한		
장ㅇㅇ2(밀양) : 정미소 운영하며 자식 양육	자기자신	
강ㅇㅇ(김해) : 배곯았던 시집살이	/결혼	63
김ㅇㅇ(김해) : 끼니걱정, 땔감걱정		
김ㅇㅇ(김해) : 시부모 없는 시집살이		
김ㅇㅇ(김해) : 공부하지 못한 한		
이ㅇㅇ(김해) : 일본에서 한국까지의 고생		
서ㅇㅇ(밀양) : 외동딸이 종부가 되다		
문ㅇㅇ(서울) : 두 번의 결혼과 두 번의 헤어짐		
최ㅇㅇ(서울) : 12명의 여자들과 함께한 시집살이		
이ㅇㅇ(서울) : 집안 일으킨 맏며느리		
황ㅇㅇ(서울) : 경상도 처녀의 서울 정착기		
한ㅇㅇ(서울) : 서울토박이, 스카프의 여인		
김ㅇㅇ1(전주) : 주부는 집안의 구심점, 정신적 지주		
김ㅇㅇ2(전주) : 시집이라는 거미줄에 걸린 먹이		
강ㅇㅇ1(군산) : 공방살이		
서ㅇㅇ(군산) : 16살에 결혼하여 평생을 가난하게 살다		
ㅇㅇㅇ우정목련아파트노인정1(전주) : 인공때 이야기		

박○○1(무안) : 안 맞는 연애			
조○○(익산) : 없어서 못 살았을 뿐			
나○○1(광주) : 부잣집 막내딸에서 가난한 집 맏며느리로			
나○○2(광주) : 잠잘 시간도 없이 일만하다			
오○○(완주) : 고된 피난살이			
정○○1(완주) : 남자 셋만 살던 집에 시집간 이야기			
임○○(무주) : 호적 없이 산 세월			
김○○(김제) : 결혼 3년만에 가출하여 전국을 다니다			
나○○(영광) : 돈은 돌고 도는 것			
박○○(영광) : 허리에 치마 두른 대장부			
서○○(담양) : 시집살이하며 싹튼 우정			
신○○(담양) : 공출 피하느라 15살에 결혼하다			
윤○○(군산) : 장자도에서 무녀도로 시집오다			
윤○○(군산) : 남편과 딸을 일찍 보내고 살아온 인생			
이○○(군산) : 바닷가로 시집와 60년동안 갯일하다			
고○○(군산) : 아이 낳을 때 시어머니도 시동생을 낳다			
강○○(완도) : 가난한 시집살이와 혼수 타박			
백○○1(완도) : 가난했던 시집살이			
백○○2(완도) : 시부모 눈에 들려고 노력한 인생			
김○○(함평) : 두 번 결혼해 살아온 인생			
김○○(제주) : 죄인 아닌 죄인으로 살아 온 사연			
부○○(제주) : 한꺼번에 5명의 가족을 앗아간 4·3사건			
강○○(제주) : 평생을 해녀로 살아온 인생			
고○○(제주) : 4·3사건이 남긴 상처			
한○○(제주) : 물질로 집안을 일으키다			
송○○(공주) : 고생할 운명			
○○○(제천) : 품팔이 하여 땅 부자 된 사연			
조○○(제천) : 수양딸과 민며느리로 산 인생			
강○○(금산) : 가난한 시집을 일군 이야기			
이○○(청양) : 나물만 먹고 산 원통한 세월			
박○○(홍성) : 광산에서 일하여 빚 갚은 이야기			
탁○○(인제) : 생사를 알지 못하는 아버지를 그리워하는 사연 신○○3(대전) : 둘째 며느리로 시집오자 어머니가 죽은 사연	친정식구	2	
오○○(인제) : 귀양하기 위해 데릴사위 삼은 사연	사위/ 며느리	1	
박○○2(서울) : 피난길에 만난 사람들 전○○·이○○(전주) : 덕진공원의 전도사들	기타	1	

위에 소개한 표는 잠정적으로 분류한 것이기 때문에 보다 세밀한 작업이 뒤따라야 할 것이다. 그러나 여성생애담을 구성하고 있는 내용을 한 눈에 파악하는 데는 무리가 없을 것이라고 본다. 공간적으로 보자면 시댁, 인간관계로 보자면 남편이나 시부모 등 시댁식구가 압도적 비중을 차지하고 있다. 여기서 친가식구에 대한 자료가 적다는 것은 여성 생애의 기억이 어디에 초점화되어 있는가를 알려주는 단서가 된다. 그렇다면 무엇에 초점화되어 있는 것일까? 자료일람표에서 '자기자신/결혼'으로 분류한 것이 제일 비중이 높은데, 여기서의 분류에 드는 생애담들은 거의 예외 없이 결혼이나 결혼으로 인한 '자기 자신의 고생'을 주 내용으로 하고 있다. 이 점에 의거하면 여성생애담의 대부분은 '결혼생활의 고난'에 초점화되어 있다고 말할 수 있다. 즉 여성생애담은 '시집살이고생담'과 상동관계에 놓여 있다고 볼 수 있다.

그런데 위에 제시한 자료가 할머니들을 대상으로 하여 그녀들의 시집살이담을 채록한 것이기 때문에 당연한 얘기이지 않겠는가 하는 의문을 제기할 수도 있다. 그러나 실제로 그녀들의 얘기를 채록하는 과정에서 분명히 드러나는 것은 '여성들의 기억된 과거의 소환'이 대부분 결혼 이후의 얘기로부터 시작된다는 점이다. 결혼 이전의 기억은 희미하고, 결혼 이후의 기억은 강하여 그것이 그녀들의 삶을 너무나 강렬하게 지배하고 있기 때문에, '살아온 이야기'를 해달라고 요청하였을 때 주저 없이 결혼생활에서 비롯된 고난부터 언급되고 있는 것이다.

따라서 여성생애담을 관계적 성격에 초점을 맞춰 살펴보기 위해서는 당연히 그 중심에 '결혼생활의 고난'이 놓여 있다는 점을 인정하고, 이것을 고려하여 그 관계의 양상을 고찰해야 할 것이다. 시사점을 얻기 위해 먼저 개인생애담 연구의 권위자인 산드라 스탈의 논의를 참조해 보기로 한다. 그녀는 개인생애담을 분석하면서 개인과 민중집단 사이의 관계를 '가족, 종족 또는 민족적 배경, 종교, 장소, 나이, 성, 사회적 네트워크, 직업' 등의 8개 카테고리로 해석하고, 이들 간의 관계를 통해 개인의 정체성이 형성된다는 점을 지적한 바 있다.[21] 이러한

---

21) Sandra D. Stahl, *Literary Folkloristics and the Personal Narrative*, Bloomington : Indiana University Press, 1989, pp.34-35.

논의가 한국의 여성생애담에 그대로 적용될 수 없는 것임은 말할 필요도 없다. 그러나 결혼생활의 고난을 주된 내용으로 하는 여성생애담을 통해 드러나는 몇 개의 카테고리, 산드라 스탈이 제시한 것과는 상당히 다른 카테고리들이 존재할 것이라는 추정, 또한 그러한 카테고리들과의 관계 속에서 여성들의 정체성이 형성되었으리라는 추정은 가능할 것이다. 그렇다면 그러한 여성생애담 속에 내재되어 있는 관계의 카테고리들은 무엇일까? 한 마디로 하면 '가족'이고, 더 자세하게 얘기하면 시부모, 시누이, 남편, 첩, 자식 등이 될 것이다. 따라서 여성생애담 속에서 파악되는 관계적 성격은 지극히 한정되어 있다고 볼 수 있을 것이다.[22]

그런데 여성생애담이 보여주는 관계 양상이 비교적 협소하다고는 하지만, 그 관계가 보여주는 내밀함은 만만치 않다. 앞서 표를 통해 정리하였듯이, 여성생애담의 내용 중 대부분은 '결혼이나 결혼으로 인해 생기는 고난을 자기 자신이 잘 참아 왔지만, 그래도 그 때를 되돌아보면 자기 자신이 무척 힘들었다'는 것으로 되어 있다. 소위 자신의 삶에 대한 신세타령의 성격이 강한 것이다. 다음은 그러한 성격을 보여주는 예들이다.

> 그런데 할머니, 저, 저, 뭐, 저기, 자들 할머이가 좀 저거 해가지고 술을 좋아하시니까 술만 잡수면 왜 지나간 거 저거 해가지고 맨날 술 쥐정하괴조사자 : (웃으며) 그 내용을 얘기해줘야지 이모.] 그냥 툭탁하면, 툭탁하면, 툭탁하면 이놈으 집구석 불 싸놓고 나 혼자 가면 고만이라고, 부엌에다 그냥 그 옛날에 왜 나무를 땠었잖아? 나무를 부엌에다 갖다 재워놓고 불 싸지르고, 또 화리도 그 왜 소 멕이는 화로를 소 멕이는 그 저, 저, 마굿간에다 히떡 던져가지고서는 불이 붙어가주 저거 해가지고 저거 하고 뭐[큰딸 : 보통이 아니었어, 우리 할머니가.] 할머니가 좀 아주 기가 좀 세서 가지고. <u>그래가지고 그냥 힘들었지, 내가.</u> (밑줄 필자) [고ㅇㅇ(1949년생), 강원도 원주, 2009년 2월 25일 나주연 조사 · 채록]

> 그랬는데 그날 밤에 밤새도록 쥐정하는, 밤새도록. 밤새도록 쥐정하면서 안 주무시는 거야. 자기, 자기, 인제 잘못했다 빌기 전에는, 똑같이 하는 거야. 그전에 시할,

---

22) 개인 스토리텔링의 세계를 가족에서의 스토리텔링, 직장에서의 스토리텔링, 지역사회에서의 스토리텔링으로 나눌 때 한국의 여성생애담은 가족에서의 스토리텔링에 속한다.

할머니가 왜 할머니가 했듯이 인제 꼭 자 아버이가 잘못했다고 빌어야지 빌어도 빌어도 그냥 건성 들여가지고는 안 되는 거야. 아주, 아주 진심을 다해서 아주 그냥 아주 몇 번을 빌어야지 인제 화가 풀려서 쪼끔 자는 척 하다가는 또 그게, 그게 또 생각이 나면 또 화나 가지고 (청중 폭소) 또 일어나가지고 못 자게하고 밤새도록 그래는 거야. 아유, <u>그래가지고 내가 하도 속이 상해가지고</u> 그 건네 인제 지연이 할아버지한테 가서 아이, 외삼촌, 좀 건너와 보시라고. 아유, 저, 밤새도록 저렇게 잠을 못 자게 하니 어떡하느냐고, 이랬더니 그래가지고 지연이 할아버지가 와가지고서는 어? 이런 경우가 어디 있느냐고? 어? 저기 뭐야 저, 저, 자식들이 그만큼 저거 했으면 인제 좀 잘못했다 하고 그만큼 저거 했으면 아이, 자야지, 뭘 저, 여자가 뜨새빠지고서는 밤새도록 누굴 저, 저, 뽁아대냐면서 지연이 할아버지가 와 가지고 막 뭐라 하더라고. 그래가지고 인제 그 길로 어떻게 쪼끔 조용해지더라니까. 근데 한 2년에 한 번이나 1년에 한 번씩은 꼭 꼭 그래. (청중 폭소) (밑줄 필자) [고○○(1949년생), 강원도 원주, 2009년 2월 25일 나주연 조사·채록]

시할머니와 시어머니가 술 마시고 행패를 부리는 것을 관계적 관점에서 서술하면서도 화자는 자기 자신이 그 때문에 고생하였다는 것을 반드시 언급하고 있다. 타자를 향하였다가도 결국은 자기 자신을 향할 태도를 항상 견지하고 있는 것이다. 따라서 여성생애담은 관계지향적 성격을 보여주지만, 자기지향적 성격을 더 강하게 보여주고 있는 것으로 정리될 수 있다. 그 점에서 여성생애담은 남성 가족중심의 세계에서 살아온 여성의 타자적 세계관보다는 주체적 세계관을 담고 있는 서사라고 할 수 있다.[23] 그러나 좀 더 엄밀하게 정리하자면, 주체적 세계관으로써 소환되었으면 하는 타자적 세계관이라고 해야 타당할 것이다. 위의 예에서도 알 수 있듯이 여성들의 시집살이라는 게 자신의 강렬한 주체적 의지로써 살아온 게 아니기 때문이다. 적어도 여성생애담이 여성들의 주체적 세계관을 담고 있는 것이라고 해석되려면 시집식구나 남편, 자식 등과의 관계적 삶 속에서 어쩔 수 없이 살아온 자신을 극복하려는 의지를 그렇게 표현한 것이라고 보는 게 타당할 것이다.

이 점에 유의하여 볼 때, 여성생애담은 생애담을 구술하는 '현재의 나'의 관점에서 재조직된 기억이며, 그에 따라 관계적 성격 또한 재조직되었을 가능성을

---

23) Lidwien Kapteijns, *Women's Voices in a Man's World*, Portsmouth : Heinemann, 1999.

다분히 내재하고 있다. 이것은 단순히 경험을 전달하는 차원을 뛰어넘는 것이라고 생각한다. 경험을 전달하되, 전달 방식에 대한 '여성구연자로서의 주체'의 고민이 엿보이기 때문이다. 이것을 '살아온 이야기를 구연하는 행위를 타자와 경험을 공유하고, 그렇게 해서 자신의 삶을 소통해 나가려는 의지에서 비롯된 것'[24]이라고 단정 지을 수는 없더라도, '전통 이야기'의 그것에 근접하는 관계적 성격을 보인 것이라는 점은 부인할 수 없다. 그렇다면 미디어의 관점에서 봤을 때, 여성화자들이 그녀들의 생애담을 다른 사람들에게 전달할 만한 것으로써 인식하였는가? 이 문제는 그리 간단하지 않아 보인다. 왜냐하면 전달 내용이 전달할 만한 가치가 있어야 하는 것인데, 여성생애담의 내용이 과연 그런가 하는 것이다. 다시 말해서 여성생애담을 전해 들음으로써 뭔가 새로운 정보나 지식을 얻든지, 즐거움을 느끼든지 해야 하는데, 이것을 여성생애담이 만족시켜 주는가의 문제인 것이다. '전통 이야기'가 내재하고 있는 미디어적 성격에 의하면 이야기 속에 담겨진 정보, 지식, 감정, 오락거리 등은 개인이 아닌 집단을 이해하는 데 도움이 되어야 한다. 이것이야말로 구비문학 작품이 창작, 전승, 재창작의 과정을 반복하면서 보여준 불변의 법칙이기 때문이다.

따라서 이런 점을 고려하여 질문에 답하자면 필자의 대답은 조금은 긍정적이다. 천혜숙이 농촌여성생애담을 고찰하면서 "일정한 주제적 언술이나 전형적 묘사가 반복되는 것은 생애담 주체들이 삶의 경험과 인식을 공유"[25]하였다는 것을, 또한 "그들 상호간에 오랜 의사소통 문화가 있어 왔음을 반증"[26]하는 것이라고 한 논의를 참조할 때, 여성생애담은 집단이 공유할 가치가 있는 정보, 지식, 감정, 오락거리를 담고 있다고 볼 수 있다. 즉 여성생애담은 미디어적 성격을 어느 정도 갖고 있다고 판단할 수 있다. 다만 여기서 고려할 것은 구술된 여성생애담 전체가 아니라 그것을 구성하고 있는 에피소드 단위로 미디어적 성격이 판단되어야 한다는 점이다. 이번의 프로젝트에서 조사·채록된 여성생애담은 한 시간에서 많게는 서너 시간의 면접을 통해서 얻어진 '어느 정도 복잡하

---

24) 김예선, 「문화콘텐츠로서의 '살아온 이야기' 연구」, 『겨레어문학』 제34집, 겨레어문학회, 2005, 157-158쪽.
25) 천혜숙, 「농촌 여성 생애담의 문학담론적 특성」, 『한국고전여성문학연구』 제15집, 한국고전여성문학회, 2007, 294쪽.
26) 위의 논문, 같은 쪽.

게 구성된 형태'이지만, 실제 생활현장에서의 구술자들은 이보다 짧은 시간 내에서 특정 에피소드 단위의 짤막한 형태를 구연할 것이기 때문이다. 『한국구비문학대계』에 조사·채록되어 있는 칠팔 편의 시집살이 관련 설화는 그러한 특정 에피소드 단위의 형태를 잘 보여주고 있는 것이다.[27)

4. '전통 이야기'와의 비교를 통해 본 여성생애담의 한계와 가능성

우리가 알고 있는 이야기, 그러니까 '전통 이야기'는 현재 예술양식의 하나로서만 인정받고 있다. 이에 대해 필자는 그 기원은 미디어로서의 이야기에 있고, 그것은 주로 인간을 둘러싼 관계적 성격을 보여주기 위함이었으며, 이는 현재의 '전통 이야기'에서도 그대로 유지되고 있다고 보았다. 그런데 여성생애담은 '전통 이야기'가 애초에 서 있던 바로 그 지점을 어느 정도 보여주고 있다는 점에서 '이야기화의 과정'을 살피는 데 중요한 연구대상이 된다. 이 장에서는 이와 관련된 소략한 논의를 덧붙임으로써 그 가능성과 한계를 제시하고자 한다.

먼저 현재의 여성생애담은 표현적 측면에서 예술양식으로서의 이야기가 갖춰야 할 유사(類似) 자질을 일부 보여주고 있다는 점에 주목해 보자.

그렇게 살은 사람이 지금 물을 함부로 쓰겠어? 지금두 나 그릇 씨꺼두 물 나 철철철철 넘어가구 뭐 한- 그릇 쓰고, 안 해요. 절-대로 여 꾸정물 씻고 또 한 번 헹구고, 또 한 번 헹구고, 세 번 헹궈야 한 통 갖고, 이 넘으 한 번 써서 버릴 걸 갖구. <u>그래서 그 시절에 물 아껴 쓰고 살은 것이라 지금도 물도 그러지, 모-든 면에 절약하는 거는 아마 두번채 가라면 나 이상 갈 사람 아마 없을 거야.</u> 뭐든 철두철미, 아직 그러구 금개물 한 번, 음식물 한 번 썩어서 이렇게 나, 내버려 본 적 없어. 그래 내 생활신조가 버리지 않는 거. 함부로 해서 뭐 버리지 않는 거. 좌우간 다 돈준 거잖아, 이랬든 저랬든. 그렇게 절-대루 버리지 않는 거. 그- 내가 알맞게 해서 먹든지 어쩌든지. 하여튼 그래가꾸 막 요만한 거 쪼가리 하나, 헝겊 쪼가리 하나 지금도 그 생활습관이 들어서 비닐봉투 하나를 그냥 내가 어디로, 더러워져야 버려

---

27) 〈벙어리 시집살이〉(『한국구비문학대계』 1-9), 〈방귀장이 며느리의 시집살이〉(『한국구비문학대계』 2-7), 〈돌고 도는 시집살이〉, 〈딸 형제의 시집살이 각각〉(『한국구비문학대계』 7-10), 〈되받은 시집살이〉(『한국구비문학대계』 6-5), 〈벙어리 삼년 귀머거리 삼년의 시집살이〉(『한국구비문학대계』 8-11) 등이 그러한 예다.

요. 인제 마지막에 인자 이 음식 찌끄레기 넣어가꾸 옥상에 갖다 버리고 고거 인자 버리고. 그래서 언-제고 밀려있어요. 그렇게 집이 좀 지저분하지. (밑줄 필자) [김ㅇㅇ(1936년생), 전북 전주, 2008년 9월 26일 김정경, 김예선, 김효실 조사·채록]

위의 예에서 확인되는 유사 자질은 두 가지이다. 하나는 화자인 자신을 어떤 식으로건 부각시키려고 한다는 점이다. 이야기를 진행시키는 데 있어서 서술자가 절대적으로 중요하다는 점을 고려할 때, 이것은 이야기 양식의 서사 주체를 확립하는 것으로써 해석될 여지가 농후하다. 다른 하나는 시간적 대비를 활용한 서술방식을 취하고 있다는 점이다. 즉 경험된 과거와 그 경험이 소거된 현재와의 서술 대비를 통해 과거 또는 현재를 강조하고 있는 것이다. 폴 리쾨르에 의하면 시간은 있는 그대로 직관할 수 없는 것이지만 이야기의 서술성을 통해서는 가능하다.[28] 시간에 대한 인식과 이야기의 생성은 그만큼 긴밀한 관계에 놓여 있는 것이다. 따라서 여성생애담은 이야기화 과정에 진입될 수 있는 자질을 어느 정도 갖추고 있는 셈이다.

그러나 여성생애담이 이야기화 과정에 본격적으로 진입되기 위해서는 몇 가지 자질이 더 필요하다. 이와 관련하여 시집살이를 소재로 하여 형성된 '전통 이야기' 두 편을 소개하고, 이들 자료의 검토를 통해 여성생애담이 온전한 미디어로서의 '전통 이야기'에 근접하기 위해 요구되는 점, 달리 얘기하면 여성생애담이 태생적으로 지니고 있는 한계를 제시하고자 한다.

(가) 예전에 갓날 갓적에 [웃으면서] 그래 인제 한 사람이 살았는데. 저게, 저게 [청중: 저게 그다 다 잊어부레라꼬 다시 하소.] 이르다 다 잊어불라. [조사자: 예, 계속 하시소.] 그래 인제 저게 참 한 사람이 예전에 살았는데, 하-도 시집살이가 하도 디(고되) 가지고설라. 그래 인제 시어마이가 참 인제, 오줌을 인제 며느리가 싸아. 싸이께네 [청중: 열 일곱에 나는 게끼 이 싸이, 양반이 가 가서 말라주고, 인제 또 조모가 야단을 치만,
"할매요, 그지 마소. 그 뭐 철없는 게 오줌을 싸면 어야니껴?"
[청중: 고재이 베껴 말랐다. (웃음)] 벳겨주고 자리를 아랫목에다가, 그래 인제

28) 폴 리쾨르, 『시간과 이야기 3』, 김한식 옮김, 문학과지성사, 2004.

옷을 말라 입해고, 인제 그 양반 되는 이가 옷을 마카 말라 입해고 그랬그던. 그래 참 예전에 그다이께네, 아들이 [청중 : 홑치매를 입고 있었지 뭐.] 낳다. 그다 그다 보이께 아들을 낳았어. [청중 : 에이구, 그 오줌 싸는게? (웃음)] 그래 아들을 났는데, 그래가지고서 인제 참 [청중들이 약간 소란함] 양반이 엄, 그래도 어에다 오줌을 쌌어. [청중 : 아이구, 아들 놔놓고도?] 아들을 낳고 그래 양반 인제 참 시어마이가 때릴라고 그이께네, 그래 양반이 하는 말이,

"에이! 그만치 키워가지고 그래도 참 아들을 났는데 인지는 때리지 마라고 말에. 때리지 마고, 엄마가 그래 밥을…."

하도 밥을 안 조.

"그래 밥도 굶기지 말고 이래가지고서 우리도 좋게 [청중 : 양반이 착하다 그지?] 장래를 보고 이래 살아야 되제, 글타고 엄마가 하마 쫓았으면 하마 벌써 쫓게 갔으겐데. 그래도 내 때문에 이래 살았으이 착한 사람 돼가지고."

그다 보이, 그르다이께네 아들이 참 그게 커가지고 장대해 가주고 그래 또 며느리를 봤어. 인제 며느리를 보이 이늠이 나도 시집살이했다 싶어가지고 자꾸 시집살이 시켰다. 밥도 안 주고 [청중 : 시에미 계속 오줌 쌌게고(웃음)] 그래가지고 밥도 안 주고 그쿠 그래가주고, 그래 그 손자 [청중들이 자기들 끼리 이야기] 며느리 봤는데. 나도 예전에 참 시집살이 할 때 그렇게 부모가 오줌을 싸고 하는 걸 내가 키웠는데, 인지는 뭐 나도 영화를 봤으이, 그래 인제 [청중들 약간 소란] 영화를 봐가주골라. 그래 또 시누이가 컸거든요. 아 놔가주고 시누가 커가주골라 보이, 시누가 하도 시집살이를 몹시해. 고마 며느리를 보냈부고 또 보이 되 글코 또 글코 그다 보이, 내제는 지가 가서 시집살이를 사고 또 그래 설움을 받았어. 그래가지고 참 그래 다 살았지 뭐요.[29]

(나) 전에 어떤 사람은 시집을 갔는데 어떻게 잘두 가르쳐 보냈는지 모르겠더래유. 그러니까 무슨 그렇게 인물두, 잘 생기구 그냥 이치가― 그렇게 가르쳐서 시집을 보냈는데, 오양치는 거 인분치는 거 죄 그냥 가르치다― 가르치다 못해서 인분치는 거꺼정 죄 가르쳐서 인저 시집을 보냈대유. 오양치는 거꺼정 즈 아버지가 시집을 보내면서 그랬더래유. 저기 바둑을― 바둑을 하나 넣어 주면서 이 전에는 잠막대두 해가지구 대녔어요. 잠막대― 잠막대― 이저 바둑을 하나 넣어주구 이래면서 가르치다 가르치다 이제 그것꺼정 인저 가르쳐서 보냈더래유.

29) 임재해, 『한국구비문학대계』 7-10, 한국정신문화연구원, 1984, 857-858쪽.

"이저 이 바둑이 말을 하거든 하라구. 그 안에는 말하지 말구, 이 바둑이 아무 때나 되서 이 바둑이 말하거든 하구, 삼년— 삼년— 석 삼년을 살구나면 얼굴에 이야기 꽃이 핀다. 그러니까 삼년— 삼년 살구— 그러니까 통 말을 하지 말라."

그러더래유. 그래 며느리를 얻었는데 통 생일날부텀 말을 안하더래유.

그래 시아버이가,

"아! 내가 며느리는 잘 얻었는데, 인물은 잘 생기구 뭐든지 못하는 거 없는데, 벙어리를 얻었나 보다. 벙어리를 얻었나 보다. 저렇게 말을 못하니 벙어리를 얻었나 보다."

이라구,

"벙어리하구 살 수가 있나? 저거를 쫓아 버려야겠다."

그러더래유. 그래서 쫓아버린다구 그러는 거를— 그러는데 이저 아침밥 먹구 웃방에 가서 이렇게 앉으면서 잠막대를 내노면서 그러더랴. 그 시어머니가 웃방에서 중얼중얼하는 소리가 나서 문구멍으로 들여다 보니까 의장에서 바둑을 내놓구서 잠막대로 톡톡 때리며,

"니가 말헐 때가 언젠지 내가 말을 안하구 있는데, 나를 벙어리라구 쫓는데 어떡하면 좋으냐? 말 좀 해보라."

그러더래유. 그러면서 때리며 그러더래유.

"니가 아무 때나 말을 해야지 내가 시어머니 시아버지 앞에서 말을 할텐데, 니가 왜 말을 안하느냐?"

이라드래유. '아! 벙어리는 아닌가보다.' 이저 그러더래유, 시어머니가, '벙어리는 아닌가 본데 우째 말을 안하나?' 인저 고날 지나서 고 이튿날 시아버이더러 그러더랴.

"벙어리는 아닌데, 말하는 거 보니까 벙어리는 아닌데, 그냥 쫓아버리자."

그러거든. 그래서 하인을 얻어서 인저 아침을 해 멕여서 이렇게 태워가지구 가는데,

"얘! 아무개 색시는 참 인물하구 뭐든지 잘 생기구 잘 한다는데, 어쩨 쬐겨 가나?"

"고 말을 안해서 쬐겨 간다."

그러더래. 그래 인저 타구 가는데 따뜻한 봄철인데 풀은 파릇파릇 나오고 뽕은 여기저기서 꺼덕꺼덕 타고 있잖아? 쬐겨가는 거여, 인저. 쬐겨 가는데 하인이 이렇게 가다가 이저 어디쯤 가다가 이렇게 쉬었대유. 쉬었는데 그러더래유, 시악시가. 가마 안에서. 꽁이 푸드득하니까.

"아유, 저기 저기 저 꽁은 잡아서 이 날개 저 날개 덮는 날개는 우리 시아버지

드렸으면 좋겠구, 이 가슴 저 가슴 썩는 가슴은 우리 시어머니 드렸으면 좋것구, 요 다리 저 다리 건너는 다리는 우리 낭군님 드렸으면 좋것구, 무슨 요 주둥이 조 주둥이 놀리는 주둥이는 우리 시누 좀 줬으면 좋것다."

이러더래유,

"아이 세상에 저런 아씨가 어디 있느냐?"

가다가 그냥 도로 왔대유. 집으루. 와 가지구,

"느들 왜 도루 오느냐?"

인저 시아버지가 내다보구 그러니까,

"세상에 그런 색시가 어디 있읍니까?"

그러니까,

"뭐라구 얘기하데? 느들더러 뭐라구 얘기하데?"

그러니까루,

"그런 게 아니라 이렇게 가다가 인저 어디쯤 가다가 쉬니까루 꽁이 푸르르 날아 가니까루, 아이 저그 저기 저 꽁은 잡아서 이 날개 저 날개 덮는 날개는 우리 시아 버님 드렸으면 좋것구, 이 가슴 저 가슴 썩는 가슴은 우리 시어머니 드렸으면 좋것 구, 이 다리 저 다리 건너는 다리는 우리 낭군님 드렸으면 좋것구, 우는 요 주둥이 조 주둥이 놀리는 거는 우리 시누 줬으면 좋것다."

그래 딱딱 맞는 거유. 가슴이니 가슴 썩는 것은 시어머니가 썩는 거구유, 이 날개 덮은 것은 시아버이가 며느리를 그렇게 위해 준다는 거유. 그래 그게 덮어간다 소 리유, 그래 누구든지 시어머니만 외쳐대니까 새잖아유? 그래 그러더래유. 그래서 갖다가 내려놓니까루 웃방에 가서 울면서,

"그래두 내가 양반의 딸인데 남부끄럽게 말 안는다구 말 못한다구 벙어리라구 쬐겨갔다가 도로 쬐겨 들어왔다."

구, 바둑을 톡톡 때리면서,

"니가 우쩌자구 말을 안하느냐?"

이러면서 울더래유, 그 색시가. 그래서 인지 냄편내가 들에 왔다― 갔다가 인저 웃방을 가니까― 들어가니까 울면서,

"그렇게 세상에 나도 저기 양반의 딸인데, 이렇게 말 못한다구 친정에 쬐겨가다 가 도루 들어왔다."

구, 바둑을 내놓구 톡톡 때리구 그래가지구서, 그냥 그 소리를 그 어머니더러 그러더래유.

"세상에 저는 장가를 참 잘 들었는데, 가르치다 가르치다 인저 바둑을 넣어 주면

서 아마 바둑더러 말을 하라구 그래서 바둑을 때리면서 그래더라." 구.

"그런 사람이 어디 있느냐?"

그래더래유. 그래서 인저 친정에서 편지를 했드래유. 또 '딸아 딸아 삼년 삼년 석 삼년만 살아라. 삼년 삼년 석 삼년만 살구 나면 얼굴에 이야기 꽃이 핀다더라. 저기 애기 시 살 나야 시집살이 다 한단다. 아무쪼록 잘해라. 아무쪼록 잘 해라. 그냥 벙어리 되어 삼년, 귀먹이 삼년, 눈 어두워 삼년, 그렇게 살란다.' 이거여. 그래 그렇게 인저 눈은 못 보구 얘기하지 말구, 귀는 무슨 얘기 들으면 하지 말구, 어디 가서 입 놀리지 말구, 그렇게 죄 가르쳐서 그냥 편지를 했드래유. 그런 걸 시아버지 가 봤대, 편지를.

"세상에 이런 일이 어디 있느냐? 이런 일이 참 어디 있느냐?"

그러더래유.

"그만치 가르쳐 보냈는데 편지에다 이렇게 사연을 또 해 보냈으니 참 난 며느리 잘 얻었다."

그때야 칭찬을 하더래유.[30]

각각의 미디어는 정보, 지식, 감성, 오락거리 등을 효과적으로 전달하기 위한 특별한 기법을 구비하고 있어야 한다. 예를 들면 텔레비전이 정보, 지식, 감성, 오락거리 등을 효과적으로 전달하기 위해서는 텔레비전만의 고유한 전달 기법 을 갖고 있어야 한다. 마찬가지로 이야기가 미디어로서의 기능을 하기 위해서 는 이야기만의 특별한 전달 기법이 마련되어야 한다. 특히 구술시대의 이야기 라면 거기에 맞는 인물 설정, 구조 설정, 사건 설정 등이 요구될 것이다. 이러한 고정된 법칙이나 틀이 완성되면, 그 다음에는 마련된 법칙과 틀 안에서 전달할 내용이 채워지면 되는 것이다.

우리가 알고 있는 구비전승되어 온 '전통 이야기'는 그러한 미디어적 기법을 이야기 속에 갖추고 있다. 그것을 언어예술의 관점에서 보면 언어예술이 갖춰 야 할 마땅한 조건으로 인식하겠지만, 미디어의 관점에서 보면 미디어로서 갖 춰야 할 조건이 되는 셈이다. 이런 점을 전제하고 (가), (나)를 보면 주동인물(主動人物)의 타자화와 전형화가 이뤄지고 있음을 먼저 주목해볼 만하다. 물론 아 래에서 예로 든 여성생애담에서처럼 '나'를 강조하는 것이 이야기의 주체임을

---

30) 조희웅, 『한국구비문학대계』 1-9, 한국정신문화연구원, 1984, 234-238쪽.

드러내기 위한 전략이 된다는 점은 부정할 수 없다. 그러나 그것은 '나'의 이야기로만 끝나게 될 가능성이 많다는 문제점을 안고 있다.

> 그러니까 시집올 때 아무것도 난 안해가도 <u>내가</u> 살 수 있다 그랬어. 그 요강도 안사가주갔어. 쉽게 말해서. 멀리 인제 시집을 남원까지 가지고 오는데. 어따 차에다 또 실어 올 수도 없고. 사실은. 버스에 오는데 뭐 그 요강 단지 같은 것도 어따 너(넣어)갖고 올 데도 없는거야. 지금 같은 인자 그런게 없응게. 옷 고리, 또 새엄마가 오면서, 열 일곱 살에 인자 엄마 죽고 올적에 가지고 온 옷고리에다가. 고리 하나도 안사고 그 대고리에다가 그 두 개다가 옷 넣고. <u>내가</u> 인제 베개하고 인자 이불하고는 그런거는 인자 <u>내가</u> 보따리 몇 개 인자 만들어진거 하고 갖고 왔지 뭐. 경상도는 또 농 그런거는 다 신랑 쪽에서 준비하거든. 인제 전라도로 시집을 오니까 그런것도 안가지고 와도. 좌우간 항상 자신감은 있었어. <u>내</u> 걱정은 해본적이 없어 지금까지. (밑줄 필자) [김○○(1936년생), 전북 전주, 2008년 10월 07일 김정경, 김예선 조사 · 채록]

그런데 미디어로서 구비전승되는 '전통 이야기'는 '나'의 이야기가 되어서는 안 된다. 우리 모두의 이야기여야 하는 것이다. 따라서 그것이 이야기의 구조 속에 설정되어 있지 않으면 안 된다. 그 점에서 여성생애담은 주동인물의 객관적 타자화나 전형화가 결여되어 있다고 볼 수 있다.

다음으로 (가), (나)에서 주목할 점은 전언적(傳言的) 서술기법이다. (가)에서는 "예전에 갓날 갓적에 [웃으면서] 그래 인제 한 사람이 살았는데"로 시작하여 "그래가지고 참 그래 다 살았지 뭐요"로 끝나고 있고, (나)에서는 "전에 어떤 사람은 시집을 갔는데 어떻게 잘두 가르쳐 보냈는지 모르겠더래유"로 시작하여 "그때야 칭찬을 하더래유"로 끝나고 있다. 이것은 미디어로서의 이야기의 형식적 완결성을 나타내준다. 그러나 여성생애담은 다음의 예에서 볼 수 있듯이 이 점을 대부분 결여하고 있다.

> 아버지는 징용 가시고. <u>그래가지고는</u> 고만 강제적으로 고만 여 참 머머 한 분이 고마 우리 어마이한테 고마 가오그마 뉘집에 시집가면 괜찮다고 이제 <u>그래해가주고</u> 고마 수사왕래도 없고 거 옛날에는 사주를 하잖아. 사주도 고마 썼는데 신문에

다 그냥 뚤뚤말아가이 갖다주는 걸 내가 고만에 어머이 그래. 저 우에 안찜에 집으로 그래 사주를 해놨다 그래.

"엄마는 왜 그 집에 왜 마누래 있는 집에 왜 내놓나"

허며 사주를 갖다 불에다가 고마 확 쳐 넣어 내가 막. 확 쳐녀가이고 <u>그래가</u>이억지로 가는데 우리 어머이가 막 까물치고 시집가넌날 까물치고 막 물을 갖다 품고,

"엄마 내 가께. 엄마 죽지마라. 죽지마래."

<u>이래가</u>이고 강제적으로 잔치도 사람도 여만도 못해요, 강제적으로 고만. <u>그래가이</u> 하나라고 뭐 적도 심낭끄것도 없이 살고 이랜께 잔친동 먼동 고만 난도 여 오민서 가매 타고 막 어엉 울고 뭐. 그래 우째 간 줄도 몰라요. 그래 이제껀 살아요. (밑줄 필자) [김ㅇㅇ(1928년생), 경북 문경, 2008년 09월 22일 김경섭, 박현숙 조사ㆍ채록]

형식적 완결성의 결여는 여성생애담만의 완결된 형식이 마련되지 않았기 때문일 것이다. 그런데 이를 역설적으로 이해하면 여성생애담은 개방적 형식을 표방하는 것임을 말해 준다고 본다. 형식적 완결성의 결여는 곧 형식적 개방성을 표방하는 것에 다름 아니기 때문이다. 한 편의 여성생애담은 여러 개의 체험이 연속적으로 제시되는 경향이 강하기 때문에 전체적으로는 시간적 완결성을 획득하지 못한다. 그리고 시간적 완결성의 결여는 결국 한 편의 이야기로서 가져야 할 형식적 완결성을 마련하지 못하게 만드는 것이다. 한편, 이러한 형식적 특징은 여성 자신의 체험을 첨가적으로 전달하고자 하는 경향, 말하자면 첨가적 서술기법의 경향과 강하게 연관된다고 볼 수 있다. '그래가지고는', '그래해가주고', '그래가', '이래가이고', '그래가이' 등의 표현에서 알 수 있듯이, 여성 화자는 자신의 이야기를 계속해서 전달하려고만 할 뿐 어떤 완결된 서사지점을 향하여 구연하지 않는 것이다. 여기서 완결된 서사지점을 향하지 않는다는 것은 곧 여성생애담의 형식적 개방성을 의미한다고 볼 수 있을 것이다.

마지막으로 '전통 이야기'는 단일화된 사건과 구조를 통해 특정의 메시지를 전달하고자 하는 경향이 강하다는 점을 지적할 수 있다. '미디어는 메시지다'라는 맥루한의 말을 빌지 않더라도, 모든 미디어는 메시지를 전달하기 위해 존재한다는 것을 부정할 수 없는 것이다. 그 점에서 앞서 지적한 바이기도 하지만, 미디어로서의 여성생애담 역시 자신의 구술을 통해 특정의 메시지를 전달하고

자 한다. 다만 아래의 예에서 볼 수 있듯이, 그러한 구술은 단일화된 사건과 구조에 의지하지 않는다.

그래가 인자 그러구러 크다가 <u>아부지가 또, 돌아가시구</u>. 그래갖구 살림도 <u>우리 큰아부지가 참 만구 한량이신데</u>, 그 왜 지금 옥정, 그 와 대는 장사 있그든? 그 사람 내가 참 마이 와, 느그 큰아부지는 걸어 안 댕기고 쿠대. 이전에 인력군 있거든? 인력군을 안 타고 댕기면 말 타고 댕깄다 캐. 나는 이제 그때, 큰아부지 부산 가시고, 살림 얼추 막 그하고 그때는, 이제 왜정말시에 내가 열 살 묵었응께, 음. 고래 고때 한 여덟 살이나 그믄, 고때 한 일은 내가 다 알아.

근디, 그래가 있으미 그래가 살다가, 고마, <u>인제 이 시무살 무서 겔혼을 했는데</u>. 온께 이 집이 (사방을 두리번거리며) 지금은 그른 집, 동서남북 다 대도 읎다. 여여, 시집이라고 온께 방이, 여저 방 겉으먼 크구로? 쪼깬-한 방에, 문탱이가 여서 얼매만 허면 우에 딱 서면 (어깨 높이를 재보이며) 요거, 요거만치 되네. 그래 발을 (왼쪽 다리를 높이 들며) 이만치 히뜩 들어버리면 그래 (두 손으로 벽을 받치며) 못 올리거든 이래 이래, 글아믄 뱃에다 올리고 그란대.

그래 온께, <u>채독이 들어가 식구대로, 싹 다 육 년을 고생했다꼬</u>, 옷이 막, [조사자 : 채독이 뭐이간?] 그거 예전에 채소에다 똥오줌 주갖고, 그눔을 주아갖고 안 삶구 상 거 무면, 채독이 올라가 요새 마, (손을 만지며) 습진하구 그런 거 비슷하게 올라가, 안에 속에서. [조사자 : 습진 식으로 그래 와요?] 하모. (배를 만지며) 속에서 인자, 그기 그래 돼갖고. 육 년을 고상을 한께 집이 고마 빠싹 몰락해구. 그런께 고마 집이래는 게, 그 있다가 시집을 온께 기가 찰 일인데. (밑줄 필자) [강○○(1936년생), 경남 산청, 2008년 12월 28일 김종군, 김경섭, 박현숙 조사·채록]

위의 구술 속에는 여러 사건이 진술되어 있다. 아버지가 돌아가셨다는 것, 큰아버지가 한량이었다는 것, 화자가 스무 살에 결혼했다는 것, 시가(媤家)의 집이 웅장했다는 것, 시집 식구들이 채독이 들어 6년 동안 고생했다는 것 등의 내용이 그것이다. 단일화된 사건과 구조를 통해 구술되지 않고, 다수의 경험적 사건과 구조를 통해 복합적으로 구술하고 있음을 볼 수 있는 것이다.

이러한 특징은 전달하고자 하는 메시지의 성질과 상관성이 있다고 할 수 있다. (가)와 (나)같은 '전통 이야기'는 단일한 사건과 구조를 갖고 있기 때문에 그 전달하고자 하는 메시지가 집약되는 경향을 보인다. (가)에서는 '시집살이라는

게 돌고 도는 것'임을, (나)에서는 '벙어리로 살아야 하는 시집살이의 애환'을 집약해서 보여주고 있는 것이다. 이에 비해 여성생애담은 다수의 사건과 구조를 복합적으로 전달하고자 하기 때문에, 위 단락에서 정리한 바와 같이 그 전달하고자 하는 메시지가 분산되는 경향이 강하다. 메시지가 분산되어 전달된다는 것은 그만큼 전달하고자 하는 정보의 내용이 많기 때문에 생기는 현상으로 이해할 수 있을 것이다.

그런데 이를 다른 관점에서 보면 여성생애담이 진정으로 전달하고자 하는 메시지는 다른 것일 가능성이 있다. 구술된 수많은 경험의 중심에는 결국 화자가 있다는 점을 고려할 때, 우리는 이야기를 듣는 중에 그러한 경험들을 겪으면서 살아온 화자의 처지를 우선적으로 이해하게 된다. 그 점에서 수많은 사건과 구조로 복잡하게 짜여 있는 여성생애담은 '전통 이야기'와는 좀 달리 이해될 필요가 있다. 단일화된 사건과 구조로 짜여 있는 '전통 이야기'는 그 전달하고자 하는 메시지가 다분히 이성적으로 이해되고 교화될 수 있는 주제적인 것이라고 할 수 있다. 그에 비해, 여성생애담은 그 전달하고자 하는 메시지가 경험의 구체적 정보 및 경험들의 중심에 있는 화자의 처지까지를 포함하게 되는, 어찌 보면 이성적 측면과 감성적인 측면에서의 이해를 모두 요구하게 되는 성질의 것이다. 따라서 이런 점을 고려해 볼 때, 여성생애담은 주제적 메시지와 감성적 메시지의 전달을 모두 의도하는 서사라고 할 수 있을 것이다.

이상의 논의를 통해볼 때, 여성생애담은 '전통 이야기'와는 본질적으로 다른 특징을 갖는다는 것을 알 수 있다. 이를 다시 정리해 보면, '전통 이야기'가 주동인물의 타자화와 전형화를 이루고 있다면 여성생애담은 '나'라는 서술자를 통한 이야기의 주체성을 강화하고 있다는 점, '전통 이야기'가 전언적 서술기법을 통해 형식적 완결성을 지향하고 있다면 여성생애담은 첨가적 서술기법을 통해 형식적 개방성을 지향하고 있다는 점, '전통 이야기'가 단일한 사건과 구조를 통해 주제적 메시지를 전달하려고 한다면 여성생애담은 다양한 사건과 구조를 통해 다수의 경험적 메시지를 제공하는 한편, 그러한 경험의 중심에 놓여 있는 화자의 감정적 메시지까지를 전달하려고 한다는 점 등으로 요약할 수 있다. 이러한 특징은 '전통 이야기'에 초점을 두면 분명히 '한계'라고 할 수 있지만, 여성생애담에 초점을 두면 새로운 이야기로 인식될 수 있는 '가능성'으로 판단될 수 있다고 본다. 또한 이런 점들에 문학적 의의를 부여한다면 구비문학의 한 갈래로서의 여성생애담을 본격적으로 상정해 볼 수도 있지 않을까 한다.

5. 맺음말

이제까지의 논의를 정리해 볼 때, 여성생애담은 '전통 이야기'가 갖고 있는 미디어적 성격과 관계적 성격을 어느 정도 갖고 있는 것으로 판단된다. 그 점에서 여성생애담은 '전통 이야기'의 원초적 모습을 내재하고 있다고 볼 수 있다. 또한 표현적 측면에서 보더라도 여성생애담은 이야기화될 자질을 어느 정도 갖추고 있는 것으로 파악된다. 그러나 여성생애담이 미디어로서의 '전통 이야기'가 되기 위해서는—그것은 결국 언어예술적 측면에서의 이야기가 되겠지만— 미디어로서의 이야기가 구비하고 있어야 할 특정화된 전달기법을 갖추고 있어야 하는데, 그 점에서는 많은 한계를 보여주고 있는 것으로 판단된다. 그러나 이를 달리 이해하면 새로운 이야기로서의 여성생애담의 가능성을 상정해 볼 수 있을 것이다. 또한 이렇게 이해함으로써 여성생애담의 구비문학적 위상과 가치를 새롭게 논의해 볼 수 있는 여지도 마련할 수 있을 것이다.

그런데 이러한 논의는 '전통 이야기'나 여성생애담을 미디어의 관점에서 분석하여 내린 것이기에 다른 관점을 적용한다면 또 다른 결론을 내릴 수 있다고 본다. 또한 그러한 다양한 시도야말로 여성생애담의 문학적 성격을 드러내는 길이기도 하다. 그렇지만 어떤 시도가 되었건 간에, 여성생애담을 '이야기'로 보려는 시각을 적용하기 위해서는 적어도 구술사회에서 만들어진 '이야기' 발생의 사회적 맥락과 기원을 고려하지 않으면 안 된다는 점을 다시 한 번 강조하고자 한다.

참고문헌

김성수, 「구술사(oral history) 방법론과 현대문학 연구의 새 지평」, 『한국근대문학연구』 제5집 2호, 한국근대문학회, 2004.

김예선, 「'살아온 이야기'의 문학적 성격과 위상 연구」, 건국대학교 석사학위논문, 2005.

김예선, 「문화콘텐츠로서의 '살아온 이야기' 연구」, 『겨레어문학』 제34집, 겨레어문학회, 2005.

김정경, 「여성 생애담의 서사 구조와 의미화 방식 연구―『책 한권으로도 모자랄 여자이야기』를 중심으로―」, 『한국고전여성문학연구』 제17집, 한국고전여성문학회, 2008.

김정경, 「자기 서사의 구술시학적 연구―여성생애담을 중심으로」, 『한국문학이론과 비평』 제44집(13권 3호), 한국문학이론과 비평학회, 2009.

김호연·엄찬호, 「구술사(oral histiry)를 활용한 인문치료의 모색―기억, 트라우마, 그리고 역사치료―」, 『인문과학연구』 제24집, 강원대학교 인문과학연구소, 2010.

박혜숙, 「여성 자기서사체의 인식」, 『여성문학연구』 제8집, 한국여성문학학회, 2002.

박혜숙·최경희·박희병, 「한국여성의 자기서사(1)」, 『여성문학연구』 제7집, 한국여성문학학회, 2002.

박혜숙·최경희·박희병, 「한국여성의 자기서사(2)」, 『여성문학연구』 제8집, 한국여성문학학회, 2002, 306-328쪽.

박혜숙·최경희·박희병, 「한국여성의 자기서사(3) : 근대편」, 『여성문학연구』 제9집, 한국여성문학학회, 2003, 233-274쪽.

신동흔, 「경험담의 문학적 성격에 대한 고찰―현지조사를 중심으로―」, 『구비문학연구』 제4집, 한국구비문학회, 1997.

이용식, 「구술사를 통한 민속음악사의 구축을 위한 방법론 : 『국립남도국악원총서 1 : 채정례의 삶과 예술』과 『국립남도국악원총서 2 : 김귀봉의 삶과 예술』(진도 : 국립남도국악원, 2005)의 서평」, 『한국음악사학보』 제36집, 한국음악사학회, 2006.

이재인, 「서사유형과 내면세계 : 기혼여성들의 생애이야기에 대한 서사적 접근」, 『한국사회학』 제39집 3호, 한국사회학회, 2005.

이재인, 「서사의 개정과 의식의 변화」, 『한국여성학』 제22권 2호, 한국여성학회, 2006.

이희영, 「사회학 방법론으로서의 생애사 재구성 : 행위이론의 관점에서 본 이론적 의의와 방법론적 원칙」, 『한국사회학』 제39집 3호, 한국사회학회, 2006.

천혜숙, 「여성생애담의 구술사례와 그 의미분석」, 『구비문학연구』 제4집, 한국구비문학회, 1997.

천혜숙, 「농촌여성 생애담의 주제와 생애인식 양상」, 『한국고전여성문학연구』 제2집, 한국고전여성문학회, 2001.

천혜숙, 「농촌 여성 생애담의 문학담론적 특성」, 『한국고전여성문학연구』 제15집, 한국고전여성문학회, 2007.

최원오, 「미디어융합의 점증에 따른 구비문학 연구의 확장지점 모색」, 『우리말글』 제47집, 우리말글학회, 2009.

함한희, 「구술사와 문화연구」, 『한국문화인류학』 33-1, 한국문화인류학회, 2000.

한혜원, 『디지털시대의 신인류 호모 나랜스』, 살림출판사, 2010.

폴 리쾨르, 『시간과 이야기 3』, 김한식 옮김, 문학과지성사, 2004.

칼-에릭 스베이비·텍스 스쿠소프, 『모든 것을 살아 있게 하라』, 이한중 옮김, 뜰, 2009.

曹毅, 『土家族民間文學』, 中央民族大學出版社, 1999.

Walter R. Fisher, Narration as a human communication paradigm : The case of public moral argument, *Communication Monographs*, Vol.51, No.1, 1984.

Atkinson, Robert, *The Gift of Stories : Practical and Spiritual Applications of Autobiography, Life Stories, and Personal Mythmaking*, London : Bergin & Garvey, 1995.

Atkinson, Robert, *The Life Story Interview*, London : Sage Publications, Inc., 1998.

A. Liebkich & R. Tuval-Mashiach & T. Zilber, *Narrative Research*, London : Publications, Inc., 1998.

Lidwien Kapteijns, *Women's Voices in a Man's World*, Portsmouth : Heinemann, 1999.

Maguire, Jack, *The Power of Personal Storytelling : Spinning Tales to Connect with Others*, New York : Jeremy P. Tarcher/Putnam, 1998.

Jacqueline S. Thursby, Story ; *A Handbook*, Westport : Greenwood Press, 2006.

John D. Niles, *Homo Narrans : The Poetics and Anthropology of Oral Literature*, University of Pennsylvania Press, 2000(1999).

Kira Van Deusen, *Singing Story Healing Drum : Shamans and Storytellers of Turkic Siberia*, McGill-Queen's University Press, 2004.

Simmons, Annette, *The Story Factor : Inspiration, Influence, and Persuasion Through the Art of Storytelling*, New York : Basic Books, 2001.

Stahl, Sandra D., *Literary Folkloristics and the Personal Narrative*, Bloomington : Indiana University Press, 1989.

시집살이 이야기와 시집살이 노래의 비교*

- 경험담, 노래, 전승담의 서술방식을 중심으로 -

서영숙

1. 머리말

이 글은 시집살이에 대해 이야기하거나 노래하는 구술 서사의 서술방식과 이에 나타난 서술의식을 비교 고찰하기 위한 것이다. '시집살이'란 혼인한 여성이 '시집'의 공간 속에서 겪는 삶을 말한다. 전통 사회 속에서 대부분의 여성은 혼인 전 삶의 터전인 친정에서 유리돼 새롭고 낯선 삶의 터전인 시집으로 근거지를 옮기게 된다. 그 혼인은 자발적인 의지나 선택에 의한 것이 아니라, 아버지 또는 어머니의 강요에 의해 어쩔 수 없이 가야하는 것이었으며, 한번 정해진 혼인은 아무리 잘못된 것이어도 되돌릴 수 없는 것이었다. 혼인한 여자는 시집에서 성이 다른 타성바지로서 소외되었을 뿐만 아니라, 가장 낮은 지위에서 주어지는 부당한 대우를 감수해야만 했다.

이러한 시집살이의 고난은 시집살이를 하거나 겪은 여자들 사이에서 이야기되거나 노래로 불리면서, 시집살이의 아픔을 공유하고 시집살이의 어려움을 위로받고 해소할 수 있었을 것이다. 여성들의 이야기·노래 판에서 시집살이 이야기와 시집살이 노래는 흔하게 구연되는 소재 중의 하나이다. 시집살이 노래를 부르다가 실제로 자신이 겪었던 시집살이 이야기를 하기도 하고, 이웃사람이나 아는 사람이 겪었던 시집살이 이야기를 하기도 하며, 옛날부터 시집살이에 대해 전해오는 것이라며 이야기하기도 한다.

이야기든 노래든 시집살이에 대해 다른 사람에게 말로 표현하고 전달하는 것을 시집살이 구술 서사라고 한다면 시집살이 구술 서사는 크게 경험담, 전승담, 노래로 나눌 수 있다. 경험담은 서술자가 자기가 직접 경험한 시집살이를 이야기하는 것이며, 전승담은 서술자가 시집살이에 대해 전해들은 이야기를 하는 것이다. 노래는 시집살이를 소재로 오랜 세월에 걸쳐 창작 전승되어 온 민요를 말한다.[1] 세 갈래의 시집살이 구술 서사가 서로 구별되지 않고 섞여서 구연되는 것은 시집살이 경험담, 전승담, 노래가 공통적 대상과 소재를 다루고 있기

---

* 이 글은 『구비문학연구』 제32집(한국구비문학회, 2011. 6)에 실린 논문을 일부 수정하여 수록한 것임.
1) 이 글에서는 시집살이노래 중 서사적 경향을 주로 드러내고 있는 서사민요를 주로 다룬다. 시집살이노래 및 서사민요의 갈래적 성격에 대한 논의는 졸저, 『시집살이 노래 연구』, 도서출판 박이정, 1996, 19-20쪽 ; 졸저, 『한국 서사민요의 날실과 씨실 : 우리 어머니들의 노래』, 도서출판 역락, 2009, 11-47쪽 참조.

때문이기도 하며, 표현의 측면에서도 서로 유사한 부분이 많아 쉽게 다른 갈래를 연상시키기 때문이기도 하다. 반면 세 갈래는 시집살이라는 같은 소재를 놓고 표현과 구조를 달리하기도 하며, 서로 다른 시각과 인식을 드러내기도 한다. 이는 경험담, 전승담, 노래라는 각 갈래를 서술하는 향유층의 성격과 서술 상황의 차이에서 온 것이면서, 각 갈래가 지니고 있는 문학적 관습의 차이에서 오는 것이라 생각된다.

기존 연구에서는 이 세 갈래를 각기 연구하면서 세 갈래의 상호텍스트성이나 차이점에 대해 부분적으로 언급하기는 했지만,[2] 세 갈래가 동일한 시집살이를 놓고 서술하는 방식이 어떤 점이 같고 어떻게 다른지, 그 이유는 무엇인지에 대한 통합적 고찰은 이루어지지 않았다. 이 글에서는 바로 이 점에 착안하여 시집살이 구술 서사 세 갈래에 나타난 서술방식의 공통점과 차이점을 서술자와 청중의 관계, 서술구조, 서술의식 등을 중심으로 살펴보고자 한다. 이는 세 갈래의 문학적 특성을 밝히는 작업일 뿐만 아니라, 시집살이라는 여성의 고난을 세 갈래 문학을 통해 여성들이 어떻게 받아들이고 극복해내었는가를 밝히는 작업이 될 것이다. 이 작업을 위해 경험담은 시집살이 이야기 조사연구팀이 직접 현장에서 면담해 채록한 자료를, 전승담은 『한국구비문학대계』 소재 자료를, 노래는 필자 조사 자료 및 『한국구비문학대계』, 『한국민요대전』 소재 자료 등을 이용하고자 한다.[3]

2. 서술상황

시집살이 경험담, 노래, 전승담은 며느리가 시집살이에서 겪는 갈등과 고통을 중심 소재로 다루고 있다는 점에서 하나의 뿌리로 이루어져 있다. 이들 세

---

2) 천혜숙은 「농촌여성 생애담의 주제와 생애인식 양상」, 『한국고전여성문학연구』 2, 한국고전여성문학회, 2001과 「농촌여성 생애담의 문학담론적 특성」, 『한국고전여성문학연구』 15, 한국고전여성문학회, 2007을 통해서 생애담에 반복적으로 나타나는 주제를 정리하고 그 문학담론적 특성을 밝힌 바 있으며, 이정아는 「'시집살이' 말하기에 나타난 균열된 여성의식 : 시집살이 체험담과 시집살이 노래를 중심으로」, 『여성학논집』 제23집 1호, 이화여대 한국여성연구원, 2006을 통해 시집살이 체험담과 시집살이 노래를 비교 대조하여 두 갈래에 나타나는 말하기의 특징을 분석하였다.

3) 신동흔 외 23인, 『시집살이 이야기 집성』(전 10권), 박이정, 2012(간행예정) ; 『한국구비문학대계』 총 82권, 한국정신문화연구원, 1980-1989 ; 『한국민요대전』 제주도편 외 10권, (주)문화방송, 1991-1996 ; 졸저, 앞의 책, 1996 ; 졸저, 앞의 책, 2009.

갈래에서 제시하고 있는 시집살이의 고난은 거의 전형화되어 있을 만큼 유사하다. 세 갈래 서사에서 공통적으로 나타나는 시집살이의 전형적 형태를 한 대목씩 예를 들어보면 다음과 같다.

가) 세상에, 일만 그저 논들로 밭들로 다 돌고 댕임서 일만 시켜묵제, 양석(양식) 매주고, 또 와서 밥 채리주고, 밥 채려서 갖고 들어가시불고 내 밥 한 긋, 한 북데기 딱 붙여서 부수막(부뚜막)에다 나(놓아), 옛날에는 불 때서 밥 해먹고, 여 헛, 부수막이고 그려-, 지금 같은 세상이 아니고-, 근디. 밥 딱 담어서 내가 다 밥 혀서 상 놔서 반찬해서 딱 놔두면, 나와에서 밥 채리갖고 담어서 깣고 들어가불고 나만, 그그다 하나 나두면 고놈 부수막 앞에서 고놈 조롷게 긁어묵고, 눈물 나올라는디 못 혀, 은자 고만혀. (웃으며)[청중 : 울어, 울어, 울은게.]4)

나) 아가아가 며늘아가 때되걸랑 내오너라
냇과같이 지슨밭을 한골두골도 되아헌디
열에열두골을 미아놓고 집안에를 들어서니
시금시금 시어머니 포죽끓에 웃국뜨고
콩죽끓에 웃국뜨고 부땡이 상이든가
앉아묵젱이 웬갑잖네 서서묵자니 남부끄럽고
수저를놓고 엉덩텅내려가 제방으로 곤돌아든다5)

다) 예전에 귀경도 안 가고 천날만날 집만 지키고 앉아가 쌀로 내주고 밥 퍼주고 며느리는 찌끄러기 밥 이래 퍼가 부치가 접새기(접시) 밑에, 붙여서 조금 퍼주고, 장 여 놓고, 혼자 저만(자기만) 딱 퍼가 드가고, 인자 바아도 드가라 카도 않고 정재(부엌에) 앉아 머라(먹어라)카고, 만날 요래 하그던. 딴 데(다른 곳에)귀경울 갈 줄 아나. 만날 집이나 지키고 참 며느리 마이 애 먹이가 골아져가 앤 죽었는가.6)

----

4) 서ㅇㅇ, 여·78세(1932년생), 전북 담양군 수북면, 2010. 1. 21. 신동흔, 김정경, 오정미, 이원영 조사.
5) 필자자료, 『시집살이 노래 연구』, 98쪽, 먹굴 114 〈중노래〉, 양금순(여 70), 1982. 4. 5.
6) 조동일·임재해 공편, 『한국구비문학대계』, 7-2, 한국정신문화연구원, 1980, 416-417쪽, 월성군 외동면 설화 123, 〈못된 시어머니와 원혼이 된 며느리〉, 임찬희(여 75), 최말숙(여 70), 석계1리 아랫돌깨, 1979. 4. 7. 임재해, 조건상, 정억수 조사.

가)는 경험담, 나)는 노래, 다)는 전승담의 일부이다. 가)에서 서술자는 시집식구들이 자신에게 일만 시켰으며 때가 되어 밥을 차리면 시집식구들은 들어가서 먹고 자신은 그릇 끝에 붙여진 적은 밥을 그나마 부뚜막에서 먹어야 했다고 이야기했다. 나)에서도 며느리가 밭을 매고 돌아왔는데, 시어머니는 죽을 끓여 멀건 웃국물만 떠서 부뚜막에서 먹게 한다고 했다. 다)에서도 시어머니가 며느리에게 찌꺼기 밥을 접시 밑에 조금 붙여서 주고 그것도 부엌에 앉아 먹으라고 했다고 했다. 이들 서사에서 며느리는 밥을 제대로 먹지 못했으며, 방이 아니라 부엌에서 먹어야 했다는 사실이 공통적으로 나타난다.

이는 서술자나 갈래의 차이를 넘어서서 이들 서사에 나타난 시집살이가 어느 한 개인의 특수한 경험이 아니라 며느리들의 보편화된 현실이었음을 나타내준다. 가족 내에서 다른 시집식구와는 달리 며느리를 차별하여 대우하는 현실은 며느리들로 하여금 시집살이를 긍정적으로 받아들일 수 없게 하였고 이로 인한 시집식구와 며느리의 갈등은 여러 가지 문제를 일으켰을 것이다. 이러한 시집식구와 며느리의 갈등과 문제가 다양한 방식으로 형상화된 것이 바로 경험담, 노래, 전승담이다. 그러나 이 세 갈래는 같은 갈등과 같은 문제에서 시작되면서도 그 전개방식과 결말구조에 있어서는 차이점을 드러내며, 이에 따라 갈래 또는 각편에 따라 다른 서술자와 향유층의 의식을 담아낸다.

세 갈래가 나타내는 차이는 누가, 누구에게, 언제 서술하느냐 하는 서술상황과 밀접한 관련을 지니고 있다. 같은 이야기라도 즉 같은 갈등이나 문제라 할지라도 이야기를 하는 사람(서술자), 듣는 사람(청중), 하는 때(시기)에 따라 서술방식과 서술의식이 달라지게 마련이다. 그러므로 세 갈래에 나타난 서술방식과 이를 서술한 서술자의 의식을 살펴보기 위해서는 각 갈래가 서술되는 공통적인 서술상황을 살펴보는 것이 우선되어야 할 작업이다. 시집살이 서사 세 갈래를 누가(who), 누구에게(whom), 언제(when) 서술하느냐를 기준으로 대체적인 서술상황을 표로 나타내면 다음과 같다.

	누가(who)	누구에게(whom)	언제(when)
시집살이 경험담	시집살이를 겪은 사람	같은 처지의 사람에게 (폐쇄적)	시집살이를 겪은 후 +여유가 있을 때
시집살이 노래	시집살이를 겪고 있는 사람	자기 자신+같은 처지의 사람에게(폐쇄적)	시집살이를 겪으면서 +일하면서
시집살이 전승담	누구나	누구에게나(개방적)	아무 때나 +여유가 있을 때

시집살이 경험담은 시집살이를 겪은 사람이 같은 처지의 사람에게 하는 것이 일반적이다. 경험담을 조사하러 갔을 때 서술자들은 자기가 겪은 시집살이 이야기를 꺼려하는 것이 대부분이다. 이는 조사자가 서술자에게 낯선 이로서, 시집살이 이야기를 했을 때 일어날 수 있는 여러 가지 문제를 우려하기 때문이다. 하지만 이야기판에서 같은 처지의 사람들은 서술자의 시집살이 내용을 이미 잘 알고 있는 것을 볼 수 있다. 이는 시집살이 경험담이 낯선 사람이나 자신에게 우호적이지 않은 사람에게 전해질 경우 자신에게 미칠 수 있는 불이익을 두려워해서이다. 이러한 상황은 다음과 같은 서술에 잘 나타나 있다.

여그 삶스로, 행여나, 그 시집살이 험성 쫓겨나께미, 벌-벌 떨고 기양 배곯고 아주 징-그럽게 몸살을 치고, 일만 알았제, 생전 어디 가믄, 뭣, 행여나 누가 잡아갈껨, 벌벌 떨고 살았어라. 근디, 어-츠고 그 시집살이 헌 얘기를 다 허겠소, 못 히어-. [조사자 : 다 해주세요, 할머니.] 요 집서 쪼까, 옛-날에 놀러 쪼께 가갖고. 우리 시어 번시가 오시면 기양 오기전에 집에 들어갈라고 기양, 아 저, 저 유제라도(이웃에라도) 이렇드면 시집와갖고, 유젠디(이웃인디). 오-직이 만나서 얘기하고 놀고 안 잡 겠소, 근디. 시집살이 허니라고 시부모들 무순게(무서우니), 절-대 만나서 얘기하고 놀도 못해, 시간이 요만치로 없응게. (중략) 우리 둘이 시방 고러코 얘기하고 있소. 그러코 살았어, 살기를, 얼르, 험난허이 살았어라, 말할 것도 없어.[7]

시집살이 경험담은 시집살이를 다 겪고 난 이후 어느 정도 여유가 있을 때 한다. 시집살이를 할 당시에는 위 서술자의 말처럼 "일만 알았제", "시간이 요만 치로 없응게", "시부모들 무서운게", "절대 만나서 얘기하고 놀도 못"했다. 하지

---

7) 서○○, 앞의 자료.

만 지금은 "우리 둘이 시방 고러코 얘기"하면서 산다. 이렇게 경험담의 경우는 시집살이를 할 당시에는 시부모에게 들어갈까봐 무서웠을 뿐만 아니라, 이야기할 시간도 제대로 없었기 때문에 할 수 없었다. 그러므로 시집살이 경험담은 이미 지나간 먼 과거의 이야기이다. 지나간 이야기 중에서도 좋지 않은 기억이기에 이를 구태여 끄집어낸다는 것이 그리 유쾌한 일이 아니다. 많은 제보자들이 시집살이 이야기를 마다하며 하지 않으려고 하는 것이 이런 데 있다.

이에 비해 시집살이 노래는 본래가 시집살이를 겪고 있는 당사자들이 자기 혼자 또는 같은 처지의 사람들이 모여 일을 하면서 부르는 노래이다. 시집살이 노래를 큰애기 시절에는 관습적으로 부르고, 며느리 시절에는 자각적으로 부르며, 시어머니 시절에는 회고적으로 부른다고 할 때, 시집살이노래를 '자기의 노래'로 인식하고 자기와 동일시하며 부르는 때는 며느리 시절이다. 그러나 남이 듣는 곳에서는 부르지 못하고, 혼자 또는 같은 처지의 사람끼리 모여 폐쇄적인 상황에서 부르는 것이 일반적이다.[8]

다음 이야기는 이러한 일반적인 시집살이 노래의 서술상황이 깨졌을 때 나타난 사건을 잘 나타내주고 있다.

계모 우에 커가지고 열에 칠팔 세 되이 남의 집에 출가할 꺼는 사실이거든요. 그래 인자 시집이라꼬 가이 어찌 저 시집이 웅장한지. 그래 인자 자기가 인자 저 밭에 가가 밭을 매매 인자 자기가 노래를 부린다. 부리면서 울면서,
"나는 실라아(어렸을 때) 부모를 잃고 시집이라꼬 오이 쪼매 호강할까 여겼디이 나는 이리키 딘(고된) 집에러 걸렜네."
이라머 인자 자기가 울며 밭을 매메, 인자 자기가 노래를 하그던요.
"자아 시어마시는 깔근쇠고, 시아바시 미륵쇠고 인자 저어 동서쇠는 흔들쇠고, 시누부는 한님쇠고, 그래 인자 내 하나는 서른쇠고 모시체매 단물체매 눈물 딲아다 썩았네. 세상천재 내 백(복)이 어째 이렇기도 무정하노."
그래 인자 노래를 부르다가 하이, 양반(남편)이 인자 오줌을 지고 왔대이. 와가지고 인자 가마 들으이, 인자 마카(모두) 저거 가정 말이거든. 이러이, 아 인자 또 서른쇠고 이러이, "가장은 불퉁쇠고 내가 이래 우에 사노꼬." 이라닥 하이, 어 돌아보이 오줌을 척 지고 와서 거 떡 똥장구이를 바치네. 마 똥장구이를 받치다가 뒤로

8) 졸저, 앞의 책, 1996, 15-28쪽.

실 눕게 놓고 마 그 짝지로 갖고 팬데이,

"니가 내 가정에 시집오마, 남의 가정에 시집 와가, 니 그래 딜(고될) 줄 몰래가 니가 여거 와 가 난자아(드러난 곳에) 와가 이 소리하나꼬!"

그래가주고 또 참 욕을 마이 봤다니더. 그래 인자 시집살이 아매도 저거 시아바이 겉고 저거 시어마이 겉은교? [말을 고치면서] 저거 아배 저거 어매 겉은교? 야 그래가도 많겠지마는 그거 머 그걸 다 말할 수가 있능교.[9]

이 이야기는 혼자 밭 매면서 시집살이 노래를 부른 한 여자에 대한 이야기이다. 이야기 속의 여자는 어려서 부모를 잃고 시집을 와 호강할 줄 알았더니 고되게 일을 해야 하는 집에 시집와 눈물로 치마가 다 썩었다는 사연을 노래로 불렀다. 그러나 여자가 이렇게 혼자 부르던 노래를 불행하게도 여자의 남편이 똥장군을 지고 왔다가 듣고 말았다. 남편은 '남의 가정에 시집 와 고될 줄 몰랐느냐'며 지게 작대기로 아내를 팼다는 것이다. 시집살이 노래가 자기 혼자 또는 같은 처지의 사람 사이에서만 불러야 하는데, 그만 다른 처지의 사람인 남편이 듣고 만 것이다.[10] 이 이야기를 전하면서 서술자는 "그래가도 많겠지마는 그거 머 그걸 다 말할 수가 있능교"라고 했다. 시집살이 경험담과 시집살이 노래 모두 남들 앞에서 함부로 할 수가 없는 것임을 강조하는 것이다.

시집살이 경험담을 조사할 때 시집살이를 겪은 여성들이 '자기 시집살이 한 이야기는 책으로 엮어도 모자랄 만큼 많다'고 하면서도 정작 자기 시집살이 이야기를 쉽게 꺼내지 않는 것도 이러한 맥락으로 생각할 수 있다. 즉 예전 여성들에게 자신의 삶을 남에게 이야기한다는 것 자체가 억압되어 왔었기 때문에 오랜 세월이 지난 후라 할지라도 자기 이야기를 전혀 알지 못하는 외부 사람에게 한다는 것이 쉽지 않을 것이다. 또한 지나치게 기막힌 일을 당했을 때 그로 인한 트라우마로 인해 상황을 조리 있게 이야기로 표현하는 것이 어렵게 여겨진다. '하도 기가 막혀서 말로 표현할 수 없다'는 것이 그들의 공통적인 이유이다.[11] 그러므로 시집살이를 겪은 여자들이 자신의 고통을 호소하기 위해 택한

---

9) 조동일·임재해 공편, 『한국구비문학대계』 7-2, 1980, 641-642쪽, 월성군 감포읍 설화 12, 〈시집살이〉, 주손남(여 74), 양북면 봉길리 수제동, 1979. 8. 16. 임재해 조사.

10) 시집살이노래의 폐쇄적인 구연상황이 깨짐으로써 일어난 사건에 대한 설명이 졸저, 앞의 책, 1996, 16-17쪽에 실려 있다.

것이 바로 시집살이 노래였다. 시집살이로 인한 설움과 한을 이야기로 표현하는 것보다는 노래로 표현해내는 것이 더 적절하고 필요했기 때문이다.

이에 비해 시집살이 전승담은 일반적인 전설이나 민담과 같이 누구나, 누구에게나, 여유가 있는 때면 언제나 구연할 수 있는 개방성을 지니고 있다. 시집살이 경험담과 노래가 대부분 비슷한 처지에 있는 사람들끼리의 또래 집단에서 서술되는 것과 달리 전승담은 어떤 이야기 집단에서나 서술된다. 그러나 전승담을 서술하는 이야기판은 대체로 노동에서 벗어나 한가로운 시간을 가질 수 있는 사람들 사이에서 이루어졌기에 주로 여자 노인이나 남자들 사이에서 서술된다. 또한 실제 있었던 '사실'이라는 전제에서 벗어나 있으면서 누군가에게 들은 이야기이기에, 신기하고 흥미로운 이야기로 간주하며 서술할 수 있었다. 그러므로 같은 시집살이를 다룬다 할지라도 현실에서는 있을 법하지 않은 엉뚱한 사건 전개가 벌어지며, 시집살이를 다 겪은 후이거나 시집살이를 시키는 사람들의 입장에서 이야기가 전개된다.

다음 이야기 〈늙은 동삼 얻은 며느리〉가 좋은 예이다. 이 이야기는 시집가서 석삼년 동안 말을 하지 말라는 가르침을 그대로 실행했던 한 며느리가 동삼과 쌀 나오는 독을 얻게 되었다는 내용으로 되었다는 전승담이다.

전에 어떤 사람이 가스나가 말을 잘 안했든 것입디다. 그라고 머스마도 멍청하고. 그래서 인자 매느리가 하도하도 아들이 멍청헌께 안 생겼어. 각씨는 얻어 논께 좀 영리하든 것입디다. 그래서 사는디, 아 이 멍청한 그란께 이랬어. 즈그 어매가 시집갈 때 그 집으로 시집갈 때 매느리를 여럿 봤은께 귀에도 3년, 눈에도 3년, 벙어리 3년, 여섯 해를 아홉 해를 살으라 했어. 그래서 아홉 해를 사는디 버리라고 그랬어. (중략)

그래서 인자 그 동삼을 갖다 폴아 놓고 또 그 거시기 큰애기가 동삼이 뭔 또

<hr>

11) 제보자들은 살아온 이야기를 들려달라는 조사자들에게 흔히 다음과 같이 응한다. "[조사자 : 할머니들 이제 살아오신 이야기 있잖아요. 할머니들 시집 온 얘기, 그래서 신랑 뭐 시어머니, 애들 얘기 그런 얘기 그냥 살아오신 얘기 편안하게.] 응? 살아온 얘기? 말도 못 햐. 살아온 얘기는 말도 못 혀. [조사자 : 그거 해주시면 되요.] 하도 힘하게 살아서 나는 살아온 걸 얘기도 못햐. 나는 하도 기가막히게 살아서. 응. [조사자 : 뭐가 그렇게 기가 막히셨는데요? 뭐가.] 호적도 없으니 기가 맥히지, 이게 나이가 먹어서 살아도, 그러게 나는 나 산 건 말도 못하겄어." 임○○, 여·78세(1932년생), 전북 무주군 무주읍, 2009. 9. 25. 김정경, 김정은, 오정미 조사.

보물을 주어서 자꾸 쌀독에 가며는 쌀도 붇고 인자 또 집안 가정이 자꾸 이뤄지고 근께 그 이튿날부터 말도 하제 그놈 삼을 갖다 폴아 논께 곡석도 많아제. 돈도 많아제. 그란께 아주 우습게 생긴 것도 그래도 복이 속에가 들었든가. 그렇게 잘 살아서 그 애럽게 한 씨엄씨 공대를 잘 허고 잘 살었드라. 그래서 복 받어 갖고 아들도 이삼형제 두고 딸도 이삼형제 두고 부자로 살고 노적허고 잘 살았드라.[12]

이 이야기 속에는 시집간 후 함부로 말을 하지 말라는 시집살이의 훈계가 들어있다. 뿐만 아니라 그렇게 해야 부자로 잘 살 수 있다는 보상까지 심어놓음으로써 시집살이의 고난을 묵묵히 참아내야 한다는 가르침을 은연중 주입하고 있다. 그러므로 이러한 이야기는 시집살이로부터 고통을 겪는 당사자들보다는 시집살이를 잘 이겨냈거나, 시집살이를 시키는 사람들에 의해 동조를 얻으며 시집살이하는 사람들에게 또는 곧 시집살이를 하게 될 여자 아이들에게 이야기되었으리라 생각된다.

이렇게 볼 때 시집살이 경험담, 노래, 전승담은 같은 소재를 각기 다른 상황에서 서술한다. 이 세 갈래가 지니고 있는 문학적 성격과 의미의 차이는 이 서술상황과 밀접한 관련을 지니고 있다. 다음 장에서 살펴볼 것이 바로 이 점이다.

3. 서술방식과 서술의식

여기에서는 앞에서 살펴본 시집살이 경험담, 노래, 전승담이 서술되는 상황과 관련하여 각 갈래가 각기 어떠한 서술방식과 서술의식을 나타내고 있는지 비교하려고 한다. 비교의 편의를 위해 비슷한 소재를 다루고 있는 시집살이 경험담, 노래, 전승담을 택해 살펴보기로 한다. 시집살이 경험담 중 흔하게 나오는 이야기 중 하나가 시어머니가 제대로 밥을 주지 않아 배를 곯았다는 것이다. 원○○의 이야기 〈홀시어머니 시집살이〉는 이를 중점적으로 다루고 있다. 그의 이야기를 서사단락으로 나누어 보면 다음과 같다.

---

12) 최덕원 편, 『한국구비문학대계』 6-6, 한국정신문화연구원, 1980, 693-695쪽, 신안군 암태면 설화 13, 〈늙은 동삼 얻은 며느리〉, 박금순(여 63), 단고리, 1984. 6. 9. 최덕원 조사.

가) 시어머니가 밥을 푸고 자신 밥은 매우 적게 주었다.

나) 치매에 걸린 시어머니를 돌아가실 때까지 봉양했다.

다) 일하고 들어와서 보리방아를 찧어 밥을 했다.

라) 밥 풀 때는 시누를 내보내 푸게 했다.

마) 신랑은 결혼해서 얼마 안 되어 군대를 갔다.

바) 홀어머니라 시집살이가 강했지만 남편이 좋아서 나가지 못했다.

사) 헌 옷을 다듬어 새 옷을 만들어놓으면 시어머니가 좋아했지만 금방 잊어버리고 시집살이가 점점 강해졌다.

아) 이웃 사람이 애 낳기 전에 나가라고 했지만 남편이 잘해주어 못나갔다.

자) 시어머니가 때려서 정신을 잃고 빗속에 쓰러져있기도 했다.

차) 시어머니가 쌀을 벽장 안에다 들여놓고 못 열게 했다. 밥을 시누에게 푸게 하고 자신 밥은 매우 적게 주었다.

카) 밤에 울고 있으면 남편이 달래주었으나 장자라서 분가할 수 없다고 했다.

타) 시누에게 밥을 푸게 해도 아무 말 안하고 살았다.

파) 시아제가 쌀독에서 쌀을 퍼 간 것을 나중에야 알았는데, 당시에는 시어머니에게 쌀을 많이 먹었다고 많이 혼났다.

하) 죽지도 살지도 못하고 그 세상을 살았다.[13]

여기에서 보면 원○○의 시집살이 이야기는 대부분 '밥'과 관련된다. 시어머니는 원○○에게 밥을 할 의무만 주었지, 쌀이나 밥을 풀 권리는 주지 않았다. 시어머니가 쌀을 벽장 안에 들여놓고 못 열게 했으며 밥은 시누에게 푸게 해 자신의 밥은 사발 모퉁이에 묻혀 주었다.

쌀도 그냥 벽장에다 막 저 들여놓고서는. 나 손 못대게 하느라고. [청중: 이 집은 꼭 벽장에 가 있어 쌀이.] 벽장에다 들여놓고서는 그래서 인자 밥을 혀, 밥을 헐려고 이렇게 들어가며는 우리 시어매가 들어가서 딱 허니 발로 막고. 못 열게 해. 문을, 벽장 문을 못 열게 해. 그래서 그냥 밥을 못 허는 것이여 그러면. 열어 줘야 밥을 허지 어떻게 밥을 허겄어. 그렇게 해서 밥을 못 허고 그냥 굶고. 그렇게 나중에는 말대답도 하고 싸웠지. 글쎄 아 거기다 이렇게 유리 동그라니 붙여놓고서는 이렇게 내다봐요. 밥이 되는가 어쩐가. 그러면 인자 가져갈라고 이쁜이 내보내. 이쁜이 내

13) 원○○, 여·73세(1937년생), 전북 익산시 용성여성경로원, 2008. 12. 19, 김정경, 김예선 조사.

보내고 와서 인자 밥 식구들, 밥 쌱 퍼주고 나며는, 밥이 얼매나 많이 혀서 많간디? 조금씩 혀서 인자 퍼주고나면 내 밥 풀 것이 있간디? 그러면 저 아까 저 사람이 말한 저 사발 보통이에다 이만치 붙여줘. 그렇게 주며는 국하고 밥 한숟갈하면 뭐 간에 기별이나 가간니?[14]

원○○에게서 시집살이는 '시어머니가 쌀독을 관장하고 쌀을 퍼주며, 밥을 해놓으면 시어머니나 시누가 밥을 푸며, 다른 식구들 밥을 다 푼 후 자신의 밥은 한 숟가락밖에 퍼주지 않았다'는 것이다. 이 내용은 이야기를 꺼내는 서두 가), 중간 라), 차), 거의 마지막 타), 파)에 이르기까지 거듭 반복되며 다른 이야기는 모두 이 내용으로 연결이 되고 있다. 즉 원○○ 이야기의 특징은 자신이 겪은 시집살이를 서두와 결말을 갖춰 자세히 얘기하는 것이 아니라 자신에게 가장 강력하게 각인된 시집살이 형태를 중심으로 몇 번이고 되풀이해서 이야기한다는 점이다.

이는 나○○의 경우에도 마찬가지로 나타난다. 나○○의 이야기를 서사단락으로 나누어보면 다음과 같다.

가) 남편 얼굴도 못 보고 중매로 결혼했다.
나) 대궐같은 집에서 살다가 지독히 가난한 집으로 시집왔다.
다) 물동이를 한 번도 이어보지 않다가 물 길어 나르느라고 고생했다.
라) 시누가 물을 안 길어 온다고 늘 잔소리를 했는데, 어느날 줄에 걸려 넘어져 동이를 깨자 동이를 사오라고 했다. 아무 대답도 못하고 수모를 겪었다.
마) 친정어머니가 이따금 보태줬으나 버는 사람이 없어 유지하지 못했다.
바) 신혼 초에 시아버지가 시어머니 때리는 것을 보고 항의해 더 이상 시어머니를 때리지 않았다.
사) 중매쟁이 말로는 부자라고 했는데 와서 보니 장도 들여놓을 수 없는 오두막 집이었다.
아) 온갖 일을 다 했으나, 남편은 일을 전혀 하지 않았다.
자) 막내딸로 귀염 받고 살다가 시집와서 힘들었다.
차) 지금은 편하니까 그때 그렇게 산 것은 생각도 안 난다.[15]

---

14) 위의 자료.

나○○은 부잣집에서 가난한 집으로 시집을 왔다. 친정에서는 막내딸로 귀염을 받다가 해보지도 않은 일을 하느라고 고생이 심했다. 일을 잘 못하니 온갖 구박을 받았다. 특히 세 살이나 어린 시누의 시집살이는 더욱 견디기 어려웠다. 나○○의 시집살이 이야기 서술에서 역시 시집살이의 전형적인 형태가 나타난다. 대표적인 것이 친정은 부자였거나 귀하게 자라서 친정에서는 일을 하지 않았다는 것이다. 하지만 시집의 살림은 가난하거나 친정보다 더 가난했으며, 모든 궂은일을 며느리인 자신이 혼자 도맡아야 했다. 이렇게 부잣집에서 가난한 집으로 시집와 힘들었던 것은 거의 대부분의 서사 단락에서 반복된다. 서두 부분의 나)에서 시작해, 다), 마), 사)의 구체적인 예시 단락으로 되풀이되고 마무리 부분 자)에서 다시 한번 강조된다.

　이렇게 시집살이 경험담은 대체로 어떤 사건이나 일생을 중심으로 서사적으로 서술하는 것이 아니라 반복적으로 재현된 시집살이의 여러 가지 형태를 나열하고 있다.[16] 이는 시집살이의 서러움이 어느 한 순간에 일어난 사건으로 해서 생겨나는 것이 아니라 오랜 시간 동안 반복되어 누적되는 행위로 인해 생겨나는 것이기 때문이다. 그러므로 시집살이 경험담은 생애 기간 중 언제, 어디에서 특정하게 일어난 사건이 아니라 오랜 세월에 걸쳐 누적된 행위의 형태를 이야기한다. 많은 개별적 여성들에게 시집살이 경험담을 들어도 천편일률적으로 비슷하게 여겨지는 것은 여성들의 자신의 삶을 특정한 사건 중심적으로 이야기하는 것이 아니라 누적된 행위 중심적으로 이야기하기 때문이다.

　제보자들은 대부분 시집살이에 대해 할 얘기가 너무 많아 며칠 밤을 새워도 다 할 수가 없다고 한다. 책으로 묶어도 몇 권이 될 것이라고 하는 것은 거의 모든 제보자들이 하는 말이다. 그래도 이야기를 해 달라고 할 경우 시집살이에

---

15) 나○○, 여·80세(1930년생), 광주광역시 서구 쌍촌동, 2009. 3. 21, 김정경, 김예선 조사.
16) 서술자에 따라서 유기적인 짜임새를 갖추어 서사적으로 이야기하는 경우도 있으나 그리 흔하지는 않다. 천혜숙은 생애담의 서사단락들이 '고난-고난극복'의 구조를 반복하고 있다고 보고 있으나 (천혜숙, 「농촌 여성 생애담의 문학담론적 특성」, 『한국고전여성문학연구』 15, 한국고전여성문학회, 2007, 292쪽), 이는 가출의 시도 등 고난을 극복하려는 시도를 한 경우에 해당한다. 대부분의 여성들은 친정과 자식을 위해 참고 살았으며, 이는 고난을 극복한 것이 아니라 고난을 받아들인 것이다. 오히려 시집살이 경험담은 대부분 자신의 시집살이 고난을 에피소드별로 나열하는 서술 방식을 취하고 있을 뿐만 아니라 자신이 말하고자 하는 바를 거듭 반복하고 있어 엄밀히 말하면 서사적 교술 또는 교술적 서사에 가깝다. 마지막에 자신의 삶을 자평하는 것도 교술 갈래의 특징이다.

얽힌 사건의 전말을 자세하게 이야기하는 것이 아니라 시집살이의 내용을 통합해 전형적인 형태를 제시하는 경향을 보인다. 시집살이의 전형적 형태는 시집살이 노래에도 그대로 반영이 된다. 시집살이 노래 역시 시집살이하는 여자들이 겪는 시집살이의 고난을 서사적으로 자세히 서술하기보다 어떤 시집살이의 형태를 제시한다. 단 경험담이 시집살이의 여러 가지 형태를 나열하는 데 비해 시집살이 노래는 한 가지 형태로 이루어진 사건만을 택해 제시한다. 다음 노래에는 시부모가 쌀독을 자물쇠로 잠궈두고 열쇠를 차고 나가며, 심지어 쌀독을 지고 나간다고 표현하고 있어 원○○의 이야기와 동일한 시집살이 형태를 제시하고 있다. 왜 시부모가 그런 행동을 하는지, 그래서 며느리가 어떻게 반응을 했는지 사건을 자세하게 서술하지 않고 단지 시부모의 일방적인 행동만을 제시함으로써 며느리가 겪는 고통을 추정하게 하고 있다.

> 감장사야 감장사야 감일라끈 팔고가도
> 외기나(외치지나)말고 팔고가소
> 시금시금 시어머니 열쇠를차고 밭으로가네
> 시금시금 시아부지 찻독(쌀독)을지고 밭에로가네
> 외들가도말고 팔고가소[17]

위와 같은 서정적 노래뿐만 아니라 서사적 노래도 마찬가지 양상을 보인다. 〈시집식구가 구박하자 중이 되는 며느리〉 노래의 경우 며느리가 시집살이의 구박을 견디지 못하고 중이 되어 나가는 것으로 되어 있다. 여기에서도 시집살이의 구박은 경험담에서 흔히 나오는 시집살이의 형태들로 이루어져 있다. 그중하나가 바로 며느리가 힘들게 일하고 들어왔는데 밥을 접시 끝에 묻혀주는 것으로 되어 있어, 역시 원○○ 이야기와 같은 형태로 되어 있다.

> 사래질고도 장천밭을 맷갓같이도 지진밭을
> 불과같이도 타는밭에 저므나새도록 매고낭게
> <u>어제묵든 식은밥은 바가지에다 발라주고</u>

---

17) 필자자료, 『시집살이 노래 연구』, 97쪽, 새터 87 〈감장사노래〉, 김남순(여 47), 1981. 7. 26.

어제묵든 김치국은 접시나구부에 발라주네
이웃집 할머니 불사로와서
귀허다고도 귀동자에 못딸아가
니그거 묵고도 살으겄냐 내말한자리 깊이듣고
절곡으로 넘어가면 요보담도 낫으리라(이하생략)[18]

이처럼 시집살이 경험담과 시집살이 노래는 깊은 친연성을 지니고 있다. 시집살이 경험담에서 반복적으로 서술되는 시집살이의 고난은 그대로 시집살이 노래에 관용구가 되어 있다. 이는 시집살이 노래가 시집살이의 반복되는 고난을 사실적으로 반영한 문학임을 보여준다. 시집살이 노래를 부르는 사람들이 "노래는 참말, 이야기(전승담)는 거짓말"이라고 하는 이유가 여기에 있다. 하지만 시집살이 경험담이 시집살이의 고난을 에피소드별로 나열함으로써 반복적으로 되풀이하고 있다면, 시집살이 노래는 시집살이의 고난 중 한 가지 사건을 계기로 삼아 사건을 전개해나감으로써 고난을 해결하고자 한다는 데 차이점이 있다. 즉 경험담에서 서술자는 시집살이를 부당하다고 여기면서도 어쩔 수 없는 것으로 받아들이고 있다면, 시집살이 노래에서 서술자는 시집살이를 부당한 것으로 여기기에 이에 대한 해결을 시도하고 있음을 볼 수 있다.

나○○의 경우 실수로 물동이를 깨트렸는데, 시누가 이를 물어오라고 하더라는 이야기를 자세히 묘사하고 있는데,[19] 이는 시집살이 노래 중 〈그릇 깬 며느리〉 노래를 연상시킨다.

어매 그랬는디 시누가 물 안 저온다고 어-뜨게 해싸서 뒤에 물동이를 이고 인제 그러구 해서 못 질르겄더라구. 그래도 인자 그러구 졸업을 해서 인제 살았지. 어뚱게 살든지 살았어. 그른디 빨랫줄을 쭉- 요러구 딱 쳐놨는디, 조심허구 꽉- 잡고 간 것이 빨랫줄에 키도 쪼깐한 것이 어째 그 놈으 빨랫줄에 걸려부렀는가, (동이 이고 가다 넘어지는 시늉을 하며) 빨-딱 넘어가가꾸, (웃으며) 동이두 파싹 다- 깨

18) 필자자료, 『시집살이 노래 연구』, 98쪽, 먹굴 20 〈중노래〉, 정사순(여 55), 1981. 7. 31. 이외에도 필자자료 중 새터 9, 새터 80, 먹굴 100, 먹굴 114 등에 나오는 시집살이 고난이 이 모티프로 되어 있다.
19) 이는 나○○의 경우만이 아니라 시집살이 하는 여자들이 흔히 겪는 일 중의 하나로 생각된다. 천혜숙의 조사에도 비슷한 경험을 다룬 이야기가 나온다. 천혜숙, 앞의 글, 2007, 298쪽.

불고, [조사자 : 어떻게 해.] 그랬더니 또, (기운 빠진 듯한 목소리로) 그 동이 사오라
네. [조사자 : 시누가?] 잉. 친정에 가 동이 사오래. [조사자 : 어머.] 아 근디 갈 수가
있어? 지금은 전화라두 있어 바루 쳐부리지만은, 전화 한 통화면 번개 치는디. 전화
가 있을까, 뭐 있을까, 뭐이 내가 가도 못 하고, 어쩔 수 없이 그 수모를 겪었다니깐.
(울먹이며) 다 겪었어. 뭐이라 해도 뭔 대답도 못 해, 못 해버리고 겪었어.[20]

경험담에서 물동이를 깬 며느리가 이를 물어내라는 시누의 요구에 아무 말도
못하고 수모를 겪는 데 비해, 〈그릇 깬 며느리〉 노래에서는 며느리가 시집식구
를 불러 놓고 항의를 함으로써 시집식구들의 사과를 받아낸다. 각편에 따라서는
시집식구들이 사과를 하는 데도 뿌리치고 중노릇을 나가거나 자살하기도 한
다.[21] 이는 시집식구에 대한 항의가 간접적인 방식으로 나타난 것으로서 직접적
인 항의보다 시집살이를 오히려 더 비판적, 부정적으로 인식하고 있음을 보여준
다. 즉 직접적 항의가 시집살이를 현실에서 적극적으로 개선하고자 하는 의지를
보여주고 있다면, 중이 되어 나간다든지 자살을 한다든지 하는 간접적 항의는
시집살이에서의 일탈을 감행함으로써 시집살이에 대한 비판을 나타낸다.

이렇게 시집살이 노래의 '나'는 경험담의 '나'가 시도하지 못하는 과감한 행동
을 함으로써 시집살이의 고난에 대한 해결을 시도한다. 이는 경험담의 서술자
들이 대부분 운명론적 태도를 나타내는 데 비해, 노래의 서술자들은 반운명론
적 태도를 나타내고 있음을 보여준다. 경험담에서도 이따금 자살이나 가출을
시도하는 경우가 나오기도 하나 대부분 미수에 그친다. 자살의 경우 두렵기도
하거니와 친정에 끼칠 부정적 영향 때문에 감행하지 못하며, 가출의 경우 시집
을 가면 그 집의 귀신이 되라는 친정부모의 가르침 때문에 감행하지 못한다.
혹여 가출을 했다가도 아이들을 잊을 수 없어 돌아가게 마련이다.[22]

---

20) 나○○, 앞의 자료.
21) 〈그릇 깬 며느리〉 노래 유형은 '항의형', '항의형+출가형', '죽음형'의 세 가지로 나뉘며, 가장 큰 비
중을 차지하는 '항의형'은 호남 지역과 영남 서부 지역에, '항의형+출가형'과 '죽음형'은 영남 서부
지역에 주로 전승되며, 영남 동부 지역에서는 거의 전승되지 않는다. 졸고, 「서사민요 〈그릇 깬
며느리 노래〉의 전승양상과 향유의식」, 『한국민요학』 29, 한국민요학회, 2010, 161~186쪽.
22) 이는 다음과 같은 서술에 잘 나타나 있다. "나는 지레 친정 엄니 아버지 또 오빠 추르근 오빠 나쁘
다고 할까바 여기서 한 발짝도 안되는 줄만알고 살았어. 그때는 또 그렇게 해야하고. 양반 집서는
어디가 시집갔다가 시집왔다, 왔다갔다 한 사람이 어디 있간디. 죽어도 거기서 죽어야지. 귀신되
도 거 가서 귀신데라고 쫓아버리잖아. 옛날에는." 나○○, 앞의 자료.

이렇게 시집살이 노래에서는 경험담에서는 잘 나타나지 않는 항의를 한다든가, 중노릇을 간다든가, 자살을 한다든가 하는 의외의 해결의 시도를 하고 있다. 그런데도 시집살이 노래를 부르고 듣는 이들은 이들 노래를 사실처럼 여긴다. 이는 이러한 일이 보편적이지는 않지만 실제 있었던 일이라고 믿고 있음을 나타낸다. 시집살이를 견디지 못해 며느리가 자살을 하거나 중이 되어 나가는 경우는 실제로 일어났었던 일로 추정된다. 며느리가 시집간 지 석 달도 안 되어 시어머니의 손찌검으로 인해 목을 맨 사건이 일어나기도 했고,[23] 나이 많은 소경에게 시집가 시집살이를 견디지 못해 중이 되었던 여자가 관가에 잡히는 사건이 일어나기도 했다.[24]

그렇다면 시집살이 경험담이 서술자가 실제 겪은 시집살이라고 한다면, 시집살이 노래는 서술자와 같은 처지의 다른 사람이 실제 겪은 시집살이라고 할 수 있다. 시집살이 경험담과 시집살이 노래는 그러므로 시집살이 하는 사람들의 실제 경험에 바탕을 둔, '나'의 이야기이고, '나'의 노래일 수 있는 것이다. 즉 시집살이 노래는 내가 겪은 꼭 같은 경험을 바탕으로 이야기가 시작되고 있어 시집살이하는 여자라면 누구나 자신의 노래로 받아들이게 되는 것이다. 단 경험담이 여성들로 하여금 말하는 행위 자체를 통해 청중의 공감을 얻어내고 자신의 고통을 덜어낼 수 있게 한다면, 시집살이 노래는 여성들로 하여금 노래 속 주인물과의 동일시를 통해 현실에서 감히 할 수 없었던 시집살이에 대한 이탈과 반란을 꿈꿀 수 있게 한다.

이렇게 시집살이 경험담과 시집살이 노래가 내가 실제 겪었거나, 나와 같은 처지의 사람이 겪은 현실의 서사라고 한다면, 전승담은 내가 아닌 누군가의 이야기로서 이야기가 전승되면서 보태지고 꾸며지며 현실에서는 도저히 있을 법하지 않은 이야기로 바뀌게 된다. '나'의 이야기인 경험담이 대부분 유기적인 짜임새를 제대로 갖추지 못하고서 실제 경험을 에피소드의 차원에서 구연하는 데 비해, '남'의 이야기인 전승담은 이야기의 전체 서사를 서두에서 결말까지 유기

---

23) 안승준, 「평민생활」, 한국고문서학회편, 『조선시대 생활사』, 역사비평사, 2002, 281-314쪽.
24) 정약용의 장편 서사시 〈소경에게 시집간 여자 道康瞽家婦詞〉와 같은 노래가 이를 말해 준다. 작자는 이 사실을 순조 3년인 1803년에 목격한 것으로 적고 있다. 임형택 편역, 『이조시대 서사시 하』, 창작과 비평사, 1992, 196-220쪽.

적인 짜임새를 갖추어 이야기한다. 또한 경험담이 사실에 기반을 두고 있어 뚜렷한 해결이 없는 데 비해, 전승담은 뚜렷한 해결을 제시한다.

이때 전승담은 해결이 원만하게 이루어지느냐, 그렇지 않느냐에 따라 행복한 결말과 불행한 결말로 나눌 수 있으며 이를 통해 시집살이에 대한 서술자의 의식을 살펴볼 수 있다. 시집살이 전승담에서 결말이 비극적으로 끝나는 불행한 결말은 그리 흔하지 않다. 비극적 결말로 끝나는 이야기 속에는 시집살이의 고난을 현실에서 해결할 수 없다는 운명론적이며 비극적인 인식이 내포되어 있다. 불행한 결말의 이야기는 그러므로 '나'의 이야기는 아니더라도 시집살이의 고난을 실제 겪은 이들의 경험이 농축되어 있다. 그러나 이 경험적 현실을 뛰어넘는 초경험적 세계가 작동됨으로써 충격적인 결말이 제시된다. 대표적인 것이 〈못된 시어머니와 원혼이 된 며느리〉 이야기이다.

> 최말숙 : 예전에 귀경도 안 가고 천날만날 집만 지키고 앉아가 쌀로 내주고 밥 퍼주고 며느리는 찌끄러기 밥 이래 퍼가 부치가 접새기(접시) 밑에, 붙여서 조금 퍼주고, 장 여 놓고, 혼자 저만(자기만) 딱 퍼가 드가고, 인자 바아도 드가라 카도 않고 정재(부엌에) 앉아 머라(먹어라)카고, 만날 요래 하그던. 딴 데(다른 곳에)귀경 울 갈 줄 아나. 만날 집이나 지키고 참 며느리 마이 애 먹이가 골아져가 앤 죽었는 가. 죽어 노이까네, 고기 영물(靈物)이 되가 쌀단지 밑에 딸딱기미라꼬, 구리이가 돼가 쌀단지 앞에 딱 붙어 앉아 따딱꼼 따딱꼼.
>
> 임찬희 : 쪼깨큼 쪼깨큼 카드란다.
>
> 최말숙 : 만날 고(거기) 딸딱기미 크는 기 따딱꼼 따딱꼼 카드란다.25)

여기에서 시어머니가 며느리에게 쌀을 조금씩 내주고 찌꺼기 밥만 조금씩 주었다는 것은 앞의 경험담에서 쌀독을 잠궈놓고 있으면서 며느리 밥은 그릇 보퉁이에 묻혀 조금씩 주더라는 원○○의 이야기와 완전히 일치한다. 이렇게 배를 곯는 설움을 겪어야 했던 며느리의 죽음을 시집살이를 겪은 여자들은 누구나 공감했을 터이고, 이러한 공감이 위와 같은 이야기를 만들어내게 했을 것이다.

---

25) 조동일·임재해 공편, 『한국구비문학대계』7-2, 한국정신문화연구원, 1980, 416-417쪽. 월성군 외 동면 설화 123, 〈못된 시어머니와 원혼이 된 며느리〉, 임찬희(여 75), 최말숙(여 70), 석계1리 아랫 돌깨, 1979. 4. 7. 임재해, 조건상, 정역수 조사.

경험담에서 고난으로 제시된 이야기를 전설화함으로써 현실에서 풀지 못한 한을 초현실에서나마 풀게끔 하고 있다. 며느리가 죽어 구렁이가 되어서 쌀 단지 밑에 붙어 "쪼깨큼 쪼깨큼", "따딱꿈 따딱꿈" 한다는 것은 며느리가 죽어 자신의 원한을 드러내 보임을 말한다. 즉 살아서 시어머니에게 당한 한풀이를 죽어서 구렁이가 되어 하는 것이다. 시집살이의 고난을 살아서는 벗어날 수 없다는 비극적 인식에서 비롯된 이야기이면서도, 시어머니에게 당한 설움을 죽어서라도 되갚아야 한다는 생각이 형상화된 것이라 할 수 있다. 즉 현실에서는 괴롭힘을 당하던 존재였지만, 비현실적 세계에서는 관계를 역전시키려는 욕구가 표현된 것이다.

전승담에서는 위와 같은 경우보다 시집식구와 며느리의 갈등이 잘 해결되었다는 행복한 결말이 흔하게 나타난다. 게다가 이 경우 며느리가 시집살이를 묵묵히 잘 견뎌냄으로써 보상을 받는 것으로 되어 있어 시집살이를 하는 사람보다는 시집살이를 시키는 사람들의 입장이 반영되는 것이 대부분이다. 다음 전승담은 시집살이 노래 중 〈벙어리라고 쫓겨나 노래 부른 며느리〉 노래와 비슷한 내용으로 되어 있는데,[26] 친정어머니가 시집가는 딸에게 시집가서 벙어리 삼년, 귀머거리 삼년, 장님 삼년 석삼년을 살라고 가르치는 것에서부터 시작된다. 그러나 노래에서는 이로 인해 며느리가 말을 하지 않는다고 쫓겨나는 데 반해, 전승담에서는 말을 하지 않음으로써 오히려 잘 살게 되거나 보상을 얻게 되는 것으로 되어 있다.

(앞 부분 생략) 그래 그 돌을 가지고 와서는 농 안에다 여 놓고 암만 참 말하드록 바래이 말하나. 그래 오빠, 아부지가 그 돍이 말하그던 말하라 카드라 싶어가주, 시어마이가 아문(아무런) 잔소리를 해도 본래 말을 아해. 그저 씨긴대로 그 돌 입 떼드록 있으이께네, [큰 소리로] 세사아 시어마이가 고만 차차 물러져가주고 [본래대로] '이런 며느리 어딨는고?' 싶어가, 남의 집이 가보이, 다른 며늘네는 안 그런데. 저 집 며느리는 그키(그렇게) 입이 없고 대거리(말대꾸)가 없고 죽으라면 죽는 시늉을 다 하고 있단 말이래. '아하, 이래 가주고는 안 될루게(안되겠네요)!' 그적새는 며느리를 고마 그렇게 맘을 놔주더라네. 밥도 먹을 요(요기) 되드록 주고, 머든지

---

26) 졸저, 앞의 책, 2009, 502-508쪽 참조.

되게 하마(무슨 일이든지 고되게 일을 하면), "야, 드가 자그라." 카고, 머 하는 이력 (이력)을 그렇그러 잘 하드란다. 잘 하이께네, 그래 고마 올아배가 그래 질을 드리 드란다. 그래 고마 아바이 어마이가 딸 질을 고마 그래 들여부러.²⁷⁾

이 이야기는 경북 안동군에서 조사된 전승담 〈시집가서 쫓겨온 딸 길들이기〉이다. 같은 내용을 다루고 있는 노래에서는 말을 안 하는 것이 갈등의 원인이 되는 데 비해, 전승담에서는 갈등의 해결 방법이 되고 있어 사태가 뒤바뀌어 있음을 볼 수 있다. 이는 이 이야기의 전승자들이 시집살이 갈등의 해결 방법이 시부모에게 불만을 이야기하지 않고 묵묵히 순종하는 데 있다고 여기고 있음을 보여준다. 시집살이 노래에서 며느리에게 말을 하지 못하도록 강요하는 부당성을 비판하고 있다고 한다면, 전승담에서는 오히려 이를 강요하고 있는 셈이다. 그러나 전승담에서의 며느리는 이 강요를 받아들임으로써 시어머니에게 인정을 받고 잘 살게 되었다는 것이다.

행복한 결말은 더 나아가 앞 장에서 살펴 본 〈늙은 동삼 얻은 며느리〉에서처럼 시집살이의 고난에 대한 정면적인 돌파가 아닌, 의외의 방향에서 해결을 시도하기도 한다. 이 이야기에서 서술자는 며느리가 동삼을 얻는 데 그치지 않고 쌀 나오는 독이며 온갖 보물까지 얻었다고 하면서 있을 법하지 않은 결말을 자꾸 만들어내어 말을 참은 며느리가 복을 받게 되었다는 것을 강조하고 있다. 노래에서 말을 참던 며느리가 시집에서 쫓겨나 받는 수난과 시집식구들의 부당한 대우에 주안점을 두는 것과 대조적이다. 이들 전승담은 그러므로 시집살이를 겪는 당사자들보다는 시집살이를 시키는 사람들의 입장에서 서술된 것이라 할 수 있다.

한편 시집살이 전승담 중에는 시어머니와 며느리의 판세가 완전히 뒤집어지는 경우가 있는데, 대표적인 것이 〈시어머니 길들인 며느리〉 이야기이다.²⁸⁾

---

27) 조동일·임재해 공편, 『한국구비문학대계』 7-9, 1980, 953쪽, 안동군 임하면 설화 3, 〈시집가서 쫓겨온 딸 길들이기(1)〉, 배분령(여 75), 경북 안동군 임하면 금소1동, 1980. 8. 11. 임재해 조사.

28) 노영근, 「'시어머니 길들인 며느리' 유형의 갈래와 의미」, 『어문연구』 제36권 4호, 한국어문교육연구회, 2008, 349-372쪽과 박현숙, 「〈시어머니 길들인 며느리〉 설화에 반영된 현실과 극복의 문제 : 실제 시집살이 체험담과 비교를 중심으로」 『구비문학연구』 제31집, 한국구비문학회, 2010, 403-434쪽에서 상세한 고찰이 이루어졌다.

(앞부분 생략) 시에미가 창궁기(창구멍이) 하나 있는데 창궁글 내다보민 '한데, 내 미느리 뭐하는가 사흘만에 뭐하는가' 볼라고 내다 보민 고리를 해가 내다 보민 그석이거등. 내다 보다가 내다보다가 정지로 또 부수숙 나오더래여. 나오디 간섭할라고, 하매 사흘만에.

'싯, 이리 어른하다 안 되겠다. 이거 보룻을 뜯어 곤치야 되겠다.' 고만 대문을 실무시 장구고 한창 때, 고만 신부가 한창 때 아이라? 고만 인배지기를 써가이고 시에밀 뭐뭐 고만 정지바닥에다가 고만 태기를 쳤단 말이야. 그런께 할마이 뭐뭐 암만 꺼시도 뭐뭐 소양있어? 아이 이 아구상을 치민 개거품을 믹이민 아구상을 치민, (중략)

<u>그 뒤론 고만 방으로 끄어 딜라논께 시이미가 찍소리 못해여. 그 뒤로는 찍소리 못하는데 그 후엔 고만 나물반찬이래도 입에 맞기 무루해기 참 거석해 가이고 대집 (대접)을 하고 뭐 극궁허기 그래 대접을, 어무님을 참 호성있기 하니, 문밖에고 뭐 내다보도 안 하고 뭐 일부 간십 안 하고 우째 아이나 거둔고 이전에 질쌈할 때 물레 멩이나 오동오동 잡고 옆도 안 돌아보고 시이미가, 그래 잘 질을 잘 딜이가이고 그래 자알 살더래여.</u>[29]

고약하다고 소문난 시어머니를 며느리가 먼저 때림으로써 시어머니를 꼼짝 못하게 하는 이야기이다. 현실에서의 시어머니와 며느리의 관계가 이야기 속에서 역전되고 있다. 시어머니가 며느리가 부엌에서 일하는 것을 창구멍으로 내다보며 감시하는 장면은 원○○의 경험담을 연상시킨다. 경험담에서 며느리는 시어머니의 이러한 감시를 아무 말도 못하고 고통스럽게 견뎌내야 했다면, 전승담에서 며느리는 현실의 실제 인물이 감히 할 수 없는 과감한 행동을 감행하는 것이다. 결국 시어머니는 며느리 간섭을 할 수 없게 되었고, 대신 며느리는 시어머니를 극진히 모셔 효도하고 살았다는 행복한 결말을 이룬다.

이 이야기의 서술자는 시어머니의 부당함을 잘 인식하고 이를 시정하고자 하고 있다. 이야기 속 며느리는 시집살이의 고난을 그대로 받아들이지 않고 시어머니에게 먼저 폭력을 가함으로써 해결을 시도하고, 자신의 뜻대로 해결을 성취한다. 현실에서는 열세에 놓여 있는 며느리를 이야기 속에서는 우세에 놓음

29) 최정여·강은해 공편,『한국구비문학대계』7-8, 1980, 438쪽, 상주군 공검면 설화 57, 〈거센 시어머 니 길들인 며느리(1)〉, 채정석(남 64), 부곡 1리 못가, 1981.7.31. 최정여, 천혜숙, 임갑랑 조사.

으로써 현실을 비판한다. 얼핏 보면 이 이야기에는 며느리들의 한풀이가 담겨 있는 듯하다. 그러나 이 이야기의 이면을 잘 살펴보면 겉으로는 며느리의 입장에서 서술되는 듯하면서도 실은 시어머니를 구타한 며느리의 대담한 행동에 대한 흥미와 함께 시집살이의 갈등을 여자들의 문제로 보는 남성의 시각이 반영되어 있다.30)

이 이야기가 전하고자 하는 본질은 며느리가 고약한 시어머니의 나쁜 성질을 고쳤다는 것이고 이후에는 며느리가 시어머니를 극진히 대접하고 효성을 다함으로써 시집살이 없이 잘 살았다는 것이다. 결국 시집살이의 극복 여부는 며느리에게 달려 있다는 인식이 내재되어 있다. 이러한 인식은 이 이야기가 시집살이를 겪고 있거나 겪은 여성들이 아닌, 전승담의 주 향유층인 남성들에 의해 주로 전승되면서 형상화된 인식이라고 할 수 있다.

4. 맺음말 : 총괄적 논의

이 글에서는 시집살이의 고난과 갈등을 서술하고 있는 시집살이 구술 서사를 경험담, 노래, 전승담으로 나누어 그 서술상황과 서술방식을 중심으로 비교 검토하였다. 시집살이 경험담, 노래, 전승담은 모두 시집살이의 고난을 다루고 있으면서도 그 서술방식과 서술의식에 있어서 차이를 보인다. 이를 표로 정리한 뒤 각 갈래의 서술상황과 관련하여 논의 결과를 요약하면 다음과 같다.

---

30) 박현숙에 의하면 〈시어머니 길들인 며느리〉 이야기 구연자의 절대 다수가 남성이며, 여성들은 이 이야기를 접할 경우 통쾌함과 더불어 심정적 불편함이나 불쾌감을 동시에 느낀다고 한다. 박현숙, 앞의 글, 407쪽. 위 각편의 구연자 역시 남성으로, 여성들은 이런 종류의 전승담은 잘 즐기지 않는다고 생각된다.

	갈래 속성	서술자와 주인물의 관계	서술시점	서술구조	서술의식
시집살이 경험담	교술적 서사	서술자 =주인물	1인칭 (실제의 나)	고난의 중첩	시집살이를 묵묵히 잘 견뎌냈다.
시집살이 노래	서정적 서사	서술자 ≠주인물	1인칭 (허구의 나)	고난+해결의 시도+해결(좌절)	시집살이를 벗어나고 싶다.
시집살이 전승담	전형적 서사	서술자 ≠주인물	3인칭 (허구의 그)	고난+해결의 시도+해결(좌절)	시집살이를 벗어날 길이 없다. / 시집살이를 잘 견뎌내면 복을 받는다. / 시집살이는 며느리에게 달려있다.

　우선 시집살이 경험담과 전승담은 여러 가지 면에서 차이점이 뚜렷하게 드러난다. 경험담이 시집살이를 실제 겪은 사람들이 시집살이의 고충을 알리기 위해 서술하는 교술적 서사라고 한다면, 전승담은 시집살이와는 어느 정도 거리가 있는 사람들이 흥미나 교훈을 위해 서술하는 전형적 서사이다. 이에 비해 시집살이 노래는 일을 하면서 일의 고통과 자신의 설움을 덜어내기 위해 부른다. 단조로운 일을 오랜 시간 계속하기 위해 서사적으로 길게 불렀고, 자신의 설움을 덜어내기 위해 서정적으로 불렀다. 시집살이 노래가 서사성과 서정성을 함께 지니고 있는 이유가 여기에 있다.

　시집살이 경험담이 시집살이를 겪은 여자들이 실제의 '나' 이야기를 하는 것이라면, 시집살이 전승담은 내가 아닌 '남'의 이야기를 하는 것이다. 그러므로 시집살이 경험담은 1인칭으로 서술되고, 전승담은 3인칭으로 서술된다. 이에 비해 시집살이 노래는 '나'의 이야기이면서도 '남'의 이야기이기도 하다. 즉 시집살이 노래는 나의 경험이기도 하면서 나와 같은 처지에 있는 누군가의 경험을 노래하고 있다. 시집살이 노래가 허구적 서사이면서도 노래를 부르는 사람들에게 '참말'로 인식되는 이유가 여기에 있다.

　경험담이 시집살이하는 여자들의 현실을 그려내고 있다면, 전승담은 시집살이하는 여자들의 허구를 그려내고 있다. 노래는 현실과 허구의 중간적 성격을 띤다. 경험담이 시집살이를 모두 겪은 여자들의 과거라고 한다면, 노래는 시집살이하는 여자들의 현재이다. 경험담이 모든 시련이나 고난을 잘 견뎌낸 영웅담 같은 양상을 띠고 있는 것은 그 어려운 시집살이를 겪어낸 여자의 입장에서 서술되기 때문이다. 시집살이 노래는 시집살이하는 여자가 자신의 현실을 바탕으로 노래한 것이다. 갈등을 해결하기 위한 시도나 해결 방법이 실제 현실에서는 미처 감행하지 못하는 것이지만, 시집살이하는 여자들의 기대에서 나온 것이며 누군가에 의해서 실제 행해졌던 것이라 여겨진다. 이에 비해 전승담은 시집살이하는 여자가 아닌 시집살이와 거리가 있는 사람의 시각에서 서술된 것으로서, 현실에서 있을 법하지 않은 해결의 시도와 방법을 제시한다. 경험담에 나타난 시집살이가 대부분 고난의 연속으로 제시되는 데 비해, 전승담에 나타나는 시집살이는 고난 이후 해결의 시도와 해결이 제시된다. 이는 시집살이 노래와 유사한 서사구조로서, 시집살이 노래가 실제적인 '나'의 이야기가 아니라 '나'와 비슷한 '남'의 이야기이기 때문에 나타나는 양상이라 할 수 있다.

한편 시집살이 경험담과 노래가 시집살이를 하고 있거나 시집살이를 겪은 여자들 사이에서 구연되는 폐쇄적인 것으로 시집살이하는 여자들의 현실과 인식을 잘 나타내고 있다고 한다면, 전승담은 성별과 연령대를 초월한 다양한 집단에서 서술되는 개방적인 것으로 향유 집단이나 서술자에 따라 다양한 인식을 드러낸다. 시집살이 경험담과 노래는 시집살이에 대해 비판적 태도를 지니고 있다는 점에서 공통적이다. 그러나 경험담이 대부분 시집살이를 어찌할 수 없는 것으로 여기는 운명론적 태도를 지니고 있다면, 노래는 시집살이를 극복하고자 하는 반운명론적 태도가 나타난다는 점에서 차이가 있다. 전승담은 서술자에 따라 달리 나타나기는 하나 대체로 시집살이를 잘 치러낸 행복한 결말을 제시함으로써, 시집살이는 며느리에게 달려있으며 아무리 어려운 시집살이라도 감내해야 한다는 인식을 보여주고 있다.

이 글은 시집살이 구술 서사의 세 갈래 ― 경험담, 노래, 전승담이 서로 다른 서술상황 속에서 독자적인 서술방식과 서술의식을 구현해 내고 있음을 밝혔다는 데 의의가 있다. 그중에서도 특히 경험담을 구비문학의 두 갈래인 노래, 전승담과 비교함으로써 그 문학성 여부를 탐색하는 기반을 마련했다고 할 수 있다. 경험담은 전통 사회에서 말하기를 억압당했던 여성들이 과거를 회고하며 자신들의 삶을 통합하고 재구성함으로써, 같은 처지에 있는 여성들끼리 공감하고 소통하며 연대하는 방어기제가 되었다. 문학이 현실과 꿈의 형상화를 통해 사람과 사람을 잇고 소통하는 것이라면, 경험담은 이들 시집살이를 겪거나 겪고 있는 여성들에게 그리고 오늘 우리 사회의 여성을 이해하고자 하는 우리에게도 매우 훌륭한 '문학'으로서의 구실을 하고 있는 셈이다. 앞으로 이에 대한 논의가 이론적 심화를 거쳐 더욱 진전되기를 기대한다.

참고문헌

『한국구비문학대계』 총82권, 한국정신문화연구원, 1980-1989.

『한국민요대전』 제주도편 외 10권, (주)문화방송, 1991-1996.

노영근, 「'시어머니 길들인 며느리' 유형의 갈래와 의미」, 『어문연구』 제36권 4호, 한국 어문교육연구회, 2008.

박현숙, 「〈시어머니 길들인 며느리〉 설화에 반영된 현실과 극복의 문제 : 실제 시집살이 체험담과 비교를 중심으로」, 『구비문학연구』 제31집, 한국구비문학회, 2010.

박혜숙, 「여성 자기서사체의 인식」, 『여성문학연구』 8, 한국여성문학학회, 2002.

서영숙, 『시집살이노래 연구』, 도서출판 박이정, 1996.

서영숙, 『한국 서사민요의 날실과 씨실』, 도서출판 역락, 2009.

서영숙, 「서사민요 〈그릇 깬 며느리 노래〉의 전승양상과 향유의식」, 『한국민요학』 29, 한국민요학회, 2010.

신동흔 외 23인, 『시집살이 이야기 집성』(전 10권), 박이정, 2012(간행예정).

안승준, 「평민생활」, 『조선시대 생활사』, 한국고문서학회편, 역사비평사, 2002.

이정아, 「'시집살이' 말하기에 나타난 균열된 여성 의식 : 시집살이 체험담과 시집살이 노래를 중심으로」, 『여성학논집』 23, 이화여대 한국여성연구원, 2006.

임형택 편역, 『이조시대 서사시 하』, 창작과 비평사, 1992.

천혜숙, 「농촌여성 생애담의 주제와 생애인식 양상」, 『한국고전여성문학연구』 2, 한국 고전여성문학회, 2001.

천혜숙, 「농촌 여성 생애담의 문학담론적 특성」, 『한국고전여성문학연구』 15, 한국고전 여성문학회, 2007.

시집살이담의 갈등양상과 갈등의 수용방식을 통해 본 시집살이의 의미*

박경열

1. 서론

시집살이담은 시집살이의 체험을 전하는 이야기이다. 한 여인이 결혼이라는 제도를 통해 새로운 가정에 영입되면서 겪었던 일련의 체험들을 자신만의 언술로 풀어낸 것이 시집살이담인 것이다. 그리고 시집살이담은 결혼 후의 삶[1]을 말하는 것이다. 시집살이담은 새로운 공간에서의 지난한 삶을 반추하며 풀어내는 것이기에 실제 겪었던 갈등을 자신만의 방식으로 구연한 것이다. 본 연구가 연구대상으로 삼은 화자 대부분의 연령대가 70세 이상이고, 20세 전후로 결혼을 했다는 점을 감안하면 시집살이담은 한 여인의 생애를 오롯이 담은 결과물이라 해도 지나치지 않을 것이다.

이런 점에서 시집살이담은 한 여인의 생애담이라 해도 무리가 없을 것이다. 생애담은 한 개인의 자신의 전체 생애를 조감하는 이야기인 점에서 그 개인의 구술적 자전이란 성격[2]을 지니므로 생애담은 경험담의 성격도 갖고 있다. 경험담은 설화에서처럼 상상력을 자유롭게 동원하여 스토리와 표현을 흥미 있게 엮어나가지 못하는 대신, 사실에 기초한 내용과 표현을 통하여 현실인식과 감응력의 무게를 확보[3]할 수 있는 특징을 지닌다.

문학작품을 통해 제시되는 여성들의 삶의 방식에는 기존 내부의 시선을 물론이고 사회적이고 문화적인 차원에서의 기대와 요구를 반영한다는 점에서 여성적 존재방식의 일단을 파악하는 중요한 자료[4]가 된다면, 시집살이담은 개인의 기대와 요구가 반영된 자료로서의 가치를 지닌다. 구술사 분야에서 담화연구가 역사적 사건이나 그것에 관련된 정보 내지 담화에 중심을 둔다면 시집살이담은 일상적이고도 개인적인 화두에 주목하고 있는 것이다.

---

* 이 글은 『구비문학연구』 제32집(한국구비문학회, 2011. 6)에 실린 논문을 일부 수정하여 수록한 것임.
1) 조사팀이 화자에게 시집살이담을 청할 때 '시집살이'에 초점을 맞추었기 때문에 대부분의 화자들은 시집 간 이후의 삶을 구연하였다. 이런 점에서 결혼 전의 삶은 구연되지 않았다. 간혹 필요에 의해 결혼 전의 삶이 언급되었지만 이야기의 중심은 항상 시집간 이후의 삶에 집중되어 있다.
2) 천혜숙, 「농촌여성 생애담의 주제와 생애인식 양상」, 『한국고전여성문학연구』 제2집, 한국고전여성문학회, 2001, 227쪽.
3) 신동흔, 「경험담의 문학적 성격에 대한 고찰」, 『구비문학연구』 제4집, 한국구비문학회, 1997, 181쪽.
4) 강진옥, 「고전 서사문학에 나타난 가족과 여성의 존재 양상」, 『한국고전여성문학연구』 제10집, 한국고전여성문학회, 2005, 9쪽.

그리고 시집살이 경험을 이야기판에서 이야기한다는 것은 자기고백인 동시에 타인에게 자신의 삶을 납득시켜 나가는 일[5]이기도 하지만, 자신 스스로를 납득시키는 행위이기도 하다. 시집살이를 구연하는 상황은 이야기판을 통해 이루어지는 경우도 있지만, 드러내기를 꺼려하는 화자는 이야기판을 거부한다. 시집살이하면 연상되는 '고생'이라는 단어는 화자로 하여금 드러내기 보다는 은밀한 곳에서 작은 목소리로 구연하도록 하였다. 이런 화자 일수록 이야기가 끝난 후 '후련하다'라는 말을 공통적으로 하였다. 그 이유는 이들에게 시집살이 구연은 자신을 이해하고 스스로를 납득하게 하는 효과로 이어졌기 때문이다.

시집살이담은 시집살이의 체험을 말하는 이야기라는 점에서 갈등을 내포하고 있다. 그 갈등은 관계에서 발생하는 것으로 새로운 구성원과 기존 구성원간의 갈등을 말한다. 갈등에 주목하는 이유는 갈등은 이해관계에서 발생하고 시집살이담은 현재가 아닌 과거의 기억을 불러내는 작업이라 여겨지기 때문이다. 시집살이담이 개인에 의해 구연된다는 점에서 지극히 주관적이고 일상적인 경험담의 특성을 띠지만 화자가 구연한 시집살이담은 하나의 텍스트로서의 의미도 가진다.

본 연구는 시집살이담이 갖고 있는 개인적 담화로서의 성격과 텍스트로서의 성격에 주목한다. 다시 말하면 시집살이담이라는 텍스트와 시집살이담의 구연자 사이에서 이야기의 차이[6]가 발생하는데 이 차이에 주목한다는 것이다. 그러므로 텍스트가 보여주는 갈등과 갈등을 이해하는 방식의 차이에 주목하여 시집살이담의 화자가 자신의 삶을 어떻게 이해하고 판단함으로써 스스로를 평가하고 있는가를 밝힐 것이다. 본 연구에서 대상으로 삼은 자료는 2008년 7월에서 2010년 6월까지 2년간 채록되었고, 지역은 경기, 충청, 강원지역을 대상으로 하

---

5) 정현옥, 「여성생애담 연구」, 경상대학교 박사학위논문, 2007, 73쪽.
6) 임재해(「친딸과 양자로 형성된 가족관계 파탄과 지속의 주체」, 『구비문학연구』 제31집, 한국구비문학회, 2010, 73쪽.)는 설화의 유형은 고정적 틀을 가지고 있기 때문에 전승자라도 어쩔 수 없는 서사적 의미가 갈무리되어 있다는 점을 고려하면 동시대의 전승자나 제보자의 의식을 고스란히 담아낼 수 없기에 제보자의 의식에 사로잡히지 말고 설화의 작품자체를 면밀하게 분석하고, 제보자의 의식과 대조하여 어떤 차이가 있는가 하는 것을 밝히는 작업이 긴요하다고 역설한 바 있다. 이 문제는 전승되는 설화적 측면에서 논의한 것이지만, 시집살이담에도 적용할 수 있다. 필자는 이 문제를 '상대적 진실'이라는 용어로 설명한 바 있다.(박경열, 「제주 여성 생애담에 나타난 4·3의 상대적 진실」, 『인문학논총』 제47집, 건국대학교인문학연구원, 2009, 247-252쪽.)

였으며 총56편이다. 2장에서는 시집살이담에 나타난 갈등양상을 살펴보고, 관계에 따른 갈등 유형을 추출할 것이다. 그리하여 텍스트가 보여주는 갈등의 원인과 화자가 인식하는 갈등의 원인을 비교할 것이다. 3장에서는 시집살이담의 화자가 갈등을 수용하는 방식에 주목하여 자신의 삶을 어떻게 의미화하고 있는가를 밝혀낼 것이다.

2. 시집살이담의 갈등양상

'시집살이'는 가정이라는 공간에서 발생하는 갈등을 표상한 말이다. 시집살이는 한 여성이 결혼을 통해 새로운 가정에 영입되면서 며느리와 아내라는 역할을 부여받고, 그럼으로써 '기존 구성원'과의 관계에서 발생하는 갈등을 말한 것이다. 여기에서 '기존 구성원'은 시부모, 남편, 시누이, 시동생 등을 가리키는 용어로 화자가 결혼하기 전 이미 가정을 형성하고 있는 구성원을 뜻한다. 그러므로 시집살이를 겪는 주체는 기존 구성원이 아니라 새로 영입된 구성원이 된다. 시집살이담은 이런 점에서 새로운 구성원의 입장에서 기존 구성원과의 갈등을 말하는 이야기인 것이다.

우리가 일상적으로 말하는 시집살이는 시부모와의 시집살이뿐만 아니라 남편 살이, 자식 살이 모든 것을 포함하는 용어이다. 갈등이 가정 내 구성원과의 관계에서 발생하는 갈등이니 만큼 시집살이담의 갈등 양상은 관계에 주목하여 파악해야 한다. 시집살이담의 갈등 양상을 관계에 주목해야 하는 이유는 시집살이담이라는 텍스트가 보여주는 갈등의 원인과 갈등을 구연하는 화자가 인식하는 갈등의 원인은 다를 수 있기 때문이다. 갈등을 수용하는 방식은 이해관계에 따른 화자의 판단이 내재되어 있는 것이라면 관계에 주목한 갈등은 쌍방의 입장을 모두 고려한 갈등을 파악할 수 있는 대상이 된다. 후자는 가감이 없는 사건의 전말을 알 수 있는 대상이기에 갈등 관계를 파악하는 일은 매우 중요하다.

시집살이담에서 시집살이를 시키는 주체는 시아버지, 시어머니, 남편, 시동생, 시누이, 동서 등이다. 시부모와의 갈등은 며느리가 또 다른 면에서 시부모의 자식이 되는 것과 동일하기에 부자갈등으로, 남편과의 갈등은 부부갈등을 의미하는 것이므로 부부갈등으로 명명한다. 그리고 시동생-시누이나 동서와의 갈등은 형제 관계와 유사하므로 형제 갈등으로 분류하고자 한다.

2.1. 부자갈등

부자 갈등은 부모와 자식사이에서 발생하는 갈등이다. 시집살이담의 부자갈등은 두 가지 의미로 해석될 수 있다. 하나는 시부모와 며느리 관계에서 발생하는 갈등이다. 며느리가 시부모를 봉양하면서 발생하는 갈등이 내용을 이룬다. 시부모의 경우, 시아버지와 시어머니와의 갈등으로 다시 나뉜다. 이 갈등을 표로 나타내면 다음과 같다.

갈등 관계	갈등 대상	갈등원인	성명(지역)-내용
부자	시아버지	성격	정○○(삼척)-깐깐한 시아버지 시집살이 박○○(공주)-트집 잡는 시아버지 시집살이
		후사	성○○(청원)-딸 낳아 시아버지에게 구박받은 사연 원○○(홍천)-시아버지가 아이 못 낳는다며 구박한 사연
		친정무시	육○○(보은)-시아버지가 친정 무시한 사연
		혼사	권○○(충주)-시아버지가 여러 번 장가 간 사연
		술	김○○(홍천)-20년간 시아버지 술심부름한 사연
	시어머니	가난	이○○(음성)-혹독한 시집살이 시킨 시어머니를 극진히 간호한 사연 차○○(인제)-죽도록 일만한 인생. 김○○(대전)-갈아입을 옷이 없는 가난한 시집살이 강○○(금산)-가난한 시집을 일군 이야기 김○○(제천)-품팔이 하여 땅 부자 된 사연 박○○(홍성)-광산에서 일하여 빚 갚은 이야기 조○○(제천)-수양딸과 민며느리로 산 인생 최○○(아산)-시어머니와 함께 한 50년 세월 이○○(안성)-시집 귀신이 되라던 아버지의 말을 지킨 사연
		성격	송○○(공주)-고생할 운명 이○○(예산)-시어머니가 빗자루로 쓸어버린 사연 이○○(공주)-시어머니가 미워한 사연 김○○(충주)-양시어머니에게 매 맞은 사연 박○○(오산)-딸처럼 대하겠다던 시어머니가 며느리로 대한 사연 김○○(안산)-시부모가 악몽이었던 사연.

	술	고○○(원주)-술주정하는 시어머니 모신 사연
	친정무시	안○○(평창)-아들을 위해 호적 찾으러 간 사연

부자갈등에 해당하는 시집살이담은 총 24편으로 갈등의 원인은 다양하다. 먼저 시아버지의 경우, 시아버지의 성격이 깐깐함으로 인해 갈등이 발생한다. 시아버지와의 갈등은 시아버지가 며느리의 살림을 이것저것 모두 관여하고 관리하면서 빚어지는 갈등이다. 시아버지가 살림에 관여하는 경우는 대부분 시어머니가 부재한 상황인 경우가 많다. 며느리가 하는 일을 검사하고 제대로 하지 못하는 경우 혼을 낸다. 성격 또한 깔끔하여 없는 살림에도 깨끗이 손질한 옷을 대령하도록 하고 행동이 재빠르지 못한 며느리를 타박한다.

시집살이담 화자가 시아버지와의 갈등을 구연하면서 가장 서러워하는 경우는 자식 생산에 관련된 문제일 때이다.

[조사자 : 그러면 첫 아이가 되게 늦게 생기셨잖아요?] 이십 일 년 만에 낳았어요. 그거를. [조사자 : 그간에 마음고생이 되게 심하셨겠어요?] 시아버지 만날 주정이지. 이래. "애 낳는 년이 천짜리면 니년은 일원짜리도 안 돼." 술 먹고 발로 툭툭 차. "네 년은 일원짜리도 안 돼. 이년아." 그런 고통 속에서도. 지금 베짱 같으면 가요. 애도 못 낳는 게 찾아오면 들어오지만 안 찾으면 집이를 어떻게 들어와. 애도 못 낳는 게. 그래서 못 나섰어요. 인제 내가 "아들을 낳아서 이젠 천 원짜리 됐어." (하하) 이래고. 아들 장가를 보내고 "이젠 만원짜리 됐어." … [조사자 : 그 비법이 있으셨어요? 그간에 갖은 방법을 다 쓰셨을 텐데?] 병원에 다 다니고 약도 많이 쓰고 그랬는데 우리 주인이 보약이나 자꾸 먹어 몸이나 건강하라고 한약을 자꾸 사다 주더라고. 게 위장병이 있었는데 한약을 자주 먹으니 아프지도 않고 밥이 더 잘 먹고 아프지도 않아 그래 보니 애기가 생겼더라고.[7]

이 화자는 결혼한 지 21년 만에 첫 아이를 낳았다. 첫 아들을 낳기 까지는 항상 시아버지의 구박을 받아야만 했다. 시아버지는 아이 낳지 못하는 며느리를 일원짜리도 되지 않는 존재로 취급하였다. 화자가 아이를 낳지 못하자 시아버지는 양자를 들인다. 화자는 양자를 물심양면으로 키웠지만 양자로부터 '어

---

7) 원○○(홍천)-시아버지가 아이 못 낳는다며 구박한 사연.

머니'라는 소리를 한 번도 들어보지 못했다고 했다. 화자는 21년 만에 낳은 아들이 이 억울함을 모두 해소시켜 주었고 아들을 낳은 덕에 자신의 가치가 만원이 되었다며 웃었다.

며느리가 시집 와서 부모를 봉양하고, 자식을 생산하는 일은 해야만 하는 일이다. 이런 점에서 화자는 아이 낳지 못하는 자신을 스스로 자책하였고, 그런 자신을 해야 할 일을 제대로 수행하지 못한 죄인으로 인식하였다. 시집 와서 아이를 낳지 못하는 경우도 시아버지와의 갈등을 일으키지만, 아들을 낳지 못하여 갈등을 일으키기도 한다. 성○○ 화자[8]는 딸만 연속 셋을 낳고 아들을 낳지 못하자 시아버지에게 구박을 받았다. 아들을 낳아야만 자식으로 인정하고 대접받던 시대에 딸은 자식으로서의 가치가 없었다. 그래서 화자는 아들을 낳을 때까지 시아버지의 냉대를 온몸으로 견뎌야만 했다.

시아버지와의 갈등에서 눈에 띄는 이야기는 시아버지가 장가를 여러 번 간 사연이다.

[조사자 : 음, 그 시어머니가 돌아가신 다음에 장가를?] 네 번을 보냈어요. 첫 번째 몇 해를 살다가 그러니 첫 번째 보따리 장사를 시켜줘서 땅을 팔아서 보따리를 장사를 시켜줬는데 남의 빚만 잔뜩 지고 죽었지. 그래 장사를 지내주고 그랬는데, 그랬는데 고 다음에 인제 또 여자를 얻었는데 쪼끄만게 술을 잘 먹는 거야. 어디 가서 술을 잔뜩 먹고 밤새도록 술주정을 해. 우리 남편보다 한 살 덜 먹었는데 진저리가 나. [조사자 : 시어머니가?] 지겨워요. 그러다그러다 우리 시아버님 생신인데 아들 딸 사우 머 다 모였는데 이게 술 잔뜩 먹고 주정이 벌어졌네. 그러니깐 저 둘째 사우가 저 횡성에 있는데 그저 뻴이 틀리니깐 옷을 거둔거 가방에 쌓아서 마당에 내 쫓았어. 그래서 내쫓았어요. [조사자 : 두 번째?] 세 번째는 하나 얻었는데 빚을 잔뜩 지고 와서 빚을 가려주면 내가 산다. 빚을 가려 주라. 우리도 어려운데 어떻게 우리 아버님하고 잘 사시면 가을에 갈아드리겠다 그러니 또 가더라고. 또 하나는 어디서 얻어 왔는데 그건 참 인물도 좋고 잘 생겼어. 한참 잘 살더니 충주가 집인데 고향에 갔다 온다고 가서 우리 아버님이 호통을 해 달라고 하더니 찾아보고 못 찾고 오셨지. 아이구 진저리가 나요.[9]

---

8) 성○○(청원)-딸 낳아 시아버지에게 구박 받은 사연.
9) 권○○(충주)-시아버지가 여러 번 장가 간 사연.

화자가 시집오고 난 후 시어머니가 시누이 둘을 낳고 45세에 돌아가신다. 시어머니가 돌아가시자 화자는 시아버지를 네 번이나 장가를 들인다. 하지만 시아버지는 새 시어머니와 오랫동안 함께 살지 못한다. 첫 번째 새 시어머니는 일찍 돌아가시고, 두 번째 시어머니는 술주정을 심하게 하여 쫓겨났으며, 세 번째 시어머니는 친정에 다녀온다며 나갔지만 다시 돌아오지 않았다. 새시어머니가 집을 나가면 찾아오는 몫은 오롯이 화자에게 맡겨졌고, 시아버지는 자신이 원하는 만큼 일이 성사되지 않으면 화자를 타박하였다.

이외에도 시아버지가 술로 며느리를 고생시키는 경우[10]가 있었다. 시아버지가 밤새도록 술을 마시며 며느리를 옆에 두고 잠도 재우지 않으며 술시중을 들게 한다. 그리고 육○○ 화자[11]는 시아버지가 자신을 근본이 없는 집에서 시집을 왔다며 친정 부모를 욕하거나 친정 자체를 무시하는 말을 끊임없이 할 때 며느리 된 입장에서 무척 서럽고 억울한 심정이었다고 한다. 화자는 시집도 그리 넉넉한 살림도 아니고 뼈대 있는 집안도 아닌데 자신의 친정만 그런 것처럼 몰아세우는 시아버지가 미웠다고 한다.

다음으로 시어머니와의 갈등은 '가난'에서 빚어지는 갈등이 대다수이다. 화자들[12]은 시집이 먹고 살 것 없는 팍팍한 살림이라 죽도록 일하지 않으면 먹을 수가 없었고, 쌀은 물론이고 죽도 제대로 먹지 못하여 나물만 먹고 고생한 일 자체가 고된 시집살이라 입 모아 말하였다. 일이 너무 많아 잠을 제대로 자지 못하였기에 잠을 여한 없이 자보는 것이 소원인 적도 있었다고 했다. 식량이 넉넉하지 못하였으므로 식량을 아무리 아껴 먹어도 식구가 많기에 늘 모자랐으나 시어머니는 이것을 며느리가 많이 먹어 그런 것이라며 며느리 탓으로 돌렸다고 한다.

길쌈은 물론 밭에 나가 밭일을 하고 나물을 캐는 일 등 일만 하는 것이 서러

---

10) 김○○(홍천)-20년간 시아버지 술심부름한 사연.
11) 육○○(보은)-시아버지가 친정 무시한 사연.
12) 이에 해당하는 화자는 다음과 같다. 이○○(음성)-혹독한 시집살이 시킨 시어머니를 극진히 간호한 사연, 차○○(인제)-죽도록 일만한 인생, 김○○(대전)-갈아입을 옷도 없는 가난한 시집살이, 강○○(금산)-가난한 시집을 일군 이야기, 김○○(제천)-품팔이 하여 땅 부자 된 사연, 박○○(홍성)-광산에서 일하여 빚 갚은 이야기, 조○○(제천)-수양딸과 민며느리로 산 인생, 최○○(아산)-시어머니와 함께 한 50년 세월, 이○○(안성)-시집 귀신이 되라던 아버지의 말을 지킨 사연.

워 시집을 몰래 나오기도 하였지만 친정에는 가지도 못한다. 친정아버지가 '딸은 시집가면 시집 귀신이 되어야 한다' 는 말이 생각나서 이러지도 저러지도 못하다가 결국 다시 시집으로 돌아가기도 한다. 고난한 시집살이에 죽으려고 마음을 먹지만 자식이 눈앞에 아른 거려 죽을 수도 없다.

가난한 시집이라 하루하루 끼니 걱정도 어려운데 임신하니 먹고 살기가 막막하여 아이를 지우려고 동산에서 구르기도 하고, 병원에서 수술을 받기도 한다. 이 사실을 안 시어머니는 추운 겨울에 얼어 죽으라며 불을 넣지도 못하게 한다. 갈아입을 옷이 없어 옷 하나로 계절을 나야만 하는 삶이 고달팠지만 그 때는 다 그렇게 사는 것이라고 생각하며 그 시절을 견뎠다고 한다.

　　그래가지고 살았는데 그 다음에 또 한 2년 되니까 애가 또 하나 생겼어. 근데 그 집을 짓는다 그랬드라고. 그리고 뒤에 인제 그 목상를 하니깐 인제 그기 쪽때기가 많으니까는 그걸 갖다 돼지우리를 지어가지고 돼지를 몇 마리 키우는데 큰 숫돼지가 있었어. 애를 가져서 8개월이 됐는데 그 지집아 밑으로 인제 또 하나 가져가지고 8개월이 됐는데 돼지 죽을 가주 가보니 이놈의 돼지가 세상 죽통은 저 안에다 갖다 놓고 파뒹겨서 지함을 해놓은 거야. 그러니 배는 부른 기 아유, 저놈을 끌어서 갖다 놓고 죽을 줘야 되는데 어떻게 할 수가 없는 거야. 들어가지고 못 하겠고.
　　그래서 그 쭉때기 (아랫배를 가리키며) 탁 칼날 같은 집을 진 데다가 그 돼지우리를. 탁 올라 엎드려 가지고 엎드려서 그 놈의 죽통을 끌어 인제 내놓고는 죽통을 한참을 그랬지. 그리고 나니 일어서질 못하겠는 거야. 애가 죽은 거야. 그 안에서. [조사자 : 8개월 됐는데?] 8개월이 됐는데. 막 놀든 기 한참 그래 그 칼날 같은 데 눌르고 있었더니 배를 눌르고 있었으니 죽은 거야. 그래가주 하두 이래가주 뭐 어떻게 할 수가 없는 거야. 그 돼지우리를 붙잡고 이러구 얼마나 애를 쓰다가 한참 그래구 나니 그래도 어떻게 괜찮드라고. 그래 또 들어왔다 집에를 들어와 가지고 인제 일을 이렇게 하고 이래다 또 일을 좀 힘들게 하면 또 이렇게 뻗쳐가지고 세상에 움직이지도 못하겠고 이랬는 거야. 그래가주 두 달을 채워서 열 달이 된 거야. (중략)
　　그래다가 저녁이 되니 아, 못 배기겠드라고. 그래 얘기를 했더니 부정 든다고, 8월 달인데 이 올라가는 불 때는 방이 올라가는 기 아주 방이 냉방이지 뭐 8월 달인데 추웠어 그때는. 근데 냉방이 문도 못 열게 하고 부정 든다고 문도 못 열게 하고 거 들어가 낳으라고. 그래서 세면종이로 세면풀대기 뜯어가지고 종이를 깔고는 아유, 죄를 안 지니 그렇게로 병도 없고 그래. 그 낳았다. 낳으니까는 으레 죽었다고 어디 엎어져서 낳은 기 언나를 퍼쩍 낳았어. 그래가지고는 그래 비루종이에다가 싹싹 옆에 놓고는 부정 든다고 내놓지도 못하고 옆에 놓고는 둔누지도 못하고 애가 없으니까는 덜덜덜덜 떨고 앉아서 그랬더니 우리 시어머이가 어떻게 어디다 갖다 치웠어.

그리고는 뭐 애를 죽은 걸 낳았다고 뭘 국을 하나 끓여서 주나 뭐 불을 때주나 덜덜 떨고 그 앉았다가 밤이 늦으니까는 어른들보다 먼저 드러눠 자지도 못하고 이불 깔고 자지도 못하고 그래 앉았다가 그양 밤이 되니깐 이제 잤다. 그랬더니 우리 시숙, 저기 시동생이 아침에 와서 그러더라고. 큰일 날 뻔 했다고. 그 다음 날 우리 시어머니가 막 어? 죽은 애 낳는 기쉽지 뭐 큰 일이 났냐고 막 야단을 치는 거야.[13]

이 사연은 임신 8개월 정도였을 때 돼지에게 먹이를 주기 위해 구부리다 배가 눌려 아이가 죽었지만 일을 해야만 했기에 아이가 죽은 채로 두 달 동안 아이를 품어야만 했던 내용이다. 시어머니는 죽은 아이를 낳는 일이 뭐가 어려운 일이냐며 미역국 한 번 끓여 주지도 않고 불도 때주지 않아 구연자는 벌벌 떨어야만 했다. 남편이 이 사실을 알고 아이를 낳은 사람이 밖에 돌아다녀도 괜찮은지 물었지만 시어머니는 그 말을 듣고 '죽은 애 낳았는데 나와 다니는 것이 뭐 대단한 일이냐'며 오히려 남편에게 화를 낸다.

시어머니와의 갈등은 근본적으로 가난에서 비롯되었지만 양상은 시어머니가 혹독하게 일을 시키는 형태로 나타난다. 시어머니 당신은 일하지 않으면서 며느리에게만 노동을 강요하거나 시집온 지 얼마 되지 않아 일이 서툰 며느리를 일을 잘 하지 못한다며 남들에게 공개적으로 망신을 주면서 갈등이 생기기도 하였다. 심지어 시아버지가 돌아가시자 식음을 전폐하고 3년 동안 누워 있으면서 울기만 하고 가정을 돌보지 않아 갈등이 생긴 경우도 있었고, 시어머니가 술주정을 하며 며느리를 괴롭힌 사연도 있었다.

시집살이담의 부자갈등은 시부모와의 갈등에서 비롯되는 경우가 허다하지만, 며느리가 자식을 생산한 후 그 자식과의 관계에서 발생하는 갈등도 부자 갈

---

13) 함○○(평창)-건달 중에 상건달인 남편과 산 인생.

등에 포함시킬 수 있다. 다시 말하면 새롭게 일군 가정[14]에서의 부모와 자식 간의 갈등이다. 그 갈등은 자식을 양육하는 과정에서 발생하거나, 자식이 장성한 후 출가하면서 발생한다. 답사 결과 시부모와의 갈등은 많았지만 자신이 낳은 자식과의 갈등은 찾아보기 힘들었다. 화자들은 자식 자랑을 입에 침이 마르도록 하였지만 자식과의 갈등에 대해서는 말을 아꼈다. 자식과의 갈등은 분명 있지만 드러내지 않았고, 없는 듯이 지나갔다. 자식과 관련된 내용들은 자식을 양육하면서 뱀에 물리거나 아파서 고생한 사연을 언급하는 정도이고, 자식과의 불화에 관한 내용은 찾아보기 힘들었다.

앞서 살펴보았듯이 텍스트가 보여주는 갈등의 원인은 다양하다. 그 원인은 당대적 사회적 특성에서 기인한 원인도 존재했고, 개인적 특성에서 발생되는 원인도 존재했다. 문제는 시집살이담을 구연하는 화자의 입장에서 인식하는 갈등의 원인이다. 분명 화자들은 시집살이의 고난의 근원을 시아버지나 시어머니로 언급한다. 그러면서 나타나는 특이한 현상은 갈등의 책임을 화자 자신에게 부여한다는 것이다. 시부모가 자신에게 고난을 가한 것이 자신 때문이라는 것이다.

시집살이의 주체들은 결혼하기 전 살림을 제대로 해 본 적이 없는 사람들이다. 결혼이라는 것이 급작스레 이루어지는 경우가 많았기 때문이다. 결혼이 무엇인지도 모르고 시대적 상황에 의해 그렇게 시집으로 향했다. 그렇기에 이들이 살림을 잘 하지 못하고 일이 서툰 것은 당연하다. 그럼에도 화자들은 시부모의 원성을 들을 수밖에 없었던 이유가 자신이 며느리 역할을 잘 하지 못했기 때문이라고 말한다. 답사에서 가장 자주 들은 말 중에 하나가 '그 때는 그랬다'는 발언이다. 화자들은 그 때는 그렇게 사는 것이 당연한 것이라고 받아들인 것이다. 그래서 모든 것이 자신의 잘못에서 비롯된 것으로 알았다는 것이다. 이런 점에서 시집살이담의 화자들은 부자 갈등의 원인과 책임을 스스로에게 부여한다.

---

14) 새롭게 일군 가정이란 남편과 아내를 중심으로 형성된 가정을 말한다. 시부모가 중심이 되는 가정을 시집이라 한다면 남편과 아내가 중심이 되는 가족은 우리 집이라 할 수 있다.

2.2. 부부갈등

화자들이 시집살이를 가장 많이 시켰다고 구연한 대상은 남편이다. 이른바 남편 살이인 것이다. 부부갈등의 원인은 주로 술, 투전, 폭력, 여자문제 등이다. 술을 마시고 아내를 때리거나 투전으로 빚을 져서 고생시킨 사연, 여러 여자들을 만나면서 구연자를 힘들게 한 사연들이 주를 이룬다. 이 갈등을 표로 나타내면 다음과 같다.

갈등 관계	갈등 대상	갈등 원인	성명(지역)-내용
부부	남편	외도	이○○(홍성)-시조 잘 하는 남편 때문에 고생한 이야기 김○○(예산)-평생 바람핀 남편을 용서한 사연 이○○(공주)-평생 고맙다는 말 하지 않은 야속한 남편 김○○(삼척)-둘째 부인을 얻어 도망 간 남편이야기 유○○(정선)-동네 과부가 낳은 아들을 키운 사연 백○○(아산)-시어머니가 남편을 건달이라 부른 사연 황○○(동해)-남편과 이혼하기 위해 보낸 세월 임○○(충주)-작은 마누라 얻어 산 남편이야기 황○○(제천)-지랄병만 안 걸린 나쁜 남편 이야기
		노름	송○○(오산)-노름꾼 남편 때문에 도망다닌 사연 최○○(평창)-남편의 노름빚 갚느라 평생을 보낸 사연 유○○(청양)-일하지 않는 시어머니와 남편 최○○(안산)-노름 좋아하는 남편 살이
		술	유○○(원주)-술 먹는 남편 살이 권○○(아산)-술버릇 고약한 남편 때문에 가출한 사연 이○○(천안)-고된 노동으로 골병 든 사연 한○○(천안)-고생이 팔자려니 하고 산 인생 한○○(평창)-고생하고 병만 얻은 억울한 인생 김○○(동해)-남편이 죽자 웃은 사연
		폭력	이○○(충주)-전쟁으로 고생한 인생. 이○○(안성)-남의 집살이 십년 한 사연 박○○(금산)-폭력적인 남편과 이혼한 사연. 이○○(청양)-나물만 먹고 산 원통한 세월

남편살이 중에서 외도 문제는 빈번하게 등장하는 소재이다. 남편의 외도로 인해 아내가 고생한 사건은 다양하다. 김○○ 화자[15]는 남편이 다른 여자와 살림을 차렸다는 말에 수소문 하여 남편을 찾았으나 남편이 외면하였다. 황○○

화자16)는 여성 편력이 심한 남편과 이혼하기 위해 남편을 찾아 전국을 다녔고, 50이 넘어서야 남편과 이혼하였다. 임ㅇㅇ 화자17)는 남편이 둘째 부인을 얻어 살림을 차렸는데 시부모가 이를 용인한다. 그러자 남편은 돈이 필요할 때마다 화자를 찾아와 행패를 부리고 괴롭혔다. 함ㅇㅇ 화자18)는 남편의 여성 편력 때문에 임신했을 때 성병이 옮았고, 그것이 아이에게 영향을 끼쳐 고생한 적도 있었다고 했다.

[조사자 : 그러면 할아버지가 남편 분이 여기저기 다니시면 집에 잘 안 오셨겠네요?] 집이 잘 안 왔지. 맨날 넘의 여편네들 데리고. 그러니깐. [청자 : 속 타서] [조사자 : 집에 데리고 온 적은 없으세요?] 돌아다니고. 시방 우리 막내딸 생일날 나더러 델리러 가자고 하대. 마누라를 데릴러 가자고 해. [조사자 : 새 마누라?] 우리 할아버지가 데릴러 가자고 해서. 나 혼자는 못 가. 차일피일 미뤘어. 몇도 해야 하고 몇도 해야 한다고. 애 난지 삼일 됐는데 어딜가? 한 번은 가자고 하대. 나 혼자 어딜가? 애를 끄리고 조카딸 데리고 갔지. 술집이더만. 그 술집에서 인저 고용자라고 했지. 소리 하고. 전 넘의 술 팔아주는 여자, 그 여자 죽었다고 하더니 얼마 안 있어 우리 할아버지도 갔어. (웃음.) 서울서 죽었다고 하길래.

"가보여 왜 안 가여?"

얼마 있다 시조하러 가서 상 타러 들고 가서 집이도 안 오고 홍성 병원에서 내보냈어. 상 탄 거 있어. 그리고 돌아가셨어. [청자 : 가서 그 양반 데리고 왔어?] 데리고 왔어. 우리 창이 할머니하고 둘이 가서 데리고서 왔어. 애는 내가 안고. 그 여자는 지 가방 들고. 그런데 왜 그렇게 눈물이 쏟아진대. 그러게. 말도 못하고 눈물이 쏟아지더라고. 그렇게 해서 서너 덜 살았나? 그런데 나가더. [조사자 : 안방에서 자고 그랬어요?] 나는 애들 데리고 그 여자랑은 둘이랑 웃방에다 이불요 깔아주고. [조사자 : 할머니가?] 이불 요 넹겨 주면 지가 깔고 자지. 그러카고 얼마 있으니깐 제사집이 할아버지가 간다고 나가대. 나갔는데 광천에 간다고 나가더만, 그때는 호석할아버지도 그렇게 속을 썩였다고 호석할아버지는 나 약 올려 주는 거야.

[조사자 : 어떻게? 어떻게. 바보라고. 바보 같은 아주머니라고. 그렇게 약을 올려주더만. 대청 아랫마을에서 가마니 꼬매 놓는 담배 태워서 입에다 물려주고 여서

<hr />

15) 김ㅇㅇ(예산)-평생 바람핀 남편을 용서한 사연.
16) 황ㅇㅇ(동해)-남편과 이혼하기 위해 보낸 세월.
17) 임ㅇㅇ(충주)-작은 마누라 얻어 산 남편 이야기.
18) 함ㅇㅇ(평창)-건달 중에 상건달인 남편과 산 인생.

피고 호석할아버지 한양들 장난 해 쌓고 한번은 할아버지 여사 제삿집 갔는데 광천 가다고 가더니 갔다 오더니 그때 여름이여 바깥 마당에서 가만 들으니깐 안 말래서 막 뛰는 거야. 막 선반에서 저 호낙기병. 저 유리 몸 치경도 있고 다 깨져도 모르고 발바닥 양쪽에서 피가 철철나도 모르고. 내가 잘못해서 나갔다고.

아! 나는 무서워서 꼼짝 모르고 넘의 방에 감쳐 있었어. 애 안고. 그랬는데 어떻게 해서 데리고 왔대. 데리고 와서 하냥 데리고 살다가 대중 안내 준다고 트집잡고 서너 달 살았나 몰라. 나갔어.

[조사자 : 할머니 몇 살 적?] 한 삼십 넘었을 거야. [조사자 : 할머니 삼십 넘었을 때.] 그때는 암것도 모르니깐 무엇이든지. 아침거리 쌀 내놓고 밭으로 가고 점심 먹고서 저녁거리 쌀 내놓고 가고. 내가 그렇카고 저 더러 쌀 푸다 밥해 먹고 내놓고 다니라고 넘들더러하고 못 살겠으니 나갔어. 어째 촌에서 머 바라고 살아. 술집에서는 술이나 먹고 소리하고 춤추고 그러지만 그렇게도 못하고. 그러더만 나가더라. [조사자 : 일하는 것도 아니고?] 일도 못하지. 밭 매고 그러는 거 할 수 있어? 징그럽게 살았어. 나 산거 말도 못해.

[조사자 : 그러면 할머니 또 다른 여자도 데리고 왔어요?] 다른 여자는 데리고 오진 않았어. 그냥 왔다 갔다. 한번은 이 여자 나가고서 며칠을 안 들고. 갈 적에는 모시 두루매기다 입고 나가서 안 들어와. [조사자 : 멋 부리고 나가셨구나!] 옷 그렇게 입고 나갔는데 안 들어와. 며칠 있다가 여 꼬리 장사들 있거던. 바구리다 이고 와서 촌이 와서 팔았어. 그런디 그 사람 하나가 오더니 아이구 아저씨를 여기 아무개나 집이 술집이가 앉아 있는데 유혈이 낭자하다고. 나는 앉아서 자박만 하고 있는거야.

그런데 들어오대. 모시 두루매기 바지 머 다 피천지여. 들여다도 안 봤어. 들여다도 안 보고 가만있었더니. 가서는 다 봐서는 다른 놈 있더만. 그 빨래 내가 해줘야지. 그러크고 두어 번 우리집이 두어 번 왔다 갔다 하더니 없어졌어. [조사자 : 피는 왜 난거예요?] 그러께 다른 남자를 얻었는데 그 여자가 다른 남자를 얻었는데 우리 남편이 그 여자를 끄리고 있으니깐 그 여자를 때린다는 게 어디를 때려서 피가 났는지 이런 데가 피 천지여. 말리니깐 이렇게 문질렀지. 몰라. 그런가. 몇을 얻었는지 아나?

[조사자 : 할머니가 아시는 건?] 둘 빼에 몰라. 한 여자는 여기 와서 들어와서 살고 한 여자는 왔다 갔다 하고. [조사자 : 그 여자 구박 좀 하지요?] 구박이나 할 줄 알간. [조사자 : 꼬집고 그런 것도 할 줄 모르고. 응. [청자 : 시방 같은 줄 알고.] 밥이나 해서 주고. 먹고서 내놓으면 설거지 하고. 그렇게 살았다고. [조사자 : 그

여자도 시조를 하는 여자들이예요?! 술집 여자니깐. 시조하는 여자들.[19]

이 사연은 시조를 잘 하는 남편이 전국을 돌아다니며 많은 여자를 거느렸고, 때로는 여자를 집에 들여와 함께 살기도 한 내용이다. 이 사연의 화자는 남편이 데리고 온 여자를 위해 이부자리를 봐 주고 시중을 들기도 한다. 남편은 여인을 쟁취하기 위해 피나는 싸움을 하기도 한다. 이 사연의 남편은 여자가 집을 나가는 이유를 모두 아내 탓으로 돌리며 아내를 때리기도 하였다.

부부갈등의 또 다른 이유는 남편의 투전이다. 남편이 투전으로 집 재산을 탕진하자 아내들은 살기 위해 시장에서 장사를 하거나 품을 팔며 자식들을 먹여 살려야만 했다. 어떤 구연자는 남편이 투전을 그만두지 않자 헤어지겠다고 하여 투전을 그만 두도록 종용하였으나 남편은 그 버릇을 쉽게 고치지는 못했다고 한다. 남편의 투전 비용을 열심히 대 준 구연자도 있었다. 그 이유를 물으니 남편이 집에 있으면 시어머니와의 갈등이 심해지기 때문에 집 밖에 나가 있는 것이 오히려 심적으로 편안해서 그 비용을 말없이 대주었다고 한다.

남편의 술로 고생한 사연도 많았다. 한○○ 화자[20]의 남편은 술만 먹으면 동네방네 돌아다니며 시비를 걸어서 동네가 다 아는 술주정뱅이였다. 권○○ 화자[21]는 술버릇이 고약한 남편이 살림을 부수는 것은 기본이고 자식들과 자신에게 폭력을 써서 그것을 피하기 위해 가출을 한 적이 있다고 하였다. 지금도 자식들은 그런 아버지를 미워하여 자신을 불쌍하고 애틋하게 여긴다고 했다. 김○○ 화자[22]는 남편이 광산에서 일을 하였는데 술을 너무 많이 먹고 자주 때려서 남편이 병으로 죽자 이젠 살았다는 생각에 남편의 죽음이 힘겹기 보다는 웃음이 절로 나왔다고 했다.

부부갈등의 이유였던 술, 폭력, 외도는 밀접하게 연관이 있었다. 노름을 하거나 외도를 하는 남편의 경우 술을 마신 후에는 폭력으로 이어지는 경우가 많았다. 이○○ 화자[23]의 경우는 남편이 술을 하지는 않지만 의처증이 있었다. 화

---

19) 이○○(홍성)-시조 잘 하는 남편 때문에 고생한 이야기.
20) 한○○(평창)-고생하고 병만 얻은 억울한 인생.
21) 권○○(아산)-술버릇 고약한 남편 때문에 가출한 사연.
22) 김○○(동해)-남편이 죽자 웃은 사연.
23) 이○○(안성)-남의 집살이 십년 한 사연.

자가 일을 갔다 오면 어떤 남자를 만나러 갔다 왔냐며 때리기도 하였지만 이러한 경우는 드물었다. 술, 폭력, 외도가 하나처럼 이어지는 경우가 대부분이다.

부부갈등의 핵심적인 이유는 외도, 술, 노름, 폭력이다. 이 중에서도 외도가 가장 많은 비중을 차지한다. 시집살이담이 보여주는 갈등의 원인 또한 이 네 가지 문제에서 기인한 것으로 보인다. 남편의 문제적 결함은 아내를 고생시키는 요소로 작용하였다. 남편의 외도는 남편의 부재 상황을 만드는 것이므로 경제적 문제는 오롯이 아내 몫으로 남게 된다. 아내들은 자식들을 먹여 살리기 위해 농사뿐만 아니라 장에 나가 물건 파는 일을 쉼 없이 해야만 했다. 당시에는 먹고 살 것이 없어 살기 위해 빚을 지는 일이 악순환처럼 지속되었었다. 그러므로 남편의 투전은 또 다른 빚을 유발한다. 남편의 투전은 집의 빚을 늘려간다. 빚이 늘어갈수록 아내의 고생 또한 혹독해지는 것이다.

시집살이담을 구연하는 화자들 또한 갈등의 원인을 남편으로 지목하였다. 남편의 그런 행동들이 빈번하게 발생하여 만성적인 것으로 이해하는 화자도 있었지만, 고난한 삶의 원인을 정확하게 남편으로 인식하였다. 남편이라 말하는 데 주저함이 없다. 고생스런 삶을 살도록 한 장본인이 남편이라 데에는 거침이 없었다. 화자들은 남편이 가정을 돌보지 않아 자식들을 벌어 먹여 살리고 시부모를 봉양해야만 했고, 그러한 역경에도 불구하고 삶을 일구어낸 것이 바로 자신이라 말한다.

화자들의 남편에 대한 판단이나 인식은 확고하고 단호하다. 남편을 말하는 감정은 분노에서부터 무관심에 이르기까지 확연하게 드러난다. 부자갈등에서 보이는 모습과는 다르다. 부자갈등에서 갈등의 원인을 자신에게 돌리는 모습과는 사뭇 다르다. 부자갈등에서 시집살이담이 보여주는 원인과 상관없이 화자 스스로 원인을 자신에게서 찾는 것과는 달리 부부갈등에서는 원인을 대상인 남편에게서 찾고 있는 것이다.

2.3. 형제갈등

시집살이담에는 형제갈등이 주를 이루는 사연이 많지 않았다. 형제갈등에는 시동생과 시누이와의 갈등과 동서 간에 빚어지는 갈등을 포함시킬 수 있다. 시동생과 시누이와의 갈등은 주로 시동생과 시누이가 출가하기 전에 나타나는 경우가 대부분이다. 다시 말하면 이들이 짝을 찾아 출가하면서 갈등은 자연스레 해소된다는 것이다. 형제갈등에 해당하는 자료들을 표로 나타내면 다음과 같다.

갈등 관계	갈등 대상	갈등원인	성명(지역)-내용
형제	동서	성격	엄○○(충주)-못된 맏동서에게 청춘 바친 사연. 이○○(인제)-야박한 큰동서 시집살이
		제사문화	김○○(천안)-스님이 되려다 계모가 된 사연
		질투	오○○(안산)-메주 별출이의 맏동서 시집살이
	시누이	사주	신○○(대전)-둘째 며느리가 시집오자 어머니가 죽은 사연

시동생이나 시누이와의 갈등은 화자가 시집왔을 때 물을 길어 오는 길에 시동생이 발을 걸어 넘어졌고, 넘어지면서 항아리가 깨지자 시어머니나 시아버지에게 혼이 나는 정도이다. 아니면 시누이가 시어머니에게 없는 일을 만들어 고자질함으로써 곤경에 빠지도록 하는 일이 갈등의 전부이다. 갈등을 빚었던 시누이나 시동생은 결혼을 하면서 출가하게 되고 출가한 후에는 이런 일들이 사라진다. 그리고 이런 시누이나 시동생들의 공통점은 세월이 흐른 뒤에는 자신들의 잘못을 뉘우쳐 미안해하는 경우가 많았다는 점이다. 시누이나 시동생과의 갈등은 어렸을 때 새로 영입된 존재를 경계하며 밀어냈던 경험에 불과했다.

동서와의 갈등에는 맏동서가 일만 시켜 먹고 후에 보상을 해 주지 않아 그것으로 인한 갈등이 있었다. 엄○○ 화자[24]의 경우는 큰 동서가 많은 일을 시키면서 후에 보상을 해 주겠다고 하자 남편과 함께 밤낮없이 일을 했다. 그 덕에 큰 동서가 많은 재산을 일구었지만 엄○○ 부부에게 보상을 해 주지 않았다고 한다. 오히려 큰 동서는 엄○○ 화자 부부가 일한 대가를 자기 공으로 가져갔고 그것에 대해 조금도 미안해하지 않았다고 한다. 오○○ 화자[25]와 맏동서와의 갈등은 시어머니 때문에 발생하였다. 맏동서가 시어머니와 마음이 맞지 않아

---

24) 엄○○(충주)-못된 맏동서에게 청춘 바친 사연.
25) 오○○(안산)-메주 별출이의 맏동서 시집살이.

갈등을 겪고 있었는데 오○○ 화자가 시집을 와서 일을 잘 하자 시어머니의 사랑을 받게 된다. 상대적으로 시어머니와 불편한 관계에 있었던 맏동서는 오○○ 화자와 시어머니의 관계를 질투하였고 그 화풀이를 오○○ 화자에게 하였다.

이○○ 화자[26)]는 큰동서의 남편, 즉 시아주버니가 둘째 부인을 얻어 살림을 차리자 큰동서는 이 책임을 이○○ 화자에게 돌린다. 큰동서는 이○○ 부부를 내보내야만 남편이 돌아온다고 생각하여 이○○ 부부를 내쫓는다. 시어머니가 어쩔 수 없이 이○○ 부부를 분가시키면서 이것저것 챙겨주려 하자 큰동서가 아무 것도 주지 못하게 막는다. 큰동서의 살림살이는 넉넉한 편이여서 더러는 주변 사람들에게 인심을 쓰는 일도 있었지만 이○○ 화자 부부에게는 쌀 한 톨도 주지 않는다. 심지어 큰동서는 이○○ 화자의 밭에서 마음대로 곡식을 거둬 가면서도 말 한마디 하지 않았고 미안해하는 마음이 조금도 없었다고 한다.

시누이나 시동생과의 갈등이 공간을 떠나면서 갈등이 자연스럽게 해소되는 갈등인 반면 동서와의 갈등은 좀 더 복잡하다. 왜냐하면 동서간의 갈등은 시어머니로 인해 빚어지는 갈등과 며느리들 사이의 경쟁에서 오는 갈등을 모두 포함하고 있기 때문이다. 앞서 살펴보았듯이 오○○ 화자의 경우, 시어머니가 한 며느리를 편애하면서 갈등이 발생하였다. 마음이 맞지 않는 며느리와 시어머니의 갈등이 결과적으로는 동서 갈등으로 확대되었던 것이다. 오○○ 화자는 맏동서와 시어머니의 갈등의 희생자가 된 것이다. 하지만 이런 갈등은 한 공간에서 거주할 때 이루어지는 일이므로 둘째가 분가하면서 그 갈등은 축소된다. 마주치는 일이 빈번하지 않게 되면서 갈등은 자연스럽게 줄어들었다.

엄○○ 화자와 이○○ 화자는 동서갈등이 맏동서와의 갈등이었는데 이 갈등도 쌍방의 힘이 팽팽한 갈등이기보다는 일방적인 갈등이라 할 수 있다. 갈등에서 힘을 행사하는 쪽은 맏동서이고 당하는 입장은 엄○○ 화자와 이○○ 화자이다. 이 화자들은 갈등의 원인 제공자가 아님에도 불구하고 맏동서에게는 원인 제공자로 지목되어 그 책임을 져야하는 대상이 된다. 맏동서와의 갈등이라는 점에서 맏동서는 시부모와 마찬가지로 동등한 경쟁자의 입장이라고 보기는 어렵다는 점에 주목해야 한다. 맏동서라는 위치는 시어머니의 역할을 언제든지

---

26) 이○○(인제)-야박한 큰동서 시집살이.

대신할 수 있는 존재로 한 가정을 책임지는 책임자이기도 하다. 맏동서는 이해 관계에 따라 경쟁하는 경쟁 대상자가 될 수 없다. 맏동서는 그들에게 시부모와 같은 어른인 것이다.

동서갈등을 바라보는 화자들의 관점은 큰동서를 미워하기 보다는 큰 동서를 이해한다. 그 때는 살기가 퍽퍽했기에 자신이 그 입장이라도 그럴 수 있는 일로 넘겼다. 화자들은 큰동서와의 갈등을 그 때를 관조하듯이 넉넉한 마음으로 회고한다. 큰 동서 입장에서는 둘째 동서가 경쟁자일 수 있지만 둘째 동서에게 큰 동서는 어른이지 자신과 경쟁해야 하는 대상은 아닌 것이다. 동서 간의 경쟁 관계는 쌍방이 아닌 일방에서 비롯된 것이다. 그러므로 동서 입장에서는 그럴 수 있는 일인 것이다.

3. 갈등의 수용방식을 통해 본 시집살이의 의미

시집살이는 한 여성의 결혼 후의 인생이라 할 수 있다. 시집살이담의 화자 대부분은 70세 이상이고, 20세 전후로 결혼을 했다. 이런 점에서 결혼 후의 삶은 결혼 이전의 삶보다 인생의 많은 부분을 차지한다. 하지만 실제로 채록한 시집살이담은 생각처럼 이야기 전체가 파란만장한 삶으로 점철되어 있지는 않았다. 물론 이야기판이 사전에 예정되어 있는 이야기판이 아니라는 점에서 그럴 수도 있다. 그보다 화자들이 구연하는 시집살이담은 자신에게 마치 원초적한 장면으로 기억되는 사건에 국한되어 있었고 그 사건을 중심으로 이야기가 펼쳐졌다.

한 인간의 인생사를 온전하게 이야기하는 것은 생각처럼 쉬운 일이 아니다. 우리가 이야기를 하는 방식은 자신에게 강한 기억으로 남았던, 그래서 떨쳐버릴 수 없었던 기억들을 재구성하는 방식으로 이루어진다. 그것이 현재형이 아니라 과거형일 때에는 더욱 그러하다. 화자의 기억은 사실 여부가 중요치 않다. 그것보다 중요한 것은 그것을 어떻게 갈무리하여 기억하고 있는가 하는 점이다. 다시 말하면 실제 사건에 대한 객관적 판단과 사건의 중심에 있었던 주체의 판단은 충분히 달라질 수 있다는 것이다. 우리는 그 점을 주목해야 한다.

시집살이를 구연하는 화자는 자신의 입장에서 이야기를 진술한다. 이것은 화자가 자신의 이해와 요구에 맞게 서사를 재구성한다는 말도 된다. 시집살이담은 관계에서 발생하는 가정 갈등을 말한다. 시집살이담이 관계에서 발생하는 갈등을 중심으로 하고 있지만 그 갈등을 구연하는 화자는 시집살이를 오롯이 자신의 입장에서 서술한다. 자신의 이해와 요구에 맞게 시집살이를 재구성하여 구연한다는 것이다.

이런 점에서 3장은 갈등의 수용방식, 즉 화자가 갈등을 어떻게 수용함으로써 자신의 삶을 재구하고 있는가에 주목할 것이다. 그 갈등을 극복한 자신을 치하하는 삶으로 여기고 있는가 아니면 극복하지 못한 좌절된 삶으로 이해하고 있는가를 살펴보고자 하는 것이다. 특히 시집살이를 통해 자신의 삶을 규정하는 방식에 주목하는 이유는 곧 자신의 삶을 어떻게 이해하고 평가함으로써 자신을 바라보고 있는가를 도출할 수 있다고 생각하기 때문이다.

우리는 앞서 2장에서 가정갈등 양상을 세 가지 형태로 나누어 살펴보았다. 그 갈등은 부자갈등, 부부갈등, 형제갈등이었다. 부자갈등에서는 화자 스스로에게 부자갈등의 원인과 책임을 부여하였다. 부자갈등을 일으키는 원인은 자녀 생산 문제, 가난으로 인한 경제적 어려움, 그 외 시부모의 개인적 특질에서 기인하는 여러 원인들이 있었다. 시집살이가 보여주는 부자갈등의 원인은 다양하지만 화자가 인식하는 부자갈등의 원인은 화자 자신에게로 향해 있다. 텍스트가 보여주는 갈등의 원인과 시집살이를 구연하는 화자가 인식하는 갈등의 원인이 다르다는 것이다.

부자갈등에서 화자가 자신에게 책임을 지우는 모습은 가정소설에서 나타나는 모습과 유사하다. 가정갈등을 소재로 하고 있는 소설에서 새로 영입되는 존재, 즉 그것이 며느리이거나 혹은 새어머니이거나 가정갈등의 책임은 오롯이 이들에게 주어진다. 가정을 제대로 다스리지 못하는 가장의 허술함이나 자신의 가정 외에 어느 누구도 받아들이려는 의지가 없는 가족들의 결함이 있음에도 불구하고 텍스트는 그들에게 책임을 지우지 않는다. 그 책임은 모두 새로 영입되는 구성원에게 지워진다. 가족은 새로운 가족 구성원에게 책임을 부여하고 이들을 제거함으로써 가정갈등을 해결[27]하고. 그럼으로써 가정수호 의지를 불

----

27) 박경열, 「고소설의 가정갈등에 나타난 악행 연구」, 건국대학교 박사학위논문, 2007, 182-190쪽.

태운다.

가정 갈등 소설이 책임을 오롯이 새로운 구성원에게 전가하듯이 시집살이담의 화자도 스스로에게 책임을 부여한다. 시집살이담은 새로운 구성원의 입장에서 펼쳐지는 서사이다. 그럼에도 불구하고 가정 갈등 소설에서 새로운 구성원에게 책임을 전가하는 것처럼 시집살이담의 화자도 가정 갈등의 책임을 새로운 구성원인 자신에게 부여한다는 것이다. 가정 갈등을 나타내는 고소설과 시집살이가 각기 상반된 입장에서 서술되는 이야기임에도 불구하고 같은 결과가 나타난다는 점은 흥미롭다.

물론 화자가 부자갈등의 원인을 자신으로 지목하는 것은 당대의 사회적, 문화적, 제도적 환경이 큰 영향을 미쳤을 가능성[28]이 높다. 요즘 같으면 그렇게 살지 않았다는 화자들의 말이 그러한 영향이 지대했음을 입증한다. 화자들은 갈등의 원인으로 시부모의 인성을 문제 삼을 수도 있었지만 그렇게 이야기하지 않는다. 그렇다고 집안 내력을 문제시하지도 않는다. 화자들이 시부모를 이야기하는 방식은 조심스럽다. 화자에게 시부모는 어렵고 무서운 대상이었다. 시부모는 그들에게 부모였고 어른이었기 때문에 갈등을 팽팽하게 형성할 수 있는 대상이 아닌 것이다. 시부모와 갈등을 형성하지만 그러한 갈등은 일방적인 것이지 우열을 가릴 수 있는 팽팽한 갈등이 아닌 것이다.

그렇다면 부자갈등의 책임을 화자 스스로에 부여한다는 것은 무엇을 의미하는가? 그들은 갈등의 책임을 짊어짐으로써 무엇을 얻고자 했는가 하는 것이다. 가정 갈등이 나타나는 고소설에서는 가정 갈등의 책임을 새로운 가족 구성원에게 부여함으로써 자신의 가정을 온전히 지키고자 했다. 그 결과가 또 다른 가정 구성원의 결핍이라는 결과를 발생시켰음에도 굴하지 않고 가정을 안전히 지켜낸 것에 만족한다. 어떤 점에서는 시집살이담의 화자가 갈등의 책임을 자신에

---

28) 정현욱(「여성 생애담에 나타난 성과 사랑」, 『실천민속학연구』 제8호, 실천민속학회, 2006, 348쪽.)은 여성 생애담의 주요 갈등대상자로 시누이나 시동생, 시어머니를 주목하였다. 특히 시어머니와의 갈등은 시어머니와 며느리가 가부장제 하에서 둘 다 약한 존재라는 점과 시집 간 이후에 시집 식구와는 이질적 존재로 부당한 대우를 받는다는 공통점을 갖고 있다고 하였다. 그래서 시어머니는 이미 시집살이를 통해 가족 내 지위를 확보하고 있고, 이것을 며느리가 위협하므로 시어머니가 며느리를 미워하게 된다는 것이다. 이들의 근본적인 대립은 남성위주의 권위적인 부계 가족으로 되어 있기 때문에 이런 갈등은 필연적인 것으로 설명하기도 한다.

게 부여하는 것이 당대의 의식을 내면화 하는 것 같지만 사실 그 이상의 의미를 지니는 것이다.

그들이 시집살이 시켰다고 말하는 시부모는 고난의 상징이며 자신의 가치를 높여주는 수단인 것이다. 가부장적 이데올로기를 내면화한 것 같지만 그러한 시절을 잘 견뎌내고 극복했다는 것이 이야기의 요지이므로 부자갈등은 시집살 이담의 화자의 자존감을 높여주는 역할을 하는 것이다. 그들에게 시부모는 고 난이며 자신을 더욱 단단하게 만들어주는 대상인 셈이다. 시부모가 고난을 가 한 존재이지만 갈등의 주체로 지목되지 않는다는 점에서 시집살이담은 고난의 주체에 중심이 실리는 것이 아니라 고난을 극복한 자신에게 맞춰지는 것이다. 그러므로 화자에게 부자갈등은 그 무수한 세월을 견디고 지금까지 건재한 자신 을 훌륭하게 포장하는 과정에 나타난 한 사건이상의 가치를 지니지 않는다. 이 것이 시집살이담의 화자가 부자갈등을 수용하는 방식이다.

시집살이담의 화자가 부자갈등에서 갈등의 책임을 화자 자신에게 돌리는 것 과는 달리 부부갈등에서는 갈등의 책임을 남편에게 돌렸다. 부부갈등의 원인은 남편의 외도, 술, 잦은 폭력, 도박이다. 화자가 부부갈등은 말하는 방식은 세밀 하면서도 직설적이다. 남편의 여자가 몇 명이고, 남편을 찾기 위해 어디를 어떻 게 돌아다녔으며, 남편의 도박으로 얼마만큼의 빚을 지고 그것을 갚기 위해 몇 년을 고생했는지 매우 세밀하게 구연한다. 남편으로 인한 자신의 고생이 언제 시작되었으며 자식들을 또 어떻게 키웠으며 등등 구연방법이 다양하고 내용면 에서는 치밀하다. 청자 입장에서는 어떻게 그런 많은 것들을 세월이 흐른 뒤에 도 저렇게 또렷하게 기억할 수 있을까 경탄을 금하지 않을 수 없을 정도이다.

당시 결혼방법은 중매였다. 중매를 통해 남자의 가정 살림이나 직업을 알게 되었는데 남편으로 인해 고생했다는 화자들의 대부분은 남편이 속여서 결혼했 다는 말을 한다. 남자가 서울에 직업이 있다고 해서 결혼을 했는데 직업이 없는 가난한 사람이었고, 땅이 많다고 하여 결혼을 했는데 남의 농사를 짓는 경우가 허다했다는 것이다. 이런 거짓말을 하는 남편은 화자가 자신을 고생시킨 남편 을 말하는 방식이다. 그 험난한 삶을 살아야만 했던 이유가 그러한 남편을 만났 기 때문이라고 말한다.

특이한 점은 시집살이담 중에 남편이 부부갈등의 원인 제공자가 아닌 경우도 있다는 점이다. 다음의 예가 그것이다.

　들어가는데 우리 집 양반이 댕기면서루 그 일본 사람 물건을 팔아, 사다가 팔아 가지구선 장사를 해서 그래가주 돈 좀 쪼끔 벌구, 또 그전에는 여기 공원부대가 있는디 그 또랑창 있는 데다 쪼그만하게 하꼬방을 하나 들어있길래 가 다 또랑창에다 이렇게 막대기 해구서 어, 가게를 하나 하는디 그전에는 군인들이 전부 걸어가고 걸어오고 그랬거든? 그렇께 쪼그만 가게 하나 하는디 가게가 제법 잘 되더라고.
　그래서 돈을 좀 벌어서 우리, 이런저런 은행도 없고 아무것도 없는디 돈 쪼끔 모이면, 그 양반이 그래도 시내 갔다가 인자 그 장사할 때 그런 걸 봐서 시내 갔다 은행에다 넣구, 넣구 해서 나한테 그런 얘기도 암 것도 안하고. 그래구서 여 뚝이 없었어. 그 전에는 뚝이. 그래가주 그거를 놓는디. 우리 영감이 여기 등어리가 다 팽겼었다고. 그 이렇게 평수 한 평 하는데 얼마씩 띠어줘. 일본 사람들은. 한국 사람들은 그냥 일을 시키려면 꾀 사리고 안한다고 자기가 뭐, 꼭꼭 떼줘서 한 평 하면 얼마씩. 한 평 하면 얼마씩 이렇게 주기로 띠맽긴다고.
　그래 한 평이라도 더 할라고 그냥 그 지게질로 뭐 뗏짝을 지고 놓고 놓고 하는디 그래는디, 밥도 못 먹어서 배급 쬐끔씩 타며는, 콩깨묵, 그걸 갖다가, (울며) 얘기하면 눈물나, 못하지, 뭐. [청자 : 저 형님 우네. 얘기하다 왜 울어?] 아이, 그래가지고 공기밥을 해서 도시락을 해, 도시락이나 이런 데 싸서 주면 저 한쪽에 가서 밥을 먹으믄 그 같이 일하는 이들이, 저 사람은 어째 밥을 저쪽에 가 먹나 몰르겠다고. 그 어떤 사람이 인제 며칠 되니께 좀 알고 그라이께 우리가 젤 늦게 와서 가보니께 콩깨묵을 삶아가지고 와서 먹고 그 지게질을 한 일은, (숨을 고르다) 자기들이 밥을 요만큼씩 다 덜어가지고 한 거시기를 갖다 주더랴.
　그러니께 그것도 집에 새끼들, 부모들, 못 잊고, 못 먹고 싸가지고 왔더라고. 그렇게 고생을. 우리가 밥도 못 먹고 참말로 고생을 하면서 살다가 어떻게, 어떻게 참 일본사람 들어가면서 그거 돈 좀 벌고 그러니께 장사하고 벌어가지구서루 조금씩 모여가지고 (여기까지 울먹이다 조금 진정 됨) 누가 땅을 한 삼, 삼백 평을 주더라고. 집 짓고, 자기네 집이, 여기 집 읎었어. 집 읎고 그냥 드문드문 하나씩 있는디.
　그 사람들이 그 이들은 땅도 많이 있고 하니깐 우리 송씨넨디, 송씨 대부들인디 도둑을 맞았, 도둑놈이 들어오고 옛날에 그랬대. 그래 무섭다고 우리를 삼백 평 밭을 하나 주면서 여기다 농사를 지라 그러더라고. 그래서 그때 그냥 장사를 그냥 끝까지 했으면 괜찮할낀디 그저 인제 그거 땅 그거 줘서 거기다 쪼금씩 농사 지어 가지고 인자 어떻게 그래가지고 쫌 벌고.[29]

이 사연은 남편이 평생 고생만 하다 먹고 살만하니 세상을 떠났다는 내용이다. 화자의 남편은 가족들을 먹여 살리기 위해 지게에 짐을 많이 져서 등이 패일 정도였다. 그래도 착실하게 재산을 모았고 형편이 나아지자 남편이 병으로 죽은 것이다. 이 사연의 화자는 남편을 이야기하며 울었다. 특히 화자는 남편이 공사판에서 일하다 점심으로 주먹밥이 나오자 밥을 먹지 못하는 자식과 아내를 위해 주먹밥을 먹지 않고 싸 온 장면에서 울음을 멈추지 못하였다. 화자는 남편을 자신과 자식들을 지켜준 어른이고, 보호자이며 동지라고 말한다. 이 화자에게 남편은 가난으로 고생한 인생을 함께 한 동지이다. 그런 동지가 이 풍족해진 삶을 함께 하지 못하고 먼저 떠난 것에 대해 화자는 지금까지도 미안해하고 슬퍼한다.

이 사연을 통해 알 수 있는 사실은 시집살이담에서 남편이라는 존재는 화자에게 탐색대상이 되고 있다는 것이다. 부부갈등의 원인을 남편으로 지목하는 경우의 화자들은 남편을 신뢰하지 않고 의심한다. 물론 남편이 그런 빌미를 제공한다는 점에서 시집살이담의 화자가 남편을 신뢰하지 않는다는 것은 당연한 일로 생각될 수도 있다. 하지만 시집살이담에 남편이 보호자로 등장하거나 혹은 자신을 질곡으로 이끈 존재로 등장하는 것은 시집살이담 화자의 선택에서 기인한 것이지 남편의 행동의 결과에 의한 것이 아니라는 것이다.

아내는 시집이라는 새로운 가정에 영입되는 존재이다. 다시 말하면 아내는 결혼이라는 절차에 의해 기존 가정(시집)에 존속되는 새로운 가족 구성원이다. 새로 영입되는 아내의 입장에서 시집은 매우 낯설고 두려운 공간이다. 아내는 내 편이라고 할 수 있는 구성원이 아무도 없는 공간에 자신의 의지와 상관없이 내버려진 존재이기도 하다. 이런 면에서 남편은 아내가 새로운 가정에 안착할 수 있는 연결 고리가 된다.

남편이 시집과 연결해 주는 매개체라는 점에서 남편은 아내의 탐색 대상이

---

29) 서ㅇㅇ(대전)-고생만 하다 죽은 남편의 인생.

된다. 아내는 매개체가 자신의 안전을 보장해 줄 수 있는 존재인지 아닌지를 가늠하게 된다는 것이다. 내 편인지 아닌지를 탐색한다는 것이다. 남편은 시집과 아내를 연결한다는 측면에서 경계자가 된다. 왜냐하면 새로운 가정과 기존 가정을 연결하는 지점에 서 있기 때문이다. 시집에는 물론 여러 구성원이 존재하지만, 남편을 제외한 구성원들은 아내의 안전을 보장하지 못하므로 아내에겐 크게 의미가 없다. 아내는 남편과 연결된 존재이고 남편을 통해서만 기존 가정으로 안착할 수 있는 대상이기 때문인 것이다.

가정 갈등을 소재로 하는 소설에서는 아내[30])가 경계자의 입장에 놓인다. 가정 갈등 소설에서는 기존 구성원에 의해 아내가 조건이나 자격에 문제가 있는 인물로 판단되어 기존 가정에 안착하지 못한다. 여기에서 아내는 가정의 불화를 일으키는 존재이며 이런 점에서 가정의 안녕을 보장해 줄 수 있는 존재가 아닌 것이다. 가정 갈등 소설은 이 과정을 통해 자신의 가정에 어떤 구성원이 필요한지를 말한다. 기존 구성원이 제시하는 조건에 적합한 인물이어야 가정에 영입될 수 있고 그럼으로써 가정의 안전을 지킬 수 있다고 보는 것이다. 아내는 가정의 안전을 보장할 수도 있고, 무너뜨릴 수도 있는 경계에 서 있는 인물이 되는 것이다.

하지만 시집살이담은 철저히 새로 영입되는 아내에 의해 기존 구성원이 판단되어진다. 아내의 입장에서 보면 시부모와 남편 모두 탐색 대상이 될 수 있다. 그렇지만 부자갈등에서는 갈등의 책임을 여성 자신에게 지우는 경우가 대부분인 것으로 보아 시부모는 자신과 같은 존재이거나 그렇지 않은 존재임을 가늠하는 대상이 될 수 없음을 알게 된다. 부모는 모시는 존재이지 자신의 편이거나 우리의 편이 될 수 있는 대상이 아니기 때문이다. 나의 편이 되어 줄 수 있는 존재는 어느 정도 나와의 위치가 대등한 관계에서 요구되는 사항이다.

그러므로 시집살이담에 나타난 갈등, 특히 부부갈등은 남편을 축으로 구연된다는 점에서 남편은 판단되어야만 하는 의심의 대상이다. 나의 편이 되어 줄 것인지 그렇지 않은지를 탐색하다가 그것에 대한 판단이 내려지는 순간 시집살

---

30) 실제로 가정 갈등을 다루고 있는 소설에서는 경계자로 인식되고 있는 인물이 아내에 한정되지 않는다. 아내가 될 수도 있고, 어머니가 될 수도 있으며, 며느리가 될 수도 있다.

이담은 그 판단을 중심으로 구연되는 것이다. 남편은 기존 가정과 아내를 이어줄 수 있는 지점에 위치한 경계자이기에 탐색 대상이 되고 탐색의 결과 여부에 따라 화자의 시집살이의 서사가 결정되는 것이다. 다시 말하면 남편이 보호자로 등장할 것인지 혹은 고난의 주체로 등장할 것인지가 결정된다는 것이다.

이러한 이유로 남편은 아내를 고생시키고 인생을 힘들게 하는 주체로 구연된다. 남편은 아내의 판단에 의하면 자신을 기존 가정으로 안착시켜 줄 안전한 대상이 아니기에 고난의 주체로 등장하게 되는 것이다. 투전을 하든가 바람을 피우든가 하는 여러 이유들은 남편이 문제 있음을 말해주는 증거라 생각될 수도 있지만 그것은 남편에 대한 불안한 마음이 반영된 결과이기도 하다. 투전이나 외도를 했기 때문에 믿음을 줄 수 없는 존재라기보다는 불확실한 존재이기에 그런 행동들을 하는 인물로 서사화 된다는 것이다.

남편이 자신과 같은 편임을 인지한 경우의 시집살이담은 남편이 서사의 중심이긴 하지만 갈등을 발생시키는 주체이거나 대상이 되지 않는다. 이들이 고난을 겪는 이유 혹은 갈등을 겪는 이유는 가족 내 갈등이 아닌 다른 환경적 요인에서 기인한다. 대표적 이유가 가난하다는 것이다. 너무 가난하여 먹고 살 것이 먹고 살기 위해 고생한 것이 그들의 고난인 것이다. 부부는 그 고생을 함께 한다. 부부는 한 몸이 되어 함께 고생하고 세월을 겪는다. 이런 아내에게 남편은 곧 나와 같은 존재이다. 그렇기에 남편은 아내에게 가정 갈등의 주체가 될 수 없는 것이다.

시집살이담 중 자식이 갈등의 주체가 되는 경우도 물론 있다. 화자가 자식들을 가르치고 먹여 살리느라 고생했다고 구연하는 경우도 많다. 하지만 자식으로 인한 고생은 남편으로 인한 고생과는 다르게 인식된다. 자식으로 인한 고생은 화자의 삶을 극적으로 완성해 주는 의미로 쓰인다. 자식들 때문에 힘들었지만, 그런 힘든 세월을 겪고 자식들이 장성했으니 그 삶은 온전히 화자의 공이라는 자부심을 드러내는 데 사용된다. 모질고 험난한 삶에도 불구하고 그런 세월을 온몸으로 견뎌온 자신의 삶에 대한 평가가 자식을 통해 드러나는 것이다. 그리고 자식은 이미 자신이 낳은 존재이기에 더 이상 내편인가 아닌가를 탐색할 이유도 없다.

아내가 부부갈등을 수용하는 방식은 남편은 경계자로서의 탐색대상이며 아내의 삶을 좌지우지할 수도 있는 존재로 인식함을 보여준다. 남편은 아내를 새로운 가정에 안착시킬 수도 있고 그렇지 않을 수도 있는 중요한 열쇠를 가진 존재이고 이러한 경계자의 성패여부에 따라 갈등의 책임을 져야만 하는 존재인 것이다. 아내가 남편에게 기대하는 것[31]은 바로 이것이다. 이런 기대가 충족되지 않을 경우 남편은 시집살이담의 화자에 의해 필요에 따라 등장한다. 그리고 이런 기대가 좌절로 이어지는 경우는 더 이상 남편은 시집살이담에 등장하지 못한다.

시집살이담을 구연하는 화자 중에 이야기꾼이 있었다. 원래 신○○ 화자[32]는 스스로 이야기하기를 좋아하고 이야기를 잘 하는 화자였다. 조사팀은 총4회에 걸쳐 화자를 찾아갔는데 매번 이야기의 내용이 체계적이었다. 조사팀이 화자에게 이야기를 잘 하는 비결을 묻자 화자는 무엇을 이야기할까를 고민하고 정리하는 작업을 한다고 하였다. 그래서인지 신기하고 믿을 수 없을 것 같은 이야기가 무궁무진했다.

이야기를 잘 하는 이야기꾼임에도 불구하고 시집살이담을 구연할 때는 남편에 대한 이야기를 잘 하지 않았다. 남편이 등장하는 경우가 한 번 있었는데 그것은 신이한 일을 설명할 때 잠깐 등장하였다. 그것도 남편에 대해 이야기한 것이 아니라 신이한 일이 일어나게 된 연유를 말하는 과정에서 남편이 잠시 언급되었다. 신○○ 화자의 남편은 실제 존재하지만 이야기에는 거의 존재하지 않음을 알 수 있다.

신○○ 화자의 시집살이담은 남편의 부재를 설명할 수 있는 중요한 단서가 된다. 신○○ 화자가 이야기를 잘 하는 화자라는 점에 주목해야 한다. 신○○ 화자의 이야기는 완성도가 높은 편인데 이것은 화자가 이야기를 재구성하고 있다

---

31) 천혜숙(「농촌여성 생애담의 주제와 생애인식 양상」, 『한국고전여성문학연구』 2집, 한국고전여성문학회, 2001, 255쪽.)은 생애 인식 양상에 남성의 부재에 대해 설명한 바 있다. 남성이 생애담에서 있으면서도 없는 듯한 존재 혹은 부재하는 존재로 나타나는 것은 여성이 처한 삶의 고난을 해결하는데 있어 남편이 해줄 수 있는 역할에 대한 여성들의 기대가 애초 없거나 사라졌음을 반영한다고 하였다. 이것은 남편이 여성들의 동반자적 존재로 위치해 있지 않음을 의미한다고 하였다.

32) 신○○(대전)-축지법을 쓰는 남자가 아들을 구해 준 사연, 신○○(대전)-어려울 때마다 길을 알려준 꿈 이야기, 신○○(대전)-둘째 며느리가 시집오자 어머니가 죽은 사연.

는 것을 말한다. 자신이 드러내고자 하는 것과 숨기고자 하는 것을 선택한다는 말이다. 시집살이담에서 남편이 잠시 언급되거나 부재한 서사는 이런 점에서 의도성을 띤다. 시집살이담에서 부부갈등은 특히 아내의 판단이 내재된 서사를 선택적으로 구성하고 있는 것이다.

부자갈등의 수용방식이 시집살이를 성공적으로 이루어낸 자신을 확인하는 과정을 보여주는 것이라면, 부부갈등의 수용방식은 아직도 시집살이가 끝나지 않았음을 보여준다고 하겠다. 어렵고 힘들었던 시절에 위기는 있었지만 그것을 잘 극복하였고 그 덕분에 지금의 안정된 자신을 치하하는 부자갈등의 시집살이담은 훌륭한 자신을 확인하는 이야기인 것이다. 이런 점에서 부자갈등의 서사는 시집살이가 끝났고 완성되었음을 말한다. 일종의 고난과 고난 극복의 과정을 보여주는 이야기인 것이다.

반면 부부갈등의 서사는 극복되지 않은 갈등 중에 있다. 경계자의 역할을 제대로 수행하지 못한 남편 때문에 힘들게 살았기에 화자들은 아직도 남편에 대한 원망이 가득하다. 남편이 없는 가정에서 자식을 양육하고 교육시켜 출가시킨 것이 화자 자신이지만 그것은 남편이 없는 가운데서 이루어진 일이다. 남편이 없는 가정에서의 일들인 것이다. 이것은 어떤 점에서 그런 자신을 치하하는 것 같지만, 온전한 가정이 아니라는 점에서 그것은 고난과 고난의 극복이라는 과정을 이루어내지 못한다. 부부갈등은 남편과 아내를 중심으로 이루어지는 가정이라는 점에서 시집살이라기보다는 우리집살이인 것이다. 우리집살이가 완성되지 않았으므로 부부갈등에서 남편은 여전히 원망의 대상으로 나타나고, 아니면 이야기에 없는 존재가 되는 것이다. 실제 존재하지만 이야기에는 없는 그런 존재가 되는 것이다. 남편에 대한 이런 인식은 화자의 우리집살이가 미완성인 채로 남아 있음을 보여준다.

4. 결론

이 논문은 시집살이담이라는 텍스트와 시집살이담의 구연자 사이에서 이야기의 차이가 발생한다는 점에 주목하여 시집살이의 의미를 밝혔다. 시집살이담의 갈등양상이 텍스트로서의 시집살이담을 살펴 볼 수 있는 자료라면 갈등의 수용방식은 시집살이담의 구연자가 이해하는 개인적 담화로서의 시집살이담으로 인식한 것이다. 이 차이를 중요하게 생각하여 개인적 담화로서의 시집살이가 어떻게 의미를 확보하는지를 살펴본 것이다.

2장에서는 갈등 양상을 살펴보았다. 갈등양상은 가족 관계에 따라 분류하고 관계에 따른 갈등의 원인 제공자가 누구인지를 밝혀내었다. 갈등양상은 부자갈등과 부부갈등, 형제갈등으로 나누었다. 부자갈등은 갈등의 책임이 시집살이담을 구연하는 화자 자신에게 돌려지고 있었다. 무엇 하나 제대로 배우지 못한 채 결혼을 함으로써 갈등이 유발되었고 그래서 삶이 힘들었다고 하였다. 시부모는 구연자에게 매우 어렵고 두려운 존재이다. 시부모는 화자와 대등한 존재가 아닌 섬겨야 하는 대상이기에 갈등의 책임을 화자 스스로에게 부여한다.

부부갈등에서는 갈등의 원인이 남편으로 지목되는 경우가 대부분이었다. 화자들은 남편의 술, 여자문제, 도박 등으로 삶이 어려웠다고 진술하였다. 부부갈등의 이유는 다양했지만 대부분은 술, 투전, 여자문제가 공통적이었다. 화자는 이런 남편이 가정을 돌보지 않아 자식들을 벌어 먹여 살려야만 했던 고난한 삶이 남편에게서 비롯되었다고 단언했다.

형제갈등의 경우는 갈등의 정도가 부모자식간의 갈등이나 부부갈등보다는 미약하였다. 특히 시누이나 시동생과의 갈등은 보통 이들이 시집이나 장가를 가기 전 철없던 행동에서 비롯된 것으로 여겨졌고 화자들은 그것을 통과의례적인 것으로 이해하였다. 출가한 후 이들은 화자를 지지해주는 역할로 변화한다.

3장에서는 갈등의 수용방식을 통해 시집살이의 의미를 규명하였다. 부자갈등의 수용방식은 고난을 극복한 자신의 삶을 치하하는 형태로 이루어졌다. 부자갈등은 화자에게 고난 극복의 의미를 부각시켜 주는 역할을 한다. 부자갈등의 책임을 화자 스스로에게 지우는 것이 당대 이데올로기를 내면화 하는 것 같지만 이야기의 중심은 시집살이를 견뎌 낸 화자에게 있다는 점에서 시부모는 고난의 상징이며 화자 자신의 자존감을 높여주는 역할을 한다. 이런 점에서 부자갈등은 화자의 시집살이가 고난과 고난극복이라는 과정을 거친 성공담이 되는 것이다.

부부갈등의 수용방식에 나타난 특이한 사항은 시집살이담의 화자가 남편을 경계자로 인식하여 탐색의 대상으로 삼고 있다는 것이다. 시집살이담의 화자, 즉 결혼하여 새로운 가정에 영입되는 존재에게 남편은 자신의 기존 가정과 새 가정을 연결시켜 주는 매개자이자 경계자로 인식되고 있었다. 이런 점에서 남편은 아내의 안녕을 보장해 줄 수도 있고 그렇지 않을 수도 있는 의심의 대상인 것이다. 남편이 아내를 새로운 가정으로 잘 인도하면 남편은 아내에게 동지 내지 동반자로 인식되어 시집살이담에 갈등의 주체로 등장하지 않는다.

반면 실패하면 남편은 시집살이담에 필요에 의해 등장하거나 아니면 제거된다. 남편이 부부갈등의 주체로 등장하거나 혹은 제거되는 현상은 화자의 시집살이가 아직 끝나지 않았음을 의미한다. 부부갈등은 남편과 아내를 중심으로 이루어지는 가정이라는 점에서 우리집살이에 가까운데 남편 없이 고난한 삶을 견뎌온 것은 성공의 의미가 아니라 우리집살이가 미완성인 채로 남아 있음을 나타낸다.

시집살이담은 새로운 가정에 영입된 존재의 입장에서 서술된 이야기이다. 이런 점에서 기존 가정갈등을 소재로 한 고소설과 비교대상이 된다. 가정 갈등을 소재로 한 고소설은 새로운 구성원을 받아들이는 입장에서 서술한 이야기이고 시집살이담은 새로운 구성원의 입장에서 서술된 이야기이므로 이 둘을 비교하는 작업은 가정의 의미를 추출할 수 있는 의미 있는 작업이 될 것이라 생각하였지만 논의를 펼치지 못하였다. 이 점은 후고를 기약한다.

참고문헌

강진옥, 「고전 서사문학에 나타난 가족과 여성의 존재양상」, 『한국고전여성문학연구』 제10집, 한국고전여성문학회, 2005.

김예선, 「여성의 살아온 이야기에 담긴 파격의 상상력」, 『구비문학연구』 제29집, 한국구비문학회, 2009.

김예선, 「'살아온 이야기'의 담화 전략」, 『한국고전연구』 19집, 한국고전연구학회, 2009.

김정경, 「자기 서사의 구술시학적 연구」, 『한국문학이론과 비평』 제44집(13권 3호), 한국문학이론과 비평학회, 2009.

박경열, 「고소설의 가정갈등에 나타난 악행 연구」, 건국대학교 박사학위논문, 2007.

박경열, 「제주 여성 생애담에 나타난 4 · 3의 상대적 진실」, 『인문학논총』 제47집, 건국대학교인문학연구원, 2009.

박현숙, 「설화에 나타난 '새식구 길들이기'에 대한 두 가지 시선」, 『구비문학연구』 제30집, 한국구비문학회, 2010.

신동흔, 「경험담의 문학적 성격에 관한 고찰」, 『구비문학연구』 제4집, 한국구비문학회, 1997.

신동훈, 「구비문학에 나타난 부녀관계의 원형」, 『구비문학연구』 제28집, 한국구비문학회, 2009.

이정아, 「'시집살이' 말하기에 나타난 균열된 여성 의식」, 『여성학논집』 제23집 1호, 이화여자대학교 한국여성연구원, 2006.

이지영, 「설화에 나타난 가족관계와 갈등양상」, 『한국고전여성문학연구』 제10집, 한국고전여성문학회, 2005.

임재해, 「친딸과 양자로 형성된 가족관계 파탄과 지속의 주체」, 『구비문학연구』 제31집, 한국구비문학회, 2010.

정현옥, 「여성 생애담에 나타난 성과 사랑」, 『실천민속학연구』 제8호, 실천민속학회, 2006.

정현옥, 「여성생애담 연구」, 경상대학교 박사학위논문, 2007.

천혜숙, 「여성생애담의 구술사례와 그 의미분석」, 『구비문학연구』 제4집, 한국구비문학회, 1997.

천혜숙, 「농촌여성 생애담의 주제와 생애인식 양상」, 『한국고전여성문학연구』 제2집, 한국고전여성문학회, 2001.

최진형, 「구전설화에 나타난 '파격'」, 『구비문학연구』 제29집, 한국구비문학회, 2009.
홍석경, 「텔레비전 드라마가 재현하는 가족관계와 여성문제」, 김명혜 외, 『대중매체와
　　성의 정치학』, 나남, 1999.

여성은 어떻게 이야기 하는가*

- 시집살이 이야기를 통해서 본 여성 서사 분석 -

윤택림

1. 들어가는 글

한국 여성 구술 생애사 내지 생애이야기[1] 연구에서 시집살이 이야기는 그다지 주목받지 못한 주제다. 우선 구술사 연구가 과거사 진상 규명 차원에서 이루어져 와서 생애사 보다는 구술 증언 수집에 더 주력했던 이유도 있다.[2] 여성 구술은 주요한 역사적 사건을 규명하기 위한 증언 확보의 일환으로 수집되었던 것이다. 또한 여성 구술 생애사와 생애이야기를 연구하는 학자들이 주로 민속학, 인류학, 여성학, 사회학 전공자다 보니 이들에게 시집살이 이야기는 생애사나 생애이야기의 일부분으로 취급되었다. 인류학자들의 구술사 연구는 주로 한국전쟁과 관련된 것이었고, 여성학자들과 사회학자들은 여성 구술 생애사를 소외된 여성과 피해자 여성의 목소리를 드러나게 하기 위하여 연구하였다. 즉 이들 연구자들은 평범한 여성들의 일상사에 해당하는 시집살이에는 관심이 없었던 것이다.

그러나 시집살이 이야기는 한국 여성의 삶 속에서 중요한 한 부분이라고 볼 수 있다. 그래서 민속학과 문학에서는 시집살이 민요에 대한 많은 연구들이 이루어져 왔다. 시집살이 민요는 여성 노동가와 더불어 대표적인 여성 민요라고 볼 수 있다. 시집살이 노래의 존재는 가부장적 사회에서 여자가 시집을 가서 남편의 친계 가족과는 성씨가 다른 외부인으로서 새로운 삶을 시작하고 아들을 낳아 집안의 대를 잇고 봉제사접빈객의 의무를 하면서 자신의 위치를 만들어내는 일이 대단히 고단한 과정이었다는 것을 증명해준다.[3] 그런데 시집살이 민요는 다른 구전과 마찬가지로 산업화, 도시화되고 핵가족화 된 현대 사회에서는 더 이상 전승되기 어려운 상황에 처해 있다. 그리고 작금의 변화된 가족 관계 속에서 시집살이라는 말 자체도 더 이상 사용되지 않을지도 모른다.

* 이 글은 『구비문학연구』 제32집(한국구비문학회, 2011. 6)에 실린 논문을 일부 수정하여 수록한 것임.
1) 여성 구술 연구는 생애사와 생애이야기로 나눌 수 있다. 문학과 민속학에서는 생애담 또는 생애이야기라는 용어가 주로 사용되고, 인류학, 사회학, 역사학, 여성학에서는 생애사와 생애이야기라는 용어를 둘 다 사용하고 있다. 역사를 강조하고 싶은 연구자들은 생애사를, 이야기를 강조하고 싶은 연구자들은 생애이야기라는 용어를 사용하는 경향이 있다.
2) 윤택림·함한희, 『새로운 역사쓰기를 위한 구술사연구방법론』, 아르케, 2006, 34-39쪽.
3) 서영숙, 「가족의 변경에 서서 부르는 노래 : 시집살이노래에 나타난 여성과 가족」, 『한국고전여성문학연구』 10집, 한국고전여성문학회, 2005, 87쪽.

이러한 상황은 시집살이 경험 자체가 하나의 역사적 경험이 되고 있다는 것을 말한다. 시집살이는 이제 특정 세대의 여성들이 시댁에 들어가서 산 경험으로서 기억될 것이다. 따라서 시집살이를 경험한 세대의 여성들의 시집살이 이야기는 하나의 구비 문학의 장르이면서 동시에 여성사에서 중요한 역사적 경험으로서 수집되고 기록될 필요가 있다.

이 연구는 시집살이 이야기에 나타나는 여성 생애이야기의 서사 분석을 통하여 여성들이 어떠한 방식으로 생애 경험을 서술하는가를 보고자 한다. 대부분의 서사 분석은 서사 구조, 의미화의 유형, 정체성과 자아 유형, 서술 형식에 치중해 있어서 여성 생애이야기의 젠더적 특수성에 대한 논의는 거의 이루어지지 않았다. 왜냐하면 여성 생애이야기와 남성 생애이야기가 비교되어 연구된 것이 거의 없기 때문이다. 또한 서사 자체만을 다룰 뿐 서사가 드러내는 젠더적 경험의 차이에 대한 역사적 시각이 부족하기 때문이다.

그래서 이 논문에서는 우선 기존의 여성 구술 생애사/생애이야기 연구의 동향을 검토해보고자 한다. 그리고 외국과 한국의 사례에서 드러나는 생애이야기에서의 젠더적인 차이를 살펴 볼 것이다. 마지막으로 시집살이 이야기에서는 어떻게 젠더적인 차이가 드러나고 그것의 의미는 무엇인지를 분석해 보고자 한다.

2. 여성 구술 생애사/생애이야기 연구의 동향[4]

한국에서 여성 구술에 대한 수집과 연구는 생애이야기 또는 삶이야기로 시작되었다. 1980년대와 1990년대 초 뿌리깊은나무의 민중자서전 시리즈에서 반가 며느리, 무당, 길쌈 아낙네, 소리꾼 등 특수 직종 여성들의 삶의 이야기가 수집되었다. 그러나 이들은 평범한 여성들이기 보다는 지역적, 직종적 특수성을 고려하여 수집된 여성들의 생애이야기였다. 반면 1990년 초부터 여성학에서 여성주의 글쓰기에 대한 관심이 생기면서 여성 구술 연구가 시작되었다. 김성례는 제주도 문심방의 구술 생애사를 서술형식으로 분석하였는데, 최초로 '구술 생애

---

4) 이 부분은 졸고 「여성은 스스로 말할 수 있는가 : 여성 구술 생애사 연구의 쟁점과 방법론적 논의」 (『여성학논집』 제27집 2호, 이화여자대학교 한국여성연구원, 2010)를 참조하기 바란다.

사'라는 용어를 사용하였다.[5] 이 연구를 시작으로 서사분석이 여성 구술 생애사 분석의 큰 줄기를 형성하게 되었다.

학계에서는 1990년대 말부터 본격적으로 여성 구술 생애사에 대한 학위 논문과 연구 논문들이 나왔다. 1990년대 여성 구술 생애사/생애이야기 연구는 한편으로는 과거사 진상 규명 차원에서 일본군위안부나 제주 4.3과 같이 역사적 사건의 피해자 여성의 구술 증언들이 수집되었다. 또 한편으로는 무당과 같이 비하된 여성 전문인에 대한 구술 생애사 연구가 진행되었는데, 이러한 연구 경향은 '피해자 여성'과 '여성 전사'라는 상반한 두 여성 이미지를 만들어냈다. 이 시기 여성 구술 연구자들은 소외된 여성과 피해자 여성들의 민족 모순, 계급 모순, 성 모순을 드러내기 위하여 구술 증언 내지는 구술 생애사 연구 방법을 사용하였다. 소외된 여성과 피해자 여성들의 삶의 경험을 역사화 할 사료의 부재로 인해 구술사 인터뷰라는 방법을 사용한 것이었다.

2000년대 들어서 다양한 분야에서 다양한 여성들의 생애사를 연구한 학위논문들이 나오고 있고, 2010년 전후로는 특히 결혼이민자 여성들의 생애사 연구가 증가했다. 이 시기 여성 구술사 자료가 확대되었고, 동시에 여성 경험의 가시화라는 초기의 여성 구술사의 과제에서 벗어나, 다양한 분야에서 여성 구술 생애사에 대한 이론적 방법론적 논의들이 정교화 되었다. 이 시기에도 여성 생애사 연구는 서사분석이 중심이 이루었다. 인류학자인 김성례는 일본군위안부 할머니들의 구술 증언 채록과 제주 무당 문심방의 구술 생애사에서 여성 구술사 연구의 이론적 방법론적 특수성을 논의하였다.[6] 이재인은 여성들의 서술 형식의 유형들을 분석하여 기혼여성들의 자아의 유형을 도출해 내었다.[7] 이희영은 기존의 여성 생애사 서사분석은 서술 자체의 형식적 특성을 분석하는데 그치고 있어서 '젠더 경험'을 구체적으로 드러낼 필요가 있다고 주장하였다.[8] 그

<hr />

5) 김성례, 「한국 무속에 나타난 여성체험 : 구술 생애사의 서사분석」, 『한국여성학』 7집, 한국여성학회, 1991, 7-42쪽.
6) 김성례, 「여성주의 구술사의 방법론적 성찰」, 『한국문화인류학』 제35집 2호, 한국문화인류학회, 2002, 31-64쪽.
7) 이재인, 「서사유형과 내면세계」, 『한국사회학』 39집 3호, 한국사회학회, 2005, 77-119쪽.
8) 이희영, 「여성주의 연구에서 구술 자료 재구성 : 탈성매매 여성의 생애체험과 서사구조에 대한 사례연구를 중심으로」, 『한국사회학』 41집 5호, 한국사회학회, 2007, 98-133쪽.

러나 이희영의 '체험된 생애사'도 구술자의 서술에서 드러나는 체험에 대한 해석이지 '젠더 경험'의 역사적 구체성은 결여되어 있다.

최근에는 민속학과 구비문학에서도 여성 생애담 연구가 활발히 진행되고 있다. 천혜숙은 농촌 여성들의 생애담을 분석하여 구술 자체가 가지고 있는 의미를 읽어내어 생애담의 주제와 생애인식 그리고 서사 구조의 전형성, 상호텍스트성, 다성성에 주목하였다.[9] 문학 분야의 연구로 김정경은 『책 한권으로도 모라잘 여자이야기』[10] 분석에서 여성 구술 생애담은 시련의 반복이 주가 되는 서사 구조를 가지고 있으며, 여성 구술자들은 "능동적인 희생자의 역할"을 함으로써 자신들의 정체성을 확립하고 있다고 주장하였다.[11] 김정경은 서사구조 분석에서 더 나아기 여성 구술 생애사 텍스트가 생산되는 인터뷰 맥락을 분석하여 여성 서사의 구술시학적 접근이라는 새로운 시도를 하였다.[12]

이렇게 서술 형식 중심의 여성 생애사 연구 외에도 여성 경험과 여성 서사를 연결하려는 시도들도 있었다. 사회학자인 양현아의 일본군위안부 연구는 민족모순과 성모순 사이에서 역사적 사건의 피해자로서의 일본군위안부 할머니들의 다중적 주체성(multiple subjectivity)을 생애사적인 분석을 통해 다시 읽는 작업을 하여 기존의 일본군 위안부에 대한 연구에서 진일보하였다.[13] 유철인의 제주 4.3 수형인 여성 연구도 서술형식 중심의 연구에서 더 나아가 피해자 여성을 다루면서도 역사적 사건인 제주 4.3사건이 주체가 되는 것이 아니라, 여성 구술자가 이야기하고 해석하는 4.3사건에 대해서 들려주고 있다.[14] 현재까지도 여성 구술 생애사 연구의 대부분은 서술 형식 중심의 분석이 나오고 있다. 그래서 서사 분석에서 드러나는 여성의 주관적 세계와 정체성, 그리고 주관적 의미

9) 천혜숙, 「농촌여성 생애담의 주제와 생애인식 양상」, 『한국고전여성문학연구』 2집, 한국고전여성문학회, 2001, 227-267쪽 ; 천혜숙, 「농촌여성 생애담의 문학 담론적 특성」, 『한국고전여성문학연구』 15집, 한국고전여성문학회, 2007, 283-324쪽.
10) 유동영·하경민, 『책 한권으로도 모라잘 여자이야기』, 열림원, 2003.
11) 김정경, 「여성생애담의 서사구조와 의미화방식 연구」, 『한국고전여성문학연구』 제17집, 한국고전여성문학회, 2008, 89-116쪽.
12) 김정경, 「자기서사의 구술시학적 연구」, 『한국문학이론과 비평학회』 44집 13권 3호, 한국문학이론과 비평학회, 2009, 177-207쪽.
13) 양현아, 「증언과 역사쓰기」, 『사회와 역사』 60집, 한국사회사학회, 2002, 60-96쪽.
14) 유철인, 「구술된 경험 읽기 : 제주 4.3 관련 수형인 여성의 생애사」, 『한국문화인류학』 37집 1호, 한국문화인류학회, 2004, 3-39쪽.

화가 분석의 핵심적인 부분이다. 여성 생애사/생애이야기 연구가 보다 더 나아가기 위해서는 여성 경험의 역사적 맥락과 서술 형식을 연결시키는 시도들이 필요해 보인다.

3. 서사에서 젠더적 차이

3.1. 여성과 남성 서술과 기억에 대한 외국 연구들

외국에서 여성과 남성의 서술에 있어서 젠더적 차이에 대한 논의는 여성학, 구술사, 커뮤니케이션 연구 등에서 이루어져 왔다. 페미니스트 구술사가인 미니스터(Kathrine Minister)는 의사소통체계는 젠더에 기초하고 있다고 주장한다. 아이들은 사회화과정을 통해서 동성의 어른으로부터 언어행위와 비언어 행위를 배우게 되고 어른이 되어서 그 언어행위를 사용하게 된다는 것이다. 남성의 경우 행위와 사건을 위주로 서술하며 남성 자신이 한 행위 중심의 서사를 만들어낸다. 반면 여성들은 개인적 관계를 중심으로 서술하여 여성 자신의 행위가 아니라 자신이 누구인가에 대해서 이야기한다는 것이다.[15] 따라서 행위와 사건 중심의 구술사 인터뷰에서는 여성 구술자가 상대적으로 불리하기 때문에 여성의 의사소통 방식에 맞는 구술사 인터뷰를 해야 하고 또한 여성은 여성 연구자가 인터뷰해야 한다고 주장한다. 즉, 표준적인 구술사 인터뷰의 틀은 여성이 중요하게 여기는 주제를 지원하는 형태의 의사소통을 부정하게 된다는 것이다.[16]

사회언어학자인 엘리와 멕카브(Richard Ely and Allyssa McCabe)[17]는 미국의 백인 중산층, 노동자 계층 어린이들과 어른들의 일상적인 대화를 여러 가지 상황 속에서 수집하였는데, 언어 행위에서 성적인 차이를 발견하였다. 이들은 여성들은 보고 언술(reported speech)을 남성보다 더 많이 사용한다는 것을 발견하였다. 보고 언술은 화자가 과거에 다른 사람이 한 말을 명백하게 언급하는 언어

---

15) Minister, Kristina, "A Feminist Frame for the Oral History Interview". *Women's Words : The Feminist Practice of Oral History.* Edited by S. Gluck and D. Patai, (New York : Routledge), 1991, p.30.

16) 위의 논문, p.31.

17) Ely, Richard and Allyssa McCabe, "Gender Differences in Memories for Speech", *Gender and Memory, International Yearbook of Oral History and Life Stories.* Edited by Selma Leydesdorff, Luisa Passerini and Paul Thompson(London : Oxford University Press), Vol. IV. 1996, pp.17-30.

행위를 말한다. 즉 여성들은 누군가가 한 말을 그대로 자신의 서술 속에서 다시 한다는 것이다. 그래서 여성들의 서술에는 다른 이들의 이름과 그들이 한 이야기들이 그대로 구체적으로 인용되어 등장하는 인물이 더 잘 드러난다는 것이다.[18] 보고 언술은 직접적(direct), 간접적(indirect), 서술화된 (narratized) 언술로 나누어질 수 있다. 직접적 언술은 들은 그대로 화자의 말을 그대로 직접 화법을 통해 전하는 것이다. 간접적인 언술은 그대로가 아니라 자신의 서술에 넣어서 간접 화법을 사용하는 것이다. 서술화된 언술은 그 내용을 요약하여 자기의 서술로 만드는 것이다. 남성들은 보고 언술을 사용하더라도 서술화된 형태를 사용하는 한편, 여성들은 직접적인 형태를 더 많이 사용한다는 것이다. 그리고 이는 여성들이 관계 지향적이기 때문에 남들이 한 이야기를 그대로 전하고, 남들을 구체적으로 서술한다고 한다.[19]

심리학자인 다니엘과 사회사가인 톰슨(Daniel Gwyn and Paul Thompson)은 1958년 영국에서 태어난 50명의 남녀에게 생애이야기 인터뷰를 하여 부모의 죽음 또는 이혼으로 인해 새롭게 형성된 가족(stepfamily)에 대한 이야기들을 수집하였다. 이를 통해 다니엘과 톰슨은 의붓자식(stepchildren)들이 부모와의 이별과 의붓부모(stepparents)와 살게 되는 고통스러운 과거의 경험에 대한 구술과 기억의 성적 차이에 대해서 연구하였다.[20] 그들의 연구 결과를 보면, 어머니의 죽음과 같은 고통스러운 경험에 대해서 여성들은 구체적으로 생생하게 관계와 자신의 주관적 느낌을 서술하는 한편, 남성들은 단순하게 정리하여 서술하였다. 그 이유에 대해서 그들은 가족의 영역은 여성들이 더 익숙하고 능통한 영역이기 때문이고, 또한 남성들은 고통에 대해서 침묵하는 것을 아버지로부터 남성적인 의사소통 방식을 전수받았기 때문이라고 하였다. 즉 남성들은 고통에 대해서 표현하는 것이 그들의 남성성과 행위성에 반하는 것이기 때문에 고통에 대한 표현을 잘 하지 않거나 하지 못하는 것이다.[21] 또한 남성들은 집을 짓거

---

18) 위의 논문, pp.25-26.
19) 위의 논문, pp.27-28.
20) Daniel, Gwyn and Paul Thompson, "Stepchildren's Memories of Love and Loss : Men's and Women's Narratives", *Gender and Memory, International Yearbook of Oral History and Life Stories*, Edited by Selma Leydesdorff, Luisa Passerini and Paul Thompson (London : Oxford University Press), Vol. IV. 1996, pp.165-185.

나, 자전거를 타거나 하는 특정한 행위(doing)를 통하여 정체성과 행위성의 감각(sense of agency)을 얻는 반면, 여성들은 느낌을 중요시하고, 가족의 상실에 대한 걱정을 공유하는 느낌(feeling)을 가짐으로써 행위성의 감각을 얻는다고 하였다.[22]

또한 다니엘과 톰슨은 아버지의 재혼 시 의붓어머니에 대한 기억과 서술에서 젠더적 차이를 발견하였다. 여성들은 의붓어머니로 인한 아버지와의 관계의 단절, 돌봄의 단절에 대해서 반발했는데, 이것은 여성들이 의붓어머니와의 갈등을 관계와 충성심을 기준으로 판단했기 때문이었다. 반면 남성들은 의붓어머니가 자신들을 훈육하는 권위에 대해서 반발하였다.[23] 마지막으로 다니엘과 톰슨은 관계(자식)와 일의 중요도를 인터뷰했는데, 여성들이 아이가 일보다 더 중요하다고 이야기하는 경향이 크고, 남성들은 관계보다 일을 더 중요하게 서술하였다. 또한 여성들은 과거와 현재를 연결시켜 서술하여 과거와 현재와의 연속성을 가지고 있었으나, 남성들은 과거와 단절하여 현재 자신의 상태에 대해서 서술하였다.[24]

미국의 백인 중산층, 노동자 계층의 사례와 영국의 특정 세대(1958년도생들)의 사례에서 드러나는 서술과 기억에 있어서 성적인 차이는 1990년대 중반 서구에서는 일반화 될 수 있을지 모른다. 그렇다면 한국에서 여성과 남성들의 생애이야기는 어떻게 성적인 차이를 드러낼까.

3.2. 한국 여성과 남성 구술의 사례 비교

한국에서 여성과 남성의 생애이야기의 젠더적 차이를 다루는 선행 연구들이 거의 없기 때문에 필자는 2006년부터 2010년 사이에 필자가 인터뷰한 구술 생애사 자료를 살펴보고자 한다.[25] 다음 〈표 1〉은 구술자들의 인적 사항이다.

---

21) 위의 논문, p.167.
22) 위의 논문, pp.173-174.
23) 위의 논문, p.178.
24) 위의 논문, p.182.
25) 사례 자료는 20세기민중생활사연구단, 한국학중앙연구원 구술아카이브 구축 연구, 국사편찬위원회 지원 "구술사를 통한 개성실향민의 이산 연구"에서 구술 생애사 인터뷰를 통해 수집된 남성 구술자 8명과 여성 구술자 6명의 구술 생애사다. 이들 구술자들은 남성 3명을 제외하고 모

〈표 1〉남녀 생애사 구술자들의 인적 사항[26]

	남성	출생년도	출생지	학력	직업	형제 서열/혼인 후 가족 형태	자녀수
1	문○○	1921년	서울	고졸	밴드연주자	막내아들/대가족	남매
2	이○○	1926년	경기도 연천	고졸	기관사	장남/핵가족	삼남매
3	이○○	1929년	경기도 의정부	고졸	언론인	장손/대가족	삼남매
4	신○○	1926년	경기도 개풍	고졸	공무원	장남/핵가족	삼남매
5	최○○	1929년	경기도 개풍	대졸	공무원	장남/핵가족	삼남매
6	이○○	1932년	경기도 개성	대졸	은행원	장남/핵가족	삼남매
7	윤○○	1937년	경기도 장단	대졸	공무원	막내아들/핵가족	삼남매
8	김○○	1931년	경기도 개풍	국졸	군인	차남/핵가족	삼남매
	여성	출생년도	출생지	학력	직업	형제 서열/혼인 후 가족 형태	자녀수
1	박○○	1914년	경기도 개풍	국중퇴	행상인, 집장사, 보험인	막내딸/대가족	사남매
2	김○○	1921년	경기도 개성	고졸	장애아관련 활동	장녀/핵가족	오남매
3	김○○	1926년	평북 강계	국졸	전업주부	막내딸/대가족	사남매
4	현○○	1926년	경기도 개성	고졸	전업주부	장녀/대가족	오남매
5	이○○	1929년	경기도 장단	무학	장사, 식당	장녀/대가족	1남
6	이○○	1932년	경기도 개성	고졸	은행원, 전업주부	막내딸/대가족	삼남매

두 자택으로 방문하여 4시간에서 18시간까지 인터뷰를 하였고, 1차 인터뷰는 개방적인 인터뷰를 하였고, 다음 회차부터는 준비된 질문지를 가지고 인터뷰하였다.

26) 위의 모든 구술자들은 구술채록기관 명의의 구술 자료 이용 및 공개 동의서에 서명을 해 주었으나, 이 논문을 위하여 개별 구술자들에게 다시 동의서를 받지 않았기 때문에 실명을 밝히지 않았다.

이 구술자들은 1920년에서 1930년대에 태어난 분들로 서울, 경기도, 평북에서 출생하여 일제시기부터 서울로 이주하였거나 해방 직후나 한국전쟁 시기에는 모두 서울로 남하한 분들이다. 이들의 구술 생애사를 들으면 남성 구술자들은 연대기적으로 서술하는 경향이 강하다. 즉 아동기, 청소년기를 거치는 생애 단계적 서술을 하거나, 학교 진학과 군대 경험을 중심으로 서술을 하였다. 또한 공적 영역에 대한 언급을 많이 해서 한국 근현대사의 주요한 정치적 사건에 대해서 잘 알고 있고 그에 대한 자기 의견을 가지고 있었다. 이것은 아마도 남성 구술자들이 고졸 이상의 고학력자이고 공직생활을 한 사람들이 많기 때문일 수도 있다. 또한 대부분의 남성 구술자가 개성실향민이기 때문에 홀로 남하하여 전쟁을 경험하여서 자신이 한 활동을 중심으로 서술을 했다. 개성실향민인 김OO은 20살의 나이에 홀로 군대에 들어간 사건을 중심으로 생애이야기를 펼쳐 가는데, 가족들(부모와 형제)에 대한 이야기는 질문을 해야 대답을 할 정도로 미비했다. 모든 남성들은 자신이 가장 사회적으로 잘 나가던 시기의 즐거운 사건과 행위를 중심으로 서술하여 영웅서사적인 구술을 하였다. 남성들의 서술은 연대기적으로 정리가 되는 편이지만, 특정 사건에 대한 서술을 할 때는 에피소드적으로 구술하고 여성들과 마찬가지로 등장인물들의 대화를 직접적으로 인용하기도 한다. 그러나 가족(부모 형제와 아내, 자식)에 대해서는 면담자가 질문을 할 때까지 이야기하지 않아서, 가족들에 대한 구술은 대부분 마지막 인터뷰에서 진행되었다.

여성 구술자들은 연대기적인 서술을 하는 사람은 거의 없었다. 대개는 학력과 관계없이 에피소드 중심의 서술을 하였다. 그리고 남성 구술자와 달리 공적 영역에 대한 서술이 부재하거나 빈약했다. 따라서 해방 후 좌우익 갈등과 같은 사건은 여성들의 구술에서는 거의 발견되지 않고, 한국전쟁과 같은 역사적으로 중요한 사건도 여성들의 서술과 남성의 구술은 완전히 달랐다. 여성들에게 전쟁은 가족과 함께 피난을 떠나고 가족의 생계를 위한 노동을 한 가족 생존의 이야기인 반면, 남성들은 피해 다니고 도망 다니고, 홀로 군대에 들어가서 전쟁을 겪는 병사의 이야기가 주가 되었다. 따라서 여성들은 가족(부모, 남편, 자식)이 중심이 되는 서술을 하고 있고, 여성들의 시기 구분은 연대기적인 것이 아니라, 가족의 탄생과 이별, 새로운 가족 관계의 시작이 기준점이 되었다. 또한 여성 구술자들은 남성 구술자들과 달리 시집살이와 같은 희생과 고통스러운 경험 중심으로 서술하였다.

한국에서 1910년대에서 1930년대라는 특정한 시기에 태어나 자신의 생애이야기를 해 준 구술자들을 엘리와 멕카브(미국), 다니엘과 톰슨(영국)의 연구 결과와 종족, 계층, 세대, 문화적 역사적 배경을 차이로 비교해야 하지만, 두 논문만으로는 그 차이를 설명하기가 어렵다. 하지만 미니스터가 주장하는 남녀 간의 다른 의사소통문화와 성역할 구분을 그대로 배우는 사회화 과정은 한국의 사례에도 적용될 수 있을 것이다. 따라서 한국의 남녀들은 공적인 생활을 많이 한 남성일 경우에 연대기적인 서술을 많이 하고, 남녀 모두 에피소드적인 서술을 하나 여성이 보다 더 에피소드 중심의 서술을 하였다. 보고 언술의 경우도 이야기꾼일수록 남녀 모두가 많이 사용하였는데, 그래도 여성의 경우가 더 많이 보고 언술을 사용하였다. 그러나 자신의 감정에 대한 구체적인 서술과 관계 중심의 서술은 서구와 마찬가지로 여성의 서술의 특징이었다.

4. 시집살이 이야기 자료의 특징과 이론적 접근

4.1. 자료의 수집

이 논문의 분석 대상은 2008년부터 2010년까지 건국대학교 시집살이 이야기 연구조사팀이 서울 지역에서 수집한 시집살이 이야기다. 구술자들은 1922년도와 1946년도 사이에 전국 각도에서 태어나 서울로 이주한 11명의 여성들이다. 시집살이 이야기 조사 면담자들은 종로구 경운동 서울노인복지센터를 방문하거나 자택을 방문하여 1-3회차에 걸쳐서 시집살이 이야기 인터뷰를 하였다. 즉, 시집살이 민요와 같이 작업장이나 구연 공간에서 구술 된 것이 아니라, 개별 인터뷰를 통하여 시집살이 이야기는 수집되었다. 따라서 시집살이 이야기 인터뷰라고 해서 시집살이에만 한정된 것은 아니라서 수집된 자료들은 생애이야기라고 볼 수 있다. 필자는 11명의 구술자 중에서 시집살이와 관련된 이야기가 많은, 장남에게 시집간 여성 3명을 선택하여 이들의 시집살이 이야기를 분석하고자 한다. 필자는 이들을 인터뷰한 면담자가 아니기 때문에, 수집된 시집살이 이야기를 생애이야기 텍스트로서 보고 그 서사 분석을 통하여 여성 생애이야기의 젠더적 특성을 밝히고 그 의미를 도출해 내고자 한다.

세 구술자의 시집살이 이야기에서 드러나는 생애사적 요소(연보)들을 요약하면 다음과 같다.[27]

구술자 A

1936년	전남 무안에서 출생.
1943년	사립학교에 다님.
1944년	국민학교 진학.
1945년	2학년 때 해방.
1957년경	22세에 함평에 사는 동족 마을 종갓집 장남(1931년생)에게 시집감. 남편은 군인(중사).
1959년	장녀 출생(후에 두 아들을 낳아 삼남매를 둠).
1960년경	남편이 특무상사로 퇴역.
1961년경	시어머니 작고.
1962년경	시아버지 작고.
1963년경	서울로 이주.
1965년경	남편이 성동구청 공무원으로 취직.
	남편은 도박과 바람으로 생계 책임지지 않음.
	구술자가 서울대학교병원 총무과 청소원으로 취직.
1985년경	남편이 퇴직.
1990년	남편 작고.
1993년	서울대학교 병원에서 퇴직.

현재 구술자A는 큰아들이 이혼하고 알콜 중독으로 죽게 된 것을 극진한 간병으로 살려내고, 큰아들의 손녀와 손자를 키우고 있다.

구술자 B

1929년	충북 음성에서 삼남매 둘째로 출생. 친정은 부유한 편.

---

27) 구술자들은 신원보호를 위해서 이름을 밝히지 않았다.

1949년	21세에 동네 혼인으로 중농의 한 살 연하의 장남(1930년생)에게 시집감.
	당시 시댁은 시조부모, 시부모, 세 명의 시동생으로 여덟 식구 대가족.
1950년	한국전쟁이 일어나자 남편이 군대에 가서 6년 후에 돌아옴.
	시아버지는 구장, 시어머니는 농사짓고, 구술자는 베짜느라고 고생함.
	남편이 편을 들어주어서 고된 시집살이는 면함.
1957년	남편이 군대에서 돌아왔으나 무직이 됨.
1958년	첫아들을 낳았으나 곧 죽어서, 시할아버지 묘 자리를 바꿈.
1959년	장남 출생(그 후에 4남매를 더 낳아서 3남 2녀의 자식을 둠).
1984년	서울로 이주.
1987년	남편이 교통사고로 작고하고 혼자서 가게를 운영함.

구술자 C

1932년	경기도 원당의 부유한 집에서 오남매의 넷째로 출생.
1939년	국민학교 입학.
1944년	국민학교 졸업.
1953년	21세에 파주의 고등학교 졸업반인 삼남매의 장남(1930년생)에게 시집감.
	시댁은 분가하여 집안 형편이 어려웠다. 시어머니와 농사지음.
	시부모가 잘 대해줌.
	남편을 친정의 도움으로 대학에 보냄.
	남편은 대학 졸업 후 교사로 있다가 공무원 시험을 보아서 산림청의 측량기사가 됨.
1954년	첫딸을 낳았으나 곧 사망 : 당시 시동생이 아팠는데 태아가 죽고 시동생이 낫길 원함.
1956년	장남 출생(그 후에 2남 1녀를 낳아서 3남1녀의 자식을 둠).
	그 후 남편이 대학을 나온 다음에 돈을 벌자 아이들이 어릴 때 돈을 모아서 논밭을 사고, 집도 늘려가면서 시누이, 시동생들 모두 대학까지 공부시키고 결혼시킴.
	아이들도 모두 대학공부시킴.

현재는 남편이 중풍이 들어서 돌보느라고 고생함.

4.2. 자료의 내용적 특징

4.2.1. 시집살이 이야기 자료의 한계

시집살이 이야기가 보통 가부장적 한국 가족 내에서 여성들이 겪는 일반적인 경험을 서술한다고 하지만 실상 그렇지 않다. 우선 한국 가족 형태는 조선시대 유교화를 거치면서 직계가족 형태를 띠게 되어서 장자가족이 시부모를 모시고 제사와 재산 상속을 하게 되었다. 따라서 지차자들은 혼인을 하면 일정 기간 시부모와 살다가 분가를 하였다. 이런 형태의 가족생활에서는 장남의 부인, 즉 맏며느리가 가장 오랫동안 시부모를 모시게 되고, 나머지 며느리들은 시부모, 맏동서와 잠깐 함께 살다가 곧 분가했다. 따라서 시집살이 이야기의 주인공들은 대개 맏며느리일 가능성이 높고, 다른 며느리들은 오히려 큰 동서에게서 고통을 받을 가능성이 높았다.

서울 지역에서 수집된 시집살이 이야기들을 보면 실제로 시집살이 경험의 비중이 매우 적다. 오히려 남편의 도박, 의처증, 바람기로 고생한 이야기가 주를 이루는 경우가 더 많다. 천혜숙이 분석한 3편의 여성 생애담에서도 2편에서는 시집살이가 거의 생략되었거나 부수적인 것으로 등장했다.[28]

또한 시집살이 이야기는 여성의 생애 과정에서 소녀시절 다음에 오는 결혼 초기의 생애 단계로서 여성들의 전 생애 기간을 생각한다면 그 기간이 길다고 볼 수 없다. 그렇다면 모든 여성들이 겪지도 않고 생애 기간 중 비교적 짧은 기간 동안의 경험인 시집살이가 여성들의 대표적인 민요로도 전승되어온 이유는 무엇일까. 그것은 유교적 가부장제 하 가족생활에서 혼인 전 여아들은 남아와 격리된 생활을 하였고, 성교육은 전무하였으며, 부유한 집안일 수록 여아들은 집안일을 거의 배우지 않고 혼인을 하였다. 따라서 태어나서 처음으로 새롭고 낯선 환경으로의 이전이라는 통과의례를 통해서 여아는 여성으로서 생판 남인 남편과 시댁 식구들에 적응하며 살아야 하는 매우 격렬한 경험을 하였던 것이다. 그리고 그 경험은 말 그대로 혹독한 시집살이가 되었던 것이다. 따라서 천혜숙이 지적한 것처럼,[29] 생애담의 서사구조는 '친정은 부자였고 귀하게 컸다

---

28) 천혜숙, 「여성생애담의 구술 사례와 그 의미 분석」, 『구비문학연구』 제4집, 한국구비문학회, 1997, 86쪽.

-시집은 가난했다-시집살이가 무척 힘들었다(뒷 부분 생략)'로 시작된다. 즉 부유한 친정에서 시집온 여성일수록 시집살이는 더 혹독할 가능성이 높았던 것이다. 또한 시집살이 이야기를 보면 현대의 여아들만큼은 아니더라도 구술자들이 자라온 1920,30년대에도 부모들은 여아들이 시집 생활을 잘 하기 위한 준비를 거의 하지 않았던 것 같다. 그런데 일제시기에도 계층내혼적인 혼인을 하였기 때문에, 부유한 집 여성이 가난한 집 남성에게 시집을 간다는 시집살이 이야기의 전형성은 의심이 가는 부분이다. 계층내혼에 의해서 부유한 집 딸이 부자집에 시집을 갔어도 시집살이는 대단할 수밖에 없는데, 왜냐하면 부유한 집은 대개 대농이어서 농사일이 많아서 머슴을 비롯한 일꾼과 대가족을 위한 가사노동이 대단했기 때문이었다.

또한 시집살이 이야기는 결국 '극복의 이야기'가 된다. 왜냐하면 시부모는 반드시 먼저 돌아가시게 되고, 시부모의 존재가 없어지면, 시집살이는 없어지기 때문이다. 세 명의 구술자들은 시집살이 이야기의 비중이 크지 않았고, 〈중노래〉와 같은 시집살이 노래에서와 같이 시집살이 중에 가출하지 않았는데, 가출을 해서 이혼이라는 적극적인 극복 방식을 택하지 않더라도 시집살이는 시간이 지나면 소극적으로 극복이 되는 것이다.

그리고 인터뷰 자료를 보면 면담자들은 시집살이에 대한 일정한 개념, 즉 고통스러운 경험이라는 이해를 가지고 있는 듯하다. 그래서 인터뷰는 자연스러운 생애이야기 인터뷰가 아니라, 세 명의 구술자들이 시집살이보다는 다른 주제에 대해서 길게 이야기할 때, 시집살이 이야기를 수집하기 위하여 지속적으로 어떤 경우에는 집요하게 구술자에게 시집살이에 대한 질문을 하였고, 그러면 구술자는 같은 이야기를 반복하였다. 또한 구술자들은 "동서 시집살이"나 "시아버지 시집살이", "자식 시집살이"와 같은 용어를 사용하지 않는데도, 면담자와 녹취자는 모두 그러한 단어를 사용하고 있어서, 시집살이라는 개념이 확대되어 사용되고 있다. 즉 구술자들은 시부모와 함께 살면서 고생한 경험을 시집살이라고 한정하여 사용하는 반면, 면담자와 녹취자들은 그 개념을 확대하여 사용

29) 천혜숙, 「농촌여성 생애담의 문학 담론적 특성」, 『한국고전여성문학연구』 15집, 한국고전여성문학회, 2007, 292쪽.

하였다.

4.2.2. 서사적 전략

세 명의 구술자들은 1929년, 1932년, 1936년에 전남 무안, 충북 음성, 경기 원당에서 출생하여 21,2세에 장남과 결혼하여 시부모와 산 여성들이다. 계층적으로 추측해보면 당시에도 계층내혼적이었기 때문에, 혼인 당시 구술자 A는 하층, 구술자 B, C 중간층에 속했고, 혼인 이후에도 구술자 A는 남편의 바람기 때문에 계속 하층민 생활을 했으며, 구술자 B와 C는 중산층의 생활을 한 것으로 보여진다. 이들은 일제시기에 태어나서 일제시기를 겪었지만, 일제시기에 대한 서술은 매우 적다. 구술자 A가 국민학교 2학년 때 해방이 되어 "히라가나(ひらかな) 가타가나(かたかな)"는 좀 안다고 하는 부분뿐이다. 일제시기에 대한 언급이 없는 것은 인터뷰가 시집살이에 대한 것이었기 때문에 인터뷰 질문이 결혼부터 시작되기 때문이고, 이들은 모두 한국전쟁 전후에 결혼을 했기 때문이다. 전쟁 동안 시부모와 함께 살았던 구술자 B도 전쟁이야기는 인터뷰의 마지막 부분에 있었지만 면담자는 더 이상 인터뷰를 진행하지 않았다. 따라서 이들의 시집살이 이야기는 1950년대 중반부터 시작되고, 이들의 자녀들도 거의 1950년대 말에 출생하기 시작한다. 이들은 1950년대 중반부터 농촌에서 시집살이를 시작하여 빠르면 1960년대부터 서울로 이주하여 살아왔다. 따라서 이들은 천혜숙의 농촌 여성들처럼 여성 생애담의 서사적 담론을 공유하고 있지는 않다.[30] 왜냐하면 서울이라는 대도시로의 이주가 농촌 지역에서 볼 수 있는 "여성 생애담 간의 상호텍스트적 관계"[31]가 있기 힘들게 했을 것이기 때문이다.

다음은 세 구술자의 생애이야기에서 드러나는 주요 사건과 서사적 전략이다.

① 구술자 A : 주요 사건 − 아들의 병을 낫게 한 것
　　　　　　　서사적 전략 − 하층민의 삶 속에서도 자식과 손자들을 공부시키
　　　　　　　　　　　　　고 돌보는 여성 가장으로서의 삶을 서술

---

30) 위의 논문, 289쪽.
31) 위의 논문, 294쪽.

구술자 A는 인터뷰의 초두에 착한 시어머니와 시아버지에 대해서 서술하고, 시부모님이 일찍 돌아가신 것을 슬퍼하였다. 그런데 구술자 A의 연보를 보면 구술자가 시부모와 함께 산 것은 4-5년 정도밖에 되지 않는다. 구술자 A는 사랑해준 시부모와의 짧은 기간을 이야기하고는 곧 바로 아들의 병과 남편의 도박과 바람기로 인한 고통의 삶에 대해서 서술한다. 그녀는 시집살이를 하지 않았으며, 오히려 시부모와의 짧은 삶은 그녀에게는 많은 사랑을 받았던 행복했던 시간으로까지 보여진다. 두 번째 인터뷰에서도 반복되는 그녀가 가장 하고 싶은 이야기는 아내가 바람이 나서 아이들을 버리고 나가서 알콜 중독자가 되어 버린 큰 아들이 다 죽게 된 것을 극진한 병간호로 살려낸 이야기다. 그녀의 첫 번째 이야기에서 남편은 부재하는데, 두 번째 인터뷰에서 면담자가 남편에 대한 질문을 하자 그제야 남편의 도박과 바람기, 작은 부인 이야기, 자신이 생계부양자 역할을 했던 이야기를 한다. 그녀는 "인자 남편이 돌아가시고난께 굉장히 좋드만, 환경이 좋을 때가 있고, 죽어서 좋을 때가 있고, 살아서 좋을 때가 있는 거 아녀? 차라리 없는 게 더 좋은 거여"라고 한다.

그녀의 서술에서 가장 중요한 것은 아들을 살리는 어머니의 역할이다. 남편의 반대에도 불구하고 자신이 벌어서 아이들 학교 교육을 시켰고, 아픈 아들을 살렸고, 그 아들의 자식들을 거두었다. 그녀가 시부모와 함께 살았을 때 이야기도 자신이 얼마나 시부모 공양을 잘 했는지를 이야기한다. 따라서 결혼 후 그녀의 삶은 시부모 돌봄-아이 돌봄-병든 아들 돌봄-손자, 손녀 돌봄으로 이어지고 있다. 즉 그녀는 '돌봄'으로 자신이 누구인가를 이야기하고 있고, 그 돌봄의 결과로 아들이 병이 나았고, 손자 손녀들이 잘 하고 있는 것에 만족해 한다.

② 구술자 B : 주요사건 – 결혼한 지 10년 동안 아이가 없었다가 세 아들과 두 딸을 낳은 것
서사적 전략 – 아이 없는 시집살이 속에서 마침내 아들을 낳고 어머니로서의 자리를 확립한 삶을 서술

구술자 B의 시집살이 이야기는 남편의 도움으로 끝난다. 그녀는 한국전쟁 직전에 결혼하였는데 곧 남편이 군대에 가버렸다. 그녀는 비교적 부유한 집안에

서 귀하게 컸고, 시댁도 머슴을 두고 일해야 할 정도의 농토를 가진 부유한 집안이었다. 남편이 군에 있는 동안 그녀는 다른 집안일을 잘 못하니까, 시어머니가 베짜기만 시켰고, 잘 하지 못하는 바느질도 시켰다. 남편이 휴가를 나왔을 때, 시어머니가 시집살이 시키는 것에 대해서 남편이 술을 먹고 대항하여서, 그 뒤로 시어머니의 잔소리가 줄었다. 이 이야기 후에 그녀에게 가장 중요한 것은 그녀가 결혼한 지 10년이 되도록 아이가 없었다는 것이었다. 그녀는 "작은 여자 얻어도 충분헌데, 왜 작은 여자 얻지 왜 그렇게 공밥 맥이는냐?"는 소리를 듣게 되었다. 다행히 곧 임신이 되었으나 아들은 태어나자마자 죽었다. 이것이 시할아버지 묘자리를 잘못 썼다고 해서 이장을 한 후에 그녀는 아들 셋을 낳고 두 딸까지 다섯 명의 아이를 낳았다. 다음 이야기에서는 손자가 할아버지 빚을 갚아준 이야기와 자식들이 얼마나 자신에게 잘 하는지를 이야기한다. 즉 그녀가 가장 하고 싶은 이야기는 자신이 대를 이을 아들을 낳았다는 것이다. 즉 "공밥"을 먹은 것이 아니라는 것이고, 자신이 낳은 아들이 할아버지 빚까지도 갚았다는 것이다. 자신은 남편 집에 와서 대를 이어주었을 뿐만 아니라 자신의 아들이 조상에게도 효를 했다는 것이다. 즉 그녀의 생애이야기에서 '자식'은 자신의 존재 가치를 증명하는 존재인 것이고, 집안의 대를 잇는 남아를 생산하는 역할이 그녀에게는 가장 중요한 것이었다. 그 후에 그녀는 남편이 일찍 죽고 자신이 고생한 것에 대해서 자식들이 고마워하는 것에 만족해 한다.

③ 구술자 C : 주요 사건 – 남편, 시동생, 시누이, 네 남매를 모두 대학공부시킨 것
　　　　　　　서사적 전략 – 없는 집에 시집와서 남편을 대학 공부시켰고 가족
　　　　　　　　　　　　　　들을 모두 대학 공부시켜 집안을 세운 맏며느리로
　　　　　　　　　　　　　　서의 삶을 서술

구술자 C는 분명히 시부모를 모시고 살았지만 시집살이를 하지 않았다. 그녀는 간단하게 어떻게 결혼하게 되었는지를 이야기하고는 곧바로 자신이 친정의 도움을 받아서 남편을 대학 공부시키고, 시동생, 시누이를 대학교에 보낸 이야기를 한다. 그리고는 네 명의 자식을 모두 대학에 보낸 이야기를 한다. 그녀는 자신이 잘 했기 때문에 시부모가 잘 해주셨다고 한다. 그녀는 부유한 집에서

시집와서 남편을 대학 공부시켜서 공무원을 만들고, 남편이 벌어온 돈으로 논과 밭을 사고, 시누이와 시동생을 대학 공부시키고, 셋방에서 시작하여 자기 집을 마련하고, 네 명의 아이들을 모두 대학공부 시킨 것을 자신의 공로로 이야기한다. 그녀는 "모든 거 아무것도 없어. 아무것도 없는데서 내가 모든 걸 해 났으니까"라고 한다. 그녀에게서 남편, 시동생, 자식의 대학공부는 집안을 일구는 맏며느리의 역할을 의미한다. 그리고 자신이 친정이 부유했는데도 국민학교 밖에 못 나와서 못 배웠기 때문에, 자기의 가족들을 모두 대학 공부시켰다는 것은 그녀에게는 대리 성취이며 대리 만족인 것이다. 즉 그녀의 생애이야기에서 '대학 교육'은 자신의 가치를 보여주는 것이며 동시에 집안의 계층 상승을 주도하는 여성의 역할을 강조하는 것이었다. 그녀는 시동생과 시누이가 다 잘 살고 있으며, 자식들도 모두 교사들과 결혼시켜 잘 살고 있다는 것에 만족해 한다.

4.2.3. 자료 분석을 위한 이론적 논의

영국의 대중기억연구회는 대중기억을 가장 잘 담보하고 있는 것이 구술사라고 본다.[32] 그리고 구술 자료는 그 내재적 특징 때문에,[33] 실증주의 역사학에서 사실의 조각들처럼 다루어질 수 없고, 대안적 읽기가 필요하다고 주장한다. 이들은 구술 자료의 분석을 위하여 구조적 읽기와 문화적 읽기를 제시한다. 구조적 읽기는 "서술의 저자가 주관적으로, 때로는 의식적으로 때로는 무의식적으로 특별한 삶의 경험을 형성해온 조건, 구조, 과정을 전유하는 조건들에 관심이 있다."[34] 문화적 읽기는 "서술이 구조화된 경험이나 생애사를 의미화하는 방식들에 초점을 둔다."[35] 문화적 읽기는 두 가지 전제에 기초하고 있는데, 첫 번째는 모든 서술이 구성된 텍스트 또는 연행이라는 것이다. 두 번째는 서술의 문화적 특질들이 단순히 개인적 산물이 아니라는 것이다.[36]

---

32) 대중기억연구회, 「대중기억의 이론, 정치학과 방법론」, 윤택림 편역, 『구술사, 기억으로 쓰는 역사』, 아르케, 179–261쪽.
33) 윤택림·함한희, 『새로운 역사쓰기를 위한 구술사연구방법론』, 아르케, 2006, 50–57쪽.
34) 대중기억연구회, 「대중기억의 이론, 정치학과 방법론」, 윤택림 편역, 『구술사, 기억으로 쓰는 역사』, 아르케, 218쪽.
35) 위의 논문, 220쪽.
36) 위의 논문, 221쪽.

필자는 시집살이 이야기를 생애이야기 텍스트로 분석하기 때문에 대중기억 연구회의 문화적 읽기를 사용하고자 한다. 문화적 읽기의 첫 번째 전제는 구술사 연구에서도 특히 구술 생애사/생애이야기에서 잘 드러나는 것이다. 구술자들은 자신들의 삶을 이야기할 때 이미 자신이 누구인가를 드러내기 위하여 선택 과정을 거쳐서 구성된 텍스트를 만들어낸다. 그리고 구술사 인터뷰는 항상 청중이 있기 때문에 그 청중을 위한 자기표현의 연행이 되는 것이다. 두 번째 전제는 이미 김성례, 천혜숙과 같은 연구자들이 증명한 것이다. 생애이야기는 개별적인 삶의 특수성에도 불구하고 자신들이 속해 있는 문화적 또는 서사적 전통 속에서 만들어진다는 것이다. 시집살이 노래들은 구술 생애사/생애이야기가 아니지만 한국 여성이 속해왔던 문화적 또는 서사적 전통의 대표적인 산물이라고 볼 수 있다.

필자는 대중기억연구회의 문화적 읽기라는 이론적 접근에 페미니스트적인 시각을 더하여 여성들의 시집살이 이야기에서 생애이야기의 텍스트화와 연류된 젠더적 특징들을 분석해보고자 한다.

5. 시집살이 이야기에서 드러나는 여성 생애이야기의 젠더적 특징

5.1. 서사 구조

위에서 본 세 명의 여성 구술자들의 시집살이 이야기에서 나타나는 생애이야기는 시련-극복이라는 구조를 가지고 있다. 이것은 대부분 여성 생애담을 분석한 연구들에서도 나타나는 특징이다.[37] 우선 시집을 간다는 자체가 여성들에게는 일차적으로 시련인 셈이고 그 후 남편의 도박, 바람, 아이의 병, 불임, 남편의 이른 죽음, 가난은 시련들이다. 구술자들은 모두 자신의 노력으로 이것들을 극복하여 현재에는 자신과 가족의 상황에 만족하고 있다.

---

37) 천혜숙, 「여성생애담의 구술 사례와 그 의미 분석」, 『구비문학연구』 제4집, 한국구비문학회, 1997, 71-87쪽 ; 김정경, 「여성생애담의 서사구조와 의미화방식 연구」, 『한국고전여성문학연구』 제17집, 한국고전여성문학회, 2008, 89-116쪽.

구술자 A : 행복－시련－시련－극복
구술자 B : 시련－극복－시련－극복
구술자 C : 시련－극복

5.2. 서술 형식

세 명의 구술자들의 생애이야기는 위에서 언급된 여성들의 구술에서 드러나는 젠더적 특징들이 모두 나타난다.

5.2.1. 에피소드 중심의 서술

구술자들은 모두 전혀 연대기적으로 서술하지 않고 서사는 에피소드의 연속으로 구성된다. 따라서 위에서 언급된 구술자의 연보를 작성하는 것조차 힘들었고, 연도와 나이는 추정될 수밖에 없었다. 구술자 A의 첫 번째 인터뷰 경우 에피소드는 착한 시어머니-시어머니 병수발-아들 병 간호-노래로 즐기는 인생-착하고 재주 있는 손자손녀 이야기로 구성되어 있다. 이는 여성 구술자들에게 가족은 공적인 영역이 아니고 사적인 영역이기 때문에 연대기적으로 정리되지 않아도 되기 때문이다. 그렇다고 해서 여성 구술자들이 집안일만 한 것은 아니다. 여성 구술자들은 청소원, 가게, 농사와 같은 생계를 위한 노동을 했다. 하지만 이들은 자신들의 노동이 가족을 위한 것이지 공적인 영역에서 자신의 경력 쌓기와 사회적 성취를 위한 것이 아니었기 때문에, 이들의 생애이야기는 더욱더 연대기적으로 정리되지 않았다고 보여진다.

5.2.2. 직접적 인용구 사용

여성 구술자들의 생애이야기에서 여성들의 의사소통의 특징인 직접적인 보고 언술이 매우 많이 나타난다. 구술자들은 서술에 나타나는 인물들이 말 한 그대로를 전달하고 있고, 인물들 사이의 대화도 그대로 전달하고 있다. 특히 구술자의 서술에서 핵심적인 장면을 이야기할 때는 더욱더 그러하다. 여성 구술자들은 극적인 상황을 서술할 때 매우 생생하고 구체적으로 등장인물의 언어를 그대로 전달하는 방식을 취하는 것이다. 이것은 에피소드적인 서술 방식과 함께 여성들의 의사소통문화의 특징이기도 하고, 학력이 낮은 여성들, 즉 공적 영역에서의 교육 훈련이 없는 여성들이 자신의 생애이야기를 하는 방식이기도 하다.[38]

구술자 B의 경우, 남편이 자신 편을 들어서 시어머니의 잔소리가 없어진 에피소드를 이야기할 때의 상황을 다음과 같이 서술한다.

> 내가 바느질을 해서 내, 저 그걸 해야 아칙에 또 다려서 시아버니 입고 면에 출근을 해는데, 그걸 인자 해서, 저 바느질해서 저 아칙에 내놀라구 화롯불을 난 잘-해가지고 그냥 꼭꼭 눌러서 담어놓고 인두불 내려가면서 해는데, 우리 신랑이 군대갔다 와가지고, 휴가 와가지고, 아 뭐 수틀리면 한 번 잘못핸건 몇 번 들볶아. 시엄니가. 핸말 또하고 한말 또하고. [조사자 : (웃음)] (웃음)우리 시엄니가. 그러니까는 신랑이, 이저 군대갔다 나와서 자는데, 나는 바느질을 하는거야. 그냥 시어머니가 한말 또하고 한말 또해서, 그때는 말대답하면 쫓겨난다고. [조사자 : 음] 그래서 그냥 지끌이면 지끌고 그냥 말대답 하나 안하고 그냥 바느질만 하고 있는겨 그럴때는. 우리 신랑이 좀 듣다- 듣다, 자기 엄니가 이렇게 잔소리 허는걸 듣다- 듣다 말대꾸도 안하고 그라고 있으니까, 드러눕다 말세갔다 와가지구, 열두시 넘어서, 듣다- 듣다 그냥, 에-이 안되겠나봐 그냥, 일어나더니 (웃음) 등잔불을 그냥 확 꺼버리고 그냥, 바느질도 못하게 그냥 자자구 그러더라구.(웃음) [조사자 : (웃음) 아-] 아 그래서 내가,
> "아 아칙에 그 다릴, 에 이거 저기 다 꼬맸으면 다린다고 내노라고 그러믄 나는 어떻게 하라고 그렇게 그러느냐?" 그러니까
> "괜찮어. 왜, 왜 바른말 한마디 못 허고 그렇기 응, 가만-히 그냥 바느질만, 쥐 먹은 벙어리마냥, 바느질만 하고 있느냐?"해서
> 아 말대꾸 해믄 내가 뭐, 쫓기갈 판인데 말대꾸를 헬 수가 있어? 아-무 소리도 못하고 그냥 잤어. 그랬더니, 아칙에 자개는 그냥 뭐 많이 옷을 해놓고는 줄에 이렇게 매놓고는, 떫으서는 바지저고리 내놓래는겨. 다린다고. 불끄라고 허니께, 옛날에는 이렇게 내놨다가 숯불해가지고 [조사자 : 음] 다리는 거여. 그래서 내 그랬지 뭐. 아칙에 나와가지고.

38) Riessman, Katherine, "When Gender is not enough : Women Interviewing Women", *The Social Construction of Gender.* Edited by Judith Lorber and Susan A. Farrell(Sage Publications), 1991, pp.217-236.

"안했어요.(웃음) 아이 안했어요." 하니까,

"왜 안했느냐?"고 해서,

[조사자 : 예]아이 그냥, 뭐 하지 말라고 그 소리도 못 하구 그냥 [조사자 : 예] 아무 소리도 못하고 그냥 있다가,

"아 졸려서 못했냐? 왜 못했냐?" [조사자 : 예]그래도

아이 졸려서 안했다고 그래도 안하고, 어 못하게 해서 그래도 안하고 그냥 가만-히 있었더니, 아유 우리 신랑이, 그래도 신랑이 잘해야 시집살이 안햐. [조사자 : 음 - 아워 (웃음)술을 그냥, 술을 만-때게 먹고 와가지고 (웃음)우리 시누도 진짜 나이 많이 먹어 시집을 갔어도, 이 가마를 이렇게 써-서 써-서 말아서, 말려, 이렇게 말어 가지고, 음 저-기 바느질을 못했다고. 막 지 동상을 끌어다 대는 거여. [조사자 : 아 -]즈 엄마한테다가. 응 이름이 석순이다.

"아 석순이가 그렇게 시집가서 시어머니가 그렇게 하라믄, 그렇게 응 하겠느냐?"고,

"너무핸다."고,

술 먹고 뭐 하- 그냥, 이(웃음) 망탱이가 돼서 아들이 해니까(웃음) [조사자 : (웃음)] 시엄니도, 암 소리도 못 해더라고. 아주 이 그 이튿날서 부팀은 나한테 잔소리도 안하고(웃음) [조사자 : 음] 저 신랑 때문에 시집살이도 안하고(웃음), [잔소리 : 할아버지 멋지시다.] 어.

5.2.3. 가족(관계) 중심의 서술

다른 여성 생애이야기의 경우에는 남편의 부재가 특징적인데,[39] 본 논문의 구술자들의 생애이야기에서 남편은 비교적 중요한 등장인물이다. 구술자 A의 서술에서는 남편이 부재하지만, 구술자 B와 구술자 C의 서술에서는 남편은 중요한 등장인물이다. 구술자 B의 남편은 시어머니의 잔소리에서 구술자를 구해 준 은인이며, 구술자 C의 남편은 고생하며 대학 공부해서 가족의 계층상승을 위해 함께 일한 파트너로서의 역할을 다한다. 그리고 구술자 모두에게서 자식은 매우 중요한 부분이다. 그런데 구술자 C의 경우에는 시동생, 시누이도 중요한 인물이다. 특히 그녀는 첫딸을 잉태했을 때 시동생이 아팠는데, 시동생이 죽는 것보다 뱃속의 아기가 죽는 것이 낫다고 생각했을 정도였다. 비록 현재 그녀

---

39) 천혜숙, 「농촌여성 생애담의 주제와 생애인식 양상」, 『한국고전여성문학연구』 2집, 한국고전여성문학회, 2001, 236쪽.

가 딸이 하나 밖에 없어서 섭섭해 하지만, 첫딸은 죽고 시동생은 살아났고, 그녀는 그것이 다행이라고 생각한다. 그녀에게서 가족은 시부모는 물론 시동생과 시누이를 포함한 것이었다.

구술자들이 모두 맏며느리여서 시동생들을 뒷바라지해야 했을 것인데, 다른 두 구술자들에게서는 시동생 이야기는 거의 나오지 않는다. 그럼에도 불구하고 이들의 서술에서는 본인의 행위와 활동이 중심이 아니라, 가족 관계 내에서의 사건이 중심이 된다. 그래서 가족과 관련된 역사적 사건이 없으면 이들의 생애 이야기에서 역사적으로 공적으로 중요한 사건들은 거의 언급되지 않는다. 즉 이들의 생애이야기는 가족 관계를 중심으로 하는 사적인 에피소드로 구성되어 있다.

따라서 여성 구술자들은 가부장적 가족 내에서 여성의 성역할로 인해 자신이 중심이 아니라 가족이 중심이 되는 서술을 하고 있다고 볼 수 있다. 즉 사회화 과정을 통해서 여성 구술자들은 가족과 자신을 동일시하면서 자신의 생애이야기를 하고 있는 것이다.

5.2.4. 고통스러운 경험 중심으로 서술

1950년대 혼인한 여성들에게 시대적 상황으로 인해 시집가는 것 자체가 희생과 고통의 시작이었을 가능성이 크다. 그뿐만 아니라 남편의 도박, 바람, 아이의 병, 불임, 남편의 이른 죽음, 가난, 남편의 병은 시집살이 자체에다가 더하여 큰 시련을 준다. 고통의 주요인은 가난(생계에 대한 책임), 남편(바람, 도박, 병, 죽음), 그리고 자식(병, 불임)이다. 가난은 계층적인 것으로 여성으로 하여금 생계부양자(구술자 A, B), 생계부양자가 아니더라도 살림을 일구는 역할(구술자 C)을 하게 한다. 또한 남편과 자식으로 인한 고통은 여성의 삶 속에서 여성에게 부과된 젠더적 역할인 돌봄을 강조하게 된다. 구술자 A는 하층민 여성의 일반적인 삶의 도정을 보여준다. 그녀는 가난 외에도 남편의 도박과 바람으로 실제적으로 생계 부양자로서의 삶을 살아야 했고, 이에 더하여 큰 아들의 병간호도 해야 했다. 따라서 가난과 생계로 인한 고통은 이 세대 여성들로 하여금 산업화된 가부장제 하에서 남성은 생계부양자, 여성은 가사노동과 육아 담당이라는 성별분업을 실제적으로 해체하게 하면서도 돌봄의 역할을 생애의 마지막까지 지속적으로 하게 하고 있다. 구술자 C의 경우도 남편이 중풍이 들어서 다시 돌봄의 역할을 하며 살고 있다.

5.2.5. 극복한 여성 전사 이야기

이들의 생애이야기는 또한 이러한 시련과 고통을 극복한 여성 전사의 이야기다. 천혜숙은 농촌 여성들의 자기 서사가 상당 부분 영웅 서사 담론의 구조를 모방, 반복하고 있다고 하였다.[40] 오늘날 한국 사회에서 "아줌마"로 대변되는 "강한 어머니"라는 이미지를 낳은 여성들은 바로 일제시기에 태어나 해방과 한국전쟁을 겪으면서 남편의 부재나 무능력에도 불구하고 가족의 생계를 책임지고 자식들을 공부시킨 이 여성 구술자 세대의 생애이야기로부터 나오는 것이다. 즉 유교적 가부장제에서 산업화된 가부장제로 넘어가는 혼란한 시기에 혼인하여 결혼생활을 한 세대의 여성구술자들은 생계에 책임을 지면서도 동시에 어머니로서의 역할을 하였고, 전후 학력 사회에서 자식들을 끝까지 공부시켜 중산층으로 성장하게 하는 '여성 전사'였던 것이다.

5.2.6. 여성 교훈 이야기

구술자들은 아마도 면담자가 자신의 자식들보다 어린 학생으로 생각하고 마치 손녀, 손자에게 이야기 하듯이, 자신의 삶의 경험을 통해서 얻은 교훈을 알려준다. 그리고 이러한 교훈은 또한 자신이 살아온 삶과 자신이 누구인가를 알려주는 것이다. 그녀들은 시련을 극복하고 현재의 자신과 삶에 만족하면서 자신을 현재의 위치까지 오게 한 삶의 지혜를 전수하면서 또한 자신의 지혜의 정당성, 자신 삶의 타당성을 강조하는 것이다. 다음은 구술자 A와 C가 말하는 교훈적 메시지다.

---

40) 천혜숙, 「농촌여성 생애담의 문학 담론적 특성」, 『한국고전여성문학연구』 15집, 한국고전여성문학회, 2007, 293쪽.

구술사 A : "내가 제일 죽겠을 때 웃는 게 오직 인생이다. 좋을 때 못 웃을 사람이 어딨냐. 돈 있어 못 살 사람이 어딨냐. 그렇지마는 젤 못 살겠을 때 웃고 잘 사는 사람이 제일 잘 사는 거다 난 애들도 그렇게 시켜. 사람이 가다가 보면은 물도 있고 산도 있고 그러기 때문에 다 지나가야 된다. 그럴 때 극복을 잘 허는 사람이 오직 사람이다 내가 느그집에 들어와서 이 환경에서 웃고 살 때는 이렇게 살아남아 있을 때는 그런 재미로 살아 남아 있다. 그걸 알고 살어라."

구술자 C : "내가 살아보니까 여자가 운전대를 가진 거야, 그러니까 남자들은 아 무것도 집안일을 모르니까 여자가 운전대 가졌으니까 똑똑히 잘 해 라."

『책 한 권으로도 모자랄 여자이야기』에서 여성 생애담의 서사구조와 의미화 방식을 분석한 김정경은 여성 생애담 속 화자들이 실제로는 '수동적인 희생자'에 불과하지만, '능동적인 희생자'의 역할을 함으로써 자신들의 자리를 확보했다고 주장한다.[41] 필자는 분석의 대상인 세 명의 구술자들이 '수동적인 희생자'라고 생각하지 않는다. 또한 구술자 자신들이 고생했다는 것을 희생했다고 생각하는지는 확실하지 않기 때문에, 이들을 또한 "능동적 희생자"로 보지 않는다. 구술자들은 "자신을 둘러싼 현실에 적극적으로 개입하여 존재감을 느끼고, 정체성을 성립하고, 스스로 자부심을 느끼고"[42] 있기 때문에 오히려 이들은 "적극적인 행위자"로서 인정되어야 할 것이다.

6. 맺는 글

시집살이 이야기에서 여성 구술자들은 자기의 삶을 이야기함으로써 자신들이 누구라고 말하고 있는가? 그리고 그것은 한국 사회에서 여성으로 산다는 것에 대해서 무엇을 이야기하는가?

구술자들의 서사에 나타나는 핵심 테마들을 볼 때 여성 구술자들은 돌보는

---

41) 김정경, 「여성생애담의 서사구조와 의미화방식 연구」, 『한국고전여성문학연구』 제17집, 한국고전여성문학회, 2008, 89-116쪽.
42) 위의 글, 113쪽.

역할(구술자 A, 아들-돌봄의 대상), 아들을 낳는 역할(구술자 B, 아이-대를 잇는 존재), 집안을 일구는 역할(남편, 시동생, 자식의 대학교육-계층적 상승의 수단)을 자신의 자아 인식과 정체성의 중심에 놓고 있다. 그리고 이러한 역할들은 유교적 가부장제와 산업화된 가부장제 하 한국가족 내에서 여성에게 부여된 성역할과 일치한다. 여성 구술자들은 그녀들이 겪은 시련 속에서 그녀들이 내세우는 어머니의 역할, 아들을 낳고 집안을 일구는 며느리의 역할 외에도 생계부양자의 역할(청소원, 가게, 농사)을 했다. 그럼에도 불구하고 이들의 생애이야기는 가부장적 가족들이 훌륭한 여성이라고 간주하는 역할 수행만을 강조한다.

이들의 훌륭한 여성이야기는 시집살이 노래에서 여성들의 이야기와는 매우 대조적이다. 시집살이 노래에서 여성들은 시댁식구들의 불평등한 대우와 남편의 배반에 대항하여 집을 나가거나, 남편을 죽이거나 하는 적극적인 대응을 한다. 강진옥은 시집살이 노래를 "여성들의 분노와 저항"을 효과적으로 보여주고 있다고 한다.[43] 서영숙은 시집살이 노래가 "가족의 변경에 서서 가족으로부터의 일탈과 사랑으로 가득 찬 새로운 공동체를 꿈꾸는 노래"[44]라고 한다. 시집살이 노래에서 보여 지는 가부장적 가족에 대한 저항과 독립, 부부애의 갈망은 왜세 여성 구술자들의 생애이야기에서는 보이지 않을까?

대중기억연구회는 "서술은 무엇이 말하여질 수 있고, 어떤 효과를 가지는지를 결정하는 일반적인 문화적 레퍼토리, 언어의 특질 그리고 표현의 코드에 의존한다"[45]라고 한다. 그렇다면 여성 구술자들은 가부장적 가족 관계 내에서 자신들이 점할 수 있는, 획득할 수 있는 자리가 바로 어머니의 역할, 아들을 낳는 역할, 집안을 일구는 역할이라고 생각하기 때문이 아닐까? 시집살이 노래는 다른 여성의 이야기이기 때문에 쉽게 저항과 분노가 표출될 수 있다. 그러나 자신의 생애이야기를 할 때 여성 구술자들은 자신들이 살아온 사회 내에서 여성들이 당당하게 이야기할 수 있는, 그래서 자신은 훌륭한 여자라고 말할 수 있는

43) 강진옥, 「서사민요에 나타나는 여성 인물의 현실대응양상과 그 의미 : 시집살이, 애정갈등노래류의 '여성적 말하기' 방식을 중심으로」, 『구비문학과 여성』 9집, 한국구비문학회, 1999, 6쪽.
44) 서영숙, 「가족의 변경에 서서 부르는 노래 : 시집살이노래에 나타난 여성과 가족」, 『한국고전여성문학연구』 10집, 한국고전여성문학회, 2005, 100쪽.
45) 대중기억연구회, 「대중기억의 이론, 정치학과 방법론」, 윤택림 편역, 『구술사, 기억으로 쓰는 역사』, 아르케, 221쪽.

그런 주제만을 이야기하고 있는 것이 아닌가 한다. 1920,30년대에 태어나서 1950년대 전후 혼란기에 결혼한 여성 세대들에게는 어머니의 역할, 아들을 낳는 역할, 집안을 일구는 역할 외에 다른 선택의 여지가 없었을 것이다. 따라서 이들의 시집살이 이야기는 이러한 역할을 수행하는 생애이야기에 문화적 가치와 역사적 상황을 제공하는 서사적 도입부가 된다고 볼 수 있다.

이제 시집살이를 하지 않는 여성 세대가 증가하는 상황에서 시집살이 이야기는 역사적 서사가 되어갈 것이고, 시집살이를 하지 않는 여성들은 어떠한 서사적 전략을 가지고 생애이야기를 할지를 알아보아야 할 것이다.

참고문헌

강진옥, 「서사민요에 나타나는 여성 인물의 현실대응양상과 그 의미 : 시집살이, 애정갈
　　등노래류의 '여성적 말하기' 방식을 중심으로」, 『구비문학과 여성』 9집, 한국구
　　비문학회, 1999.
김성례, 「한국 무속에 나타난 여성체험 : 구술 생애사의 서사분석」, 『한국여성학』 7집,
　　한국여성학회, 1991.
김성례, 「여성주의 구술사의 방법론적 성찰」, 『한국문화인류학』 제35집 2호, 한국문화
　　인류학회, 2002.
김정경, 「여성생애담의 서사구조와 의미화방식 연구」, 『한국고전여성문학연구』 제17집,
　　한국고전여성문학회, 2008.
김정경, 「자기서사의 구술시학적 연구」, 『한국문학이론과 비평학회』 44집 13권 3호, 한
　　국문학이론과 비평학회, 2009.
대중기억연구회, 「대중기억의 이론, 정치학과 방법론」, 윤택림 편역, 『구술사, 기억으로
　　쓰는 역사』, 아르케, 2010.
서영숙, 「가족의 변경에 서서 부르는 노래 : 시집살이노래에 나타난 여성과 가족」, 『한
　　국고전여성문학연구』 10집, 한국고전여성문학회, 2005.
양현아, 「증언과 역사쓰기」, 『사회와 역사』 60집, 한국사회사학회, 2002.
유철인, 「구술된 경험 읽기 : 제주 4.3 관련 수형인 여성의 생애사」, 『한국문화인류학』
　　37집 1호, 한국문화인류학회, 2004.
윤택림 · 함한희, 『새로운 역사쓰기를 위한 구술사연구방법론』, 아르케, 2006.
윤택림, 「여성은 스스로 이야기할 수 있는가 : 여성 구술 생애사 연구의 쟁점과 방법론적
　　논의」, 『여성학논집』 27집 2호, 이화여자대학교 한국여성연구원, 2010.
이재인, 「서사유형과 내면세계」, 『한국사회학』 39집 3호, 한국사회학회, 2005.
이희영, 「여성주의 연구에서 구술 자료 재구성 : 탈성매매 여성의 생애체험과 서사구조에
　　대한 사례연구를 중심으로」, 『한국사회학』 41집 5호, 한국사회학회, 2007.
천혜숙, 「여성생애담의 구술 사례와 그 의미 분석」, 『구비문학연구』 제4집, 한국구비문
　　학회, 1997.
천혜숙, 「농촌여성 생애담의 주제와 생애인식 양상」, 『한국고전여성문학연구』 2집, 한
　　국고전여성문학회, 2001.

천혜숙, 「농촌여성 생애담의 문학 담론적 특성」, 『한국고전여성문학연구』 15집, 한국고전여성문학회, 2007.

Ely, Richard and Allyssa McCabe, "Gender Differences in Memories for Speech", Gender and Memory, International Yearbook of Oral History and Life Stories. Edited by Selma Leydesdorff, Luisa Passerini and Paul Thompson(London : Oxford University Press), Vol. IV. 1996.

Daniel, Gwyn and Paul Thompson, "Stepchildren's Memories of Love and Loss : Men's and Women's Narratives", Gender and Memory, International Yearbook of Oral History and Life Stories. Edited by Selma Leydesdorff, Luisa Passerini and Paul Thompson(London : Oxford University Press), Vol. IV. 1996.

Minister, Kristina, "A Feminist Frame for the Oral History Interview". Women's Words : The Feminist Practice of Oral History. Edited by S. Gluck and D. Patai, (New York : Routledge), 1991.

Riessman, Katherine, "When Gender is not enough : Women Interviewing Women", The Social Construction of Gender. Edited by Judith Lorber and Susan A. Farrell(Sage Publications), 1991.

여성 생애담에 나타난 고난의 의미화 방식 연구*

- 호남지역 공방살이 이야기를 중심으로 -

김정경

1. 머리말

살아온 이야기를 들려달라는 조사자들에게 평범한 우리 어머니 그리고 할머니들은 대개 '언제 어디로 시집 왔다'는 이야기로 말문을 연다.[1] '시집'이 여성들의 삶에서 가장 보편적이면서도 가장 특수한 사건으로 기억되기 때문일 것이다. 그러므로 여성들의 삶을 이해하기 위해 그들의 '시집' 살이에 관심을 두는 것은 어찌 보면 너무도 당연하다. 그럼에도 지금까지는 시집와서 평생, 농업과 가사 그리고 육아를 담당한 민간의 평범한 여성들에 관한 체계적인 조사가 거의 이루어지지 않았다. 특별한 직업이나 기술 또는 독특한 삶의 이력을 지닌 여성들의 삶을 수집하여 정리하는 일만이 역사학·인류학·민속학 등에서 꾸준히 진행되어왔을 뿐이다.[2]

이에 한국학술진흥재단의 지원을 받아 건국대학교 '시집살이 조사 연구단'에서는 2008년 7월부터 2010년 6월까지 전통적 생활방식의 연장선상에서 결혼생활을 해온 노년기 여성들의 시집생활 경험담을 조사하는 사업을 수행했다.[3] 본 연구자는 호남지역을 주로 조사하여, 60대 후반에서 90대 초중반에 이르는 약 35명 화자들의 생애담을 들었다. 이들의 시집살이 이야기에는 남편과 자식 그리고 시부모, 시누이, 시아주버니, 시동생 등 시집식구들과의 관계와 집 안팎에

---

* 이 글은 『구비문학연구』 제32집(한국구비문학회, 2011. 6)에 실린 논문을 일부 수정하여 수록한 것임.

1) 천혜숙, 「농촌여성 생애담의 주제와 생애인식 양상」, 『한국고전여성문학연구』 2, 2001, 233쪽.
2) 대표적인 조사 연구 성과를 정리하면 다음과 같다. 일정한 지역 및 직업을 대상으로 한 조사 연구: 장정룡, 『강원도 출신 독립운동가 및 강원도 거주 실향민 생애사 조사연구』(2005); 제주도여성특별위원회(공편), 『구술로 만나는 제주 여성의 삶, 그리고 역사』(2004); 강등학, 『(여성농업인의) 삶과 전통문화-여성이 살아온 길, 그 애환과 감동』(2005); 김은희·전라문화연구소 엮음, 『여성무속인의 생애사』(2004), 역사적인 정보 수집에 초점을 맞춘 조사 연구: 한국정신문화연구원 민족문화연구팀 편, 『내가 겪은 해방과 분단』(2001); 한국정신문화연구원 민족문화연구팀 편, 『내가 겪은 민주와 독재』(2001); 한국정신문화연구원 편, 『내가 겪은 건국과 갈등』(2004); 한국정신문화연구원 편, 『내가 겪은 한국전쟁과 박정희정부』(2004); 정근식 편, 『고통의 역사-원폭의 기억과 증언』(2005); 역사문제연구소 한국근현대사 증언 채록, 『일제시기 해방직후 경남지역 사회주의운동의 맥(권은해 일대기)』(1990년 봄호); 5·18 기념재단, 『(구술생애사를 통해 본) 5·18의 기억과 역사 1-2』(2006); 이홍환 정리, 『구술 한국현대사』(1986), 이균옥 외, 『20세기 한국민중의 구술자서전 1-6』(2005); 20세기민중생활사연구단 편, 『한국민중구술열전 1-15』(2006) 등.
3) 2008 학술진흥재단 기초학문 연구과제(토대분야) '시집살이 이야기 조사연구-현지조사를 통한 시집살이담 구술 자료의 집대성'. 조사연구의 성격과 진행과정은 신동흔, 「여성생애담의 성격과 조사연구의 방향」, 『인문학논총』 47, 건국대 인문학연구원, 2009 및 김경섭·김정경, 「시집살이 이야기 조사연구 중간보고」, 『인문학논총』 47, 건국대 인문학연구원, 2009 참조.

서 해야 하는 노동과 지독한 가난, 그리고 식민지 경험과 전쟁 체험 등에 관한 이야기들이 담겨있다.4) 본고에서는 이러한 이야기들 가운데 특히 '공방살이'에 관한 내용이 담겨있는 자료들을 대상으로 논의를 진행하고자 한다.

여성 생애담에 관한 연구는 문학과 역사학 그리고 민속학 연구자들에 의해 꾸준히 진행되어 왔지만, 여전히 그 관심과 성과가 제한적이다.5) 지금까지의 생애담 연구는 자료 수집과 방법론적인 고찰6) 그리고 생애담 일반에 관한 개론 혹은 시론 아니면 개별 화자의 특수한 사례에 대한 분석을 목표로 한 것이 대부분이다.7) 아직은 여성 생애담의 유형을 서사 구조 또는 의미화 방식에 따라 분류하거나, 특정한 삶의 국면에 초점을 맞추어 심도 깊게 논의한 경우가 드물다는 것이다. 이에 본고에서는 여성 생애담에 대한 미시적인 분석을 목표로 '공방살이'라는 삶의 특수한 단계 혹은 양상에 주목하여 생애담의 주인공인 화자의 정체성이 형성되는 방식과 그것의 사회·문화적 의미를 찾아보고자 한다.

시집살이의 여러 유형 가운데 '공방살이'는 부부관계를 둘러싼 이야기라는 점이 흥미롭다.8) 무엇보다도 결혼 초 특히 시집온 날 공방이 드는 경우가 일반적이라는 점에서 공방은 논의될 필요가 있는 주제라고 판단된다. 결혼은 여러 문

---

4) 김경섭, 「시집살이담의 유형과 전승 양상」, 한국구비문학회· 한국구술사연구소 공동학술대회 "시집살이담의 존재양상과 문학적· 역사적 성격" 발표집, 2010, 24쪽 참조.
5) 신동흔, 「시집살이담의 담화적 특성과 의의」, 한국구비문학회·한국구술사연구소 공동학술대회 "시집살이담의 존재양상과 문학적·역사적 성격" 발표집, 2010, 5쪽.
6) 유철인, 「생애사와 신세타령」, 『한국문화인류학』 22, 1990; 윤택림, 「기억에서 역사로」, 『한국문화인류학』 25, 1994; 신동흔, 「경험담의 문학적 성격에 관한 고찰」, 『구비문학연구』 4, 1997; 김성례, 「여성주의 구술사의 방법론적 성찰」, 『한국문화인류학』 35-2, 2001 등이 대표적이다.
7) 천혜숙, 「여성생애담의 구술사례와 그 의미 분석」, 『구비문학연구』 4, 한국구비문학회, 1997; 천혜숙, 「농촌 여성 생애담의 주제와 생애인식 양상」, 『한국고전여성문학연구』 2, 한국고전여성문학회, 2001; 천혜숙, 「농촌여성생애담의 문학담론적 특성」, 『한국고전여성문학연구』 15, 한국고전여성문학회, 2007; 김성례, 「한국 무속에 나타난 여성체험-구술 생애사의 서사분석」, 『한국여성학』 7, 1991; 김예선, 「'살아온 이야기'의 문학적 성격과 위상 연구」, 건국대학교 석사학위논문, 2005; 김정경, 「여성생애담의 서사구조와 의미화방식 연구」, 『한국고전여성문학연구』 17, 한국고전여성문학회, 2008; 김정경, 「자기서사의 구술시학적 연구」, 『한국문학이론과 비평』 44, 한국문학이론과 비평학회, 2009; 김정경, 「여성생애담의 자기생애 의미화 방식 연구」, 『한국고전여성문학연구』 21, 한국고전여성문학회, 2010; 정현옥, 「여성생애담 연구」, 경상대학교 박사학위논문, 2007.
8) 시집살이담의 유형은 가족적 층위에서 시아버지· 시어머니· 남편· 자식 그리고 사회문화적 층위에서 (역사적) 사건· 가난· 가문· 태도 등의 세부항목에 따라 분류해볼 수 있다, 김경섭, 「시집살이담의 유형과 전승 양상」, 한국구비문학회·한국구술사연구소 공동학술대회 "시집살이담의 존재양상과 문학적·역사적 성격" 발표집, 2010, 24쪽 참조.

화에서 공통적으로 발견되지만, 우리의 문화 특히 전통적인 가부장적 대가족 제도 아래에서 그것은 '본가'로부터의 떠남과 '시집'으로의 도착을 함축하는 사건으로서 '시집살이'의 개시와 동의어이다. 여성의 입장에서 이러한 가족·씨족·촌락 또는 부족의 변화9)가 가져다주는 충격은 결코 작지 않았을 것이며, 따라서 공방살이는 이러한 충격에서 비롯하는 증상이라고도 볼 수 있을 것이다. 즉, 공방살이는 전형적인 통과의례의 과정 가운데 결혼식이라는 통합 의례에 실패한 남성 혹은 여성이 여전히 '전이기'에 머물러 있는 상황이라고도 할 수 있다.10) 결혼식은 주로 "새로운 환경에 영구히 통합하는 의례"11)인데, 결혼식을 치른 여성 혹은 남성이 '공방'이 들었다는 것은 이러한 통합 의례가 성공적이지 못했다는 또는 아직 완료되지 않았다는 징표라는 것이다.

정리하자면 본고에서는 호남지역 여성들의 생애담에 나타난 공방살이의 양상을 검토하고자 한다. 친정에서 분리되어 이전과는 전혀 다른 삶의 터전으로 옮겨 온 이들이 시집으로의 통합에 성공 또는 실패하는 과정을 살펴봄으로써, 그들이 자신들의 삶을 의미화하는 방식을 밝혀보려 한다. 이를 위해 '시집살이 조사연구단'에서 연구자가 조사한 호남지역 여성들의 생애담 가운데 공방에 대한 언급이 있는 아래의 자료들을 연구 대상으로 삼겠다.

①-1) 20080927강복금1(군산) : 공방살이한 세월
①-2) 20081114강복금2(군산) : 남편과 산 세월은 단 석 달
② 20080927서○○(군산) : 평생 가난, 평생 고생
③ 20081017우정목련아파트노인정1(전주) : 인공때 이야기(양옥남)
④ 20081128김○○(전주) : 전사한 남편 대신 시어른 봉양, 자식 양육
⑤ 20090925박경애(무주) : 어머니, 이모, 나, 여자의 일생(이모 이야기)
⑥ 20090925박경애(무주) : 어머니, 이모, 나, 여자의 일생(엄마 이야기)
⑦ 20100121신○○(담양) : 일 못해 설움, 딸 낳아 설움

---

9) A. 반 제넵, 전경수 역, 『통과의례』, 을유문화사, 1992, 173쪽.
10) 전형적인 통과의례는 '분리-전이-통합'의 과정을 거치는데, 결혼은 일상생활로부터의 분리, 제의 이전 생활양식과 이후 생활양식의 중간 상태인 전이(limen), 이전과 달라진 사회적 존재로서 세속적인 집단에 되돌아오는 재통합의 과정이 매우 뚜렷하게 드러나는 입사식적인 의례라 할 수 있다.
11) A. 반 제넵, 앞의 책, 174쪽.

2. 공방살이의 개념

본격적으로 논의를 진행하기에 앞서 본 장에서는 공방살이의 개념과 사회 문화적 의미를 검토해보고자 한다. 그런데 아직까지는 문학은 물론이고, 민속학이나 사회학 등의 분야에서 공방살 또는 공방살이에 관한 연구가 본격적으로 진행된 사례를 찾기 힘들다.[12] 때문에 본고에서는 각종 사전 및 소설, 무가, 구비전승 등에 나타난 '공방'의 개념을 정리하고, 이를 토대로 본고의 연구대상인 '공방살이 이야기'를 정의해 보고자 한다.

사전에서는 '공방살(空房煞)'을 "부부간에 사이가 나쁜 살", '공방살이(空房-살이)'는 "남편 없이 혼자 지내는 생활"이라고 정의한다.[13] 즉 사전적 정의에 따르면 공방살이는 남편이 부재하는 여성의 생활을, 공방살은 부부간의 관계가 나쁜 것을 의미하는데, 아래의 예문들을 보면 소설이나 설화에서는 그 의미가 약간 달라지는 것을 발견할 수 있다.

"남정네가 그 긴 세월 동안 공방살이를 하시자면 그 처연하기가 말할 수 없겠지요."

"청상으로 공방살이하지 말고 팔자를 고쳐서 해로하자고 은근히 꼬드기고 드는데…"(김주영, 〈객주〉)

사내가 그 말을 냉큼 되받아 가시돋친 한마디를 뇌까렸다. "난 아줌씨 공방살이가 견디기 어려워 밤중만 골라 찾아오는 줄 알았소"(김주영, 〈홍어〉)[14]

"공방살이 끼었군."

"네?"

"공방살이 끼었다니까"

---

12) 지금까지 '공방살'을 중심으로 한 논의는 『혼불』의 여주인공 효원에 대한 임헌영의 평론이 유일하다. 임헌영, 「현명한 여인의 운명이 된 공방살」, 『win』, 1997, 304-307쪽.

13) 국어사전: 공방[空房][명사] 1 사람이 들지 않거나 거처하지 않는 방. 2 오랫동안 남편 없이 아내 혼자서 거처하는 방; 공방살이[空房살이][명사] 남편 없이 혼자 지내는 생활; 공방살[空房煞][명사] [민속] 부부간에 사이가 나쁜 살; 공방살이하다[동사]; 공방살이[空房살이][명사] 남편 없이 혼자 지내는 생활. 한자사전: 空房공방 ①빈 방 ②여자(女子) 혼자 사는 방; 空房殺공방살 부부(夫婦) 간(間)의 사이가 나쁜 살; 空房煞공방살 공방살(空房殺). 부부(夫婦) 간(間)에 불화(不和)한 살

14) 김윤식, 『소설어사전』, 고려대학교 출판부, 1998, 150쪽.

"네에"

자명은 공방살이 두려워 가슴이 참새 가슴처럼 할딱인다.(박완서, 〈욕망의 응답〉)

몇군데서 한결같이 두사람 사이에 공방살이 들었다고 했다는 것이다.(박완서, 〈저녁의 해후〉)[15]

"한두 사람의 점쟁이가 그런 게 아녜요. 엄마가 장안의 용한 점쟁이란 점쟁이는 다 찾아다녔는데 한결같이 공방살이 끼었다고 그러더래요. 사람의 힘으로 어찌할 수 없는 운명이란 걸 부정할 수 없는 바에야 그걸 안 들은 척할 순 없잖아요?"

그 이유인즉 궁합이 나쁘다는 거였다. 우리 둘 사이엔 공방살이 끼 아니면 내가 죽는다니 이런 소리를 듣고서야 어떻게 결혼을 해요.[16]

김주영의 소설에서 '공방살이'는 빈방에서 혼자 지낸다는 의미로 사용되고 있다. 이때 남성과 여성 모두 공방살이를 할 수 있는 것으로 나타나는데, 이는 그의 소설에서 공방살이가 여성의 생활만을 가리키는 사전적 정의보다 넓은 의미로 쓰이고 있음을 뜻한다. 한편 위의 인용에 제시한 박완서의 소설에서 공방살은 "사람의 힘으로 어찌할 수 없는 운명"으로 부부관계에 낀 '살'이라는 의미 즉, 궁합이 나쁘다는 의미로서 사전적 정의와 동일하게 쓰인다. 무가의 살풀이에도 "내외지간 공방살"이라는 구절이 자주 등장하는데, 이 경우에도 공방살은 사전적인 의미로 이해할 수 있다.

옛말에 공방살이라는 말이 있다더니, 이것이 바로 그런 것인가. 효원은 가슴속이 써늘하게 식어 내리는 것을 느꼈다.[17]

위의 예문은 최명희의 『혼불』 가운데 일부이다. 이 작품에서 '공방살'은 여주인공 효원의 비극적 운명의 원인으로 제시된다. 효원이 신랑 '이강모'와 혼인한 지 5년이 되도록 그의 마음을 얻지 못하고 혼자 지내는 것을 공방살이라고 여기

---

15) 민충환, 『박완서 소설어사전』, 백산출판사, 2003, 40쪽.
16) 박완서, 「궁합」, 『나의 아름다운 이웃』, 2003, 213~214쪽.
17) 최명희, 『혼불』 1권, 1996, 205쪽.

는 것이다. 장일구는『혼불의 언어』에서 이러한 공방살을 '부부간에 사이가 나쁜 살'[18]이라고 정의하고 있는데, 이는 공방살의 사전적 의미와 같다.

효원은 등이 시리다.

하릴없는 빈 반짇고리를 다시 윗목으로 밀어놓는데, 문풍지가 더르르 운다. 외풍이 있는 모양이었다.

방바닥은 그런대로 다끈하건만 도무지 따뜻한 줄을 모르겠다.

저 먼 아랫몰 어디쯤에서 개 짖는 소리가 컹 커엉 들린다. 그러자 여기저기서 개들이 싱겁게 따라 짖는다. 다듬이 소리도 어두운 밤 공기의 바람결을 다라 흩어질 듯 들려온다. 맞방망이 소리가 아닌 것이 누가 혼자서 밤을 새워 다듬이질을 하려는 모양이었다.①[19]

효원은 그렇게 뜬눈으로 밤을 새우고 나서, 다음날 밤부터는 쉽게 불을 끄지 못하고 한밤의 허리가 겨워지도록 홀로 그렇게 앉아있게 되었다. 벌써 오늘이 몇 날째인가. 머리 속이 아득하다. 그네의 눈에는 불빛이 푸르게 보인다.

젊은 밤에 홀로 앉아 바라보는 등불이라서 그러한가.

불빛마저도 차갑게 느껴진다.

지나가는 바람에 더르르 풍지가 운다.②[20]

『혼불』의 공방살은 임헌영에 의해 집중적으로 논의된 바 있다. 임헌영은『혼불』가운데 위의 부분을 인용하며 ①을 신행 이전의 공방살으로, ②를 시집간 뒤의 공방살 묘사로 설명한다.[21] 공방살이와 공방살이라는 표현을 각각 사용했지만, 이 두 단어는 그의 글에서 사전적 의미의 '공방살이'를 뜻한다.

이상의 예들이 현대소설 작품 속에 나타난 공방살·공방살이의 사례들이라면, 아래 인용은『구비문학대계』에 수록된 〈공방살〉이라는 제목의 이야기 가운데 일부분이다.

---

18) 장일구,『혼불의 언어』, 한길사, 2003, 36쪽.

19) 임헌영, 앞의 글, 305쪽.

20) 위의 글, 305쪽.

21) 위의 글, 305쪽.

어- 옛적 거 한 사람이 있는디, 즈그 아들을 여웠어요. 아들을 여웠는데 도저히 굿대 공방(空房)이라고 그러지요잉. [조사자 : 예 공방.] 공방이 들었등가 엇째등가 도저히 그 여워났는디 도저히 마닥허요, 이것이 마닥해…참 즈그 아마니가 거시기 해서 화합을 시켰어요, 아들을.22)

김재복 구연의 〈공방살〉은 아들이 결혼하고도 "도저히 마닥"해하여 그 부모들이 걱정하다가 결국 "화합을 시켰다"는 내용인데, 우리는 이 이야기에서 화자가 "마닥해"하는 아들의 행위를 "공방이 들었등가 엇째등가"라고 해석하고 있음을 알 수 있다. 즉 이 이야기를 구연하는 화자에게는 공방이 '공방살'이라는 의미로 쓰이며, 공방살이 남성에게 들 수도 있는 것으로 이해되는 것이다.23)

본고에서 다룰 생애담에 나타난 공방의 의미는 바로 이 설화에서의 공방의 의미와 가장 유사하다. 연구자가 검토한 바에 따르면 호남지역 여성 화자들이 사용하는 '공방' 또는 '공방살이'는 사전적 또는 무속적인 의미와 매우 유사하면서도 정확하게 일치한다고 보기 힘들다. '공방'은 빈방이라는 사전적 의미보다는 '공방살에 가까운 의미로 쓰이지만, 부부간의 사이가 좋고 나쁨 보다는 남편과 아내 어느 한 쪽에 운명적으로 '드는' 또는 '끼는' 것이라는 의미를 나타냈다. 서로가 서로를 멀리하는 것이 아니라, 한쪽에서 다른 한 쪽을 일방적으로 거부하는 것이 바로 공방살이다. 그리하여 이렇게 한쪽이 공방이 들면 다른 한쪽이 공방을 살게 되는 것이다. 이때에는 사전적 의미의 빈방살이라는 뜻도 되지만, 공방을 견딘다는 의미도 될 수 있다. 정리하자면 호남지역 여성화자들은 남편이 아내를 또는 아내가 남편을 꺼리는 특히 성적으로 멀리하는 원인을 '공방'에 두고 있었으며, "공방이 들었다" "공방(을) 살았다"라는 표현을 '공방살이 끼었다'와 같은 의미로 사용했다. 또한 이들은 공방이 부부 사이에 끼는 것이 아니라, 일방적으로 배우자를 싫어하는 어느 한쪽에만 드는 것이라 여겨, 공방이 든

---

22) 지춘상 편, 김재복 구연, 「공방살」, 『한국구비문학대계』 6-2, 한국정신문화연구원, 1981, 452-454쪽.
23) 임실군 덕치군 천담리 전설의 다음과 같은 내용을 통해서도 공방살은 여성과 남성 모두에게 낄 수 있다는 것을 알 수 있다. "바위가 생겨났다. 그후 부부간에 공방살이 들어 남자가 여자를 싫어할 경우 동자바위에서, 여자가 남자를싫어할 때에는 여인바위에서 돌을 쪼아다가 가루를 만들어 상대방 몰래 음식에 섞어 먹이면공방살이 풀린다는 설이 전해지고 있어 공방살이 낀 부녀들이 돌을 쪼아가는 촌극이 근래까지 행해지고 있었다. 그러나 도로 확장공사로 여인바위는 흔적이 없어지고 동자바위만이 처녀를 그리워하는 듯 두꺼비 나루 건너편을 바라보며 외로이 서 있다."

이와 공방을 산 이를 구별하고, 남편이 공방이 들어 할머니들이 공방을 살거나, 아내가 공방이 들어 남편이 공방을 살았다는 식으로 이야기를 했다. 그러므로 '공방살이 이야기'는 여성들이 결혼생활을 하면서 경험한 '공방' 또는 '공방살'을 나름의 방식으로 이해하고 서사화한 결과물로 보는 것이 적절하리라고 생각된다. 즉, '공방살이 이야기'는 부부 가운데 한쪽이 공방이 들어 다른 한쪽이 공방을 산 이야기다.

앞으로 진행될 논의는 연구자가 조사한 몇 편의 이야기만을 대상으로 한 것이기에 이것으로 '공방살이 이야기' 전체를 아우를 수는 없다. 따라서 양적으로 그리고 질적으로 좀 더 많은 조사 연구가 뒷받침되어야 함을 미리 전제하고 논의를 시작하고자 한다.

3. 시집살이의 적극적 순응으로서의 공방살이

연구자가 조사한 자료 가운데 강복금(①), 신ㅇㅇ(⑦)의 생애담은 남편이 아내에게 공방 든 경우 아내가 이 상황을 어떻게 받아들이고 대처하는가를 보여주는 이야기들이다. 이 가운데 본 장에서는 내용이 비교적 풍부한 강복금 화자의 생애담을 중심으로 이 유형의 공방살이 이야기가 갖는 특징을 살펴보고자 한다.

강복금은 1918년 전북 김제의 부유한 집안에서 태어나 18살에 결혼식을 올렸다. 당시의 결혼이 대부분 그러하듯 강복금 역시 먼 친지의 중매로 얼굴 한번 본적 없는 남자와 결혼했다. 하지만 신랑의 첫인상이 어땠느냐는 물음에 남들이 "잘생겼다고 그렇게 그런가"했다는 말로 그리 싫지 않았던 자신의 마음을 드러냈다. 또한 강복금의 집에 비해 시집은 외진 지역에 위치해 있었고 형편도 넉넉하지 않았지만, 그녀는 이런 사실들을 불만스럽게 이야기하지 않았다. 다만 어려서는 고생한적 없이 곱게 자랐다는 말로 시집와서 한 고생들을 강조할 뿐이었다. 그녀는 갑자기 바뀐 환경에 큰 거부감 없이 순응했다.

하지만 그녀의 시집살이는 순탄하지 못했다. 강복금은 남편과 "석 달 살고서는 각방살이"를 시작했다. 시집 온 지 석 달 만에 큰 아이를 가졌다고 했으니, 남편은 큰아이가 생기고부터 그녀를 멀리한 것이다. 남편은 부인과 한방을 쓰지 않은 것은 물론이고, 그녀를 내쫓거나 구타를 일삼았다. 부인에 대한 미움은 자식들에게로 이어져 강복금의 자녀들 또한 아버지에게 정을 느끼지 못했다.

집도 놔두고 못 오게해서 못살고. [청중: 못들어오게해서? 응? 못들어오게해서?] 그럼 그래가지고 말캉한데서 혼자 지내지.

자식들 막 그냥 막 고랑에다 못 넣어서 못죽여서 한이여. [조사자: 어머 자식도?] 응 자식들도.

그놈으로 나를 막 대가리를 때링게, 대가리가 터져서 피가 아나갖고. 여기서부터 이렇게는 신이, 신이 피가 벌컥벌컥벌컥 그래서. 그렇게해서도 병원에 갔어 어쨌어.

이처럼 남편 때문에 고생하던 강복금은 친정으로 돌아갈 결심을 하고 실제로 친정으로 돌아갔던 적도 몇 차례 있었다. 하지만 남편의 구박과 구타를 피해 돌아간 친정도 더 이상 그녀가 머물 수 있는 곳이 아니었다. 부모들은 그녀의 고생에 눈물을 쏟으면서도 "죽어도 거가 죽고 살아도 거가 살으라"며 그녀를 돌려보냈다.

호화로운 생활을 하던 친정을 떠나(분리), 식구는 많고 살림은 넉넉하지 않은 데로 시집와서 남편과 각방 살이 하는 것(전이)을 견디지 못하고 친정으로 되돌아가려다 실패한 강복금은 시집의 모든 일들에 적극적으로 나서서 누구보다 열심히 모든 일들을 해낸다. 강복금은 다섯 형제의 막내며느리였지만 시부모님을 끝까지 모셨다. 어려서 힘든 일 한번 해본 적 없지만, 끼니때마다 직접 쌀을 찧어 열다섯 식구의 밥상을 차리고, 시누이와 조카들 혼인 때마다 옷감과 떡을 손수 마련했다. 시부모님을 모시는 일은 맏며느리가 해야 할 일이었고, 조카들 혼인시키는 일도 "앞동서"들이 할 몫이었다. 하지만 그녀는 이 일들을 하면서 누구도 원망하지 않았으며 자신이 시집살이를 한다고도 생각하지 않았다. 그녀의 이야기를 듣고 있으면 이 모든 일들을 그녀 자신이 원해서 한 것 같다. 시집 식구들은 강복금이 아니면 누구도 그 일들을 할 수 없으리라는 말을 자주 했으며, 이처럼 그들에게 인정받았다는 사실에 강복금은 커다란 자부심을 가지고 있었다.

나는 그래도 5형제 중에서도 막내라도 하나 와서 누가 시집사람. 시아자방을을 모시고, 나를 그냥 제일로 알기를 제일로 알았어.

우리 시아바이는 뭣이라고 할라면 나만 내놔야 뭣 허는지 알았어.

해마다 우리 시누가 동갭이여. 나는 시집왔는데 시누는 시집안갔데. 시누는 시집 가야지. 이 조카들 여워야지. 해마다 그렇게 그놈의 흰 떡. 그놈의 우리집 다 내 손으로 다 쳤내. 그놈의 떡을. 아이고 그렇게 나는 다섯 중에 와 다섯 중 막내 며느 리로 왔어도 다른 사람들은 동서 시집살이하고 부모 시집살이 했다는데. 나는 시집 살이라는 것은 없었어. 내가 막 [청중 : 잘 허는게.] 내가 막 메고 낫응게, 그렇게 우리 두 동서들도 우리 이사람 늙기전에 아들 다 여워야 된다고 해쌌고.

그러고 무엇이고 내가 못하는지. 길삼 잘, 그때만해도 질쌈(길쌈)도 다 동서들 하나 못햇어. 나만 질쌈을 했어. 수 잘 놔서 그 수 놓은 것도 거시기가 와서 가져갔 네. 팔았네 그때. 수 잘 놓지. 그냥 나는 못하는 것이 없었어 깜냥으. 시아재고, 시아바지고, 시어머니고 조 우리 아버지는 나만 불러 야.

강복금은 남편 집안과는 비교도 안 되는 부유한 가문에서 태어났지만 시집온 그날부터 시집 형편에 맞추어 살려고 노력했다. 강복금은 최선을 다해 며느리 로서의 의무 이상의 것을 해냈으며, 그러한 그녀의 노력과 능력을 시집 식구들 은 모두 인정해주었다. 시아버지는 자신을 딸처럼 여겼고, 다른 모든 이들도 자 신이 없으면 아무 일도 되지 않을 것이라고 입버릇처럼 말했다. 강복금은 자신 을 멀리한 남편에게도 시댁 어른들에게 하듯 헌신적이었다. 명절 때만 집에 오 는 남편일지라도 그때마다 새 옷을 지어 입혔고, 남편이 서울에서 낳아온 자식 들까지도 자신이 낳은 아이들 대하듯 돌봐주었다. 하지만 남편은 절대 자신을 인정하지 않았다. 인정하기는커녕 늘 내쫓으려고만 했다. 강복금은 남편에게 인정받지 못한 괴로움을 아래와 같이 구술했다.

잠안올 때 나와서 보면 우리 시아바지 내우간에 신발 벗어 놨지. 우리 동서 내우 간에 벗어놨지. 나만 동서 이쪽에 신 벗어놨지. 그러고 나하고 인제 한 방에 인자 그러고 있네 쏟아지는게 눈물밖엔 안쏟아졌어. 옛날에는 그런 것은 다. 그렇게 그 러고서는 울었지.

… 그래서 나는 여자들 무엇이 무섭냐, 무섭냐하면 작은 여펜네하고 그 남자 지

랄하는 것이 제일로 무서운 것인줄 알어. 그래 나는 옛날부터 그런게야. <u>그 가서
기집을 갖고가서 방에 들어가서 불 딱 끄고 도란-도란 얘기하는 소리 들으면 큰
마누라는 그 한이들어 갖고 밤을 그냥 넘긴다고 그런 소리 있어.</u> 옛날. 그러더만
그게.

그녀를 가장 괴롭힌 것 또는 그녀에게 가장 무서운 것은 남편이 자신이 아닌
다른 여성과 "도란-도란 얘기하는" 것이었다. 시집온 지 3개월 만에 각방을 쓰기
시작하여 그녀의 기억 속에서 남편은 정확하게 6번 자신의 방에 다녀갔다.[24]
이야기를 함께 듣던 이웃은 그럴 수는 없는 일이라고 했지만 강복금은 자신이
남편과 꼭 6번 관계하여 6명의 아이를 낳은 것이라고 거듭 강조했다. 강복금의
기억 속에서 남편에게 자신은 자식을 얻기 위한 도구일 뿐이었다. 함께 누워
이런 저런 이야기와 걱정들을 나누고 싶었지만, 남편은 단 한 번도 그렇게 하지
않았다.[25] 시집 생활에서 그녀를 가장 괴롭힌 것은 남편과 그런 이야기를 함께
할 누군가가 자신이 아니라는 사실이었다. 남편에게는 편지를 주고받으며 정을
나누는 누군가가 있었다. 강복금은 그 "예펜네"의 편지를 뜯어보기도 하고, 그
녀의 집으로 찾아가보기도 했지만 두 사람을 떼어놓지 못했다.

강복금은 남편이 자신을 멀리 할수록 더욱더 남편과 자식 그리고 시집 식구
들에게 헌신했다. 그러면서 다른 식구들은 모두 자신의 노력과 가치를 인정하
는데 왜 남편만은 자신을 알아보지 못하는지, 왜 자신은 남편에게 그 '예펜네'
같은 존재가 될 수 없는지 궁금했을 것이다. 공방은 바로 이 질문에 대한 대답
이다. 자신이 한 집안의 일꾼으로서는 인정받을 수 있을지 몰라도 남편에게 인
정받을 수 있는 존재가 아니라면 그리고 그 원인이 바로 자신에게 있다면, 남편
이 아내로서 인정해줄 만한 어떤 것이 자신에게 없기 때문에 남편이 자신을 멀
리하는 것이라면 그때는 어찌해야 할까. 공방은 바로 이 지점에서 강복금의 두
려움을 대신한다.

---

24) [청중 : 내말 들어봐. 그러면 6번 밖에 안했간디? 응? [청중 : 6번 밖에 못했어?] 아 그런 것 같어.
[청중 : 애기 여섯 까지 낳았게.] 언제 한번씩 접촉을 안하고 살았응게. 살 덜 않고 접촉을 안하니까."
25) "그냥 같이, 같이 자식들이라도 "어떻게 가르치냐 어떻게 멕이냐." 이런 걱정 같이 이렇게 하면 좋
은디. 그런 것이 없어. 자기가 그렇게 하면 그냥 떠나면 끝나. 그냥 그날. 그럼 밤새 잠도 안오고
후회만 났어."

강복금은 시집과 남편의 인정을 받기 위해서, 자신의 모든 것을 희생하고 시집의 모든 일들을 떠맡았다. 그녀의 헌신적인 노력을 시집에서는 누구나 알아주었고 인정했지만, 단 한사람, 남편만은 평생 그녀를 아내로 대접해주지 않았다. 할 수 있는 모든 것을 하고, 더 이상 부족한 것이 없어 보이는 자신을 남편은 왜 아내로서 인정하지 않는가. 남편이 나에게 진정으로 원하는 것은 무엇인가. 이와 같은 질문이 막다른 곳에 봉착할 때 운명으로서의 공방이 등장하는 것이다.

친정어머니는 결혼 초 강복금이 공방살이한다는 사실을 알고는 '대성통곡'한다.[26] 공방이 인력으로 감당할 수 없는 운명이라는 사실을 알고 있었기 때문이다. 아주 오래전부터 강복금이 고생한 것을 보았던 이웃들 그리고 강복금은 남편이 그녀를 멀리한 것이 공방 때문이었다고 확신한다. "공방 들었응게 그렇게 미워혀. 안그랬으면 그렇게 미웠겠어?"라고 이웃들은 입을 모아 말한다. 남편이 자신을 인정하지 않는 것은 나도 남편도 어쩌지 못하는 공방이라는 운명 때문이다.

그러므로 강복금은 시집살이가 자신이 감당해야할 자기 삶의 주어진 과제인 것처럼, 공방살이 또한 시집살이의 일종으로 받아들일 수밖에 없는 것이다. 시집살이가 여성으로서의 운명인 것처럼, 공방살이 역시 이 남자의 아내로서 자신에게 주어진 운명이다. 강복금은 공방살이를 수락함으로써 자신의 시집살이를 수락한 것이라고 할 수 있겠다.

신○○의 이야기 역시 강복금과 마찬가지로 남편이 공방 든 경우 화자의 태도와 입장을 보여주는 생애담이다. 15살 어린 나이에 공출을 피하느라 시집을 갔으나 남편은 결혼하고 3년간 공방이 들어 집에 오지도 않았다. 남편이 집에 오지 않았지만 시집살이는 계속되었다. 신○○은 처음 해보는 베짜기, 바느질 등이 서툴러 시어머니에게 심한 꾸중을 들어야했다. 가마니 짜기, 물긷기 모두 힘들었지만 어쩔 수 없이 배워서 다 해내야만 했다. 신○○은 강복금처럼 적극

---

26) 그냥 뭐 거시기도 모 옛날에는 시방은 큰애기들은 모를것이여. 공방들었다고 허면. 뭐 거시기도 하고 막 뭐 메기도 하고 별것 다했겠어? 친정서. [조사자: 할머니 공방살이 하신거예요? 응? [조사자: 공방 사신거예요?] 그래시 그랬 때여. 그랬응게 나는 몰른게 그렇게. 세상을 몰랐응게. 그래서 우리 친정어머니가 왔다감서. 여기서 저 저 저 산너머 넘어 가갔구선 대성통곡하고 가셨다는데. 응.

적으로 집안의 모든 일들을 찾아 한 경우는 아니었다. 너무 어린 나이에 시집와
모든 것을 처음부터 배워야 했기 때문에 시어른들에게 혼나는 일도 많았다. 하
지만 그녀 역시 모든 일들을 묵묵히 해냈고, 때로는 적극적으로 자신의 지위를
유지 혹은 획득하려고 노력했다.

　(⑦ 신○○) 육이오 겪을 때는 고생을 많이 했지라. 아 육이오 겪을 때는 다 저
거시기 거 자러 다녔어. 창평으로. … 그래도 나는 모시래 가서 하룻저녁도 안 잤
어. 시어머니는 나가서 자도 나는 하룻저녁도 안 잤어. 시어머니는 나가서 자도 나
는 하룻저녁도 안 잤어. 집에서 자지. 그래갖고 반란군들이 들어와갖고 막- 그냥
뭐 찾아가고 막 그란해서,
　안 따라가고 기양 집에서 통 잤어. 고러고 고러고 살고. 고러코 기양 오면 하룻저
녁에는 인자 한청엔가 뭐인가 거시기 영감은 갔어 인자. 그랬는디 인자 집에 자러
왔거든.

　(⑩ 강복금) 그러는데 거기와서 한달인가 있었는가 있었는디. 이 모심을 때여.
모 심을, 시방은 기억이 잘 안나는디 모심을 땐디. 분해서 오라고 전보를 쳤네. 나
오라고. 온게, 온게 전보 친게 그냥 오라고 거 가야한다고. 어서 가야한다고 그랬
지. 어서 가야한다고. 그래서 … 이 촌 사람이 뭐 어디 장, 여관인가 알어? 여관
좀 해갖고 일러줘갖고 거기서 여관서 잤어. 자고서 새벽에 첫차, 첫차 타고 거 배차
장서 첫차를 타고 온게 여기 온게 조반먹데. 개경서 걸어서 애기 업고 걸어서 온게.
… 그래갖고서는 조반먹고서는 그냥 모심으러 갔지. 모심으러 갔는디

위의 예문들은 모두 적극적으로 시집에서 자신의 지위를 확보하고자 하는 화
자들의 노력을 보여준다. 신○○은 한국전쟁 당시 반란군이 언제 올지 모르는데
도 시집을 떠나지 않았다. 시어머니까지도 떠난 시집을 자신이 혼자서 단 하루
도 빠짐없이 지켰다는 사실이 그녀에게는 커다란 자부심이다. 누구도 그녀에게
시집에 머물라고 한 적이 없음에도, 그녀는 그곳에서 자신의 역할을 찾아 했다.
전쟁으로 생명이 위험에 처할지라도 자신은 시집에서 해야 할 일이 있다고 믿
고 그 일을 수행한 것이다. 이는 그녀가 자신이 시집에서 맡은 역할을 얼마나
중요하게 여기고 있는지를 보여주는 단적인 일화라고 할 수 있다.

강복금의 경우도 이와 크게 다르지 않다. 남편의 구박과 구타를 견디다 못한 그녀가 친정에 가 있을 때, 남편으로부터 돌아오라는 전보 한 통이 도착했다. 남편이 분한 마음에 분풀이를 하려고 친 전보인 것이 확실했음에도 강복금은 전보를 받자마자 그 즉시 큰아이를 업고 시집으로 향한다. 배차시간을 생각할 겨를도 없이 그녀는 친정을 나섰고, 그 때문에 여관에서 하룻밤을 자야했다. 첫 차를 타고 시댁 근처에 내려 아이를 업고 긴긴 새벽길을 걸을 때에도 그녀는 혹시나 자신의 자리가 사라질지도 모른다는 걱정에 발걸음을 재촉했다. 집으로 돌아간 그녀는 아무 일도 없었던 것처럼 아침 식사 중이었던 시집 식구들 틈에 서 밥을 먹고, 논으로 모내기를 하러 갔다. 이들은 모두 자신이 어떻게 하지 않 으면, 지금 당장 출발하지 않으면, 목숨을 걸고서라도 시집을 지키지 않으면 자 신의 위치가 위태롭게 될지도 모른다고 그리고 자신의 지위는 이러한 노력을 통해서만 확보되는 것이라고 생각한 것이다.

따라서 이 유형의 화자들에게 공방살이는 시집으로 완전히 통합되기 위한 시 련으로 이해할 수 있다. 강복금과 신○○은 시집살이의 모든 힘든 일들을 견뎌 내고, 시집 안에서 자신의 지위를 확고하게 마련하기 위해 최선을 다하여, 시집 에 성공적으로 통합되었다. 이 과정에서 공방살이는 시집으로의 통합을 방해하 는 장애물이었으나, 이들은 모두 이 시련을 극복하고자 애썼으며, 결과적으로 강복금의 경우 공방살이를 운명으로 받아들이면서 그리고 신○○의 경우 어느 날 갑자기 공방살이가 끝나면서[27] 시집의 일원으로 자리잡는다.

남편이 공방이 들었을 때 여성들이 취하는 일련의 태도들은 그녀들의 시집살 이를 일종의 자격시련으로 볼 수 있게 한다. 그녀들은 남편에게 정당한 대우를 받지 못하는 자신들의 처지를 만회하려는 듯 시집의 모든 일들에 헌신적으로 나선다. 그녀들의 수고와 희생으로 이제 시집 식구들은 그녀들 없이는 어떤 것 도 할 수 없게 되고, 그녀들을 딸과 같은 존재로 인식하기에 이른다. 이 유형에 속하는 여성들은 시집이라는 새로운 환경 속에서 자신의 자리를 찾기 위해 또 는 자신의 지위를 좀 더 확고히 하기 위해 최선을 다해 시집살이를 한다.

---

27) [조사자 : 근데 공방 들다가 어떻게 갑자기 영감님 할아버님께서 할머니 옆으로 오셨어요?] 그랬어 (웃음) [조사자 : 그래도 어느날 갑자기 왜? 갑자기?] 갑자기 인자 와서 제때 와 자고, 고러고 살았 제. 그렇게 애기도 낳고 그랬제. (웃음)

그녀들이 확실히 하고자 하는 자신들의 지위는 전통적인 가부장 사회가 시집온 여성에게 요구하는 역할이다. 그녀는 며느리로서 그리고 어머니로서 가족들에게 희생하며, 자신을 외면하는 남편에게도 아내로서의 모든 임무를 충실히 수행한다. 가족들에게는 아무것도 요구하지 않으면서 자신은 그들을 위해 할 수 있는 모든 일을 다 한다. 그렇게 함으로서 시집의 당당한 일원으로서의 혹은 남편의 아내로서의 자격을 획득한다. 즉, 공방살이는 시집살이와 마찬가지로 능동적으로 타개하거나 상황을 변화시켜야 할 과제가 아니라 인내해야 할 시련이 되는 것이다. 그녀들은 호된 시집살이를 견딤으로써 시댁 구성원으로서의 자격을 획득하는 것처럼, 공방살이를 그저 운명으로 생각하고 수동적으로 인내함으로써 남편의 정당한 배우자로서의 지위를 얻는다(혹은 그러한 자격획득에 실패한다). 그녀들에게 공방은 그처럼 무의지적으로 수락해야할 운명으로 인식되는 것이다.

　　그러므로 표면적으로 이들 여성들은 자신들이 원하는 대로 생각하고 행동하는 것처럼 보이지만, 사실상 그녀들의 행위는 시집의 또는 사회의 전략에 의해 조종되고 제한된 것이라 할 수 있다. 따라서 적극적이고 능동적으로 시집에 헌신하는 것처럼 보이는 그녀들의 행위는 가부장 사회의 호명에 응답하여 사회가 요구하는 주체의 위치를 적극적으로 수용하는 과정으로 이해할 수 있다.[28] 시집에서 자신의 역할을 적극적으로 찾아 행하는 이들이 사실상 그들의 삶을 결정할 만큼 자유로운 개인이 아니며, 그들로 하여금 그렇게 믿게 하는 것이 지배집단에 편리할 뿐이라는 것이다.[29]

4. 시집살이의 자발적 거부로서의 공방살이

　　20세기 초반 태어나 일제강점기에 결혼한 대부분의 여성들이 공출이나 어려운 형편 때문에 조혼하던 것은 매우 보편적인 현상이었다. 그들은 대체로 얼굴 한 번 본 적 없는 남자에게 시집갔으며, 남편과 10살 이상의 나이차가 나는 일도 적지 않았다. 공방살이를 경험한 이들 역시 마찬가지였다. 연구자가 조사한

28) 사라 살리, 김정경 역, 『주디스 버틀러의 철학과 우울』, 앨피, 2007, 190쪽.
29) 알. 웹스터, 라종혁 역, 『문학이론 연구입문』, 동인, 1999, 109쪽.

공방살이 이야기에도 이른 나이에 갑작스럽게 한 결혼 때문에 어려움을 겪었다는 화자가 많았는데, 물론 이 경우에 공방이 든 쪽은 모두 여성이었다.

서○○은 열네 살에 서른 살인 남편과 결혼을 했다. 소개해준 사람은 남편이 스물세 살이라고 했지만 막상 시집가고 보니 서른이 넘은 나이였다. 화자보다 열네 살이 더 많은 남편은 "참- 촌사람"인데다가 "가난한 사람", 한마디로 "돈 없고 나이 많이 먹은 산 속 사람"이었다. 신랑은 "일은 안하고 노름이나 댕기고" "일자무식"에 "멍청해갖고" 아이들 출생신고조차 못하는 사람이었지만 그녀는 "그래도 양반의 집안이라 그렇게 살았다." 그녀에게 결혼은 어느날 난데없이 당한 사기와도 같은 것이었으며, 남편은 자신에 비해 너무도 초라하고 볼품없는 사람이었다. 하지만 양반의 집안이기에 남편과 헤어질 수는 없었다. 아무리 부족한 사람일지라도 양반 집 자식으로서 그를 마땅히 받아들여야 한다고 생각했던 것이다.

하지만 이런 그녀도 견딜 수 없었던 것이 있었는데 이는 바로 '공방'이었다. 공방은 대체로 남편을 처음 본 순간 이유 없이 들어 남편과 함께 있기를 꺼리는 것이다. 연구자가 조사한 자료들에서 화자들은 결혼 초, 대개 시집온 날 처음으로 남편을 보았을 때 공방이 들었다고 한다.

(② 서○○) 참- 촌사람이더라고. 그전에 이렇게 미엉베 바지다가 꺼멍 안을 넣어서 바지를 입고 왔어. 그렇게 가난한 사람이여.

(③ 양옥남) 근디 그때 인자 집이서 그때는 예를 지낸디 예를 지내고 인자 딱 신랑을 본게 아이고, 머리도 이렇게 나온 거 같고, 걸음도 이상하게 이렇게 걸어간 거 같애, 내 눈에. 긍게 뵈기 싫어서 이렇게 눈을 딱 감고 사진을 찍은 거야, 결혼사진을. 결혼사진이 눈이 갬겼어. (웃음)

(④ 김○○) 나는 열다섯 살 먹었응게 쬐깐한 게로 서방에 초랭이나 쓰고 쬐-깐한 장개갈 땐게. 멩지 토시를 신기고, 장개를 왔는디, [이이남 : 옛날엔 다- 그랬지.] 난 정이 삼천리가 떨어지대, 아주. [청중 웃음]

(⑤ 박경애 이모) 간게 신랑이라고 그 방에 가서 자라고 했는데 열네살이라고

먹은게 키는 쩍은게 우리 이모가 키가 적어. 요만해. 그런게 <u>무서워갔고 신랑이 무</u>
<u>서워갔고 그 방에 못들어가고 안들어 가고 있으니께</u>

이들은 시집으로 가는 가마 안에서 본 앞서가는 남편의 뒷모습이나, 혼례를
마치고 쳐다본 남편의 머리며 걸음걸이를 본 순간 공방이 들었다. 박경애 이모
의 경우처럼 남편이 무서워 함께하지 못하는 경우도 있다. 남편의 외모가 마음
에 들지 않거나, 무섭거나 또는 혐오감이 들거나 이들이 모두 거부한 것은 남편
과의 합방이다.

(③ 양옥남) <u>내가 미워하고 자꾸 잘 잠도 한테 안 잘라고 해싸코.</u> 그렇게 그냥,
그도 우리 집 양반이 나이가 많고 헝게 그냥 그거를 이해를 허고. 그렇게 살아나
고 했지.

(④ 김○○) <u>신랑이 서당에 갔다 털신털신 들어오면 가 자라고 혀. 시어마니가.</u>
<u>그러면 자러 들어가기가 싫어서 나가서 마루 가 쪼그리고 앉았으면 시아바지가 나</u>
<u>와서 어서 들어가라고 그래도 오기가 나갔고 문을 딱 걸어잠궈버리네.</u> [조사자 :
아 할아버지가?] 응. 그러면 이게 시아바지가 막
"문 끌러라. 문 끌러라."
그면 끌러줘. 그면 이불 똘 똘 말어 나 이불 한번도 안덮어봤어. 3월에, 2월달에
시집와서. 안줘. [청중 : 누가?] 미워서 배신해갖고. 서뱅이. 나도 그냥 옆에 가 눕도
안하고 그냥. 아 이불을 안덮어. 안줘. 문잠궈버리고. 참 공방이 그러다가 그러고
인제 살고 있응게. 서 저 신랑이 서당에 댕겼거든. 나이가 열일곱살에 장개와갖고
있는데 서당에 댕기는데. <u>아이고 그냥 공방 들어갖고 자러 들어가기 싫으면 시어마</u>
<u>니가 나와서 문끌어주라고 해쌌지. 시아바지가 그러지.</u>

(⑤ 박경애 이모) <u>신랑하고 부부간에 안 했어. 무서운게 못 들어가고, 안 들어가</u>
<u>고.</u>

(⑥ 박경애 엄마) 인자 그렇게 베기가 싫고 막 징그럽고. …그래갔고 털은 나갔고
거기를 벅벅 긁으면 막 피가 찍찍 나면 왜 이렇게 더럽고 징그럽고. <u>그 방에 들어가</u>
<u>기가 싫더라 그거여.</u>

공출이나 어려운 형편 때문에 조혼하던 것은 매우 보편적인 현상[30]으로 이를 공방살이의 조건으로 보기는 힘들다. 하지만 이 시기의 여성들에게 혼인이 어린 나이에 매우 갑작스럽게 펼쳐진 사건이리라는 점을 짐작하기에는 충분하다. 갑작스럽게 내던져진 시집생활에 그녀들이 쉽게 적응하기는 힘들었을 것이다. 시집 자체는 여성에게 있어서 성인으로의 입사식이며, 동시에 시집은 시집간 여성에게 그녀만이 경험할 수 있는 여러 가지 통과의례들을 부과한다. 다시 말해서 시집간 여성은 결혼 제도 안에서만 겪을 수 있는 인생의 다양한 통과의례들을 거친다. 그 중에 친정에서 시집으로의 이동 혹은 분리 다음에 부딪힌 통과의례는 바로 합방이며, 공방살이는 바로 이 의식과 긴밀하게 관련되어 있다.

　　그래갖고는 그래도 인제 양반의 집안에서 인제 헐수없이 겔혼을 헌게 살았어. 내가 3년을 공방들었어. 공방들어갖고 친정 작은 집에 가 있다가는 이제 참 애기를 그래도 나서 애기를 6남매를 낳거든. 6남매를 낳아서 그렇게 고상 고상하게 키워갖고 공방들어갖고. 너므같이 한번 각시 시절을 못살아봤지.

위의 인용에서 볼 수 있는 것처럼 서○○은 자신의 신혼이 불행했던 원인이 모두 공방에 있다고 여긴다. 그녀는 공방만 아니었다면 자신도 "너므같이 한번 각시 시절을" 살아볼 수 있었을 텐데라고 말한다. 시집의 가난 그리고 남편의 게으름과 무능함도 불행하고 고생스러운 결혼 생활의 원인이었지만 그녀가 생각하기에 자신을 가장 힘들게 했던 것은 3년간의 공방살이였다. 그리고 현재 자신의 삶이 그토록 고생스러운 것 역시 '공방' 때문이다.

　　나 고생한 거 생각하면. 젊어서 공방들어서 한 때도 못봤어. 자식 낳아갖고 그렇게 댕겼어. 메누리 나가갖고 손자들 다섯명이나 키웠어. 그러고 그 죄가 더 어디가 큰 죄가 있어? 내죄지. 다. 다. 내가 잘못한거여. [조사자: 아 할머니가 잘못한게 뭐가 있어요.] 그양 공방들어서 영감을 내가 미워해서 그 죄를 받은거지. [조사자: 공방살이 하실땐 어땠어요? 그냥 넘같이 살았지. 그렇지만 그때는 여자들이 도망가고 이혼하는 법은 없었잖아. 그렇게 살았지 뭐.

....
30) 천혜숙, 「농촌여성 생애담의 주제와 생애인식 양상」, 233쪽.

현재 그녀는 아픈 자식과 손자들을 돌보고 있다. 며느리는 집을 나가고, 아들은 병들고, 손자들을 뒷바라지하기에는 나이도 많고 아픈 곳도 많은 데다 정부 보조금까지도 줄어 너무나 고생스럽다. 그녀는 이 모든 일이 실제로 자신이 해야 할 일이라고는 생각하지 않는다. 다만 아들은 아프고 며느리는 집을 나갔으니 어쩔 수 없이 그녀가 할 뿐이다. 그녀는 이 모든 고통이 죄값을 치르는 것이라고 생각하고 있었다. 공방이 들어 영감을 미워한 벌을 받는다고 여기는 것이다. 그녀는 자신이 해야 할 일이 아닌데도 이 모든 일들이 자기 몫으로 남아 있는 것은 결혼 초 공방이 들어 남편을 멀리했기 때문이라고 생각한다.

양옥남 역시 집안 어른들끼리의 약속 때문에 얼굴도 모르는 12살 연상의 남편과 결혼했다. 친정어머니는 "나이는 그렇게 많아도 인자 사람이 큼직허고 좋게 생긴게로 인제 맘"에 들어 혼인을 시켰지만, 양옥남은 처음부터 남편이 싫었다. 싫은 마음은 풀리지 않았지만, "쫌매준 거이께" 어쩔 수 없이 살았고, 아들도 넷이나 낳았다.

애기를 그 양반이 키우다시피 했어. [조사자 : 아 할아버지가.] 응. 내가 미워하고 자꾸 잘 잠도 한테 안 잘라고 해싸코. 그렇게 그냥, 그도 우리 집 양반이 나이가 많고 헝게 그냥 그거를 이해를 허고. 그렇게 살아나고 했지.

양옥남은 아내가 싫어 자식까지 멀리한 강복금의 남편처럼, 자신의 아이들도 돌보지 않아 모두 남편이 키웠다고 했다. 그녀는 자신을 "큰애기 때 맥 읎이 아파가지구 참 곌혼을 안 히야 헐 사람"으로 생각하고 있었다. 자신은 결혼할 사람이 아니었는데, 결혼하여 어쩔 수 없이 그냥 살았던 불행한 사람인 것이다. 그녀는 지금도 요즘 사람 같으면 절대 살지 않았을 것을 자신은 그냥 억울하게 견디며 살았다고 탄식한다.

그렇게 그런 세상을 어쩔 수 없이 살았지만 지금 사람, 내가 그려 맨날,
"지금 사람, 나 같으면 안 살겠지."
진작 안 살았어.

상식적으로 생각하면 양옥남의 결혼 생활에서 억울했던 이는 양옥남보다는 남편이었을 것 같다. 아내는 공방이 들어 결혼 생활에 불성실했고, 그로 인해 남편이 육아까지 담당했어야 하니 말이다. 하지만 양옥남은 자신이 더없이 불쌍할 뿐이다. 지금 사람 같으면 절대 남편에게 공방 든 채로 살지 않을 텐데, 자신은 그럴 수 없었던 것이 너무나 원통한 것이다. 이처럼 서○○과 양옥남과 같은 유형의 공방살이를 한 화자들, 즉 남편에게 공방이 들어 힘들었던 화자들은 자신의 결혼 생활이 처음부터 잘못되었다고 그리고 시집이 자신에게는 절대 어울리지 않는 곳이라고 믿고 있었다. 그녀들은 남편을 자신과 평생 함께할 사람으로 받아들일 수 없었기 때문에, 시집에서 자신에게 부과된 임무가 자신의 몫이 아니라고 생각했다. 물론 그녀들이 이러한 생각을 겉으로 표현한 것은 아니었다. 그녀들은 남편이나 시집이 자신이나 본가에 비해 많이 부족하다 할지라도 모든 것을 수용하고 살려고 결심했었다고 말한다. 다만 그녀들이 남편을 받아들일 수 없었던 것은, 시집살이에 완전히 통합될 수 없었던 것은, 자신들이 "공방"이 들었기 때문이었다.

전통사회의 여성들은 결혼과 동시에 시집살이를 시작한다. 시집살이라는 새로운 질서에 통합된다는 것은 그녀들이 아내, 며느리, 어머니 등의 위치나 역할의 점유자가 됨으로써 새로운 정체성을 획득하게 되었음을 의미한다. 때문에 공방이 든 여성들이 남편에게 혹은 시댁에 보인 태도는 가부장제로 대표될 수 있는 어떤 권위가 그녀를 사회적·이데올로기적으로 호명하는 것에 답하지 않은 것으로 볼 수 있다. 물론 그녀들은 자신의 이러한 불응이 자의가 아니라 공방이라는 불가항력적인 요인 때문이며 이로 인해 자신에게 마련된 역할을 수행할 수 없었다고 믿음으로써 죄의식을 덜어낸다.

공방 때문에 남편을 멀리하던 여성들 역시 앞서 검토한 유형의 경우와 마찬가지로 친정으로 돌아가기를 시도한다. 하지만 친정으로 돌아가 다시 그곳에서 사는 경우는 없었다. 친정 부모들은 도망쳐 온 딸을 가엾게 여기면서도 반드시 시집으로 돌아가야 한다고 그녀들을 내쫓다시피 한다.[31] 일단 시집 간 그녀들

---

31) ⑥ 그래서 그 방엘 안들어간게, 그 방엘 안들어간게 우리 아버지가 막 장가는 갔는데 각시가 잠을 안 잘라고 그런게, 막 뚜들겨 패더래. 뚜들겨 패니께 뚜들겨 패는게 무서운게 이월 달 시집을 와 갖고 그 이듬해 마늘이 뾰족뾰족 요만한치 컸는데, 못살겠다 싶어서 우리 엄마가 친정에 도망을

에게 친정은 더 이상 자기 집이 아니었다. 아무리 힘들어도 자신들이 있어야 할 곳은 시집뿐이라는 사실을 확인하고 끔찍한 남편이 사는 시집으로 돌아가는 수밖에 없었다.

다시 친정에서 사는 것을 포기한 뒤 그녀들의 삶은 크게 두 부류로 나뉜다. 새로운 환경에 성공적으로 적응하거나 실패하거나 즉, 분리에서 전이기를 거쳐 통합을 이루거나 끝까지 전이기에 머무르거나. 이들의 공방은 어느날 갑자기 풀어지거나 끝까지 풀리지 않는다.

(④ 김○○) 그 공방 풀어져갖고 애기를 많이 났잖아. [조사자 : 풀어지는건 어떻게 풀어지는 거예요 할머니?] 아 저절로 풀어졌지.

세상을 살다가 풀어질랑게 어떻게 풀어졌는지 알아? 저녁에 꿈을 뀐디. 마루에, 우리 집이 컸어. 마루에 가 척 걸쳐 앉았는디 신랑을 장개보낸다고 대소에서 싹 와서 마당에서 막 일을 하고 미나리를 다듬고 적들을 부치고 하는디. 아 이놈으 서방이 와갖고 나를 발로 차버리네. 긍게 마당에 가 툭 떨어질 거 아니여. 긍게 아 긍게로 마당에서 그 사람들이 그래도 싸다고 내버 두리야. 말리지 말고 저 밀어내지도 말고 냅두리야. 서방을 그렇게 미워라하고 서방을 함부로 미워라고 했응게 내비두리야. 그래야한다고. 아 그러고 꿈을 깨고 본게로 그렇게 나를 꿈에 그렇게 나를 꿈에 그렇게 막 톡 발로 차버링게 뚝 떨어져버리잖아. 아 그러고는 그런디를 본게 풀어졌어. 어떻게.

(⑤ 박경애 이모) 밤에 다 이사를 해놓고 밤에 잠을 자는 걸. 신랑 자리도 없고 우리 이모 혼자 거기서 이불을 뒤집어 쓰고 드러누우고 있는게, 옛날에는 호랭이가 있어. 호랭이. 호랭이가 개같은 것 나오라고 부엌에 대문턱 나와가지고 나무를 부시럭부시럭 나무를 뚝뚝 끊어싸코 있대.
'아, 호랑이가 왔구나.'
그걸 생각하니 어-떻게 무서운가, 무서워 죽겠더래. …
그런데 우리 이모부가 소리가 나더라네. '어어..'하고. 대나무에다 옛날에는 무서운데 올라면 그 횃불을 잡고 나무를 이렇게 해갖고 횃불을 잡고 온다네. 그러면

간거여. 도망을 갔더니 우리 외할아버지 외할머니가 있다가,
"달성 서씨네 집안에서 이런 일이 없다. 여자는 한번 출가를 허면은 그 집에서 살고 그 집에서 뼈를 묻고 나가야 된다. 이런 일이 없으니까 가거라."

호랑이도 침범을 못 한 대. 그렇게 하고 막 [청중: 불을 젤로 무서워 한게] 응. 불을 무서워한게.

　　그래갖고 큰소리를 하면서 기침을 하면서 오는 소리가 나.

　　'아이고, 나는 살았다. 인제. 신랑이란 사람이 오는가보다.'

　　…

　　막 문턱에서 소리를 지르는데 간신히 기어다서 땀을 딲고 기어가서 문을 딴게, 신랑이 키도 훤칠하고 체격이 이만한 사람이 들어오더래.

　　김○○은 남편과 한이불을 덮는 것이 싫어 한 겨울에도 이불 없이 잠을 잤다. 서당에서 돌아오는 남편의 발소리, 그를 맞이하는 시어른들의 인사말도 듣기 싫을 정도였다. 하지만 남편이 자신을 마루에서 걷어찬 꿈을 꾼 뒤로는 공방이 풀렸다. 꿈 때문이 아니라면 어머니가 구해다 준 돌가루를 넣은 국 때문일지도 모른다. 무엇 때문인지는 분명하지 않지만, 공방은 풀렸고, 그 뒤로는 어려움 없이 시집생활을 할 수 있었다. 박경애 이모의 경우도 마찬가지이다. 남편을 피해 늘 시부모와 함께 자던 이모는 호랑이를 물리치고 방으로 들어오는 남편의 모습을 보는 순간 공방이 풀린 것을 느꼈다. 모두들 왜 공방이 들었는지도 모른 채 공방이 들어 고생하며 살다가, 또 어느날 갑자기 왜 공방이 풀렸는지도 모르게 공방이 풀려 마음 편하게 살았다고 한다. 이들에게 공방살이가 끝났다는 것은 아내 역할과 며느리로서의 역할을 받아들이기 시작했다는, 즉 진정한 의미에서 시집살이를 시작했다는 의미이다.

　　물론 공방이 끝내 풀리지 않은 경우도 있었다. 이들은 자신이 평생 동안 어울리지 않는 곳에, 원하지 않는 자리에 끌려와 살았다고 생각하는데, 남편이 죽고 난 뒤 미안한 마음을 갖기도 하지만, 정 없이 산 자신의 인생을 안쓰럽게 여기고, 오히려 남편의 죽음에 후련해하기도 했다.[32] 공방은 그녀들의 의지가 아니었고 이유를 알 수도 없는 것이기 때문에 그녀들이 남편에게 크게 미안해할 이유는 없는 것이다.

　　요컨대 공방이 든 여성들은 소극적인 형태이기는 하지만 시집살이를 거부하

---

32) ⑥ 우리 어머니는 그렇게 세상을 살다가 <u>남편이 돌아가시고 아이고 남편이고 뭐고 정도 없이 살다 가 좋드래.</u>

는 양상으로 공방을 산다. 그녀들은 무엇보다도 남편과의 관계를 거부함으로써 자신의 무언가를 남편이 앗아갈 수 없도록 하면서, 그와 동시에 남편의 즐거움 혹은 만족을 빼앗아 억울한 자신의 처지를 보상받고자 한다. 공방이 풀린 이후 그녀들의 태도로 미루어볼 때 공방살이는 새로운 환경에서 그녀들에게 부과된 임무와 역할에 대한 무의식적인 방어기제로 이해해볼 수 있을 것 같다. 자신에 게 어울리지 않는 남편과 시집, 본가를 떠나 온 자신이 있을 곳이 여기라는 사 실을 인정할 수 없는 여성들의 거부감이 공방살이로 나타난다는 것이다.

그러므로 여성이 공방 든 경우 그녀들은 공동체가 그녀들에게 부과하는 정 체성을 거부한 것이라고 하겠다. 그녀들은 자신들이 맞지 않는 옷을 입었다고 생각하고, 전통사회가 시집 온 여성들에게 부과하는 모든 일들을 마지못해 수 용할 뿐이다. 아내 역할 심지어는 어머니의 역할까지도 그녀들은 인정할 수 없 다. 시집살이에 대한 이와 같은 태도는 자신에게 강제된, 자신의 사회적인 정 체성을 구성할 부름을 거부하는 것, 즉 사회의 호명에 응답하지 않은 것으로 이해된다.

이처럼 여성 자신이 남편에게 공방이 들었다고 구술한 생애담에서 우리는 화 자와 남편의 나이차가 매우 크다는 사실을 발견할 수 있다. 서씨는 열 네 살에 서른 살 남편과 결혼했으며, 양옥남은 12살 연상의 남편에게 시집을 갔다. 박경 애 엄마 역시 12살 위의 남편과 결혼했고, 그의 이모 또한 14살에 19-20살 남편 에게 시집갔다. 이러한 사실로 미루어 남편과의 나이차가 너무 크거나 신부의 나이가 너무 어린 경우 공방이 든다는 추론을 해볼 수 있겠다. 하지만 김○○의 경우처럼 2살 차이에도 공방이 들 수 있으며, 이러한 가설을 세우기에는 논의의 대상이 매우 부족한 실정이다. 한편 남편이 자신에게 공방이 들었다고 구술한 생애담의 경우에도 우리는 강복금의 예를 통해 남편과 여성의 집안이 경제적으 로 크게 차이가 날 경우 공방이 드는 것이 아닌가하는 추측을 해 볼 수 있다. 그러나 앞의 경우와 마찬가지로 이는 결혼을 둘러싼 가문, 신분, 경제력 등 여 러 면에 대한 다각적인 조사를 통해 입증해야할 내용이다. 본고에서는 이러한 가능성이 있음을 제시하는 데에서 만족하고 이에 대한 본격적인 조사 연구는 추후의 과제로 남기고자 한다.

4. 맺음말

시집살이 이야기는 그 원인이 무엇이든 대체로 고난의 서사이다. 본고에서 논의의 대상으로 삼은 공방살이 이야기는 그 가운데 자신의 삶에서 '공방'을 가장 큰 고난으로 여긴 이들의 이야기이다. 즉 공방살이 이야기는 남편과의 불화를 삶의 가장 큰 불행이라고 생각한 여성들이 이를 서사화하고 극복한 이야기이다. 본고에서는 이를 남편 혹은 아내가 공방이 들었을 경우 이러한 상황에 대한 아내의 태도와 입장이 어떻게 달라지는가에 따라 크게 두 가지 양상으로 분류해 보았다.

먼저 남편이 공방 들어 고생했다는 내용의 생애담에서 화자들은 공방살이를 자신의 운명으로 수용함으로써 시집살이에 완전히 통합되는 양상을 보였다. 이들은 자신의 고생을 시집의 일원이 되기 위한 자격시련으로 이해했으며, 공방살이 또한 자격시련의 일부로 받아들였다. 즉 그들은 공방살이를 시집살이에 적극적으로 순응하는 과정으로 이해했다. 따라서 그녀들은 표면적으로는 자신의 의지에 따라 시댁과 남편에게 헌신하는 것처럼 보이지만 사회가 그들에게 요구하는 정체성을 무의지적으로 수용한다는 측면에서 근본적으로 자신들의 삶에 대해 순응적인 태도를 견지하고 있다고 할 수 있었다. 그녀들의 희생적이고 헌신적인 시집살이는 자신들에게 주어진 여성의 삶을 적극적으로 받아들이려는 노력으로 볼 수 있다는 것이다.

한편 자신이 공방이 들어 힘들었다는 이야기에서 화자인 여성들은 공방살이를 끝내면서 시집살이를 수용한 것으로 나타났다. 그들에게 공방은 전통적인 가부장제가 그들에게 요구한 여러 의무에 대한 무의식적이지만 자발적인 방어기제였다. 본고에서는 시집살이에 이처럼 수동적인 여성들이 가부장적 사회의 호명에 불응했다는 점에서 오히려 주체적이라고 보았다.

보다 많은 자료와 자세한 검토가 필요하겠지만, 본고에서 검토한 바에 따르면 공방살이는 본가로부터의 분리와 시집으로의 통합 사이의 전이 의례적 성격을 갖는다. 또한 공방살이 이야기는 결혼 생활의 다양한 관계들 가운데 특히 부부관계와 관련된다는 면에서, 부부관계를 의무적이고 공적인 관계로 이해하던 사회에서, 선택적이고 사적인 관계로 이해하는 사회로 넘어가는 과도기에 시집 생활을 시작한 여성들의 고난에 대한 서사라고 할 수 있겠다.

참고문헌

김경섭, 「시집살이담의 유형과 전승 양상」, 한국구비문학회·한국구술사연구소 공동학술
　　대회 "시집살이담의 존재양상과 문학적·역사적 성격" 자료집, 2010.
김경섭·김정경, 「시집살이 이야기 조사연구 중간보고」, 『인문학논총』 47, 건국대 인문학
　　연구원, 2009.
김성례, 「여성주의 구술사의 방법론적 성찰」, 『한국문화인류학』 35-2, 2001.
김성례, 「한국 무속에 나타난 여성체험-구술 생애사의 서사분석」, 『한국여성학』 7,
　　1991.
김예선, 「'살아온 이야기'의 문학적 성격과 위상 연구」, 건국대학교 석사학위논문, 2005
김정경, 「여성생애담의 서사구조와 의미화방식 연구」, 『한국고전여성문학연구』 17, 한
　　국고전여성문학회, 2008.
김정경, 「자기서사의 구술시학적 연구」, 『한국문학이론과 비평』 44, 한국문학이론과 비
　　평학회, 2009.
김정경, 「여성생애담의 자기생애 의미화방식 연구」, 『한국고전여성문학연구』 21, 한국
　　고전여성문학회, 2010.
신동흔, 「경험담의 문학적 성격에 관한 고찰」, 『구비문학연구』 4, 1997.
신동흔, 「여성생애담의 성격과 조사연구의 방향」, 『인문학논총』 47, 건국대 인문학연구
　　원, 2009.
신동흔, 「시집살이담의 담화적 특성과 의의」, 한국구비문학회·한국구술사연구소 공동학
　　술대회 "시집살이담의 존재양상과 문학적·역사적 성격" 자료집, 2010.
유철인, 「생애사와 신세타령」, 『한국문화인류학』 22, 1990.
윤택림, 「기억에서 역사로」, 『한국문화인류학』 25, 1994.
정현옥, 「여성생애담 연구」, 경상대학교 박사학위논문, 2007.
천혜숙, 「여성생애담의 구술사례와 그 의미 분석」, 『구비문학연구』 4, 한국구비문학회,
　　1997.
천혜숙, 「농촌 여성 생애담의 주제와 생애인식 양상」, 『한국고전여성문학연구』 2, 한국
　　고전여성문학회, 2001.
천혜숙, 「농촌여성생애담의 문학담론적 특성」, 『한국고전여성문학연구』 15, 한국고전
　　여성문학회, 2007.
A. 반 겐넵, 전경수 역, 『통과의례』, 을유문화사, 1992.

한국전쟁기 여성의 전쟁 의미와 시집살이 경험*

김귀옥

1. 머리말

일반적으로 여성과 남성에 있어서 기억과 구술 서사 내용에 차이가 있다[1]고 한다. 그 차이가 생물학적 요소와 사회적 요소 중 어느 것에 더욱 영향을 받고 있는가에 대해서는 여전히 논쟁의 여지가 있다. 남녀의 뇌구조, 사고구조, 언어 구조가 본래 달라서 구술 서사(이야기)가 다르다는 생물학적 주장과 남녀의 사회적 위치와 경험, 관심, 개인차 등에 따라 다르다는 사회적 주장은 최근까지도 팽팽히 맞서고 있다. 최근 뇌 연구의 활성화는 남녀의 생물학적 차이를 강조하는 양상을 보인다.[2] 남녀의 뇌 구조와 기능의 차이는 구술 서사(oral history narrative)의 내용에도 영향을 준다는 것이다.

다만 분명한 것은 구술 서사는 선험적이기보다는 경험에 바탕을 두고 있다는 점이다. 즉 개인이 놓인 사회적 위치와 자신의 관심에 따라 구술 서사가 달라지는 것으로 볼 수 있다. 그 개인이 놓인 사회적 위치는 개별적이기도 하지만, 계급계층, 지역, 젠더, 민족, 세대 등등의 요소와 결합되어 있다. 그와 함께 한 사람의 기억을 둘러싼 차이에는 젠더적 기억만이 아니라, 계급이나 민족, 세대, 시대에 따른 기억의 차이도 포함하고 있다. 그러므로 한 사람의 기억은 여러 가지 사회적 요소들을 분리시켜 사고할 수 없는 역사적이고 사회적이며 집합적인 산물로 된다. 이런 관점에서 보면, 남녀만의 차이뿐만 아니라, 특정 여성의 기억을 여성 일반의 기억으로 이야기하는 순간, 소위 '일반성'을 획득하지 못한 수많은 여성들의 기억을 왜곡하거나 배제시킬 가능성이 있다. 따라서 여성의 경험과 기억이 구성되는 데에는 그의 사회적 위치에 따라 다양한 기억이 형성되고 재현될 수 있을 것이다.

여성을 미혼과 기혼으로 나눠 접근할 때 미혼과 기혼의 여성은 같은 사회적 사실을 어떻게 경험하게 될까? 여성사는 가부장제 문화와 떼려야 뗄 수 없는 관계이다. 동일한 가부장제 문화 속에서도 같은 사회적 사건과 사실이 모든 여

---

* 이 논문은 『역사비평』에 2012년 겨울호(통권101호)에 실릴 예정(투고일 2012년 4월 25일, 심사완료일 5월 14일)의 글을 재정리하여 출간한 것임.

1) Leydesdorff, Selma, Luisa Passerini, and Paul Thompson(eds.), *Gender and Memory*, Oxford University Press, 1996, 1쪽.
2) 메리 E. 위스너-행크스, 노영순 옮김, 『젠더의 역사』, 역사비평사, 2006, 32쪽.

성들에게 동일하게 나타난다고 기대하기는 어렵다. 여성을 기혼과 미혼으로 나눠 보면, 사회적 사실은 각각에게 다르게 나타날 가능성이 크다.

모든 여성을 포함한 모든 문명에는 가부장제가 깊은 영향력을 미치고 있다.[3] 문명의 결과 중 하나인 전쟁은 젠더에 따라 어떻게 나타났을까? 여성은 전쟁을 둘러싼 기억을 어떻게 구성하고 재현하고 있을까? 여러 가지 견해가 있으나 여성주의적 관점에서는 가부장제 문화의 남성성과 군사주의 또는 전쟁은 항상 일치되는 것은 아니지만, 긴밀한 관계를 맺고 있다[4]고 여겨왔다. 흔히 전쟁은 남성의 전유물로 취급해왔다. 반면 여성은 전쟁에 직접 동원되지 않기 때문에 전쟁의 기억이 부재하거나 희미한 것으로 여기기도 한다. 역사적으로 일본이나 한국에서는 전장터에는 남성들이 주로 동원됨으로써 여성은 가정적인 존재로 인식되어 왔다.[5] 이 말을 뒤집어 보면 대부분의 여성들은 전장터 경험이 부족하거나 없었기 때문에 전쟁에 대해 무관심하거나 피상적일 수 있음을 의미할 수도 있다. 실제로 일군의 페미니스트들은 여성이 자녀양육이나 가사노동을 주로 실천함으로써 본질적으로 전쟁이나 군사주의와 거리를 둔다고 주장하기도 했다.[6] 그러다 보니, 전쟁 이야기 속에서는 여성의 이야기가 부재하거나 주변화되어 온 것은 당연하다고 여겨져 왔다. 실제로 20세기 한국 현대사에서 가장 광범위하게 많은 한국 사람들에게 영향을 미친 사건 중의 하나인 한국전쟁에서도 여성의 자리는 주변화되어 있거나 비가시적으로 여겨졌다.

오랫동안 한국전쟁 연구에서도 여성사적 접근이나 여성주의적 접근은 거의 보이지 않았다.[7] 그런데 그 이유가 여성이 한국전쟁과 별로 상관관계가 없어서

---

3) 메리 E. 위스너-행크스, 위의 책, 38쪽.
4) 권인숙, 「우리 삶 속의 군사주의」, 『여성과평화』 1권(창간호), 2000, 142쪽; 신시아 코번, 김엘리 옮김, 『여성, 총 앞에 서다』, 삼인, 2009, 458쪽. 특히 권인숙은 한국의 69만명의 군인 중 직업군인인 약15만여명의 경우, 직업군인인 남성과 함께 군인 부인이 존재함을 지적하며, 한국에 드러나지 않고 있는 직업군인의 부인의 의식과 삶의 방식이나 군기지촌의 성매매 여성들과 같은 비가시적인 존재를 포함하여, 한국 여성의 비가시화된 군사화 문제를 지적한 바 있다. 권인숙, 『대한민국은 군대다』, 청년사, 2005, 31~32쪽.
5) 우에노 치즈코. 이선이 역『내셔널리즘과 젠더』, 박종철출판사, 1999, 25-27쪽; 정현백, 『민족과 페미니즘』, 당대, 2003, 27쪽
6) 권인숙, 앞의 글, 136쪽.
7) 함한희, 「한국전쟁과 여성-경계에 선 여성들」, 『역사비평』 91호(여름호), 2010, 22~52쪽. 한국의 여성사 연구자들이나 여성주의적 연구자들에 있어서 오랫동안 '전쟁'이나 '분단'과 같은 주제를 연구하지 않았던 것은 연구 주제에 있어서 젠더적 태도도 깔려 있고, 반공콤플렉스적인 태도도 동시에

라기보다는 연구를 둘러싼 인식론적 태도와 관계가 있는 것은 아닐까? 1990년대 초반까지 한국전쟁 연구는 남성 연구자 주도로, 외교정치사적 접근이 주종을 이루다 보니, 전쟁연구에서 여성의 자리는 거의 보이지 않던 것은 아닐까? 1990년대 들어 비로소 역사학적 맥락 또는 사회사적 맥락에서 한국전쟁이 연구되기 시작하였다.[8] 그런 과정에서 비로소 전쟁 연구에 여성이 등장하기 시작하였던 것으로 여겨진다. 김성례의 "국가폭력과 여성체험"(1998)이나, 김귀옥의 "분단, 한국전쟁과 여성: 1950년대 한국 여성의 삶"(2004), "한국전쟁기 한국군의 '위안부'제도의 실체와 문제점"(2012), 이임하의 『여성, 전쟁을 넘어 일어서다』 (2004)과 『전쟁미망인, 한국현대사의 침묵을 깨다』(2010), 함한희의 "한국전쟁, 가족 그리고 여성의 다중적 근대성"(2006)나 "한국전쟁과 여성-경계에 선 여성들"(2010) 등의 연구에서는 전쟁이라는 폭력적 상황에서 여성은 어떤 존재이며, 어떤 위치에 놓여 있었으며 어떤 역할을 수행해 왔는가에 주목해 왔다. 특히 이임하의 연구는 '전쟁미망인'에 초점을 맞춰 가부장제 문화와 한국전쟁이 어떻게 결합되어 여성의 삶을 변화시키고, 억압하여 가부장제 문화를 계승하고 가부장적 가족을 존속시키려 했는가를 지적하고 있다.[9] 김귀옥의 연구는 전쟁이라는 국가폭력의 상황에서 여성의 성폭력적 상황이 어떻게 발생해왔는가에 주목했다.[10]

2000년대 이후 이러한 연구를 하는 데 중요한 역할을 한 것은 구술사 연구방법론(oral history methodology)이었다. 전쟁사에서 여성의 위치가 드러나는 데에는 기존의 거시사 중심의 연구에 대한 반성[11]과 함께 이루어진 문화사 연구나 구술사 연구가 중요한 역할을 한 것으로 볼 수 있다. 전쟁사뿐만 아니라 한국현대사 연구에서 구술사 연구방법론(oral history methodology)은 현대사 연구의

작용했다고 볼 수 있다.
8) 김귀옥, 「한국전쟁의 사회학 연구의 쟁점과 과제」, 『성공회대학논총』 제19호, 2004, 99쪽.
9) 이임하, 『전쟁미망인, 한국현대사의 침묵을 깨다』, 책과함께, 2010, 23~24쪽.
10) 김귀옥, 「한국전쟁기 한국군의 '위안부'제도의 실체와 문제점」, 『군대와 성폭력』(서울: 선인), 2012.
11) 한국전쟁 연구는 한국학 연구에서도 중요한 위치를 차지하고 있다. 사실상 한국현대사 연구의 가장 중요한(critical) 연구는 바로 한국전쟁연구이다. 여전히 한국전쟁 기원과 원인의 문제도 쟁점으로 남아있고 남북 관계를 변화시켰기에 이에 대한 거시사적 접근도 필요하다. 그럼에도 불구하고 한국전쟁이 깊은 영향을 미친 한국 사회의 성격과 내용에 대한 접근이 좀더 구체적이고, 사회관계적으로 발전하기 위해서는 미시적 문화사적 연구는 절실하다고 할 수 있다. 박명림, 『역사와 지식과 사회: 한국전쟁 이해와 한국사회』, 나남, 2011, 337쪽.

공백을 메우거나 왜곡된 사실을 발견하는데 중요한 역할을 했다고 할 수 있다.[12] 아직 학계에서는 보완적 수준에서, 또는 괄호 메우기 수준에서 구술사 방법론을 활용하고 있는 경향이 있지만, 구술사 연구 속에서는 대체적 역사쓰기를 위한 지속적인 노력이 이루어지고 있다.

그런데 전쟁 상황에서도 전쟁은 여성들에게 동일하게 영향을 미친 것은 아니다. 가난한 집안의 미혼 여성(청소년)은 전쟁 과정에서 가족이 해체되거나 부양해 줄 가족을 상실하게 되면, 전쟁고아가 되기 쉬웠다.[13] 가부장제 성문화인식 속에서 사회적 부양능력이 없는 전쟁고아 여성은 성매매업으로 진입하기 일쑤였다. 또한 기혼 여성에 있어서도 자녀가 있는 전쟁미망인은 수절을 하는 경우가 많았지만, 자녀가 없거나 불우한 경제 사정으로 인해 재혼을 하는 경우가 많았다.[14] 이처럼 전쟁 상황은 여성의 조건에 따라 상이한 영향을 미쳤다.

그렇다면 기혼의 여성, 특히 한국과 같이 대개 시집살이를 해야 했던 여성에게 전쟁은 어떤 의미로 기억되어 왔을까? 과연 시집살이를 해온 전통적인 한국 여성에게 전쟁은 어떤 의미였을까? 일부의 페미니스트의 주장대로 전장에 직접 동원되지 않았던 한국의 여성들에게 한국전쟁이 미친 영향은 미미하였거나 없었을까? 가부장제 가족은 전쟁 통에도 여성을 보호하는 온상이 되었을까? 전쟁은 국가폭력과 남성성이 폭발적으로 분출되는 상황이라고 볼 때, 전쟁에서 여성의 자리는 없는 것인가? 여성은 피해자이므로 역사에 책임이 없고, 책임의식이 없어도 되는 것인가? 여성이 사회와 역사적으로 피해자이고 수동적 존재이기만 하다면, 과연 남녀평등을 주장하는 여성은 허황된 꿈을 꾸는 것인가?

2008년부터 건국대학교의 「시집살이 이야기 조사 연구」(연구책임자: 신동흔)팀은 한국학술진흥재단의 기초학문육성 지원 사업(토대분야)에 현지조사를 통한 시집살이담 구술 자료를 발굴 및 수집, 집대성하는 작업을 해왔다. 이 연

---

12) Kim, Gwi-Ok, "Regional Korean War and Oral History Research" *The Review of Korean Studies* Vol. 9 No. 2(June), 2006, 58쪽; 박명림, 앞의 책, 233~234쪽.

13) 전쟁고아 문제는 전시 혼혈아 문제와 함께 대개 해외입양문제 연구로 연결되어 있고, 전쟁고아를 중심으로한 사회적 관계, 사회적 위치 등을 구체적으로 밝힌 연구논문은 많지 않은 편이다. 박순호, 「한국입양아의 유럽 내 공간적 분포 특성」, 『한국지역지리학회지』 제13권 제6호, 2007, 695~711쪽; 장윤수, 「한인디아스포라와 해외입양」, 『세계지역연구논총』 26집 3호, 2008, 83~103쪽; 이예원, 「한국사회의 귀환 입양인 운동과 시사점」, 『민족연구』 2009, 158~177쪽.

14) 이임하, 앞의 책, 2010, 342쪽.

구에 공동연구자로 참여해온 글쓴이는 만 2년간의 현지조사에서 발굴 및 수집된 구술 자료 속에서 시집살이를 해온 한국 여성들에게 전쟁은 어떻게 기억되고, 이야기 되는가를 발견하는데 일차적인 목적을 삼고자 한다. 또한 이 글은 전시 중의 여성의 역할은 무엇인가, 즉 전쟁과 무관한 일상인지 아닌지, 연관이 된다면 어떤 연관 속에서 여성은 자리매김되는 것인가를 살펴보고자 한다.

2. 시집살이와 여성 연구

전통적으로 여성은 결혼을 통해 완성되는 것으로 여겨져 왔다. 과거 한국에서는 기혼 여성에게 있어서 가족관계는 '시집살이'(Living with one's husband's parents and families)가 핵심이었다고 볼 수 있다. 대개 시집살이에서는 '시어머니'와 장남의 '며느리'간에 '고부갈등'이 수반되었다.15) 그 결과 시집살이는 고부관계(mother-in-law and daughter-in-law)로 여겨지고도 했다.

현대 여성과 가족 연구에 있어서 시집살이 연구는 드문 편이다.16) 시집살이 연구는 대개 문학적 담론 연구로 진행되었다.17) 인식론적 연구18)나 사회관계론적 연구는 드문 편이다. 주된 이유 중 하나는 가족을 둘러싼 주된 관계의 변화이다. 즉 가부장적 문화 속에서도 산업화 과정에서 급속하게 핵가족화가 진행되어 과거 시집살이와 고부 관계 중심에서 가족관계에서 부부 중심의 관계로 바뀐 것을 의미한다. 그럼에도 불구하고 고부가 한 집에서 함께 살건 않건 여전히 시집살이의 의식, 고부갈등이 다양한 형태로 존재하고 있음을 발견하게 된

---

15) 이 문제와 관련된 연구로는 다음을 참고 바람. 「기혼남성의 고부관계 인식-장남역할 남성을 중심으로-」,『한국가정관리학회지』제19권 6호, 2001, 51~66쪽. 물론 장남 외의 아들며느리와 시어머니의 관계에서도 시집살이나 고부갈등은 직, 간접적으로 발생했다. 따라서 큰 틀에서는 조선 왕조시대에 모든 며느리는 시집살이를 하는 존재였다고 볼 수 있다.

16) 한국가족학회 편,『가족연구의 학문별 접근 방법』, 하우, 1995.

17) 이방면의 연구는 주로 국문학, 구비문학측에서 이루어졌다. 주요 저작들은 다음과 같다. 이정아, 「규방가사와 시집살이 노래에 나타난 여성의 자기인식」,『한국고전연구』15집, 2007, 213-239쪽; 서영숙, 「가족의 변경에 서서 부르는 노래-〈시집살이노래〉에 나타난 여성과 가족」,『한국고전여성문학연구』제10호, 2005, 83~117쪽; 임재해, 「여성민요에 나타난 시집살이와 여성생활의 향방」, 『한국민속학』21호, 1988, 199~237쪽. 직접적인 시집살이 연구라고는 할 수 없으나 대중매체에 나타난 고부갈등과 관련지어 본 연구로는 김혜정의 「갈등대화의 개념과 구조-고부간 갈등대화를 중심으로-」『우리말연구』제20집, 2001, 227~257쪽.

18) 시집살이 문제를 둘러싼 시어머니와 며느리의 갈등을 다룬 연구는 다음과 같다. 김선희, 「한국 가족내 여성의 갈등에 대한 철학적 분석」,『한국여성철학』창간호, 2001, 95~111쪽.

다.[19] 기존의 시집살이 연구물들은 대개 남편과 아내, 며느리와 시어머니와 시가족, 어머니와 자식이라는 구도 속에서 이야기되고 설명되었다. 그런데 시집살이 공간으로서의 '가족'은 사적 공간으로 취급되더라도, 그 공간은 특수성만 존재하는 공간이 아니라 사회적 소통의 장이다. 다시 말해 가부장적 권력 관계 속에서 여성간의 위계서열이 작동하더라도 가부장적 권력 관계는 사회정치적 관계에 의해 정당시된다. 또한 가족의 계급적 상황은 사회경제적 영향력 하에 놓여 있다. 따라서 설령 모든 고부관계, 시집살이가 빈부를 망라하고 나타난 한국의 일반적인 문제이더라도, 가족의 계급적 상황, 사회적 상황에 영향을 받으며, 변화되어 왔다는 점에서 시집살이 역시 사회역사적 문제임에 틀림없다.

한편 서구에서도 가부장제 문화는 깊이 침윤되어 있으나, '시집살이'에 바탕을 둔 고부관계, 즉 시어머니와 며느리 관계는 잘 보이지 않는다.[20] 서구적 가부장제 개념에서는 남성 중심적 가족 자체가 중요하지, 남성 중심적 가족 속에서 여성들의 고부간의 위계질서적 관계를 설명하는 개념은 드물다. 따라서 여성들의 이야기를 구술사 연구의 중요한 주제로 삼아 왔던 서구의 구술사 연구의 과정에서는 '시집살이'라는 주제는 있을 수 없다.

한편 고부갈등이나 시집살이는 한국의 특수한 종류의 가부장 문화의 특징으로 나타났다고 볼 수 있다. 현대 한국에서는 전통사회가 해체 및 변화되는 과정에 2세대 가족관계[21]를 기본으로 하는 핵가족이 전체 가족관계의 60%이상을 차지하는 것으로 나타났다. 가족의 형태를 보면, 시집살이는 약화되거나 사라지도록 되어 있다. 그럼에도 불구하고 고부관계를 둘러싼 담론이 사라지지 않는 것은 과거의 3세대 이상의 확대가족의 기능과 의식이 약화되면서 변화되었다고는 하지만 여전히 그것이 계속되고 있기 때문이라고 할 것이다.[22]

또한 한국에서도 시집살이 주제는 오랫동안 문학적 소재로 되어 왔고, 연구

---

19) 김선희,「한국 가족내 여성의 갈등에 대한 철학적 분석」,『한국여성철학』 창간호, 2001, 107쪽. 그 외 시집살이나 고부갈등을 주제로 다룬 학위논문들은 다음과 같다. 유가효,「한국 도시가족의 고부갈등의 실태와 전망」, 서울대학교 석사학위논문, 1976; 이기숙,「한국가정의 고부갈등 발생원인에 대한 요인 분석」, 부산대학교 박사학위논문, 1985; 성인애,「한국의 고부갈등」, 경북대학교 대학원 석사학위논문, 1991;
20) 김선희, 앞의 글, 96쪽.
21) 2세대 가족관계는 부모-자녀 세대의 가족을 말한다.
22) 조성숙,「고부관계에 비친 타자의식」,『철학과현실』 제30호, 1996, 158쪽.

논문의 경우에도 시집살이 주제를 담은 문학물을 소재로 삼아 왔다. 시집살이 아래에서 며느리이자, 아내, 어머니가 가장 힘들었던 것은 남편의 부재 문제와 빈곤이라 할 수 있다. 빈곤이야말로 사회과학적 또는 역사적 문제임에도 불구하고 문학적인 주제로 오랫동안 다뤄져온 반면, 사회과학적 또는 역사적 관심은 부족한 편이었다.[23) 한국에서 빈곤에 대한 관심이 확산이 된 것은 1990년대 외환위기와 여성의 해고 '0' 순위, 비정규직화 문제 등과 같은 신자유주의적 경제 정책에 의해서였다.[23) 그러한 관심에 따라 1990년대 이후 사회적 빈곤, 여성과 빈곤의 문제에 대한 연구가 활성화되었다. 서구에서는 빈곤 문제를 자본주의적 경제 개발과 권력의 불균형적 집중성 문제[24)로 다뤄 왔다. 갈브레이드는 전쟁과 빈곤, 민중의 문제를 거론[25)하였으나 분석적으로 입증하고 있지 못하였다. 또한 페미니스트 역시 여성과 전쟁의 문제를 군사주의와 성폭력 등의 문제로 주로 파악해 왔다.[26) 여성과 전쟁의 상관관계 속에서 빈곤의 문제를 발견해왔던 사람은 2000년대 이임하의 일련의 연구에서 짚어져 왔다.[27) 그러나 시집살이라는 가족관계 속에서 왜 여성이 빈곤의 자리를 차지하게 되는가는 설명하지 못하고 있다.

반면 여성, 전쟁, 빈곤의 상관관계는 한국의 소설이나 시, 수필 등의 문학 소재나 배경이 되곤 했다. 한 예로 지금은 잊혀진 1970년대까지 한국 빈곤의 상징어 중 하나인 '보릿고개'를 보자. 한국의 산업화 이전에 탈농화, 도시화 현상을 설명하는 개념어 중 하나가 보릿고개이지만, 보릿고개 자체를 주제로 한 사회과학적 논문은 거의 드문 대신 문학적 담론은 풍부하다. 문학가 최승범의 보릿고개에 대한 짧은 회고를 보자.

어려서 보면, 가을걷이 후의 삼동을 나면서도 어른들은, 「보릿고개가 태산보다 높다」며 다음해 보릿가을까지의 양식을 요량하면서 끼니를 챙기려 무진 애를 쓰

23) 정재원, 『숨겨진 빈곤: 여성의 빈곤은 어디로부터 오는가?』, 푸른사상, 2010, 16쪽.
24) 존 P. 파월슨, 권기대 역, 『부와 빈곤의 역사』, 나남출판, 2007, 25쪽.
25) J. K. 갈브레이드, 최광렬 옮김, 『대중은 왜 빈곤한가』, 기린원, 1979, 28쪽.
26) 권인숙, 『대한민국은 군대다』, 청년사, 2005, 28-29쪽.
27) 이임하, 『여성, 전쟁을 넘어 일어서다』, 서해문집, 2004; 이임하, 『전쟁미망인, 한국현대사의 침묵을 깨다』, 책과함께, 2010.

는 것이었다. 해가 짧은 겨울엔 하루 두 끼만으로 때우려 하였고, 그것도 아침엔 밥이나, 저녁엔 시래기죽, 콩나물죽, 호박죽 같은 죽이기 십상이었다. 밥에도 잡곡을 섞었을 뿐 아니라, 시래기·콩나물·무·고구마 등을 섞어짓기 마련이었다. 나는 그때 철부지였다. 할머니·어머니의 마음은 짚지 못하고 밥상 앞에서 곧잘 투정이었다.[28]

아마 보릿고개 시절에도 집안 어른(아버지나 할아버지)의 밥상과 그 밖의 어른들과 아이들의 밥상에는 차별이 있었을 것이고, 심지어 어머니(며느리) 밥상은 방에 없는 경우도 허다했을 것이다. 가난은 한 가족을 평등하게 만들기 보다는 더 차별화시켜 왔다.

그런데 보릿고개 역시 사회적으로 영향을 받았던 것으로 보인다. 시인 최승범의 기억으로 보릿고개가 가장 심했을 때가 한국전쟁기가 아니라, 바로 "내가 경험한 바로는 8.15해방 전의 몇 해의 동안이 가장 심했던 것이 아닌가 싶다. 이때는 해가 짧은 겨울뿐이 아닌, 해가 길어진 봄으로부터 보릿고개를 넘기까지 두 끼를 입에 풀칠하기도 어려웠다. 산야의 초근목피도 견디어 내기 어려운 형편이었다."[29] 그런데 해방 전 몇 해 동안이 왜 가장 심했던가. 그건 바로 일제에 의한 태평양전쟁에서 그 이유를 찾을 수 있다. 1930년대 식량생산이 '산미증산정책'에 의해 쌀 등의 곡물 생산량은 증대되었으나, 일본을 먹여 살리기 위한 수매율이 더 높아졌다. 더욱이 1930년대 말, 일제가 태평양전쟁으로 치닫게 되자, 모든 물자가 전쟁에 동원되어 일반 민중들은 흰쌀은커녕 보리밥도 제대로 먹기 어려운 형편이 되었다. 동물의 사료로 썼던 깻묵조차 일반 민중은 없어서 못 먹을 지경이 되었다.[30] 따라서 전쟁은 일상적인 빈곤을 가져오고, 빈곤은 남녀차별을 악화시킨다.

또한 서구의 가족과 달리 한국의 가족 변천사를 보면, 한국전쟁은 근대 한국 사회를 형성[31]하는 데나 근대 가족 형성에 중요한 영향력을 미쳤다고 봐진다.

---

28) 최승범, 「다시 생각해 보는 예전의 '보릿고개'」, 『월간 문화예술』 통권 156호.(7월호), 1992, http://www.arko.or.kr/zine/artspaper92_07/index9207.htm
29) 위의 글. http://www.arko.or.kr/zine/artspaper92_07/index9207.htm
30) 김귀옥, 『월남민의 생활경험과 정체성-아래로부터의 월남민 연구』, 서울대학교출판부, 1999, 188-189쪽.
31) 현대 한국 사회 구조를 바꾸는데 중요한 요소가 산업화라고 하지만, 한국전쟁은 1950년대 일찍이

서구에서도 1, 2차 양차 대전에 가족 관계나 사회적 관계에 중요한 영향력을 미쳤으나, 근대적 가족, 핵가족의 틀을 형성하는데 주요 요인으로는 19세기 발전한 자본주의적 산업화 요인이 결정적이라 할 수 있다.[32]

한국의 경우 일제 강점기를 거치면서도 전통적 가부장적 가족, 남성중심의 직계가족이 가족의 원형으로 남아 있었다. 그러나 한국전쟁을 거치면서 농촌 공동체가 훼손되고, 사회적 관계가 붕괴되었다. 극도로 가난해진 농촌은 더 이상 생계거리를 보장할 수 있는 최소한의 삶의 근거가 되어주지 못했다. 또한 한국전쟁 시기 한국 사회에서 반공주의의 덫에 걸려 100여만 명 가까운 민간인이 사망당하거나 십여 만 내지 30만 여명 가까운 사람들이 자원적 월북이나 강제적 월북(납북)을 하는 과정에 유족이나 이산가족들은 반공의 연좌망에 걸려 고향에 계속 산다는 것은 커다란 고통이 되어 결국 상당수의 사람들이 고향을 등지고 말았다.[33] 따라서 한국전쟁은 한국의 사회를 꼴을 바꾸었을 뿐만 아니라 가족 관계의 형태를 바꾸는 중요한 역할을 했다고 할 수 있다. 그렇다면 여성의 사회적 관계나 의미화 세계에 실질적인 영향을 미쳤던 시집살이는 한국전쟁 과정에 여성에게 어떤 영향을 미쳤는가를 밝혀 주는 연구는 그간 없었다고 해도 과언이 아니다.

3. 시집살이 연구에서의 여성과 전쟁

시집살이 구술 생애담은 오래된 새로운 시도이다. 흔히 한국의 많은 어머니, 여성들은 "내 이야기를 소설로 쓰면 몇 권이 된다"는 이야기를 하곤 한다. 주지하듯 소설은 현실을 반영이면서도 복잡한 재구성과정을 거치게 된다. 설령 시집살이하는 여성을 24시간 촬영한다고 하더라도 극적인 '이야기'나 여성사적인 논리적 이야기로 재구성하는 것은 쉬운 일이 아니다. 더욱이 시집살이 이야기

산업화 없는 도시화를 가져오게 하는데 중요한 역할을 했다. 한국사회학회 엮음, 『한국전쟁과 한국사회변동』, 풀빛, 1992; 강인철, 「한국전쟁과 사회의식 및 문화의 변화」, 『한국전쟁과 사회구조의 변화』, 한국정신문화연구원, 1999; 김귀옥, 「전쟁과 공간, 인간의 사회학적 만남: 속초 월남민 공동체를 중심으로」, 『한국사회사연구』, 나남출판, 2003, 377~378쪽.

32) 조은·이정옥·조주현, 『근대가족의 변모와 여성문제』, 서울대학교출판부, 1997, 20쪽.

33) 김귀옥, 『반공전사도 '빨갱이'도 아닌: 이산가족을 보는 새로운 시각』, 역사비평사, 2004가, 60쪽.

를 가진 60세 이상의 노인 여성층은 많지만, 그러한 노인 여성층이라 해도 자신의 삶을 성찰적으로 바라보며, 시간적 순서로 기억해 낼 수 있는 여성은 많지 않다고 할 수 있다. 이번 건국대학교 '시집살이 이야기 조사연구팀'의 2년여의 연구는 오랜 한국 여성들의 오랜 소망에 접근하려는 시도의 일환이라고 할 수 있다.

시집살이 이야기 조사는 현지조사를 통한 구술사 방법론을 매개로 진행되었다. 이글은 2008년부터 2010년에 걸친 만 2년의 시집살이 구술생애담 가운데 주로 강원, 충청지역에서 실시된 조사 결과를 바탕으로 하였다. 강원 지역은 휴전선 접경지역으로서 전쟁을 직접 경험한 사람이 많은 편이라 할 수 있고, 충청지역은 휴전선과는 다소 떨어져 있으나 중부지역으로서 1950년 6·25 당시나 1951년 1·4후퇴 당시 피난해야 했던 지역이었으므로 전쟁과 관련된 다양한 기억을 보유하고 있는 지역이라고 판단되었기 때문이다. 그러나 이번 시집살이 조사는 시집살이 이야기여서 실제로 전쟁과 관련된 경험의 양에는 개인차가 큰 편이고, 구술자 전반적으로 세부 주제는 두텁게 조사가 이루어지지는 못했다.

2년간 강원, 충청 지역에서 시집살이 구술생애담이 69명이 수집되었다.[34] 그들은 현재 거주지가 강원, 충청 지역으로서 강원지역 21명, 경기지역 7명, 대전 및 충남지역 29명, 충북 12명이며 고향과 불일치하는 경우가 많았다. 현재 며느리가 단 한 명(2008년 당시 39세)이었고, 68명 모두 60~90대의 여성 노인이다. 이런 점은 조사 당시 39세의 여성 외에 68명 모두는 어떤 형식으로든 한국전쟁을 겪었음을 의미한다.

68명 가운데 직접적으로 한국전쟁과 관련된 구술을 하고 있는 사람은 19명이다. 그 명단은 다음과 같다.

---

34) 이 지역 조사는 신동흔 교수의 책임 하에 박경열, 유효철, 나주연, 김아름 등의 연구원에 의해 수행되었다. 이글의 원자료는 연구원들의 조사와 녹취 자료에 기반을 둔 것임. 이 자리를 빌어 연구원들의 수고에 감사를 드린다.

〈표〉 구술자 기본 인적 사항

순서	이름*	면접일	면접 장소	고향	출생년**	혼인여부***	피난여부
1	권기순	2010.1.14	충북 충주	강원 평창		기혼	피난
2	김영림	2010.2.22	강원 홍천	강원 횡성	1938년	기혼	-
3	백영옥	2010.1.28	충남 아산	충남 예산	1932년	기혼	안감
4	성기영	2010.2.10	충북 청원			기혼	-
5	송지아	2008.11.1	경기 오산	서울	1921년	기혼	피난후 미귀경
6	신혜정	2009.2.18	대전		1920년경	기혼	피난후 미귀경
7	양순영	2009.7.18	강원 삼척		1921년경	기혼	-
8	엄기명	2008.12.21	충북 충주	경북 상주	1932년	기혼	문경 피난
9	오정자	2009.10.29	경기 안산		1932년	기혼	피난
10	유희자	2010.1.20	충남 청양	충남 서천	1936년	기혼	타지피난
11	육영희	2010.2.9	충북 보은	충북 보은	1935년	미혼	시골피난
12	원희순	2010.2.22	강원 홍천	강원 횡성	1943년	미혼	동네피신
13	이경숙	2008.11.29	충남 공주	서울	1929년	기혼	수원 피난
14	이수영	2008.11.29	충남 공주		1932년	기혼	시골 피난
15	이정임	2008.12.20	충북 충주	충북 수안보	1928년	기혼	부산 피난
16	이현숙	2008.10.18	대전	서울	1931년	기혼	부산 피난
17	정현자	2009.7.17	강원 삼척		1939년	미혼	-
18	차경숙	2009.7.30	강원 인제		1935년	기혼	동네피신
19	탁희영	2009.7.30	강원 인제	강원 양양	1931년경	기혼	피난

* 이름은 모두 가명 사용

** 출생년: 조사자들이 구술자의 정확한 출생년 질문을 하지 않아, 문맥이나 나이를 보고 추론한 것임. 면접 녹취문에 나이가 출생년도가 나와 있지 않은 것은 기록하지 못했음.

*** 혼인상태는 1950년 6월25일경부터 1953년 7월27일 한국전쟁 기간 중 기/미혼 상태를 의미함.

한국전쟁 구술자 19명 가운데 현 거주지를 보면, 강원지역 6명, 경기 2명, 대전 및 충남 6명, 충북 5명으로 이루어졌다. 전쟁 시기(1953년 7월 27일 정전일)까지 미혼이었던 사람은 3명이고 모두 기혼자였다. 그들 가운데에는 만 12, 13세로서 조혼 결혼했던 여성들도 있다. 가난하기 때문에 식구 한 명이라도 줄이겠다는 부모들의 결정과 당시 관용적인 사회적 관습이 작동했기에 가능했을 것이다. 구술자 19명 중 고향과 현 거주지가 일치하는 사람은 단 한 명 정도이고 다른 18명의 구술자는 모두 다르다. 전통적으로 족내혼 결혼을 피했던 한국의 문화의 영향으로, 여성들의 경우 태어나 자란 고향과 시집 지역이 다른 경우가 많았던 것으로 보인다. 그렇다고 하더라도 전통적으로 같은 면이나, 같은 군 내에서 결혼하는 경우가 다반사였다. 이번 구술자들과 같이 고향과 현 거주지가 군(郡)이나 도(道)를 가로질러 불일치하는 것에는 두 가지 요인이 작동한 것으로 봐진다. 즉 한국전쟁으로 인한 사회적 이동과 산업화로 인한 탈농화 요인이다.

한국전쟁으로 인한 사회적 인구이동은 피난 문제와도 연결되어 있다.[35] 전시에 동네 피신을 포함하여 타지로 피난가지 않았음을 분명히 밝힌 사람은 3명 정도 있고, 피난 여부가 불확실한 사람 4명, 나머지 12명은 고향을 떠나 타지로 피난하였고, 몇 명은 피난 후 고향(자신이나 남편의 고향)으로 귀향하지 않았다. 피난생활은 대체로 유동성재산이 없거나 적은 한, 더 심각한 극빈상황으로 이어지기 마련이다. 따라서 여성들의 시집살이는 원망과 고생으로 가득하게 된다.

4. 시집살이 이야기 연구에 나타난 여성과 전쟁

이제 구체적으로 시집살이 조사에 참여한 여성들의 전쟁의 기억에 접근해 보기로 한다.

4.1 누가 전쟁과 피난을 이야기하는가?

강원, 충청 지역 69명 가운데, 1명을 제외한 68명은 모두 전쟁 당시 10~30대의 전쟁 경험 세대이다. 그러나 그들 가운데 19명 만이 전쟁과 피난 얘기를 했다는 점을 어떻게 인식해야 하는가? 다시 말해 19명을 제외한 49명에게는 전쟁과 피난이 별다른 의미가 없었던 것으로 봐야하는가?

---

35) 김귀옥, 앞의 글(2003), 378쪽.

피상적으로 보면, 같은 연령의 남성들과 달리, 대다수의 여성들에게는 전쟁으로부터 한 발 비켜서 있기 때문인 것으로 해석할 수 있다. 그러나 글쓴이가 15여년간 전쟁 경험을 조사하는 가운데, 구술자들로부터 받는 인상은 다음과 같다. 첫째, 쉽게 예상되는 대로 전쟁의 경험이 상대적으로 자신의 삶에서는 큰 의미가 아니므로 언급되지 않는 경우에는 구술을 통해 자연스럽게 이야기되지 않을 것이다. 둘째, 조사자들의 주제에 대한 구술자 나름의 인식과 연관될 것으로 생각된다. 조사자들은 구술대상자 여성들에게 연구의 목적이 '시집살이'임을 명시했기 때문에 구술자 자신이 시집살이와 전쟁 또는 피난은 직접 관련이 없다고 판단하여 구술하기를 거절(회피)했을 수 있다. 다시 말해 처음부터 전쟁에 대한 여성의 경험을 연구 목적으로 제시했다면 훨씬 더 많은 사람들이 전쟁 경험담을 얘기했을 가능성이 있다. 셋째, 사람들은 민감한 사회적 문제나 자신이 손해 볼 주제에 대한 언급, 불편한 이야기를 회피하는 경향이 있다. 설령 주제가 한국전쟁과 같은 민감한 주제가 아닐지라도 일반인들은 구술하는 것 자체에 대해서도 꺼리는 경향이 있다.

다음 한 사람의 구술을 보자.

여기 머 녹음할려고 그려요.
[조사자: 할머니 예 머 말씀하시는 거.]
〈옛날에 시집살이 한 거 다 이야기 하면〉
그러다 다 이야기 한거 **잡아가는거 아니여?** (웃음)
[조사자: 어딜?]
〈형님도 커피 잡술래?〉
난 안 먹어. 잡술 양반들 이야기 해.
한잔 줘
[조사자: 할머니, 할머니 성함이 어떻게 되세요.]
나, ㅇ
[조사자: 뒤에개]
뒤에 ㅇ자 ㅇ자.
[조사자: ㅇ자 ㅇ자 ㅇ자, 연세가?]
칠십오.

[조사자: 무슨 띠세요? 올해이제. 칠십 오 세.]

돼지띠지. 칠십 오 세 돼지띠. **아니 왜 그런 걸 다 묻지. 이상하네.** 응? (……)

[조사자: 몇 살에? 다 하도 괜찮은 거. 다 하면 좋은기여. **잡아가면 어떡혀.** (웃음) 나는 우리 삼남매에서 막내인데 우리 어머니가 가차게(친정과 가깝게 시집) 보내고 자주 본다고 "안 간다고 안 간다고." 해도 우리 작은댁에 저기 청송리 거기 살았는데 할아버지 제사를 지냈는데 작은 아버지가 어째 안 오시더라고(육영희, 75세, 충북보은). (진한 글씨는 글쓴이 주)

육영희의 구술 조사는 그 동네의 노인정에서 이루어졌다. 노인정이라는 공개적인 자리는 조사자들이 접근하기에 좋은 장점이 있다. 그러나 시집살이 주제와 같은 사적인 주제를 노인정과 같은 열린 공간에서 접근하기에는, 다소 불편함이 엿보인다. 다시 말해 구술자들은 사적인 주제의 조사에 대해 다소 직설적으로 불편함을 시사했다. 그러나 좀더 깊이 들여다보면, 그들은 여성으로서 시집살이가 사적인 비밀스러운 이야기여서라기보다는 지식이나 권력에 대한 불편함이나 경계심을 품고 있는 것으로 보인다. 특히 낯선 사람에게 개인을 드러낸다는 것에는 무의식 깊숙이 "잡아가면 어떡혀"라는 레드컴플렉스나 레드엘럿(red alert)적인 태도마저 노인층 구술조사를 하다 보면 빈번하게 접하게 된다. 위의 인용문에서 보이듯, 노인정을 방문한 동네 지인에게 '커피'를 권하는 태도는 불편함을 모면하거나 거리감을 두기 위한 하나의 장치로 해석할 수 있다. 시집살이 연구에 대한 태도가 이러할진대 한국전쟁기 경험에 대한 조사에서는 더 불편한 태도가 나오는 것은 어쩌면 한국적 상황에서 너무도 자연스럽다. 그런 과정을 거쳐 어렵게 육영희는 시집살이 이야기를 해나가게 되었다.

한편 피난 이야기를 시작했더라도 아무런 내용 없이 얘기를 전환시키는 사례도 있다.

[조사자: 할머니 전쟁은 안 겪으셨어요? 난리 때 피란 안 가셨어요?]

어?

[조사자: 난리 때 피란은 안 가셨어요?]

그전에 애들 적에 피란을 갔지.

[조사자: 시집오기 전에]

여기서는 피란 안 갔지. 시집와서는. 그러면서 살았지. ······ (성기영, 충북 청원)

성기영의 시댁 가족이 설령 피난을 가지 않았다고 하여, 전쟁을 둘러싼 경험이 없을 수 없었을 것이다. 전쟁 이야기 속에는 피난 생활담이 포함되지만, 굳이 전쟁과 피난을 협의로 보아 분리하더라도, 조사자가 전쟁과 관련된 다음 질문을 제대로 하기도 전에 성기영은 얘기 주제를 전쟁 이후로 돌려버렸다. 성기영의 태도에는 시집살이 주제와 전쟁 이야기 주제를 단절시키겠다는 태도가 깔려 있는 것으로 볼 수 있다. 불편함이 역력한 태도로나마 전쟁을 이야기하는 여성노인들의 묘사는 다소 양극단적인 모습이다.

전쟁이나 피난살이 고생담을 꽤 구체적으로 하는 경우도 있다. 특히 이정임(충북 충주, 81세)나 이경숙(충남 공주, 80세), 이수영(충남 공주, 77세), 신혜정(대전, 90세경)처럼 몇 명의 경우 시집살이 이야기 전체가 피난 고생담으로 이루어져, 단편 소설 한 편의 분량은 족히 될 만한 양을 가지고 있다. 즉 간략묘사나 상세묘사로 양극화되어 있다.

4.2 여성노인의 전쟁인식

이번 조사에서 구술담을 한 여성노인 몇 명에게서 한국전쟁에 대한 독특한 기억에 접할 수 있었다.

전쟁은 6·25날 적에 인저 고향에서 6·25나는 거, 보고서 오고 그랬지. 그때가 내가 스물 두살인가? 결혼 하고. 그래서 뭐 만날 뭐 부산으로 피난하고, 만날 뭐 난리였었잖아? **여름에 나고, 겨울에 또 났었잖아? 여름난리**에는 우리는 농사를 짓기 때매 피난을 못가고서 촌에 살았걸랑. 아주 촌에. 그래서 농사를 지어가지고 보리가 마니를 쌓아놓고, 그 안에서 이제 피난을 한 거여. 방에서. 오뉴월에 더운데 이불을 막 뒤집어 쓰고, 총알이 막 핑핑 날라 갔어, 이 지붕 위로. (이정임, 충북 충주, 81세; 진한 글씨는 글쓴이 주)

이정임은 '여름난리'와 '겨울난리'를 분리해서 한국전쟁을 보고 있다. 다시 말해 여름난리란 6·25사변을 의미한다면 겨울난리는 중국군이 참전하여 1·4후퇴하게 되던 상황을 구술자 나름대로 기억하고 있다. 그런데 그런 인식을 아래 차경숙에게서도 발견할 수 있다.

그렇게 하고서는 쫓겨서 등 너머 가서 그날 저녁에 밤에 자고 그 이튿날, 그러니까 집에는 가야되는데, 어떻게 해요? 아버지가 그래서 어디 가지도 못 해는데. 그래 송장을 말짱 엄마가 손으로 끌어다가 한 데다가 놨어요. 동네사람들이 모여 와가지고. 그렇게 해서 치우고 집에 들어가는데, 들어가니까 아군들, 우리 군인들이, 그분들이 말짱히 부상을 당해가지고 못가고 우리 안방에 와서 누워있는 거래요, 너이가. 그래서 그 사람들 우리가 다 밥 해먹여서 나아서 갔죠. 그렇게 해서 난리 겪었지. 4월 달도 거 **중국사람 나오는 난리**36), **6월 달 난리**, 다 겪고 나니까 아휴, 그 다음, 우리가 좀 나이가 먹어서 시집도 가야되고 그렇게 되니까 **동짓달에 그 추운데 난리**가 또 나더라고요. 또 나가지고 그때는 눈이 막 오는데 어떻게 해? 쫓겨 가지도, 오지도 가지도 못하고, 우리 집에서 인민군들하고 그냥 한 군데서, 우리 돼지 키우던 거 다 잡아서, 그 사람들이 다 잡아먹는 거, 말릴 수 있어요? 말리단 죽는데. 같이 해서 맥이고. 한 군데서 자고 그렇게 해서 난리 겪었어요. 그렇게 살았어요(차경숙, 강원 인제, 79세; 진한 글씨는 글쓴이 주).

여름난리나 겨울난리, 6월달 난리와 동지달 난리는 현재에도 말할 것도 없고, 당대에도 공식적 용어는 전혀 아니다. 그러나 인민군(중국군 포함)의 두 번에 걸친 남진 공격을 받았던 강원도와 충청북도를 포함한 중부지역 사람들이 자신의 경험을 반영한 한국전쟁의 시기구분이라고 볼 수 있을 것이다. 여름난리와 겨울난리를 통칭하는 한국전쟁을 특징짓는 민중적 묘사어인 '톱질전쟁'37)은 이미 학술적으로 정착되었으나 여름난리, 겨울난리는 한국전쟁을 전체적 특징을 보여주지는 못하는 용어라고 할 수 있지만, 단면적 특징이 잘 드러나 있다고 할 수 있다. 원희순 역시 6·25와 동지달 난리를 구분하여 다음과 같이 구술했다.

---

36) '4월 달도 거 중국사람 나오는 난리'에 대해서는 사실 확인이 필요한 증언이다. 중국군이 참전하는 정확한 시기는 1950년 10월 25일경이지만, 일반적으로는 중국군이 1950년 12월에 참전하여 1951년 1·4후퇴를 겪게 된다고 인식되어 왔다. 그런데 4월 난리는 차영실 자신의 잘못된 기억인지, 조사자의 오류인지, 녹취자의 오류인지의 결과인지 불확실하다. 다만, 강원도 전선 근접지역에 살았던 차영실의 경우, 1951년 4월~8월 경까지 중부전선에서 치열했던 유엔군과 북한-중국 연합군의 전투를 의미하는 것일지 확인할 필요가 있다.

37) 서중석, 『조봉암과 1950년대(하)』, 역사비평사, 2000[1999], 786쪽.

여덟 살인가 모르겠네. **육이오**와 **동지란**을 다 겪었는데 아이구 그 인민군들 나왔다가 쑥 들어갈 적에는 신작로로 하나 누런 놈들이 들어 닥치는 거야. 친정아버님이 나가서 "왜들 이렇게 들어오냐."고 "왜 묻냐."고 "우리 아들도 이렇게 의용군에 갔는데 근심이 돼서 그런다."고 그러니깐 "뒤로 올꺼야요." 육이오 때(보다) 동지란 난리가 무서웠지. 육이오는 그냥 들어왔다 쑥 들어갔어요. 동지란 난리는 세상에 신작로가 피가 뻘겠었는데 그 환자들을 인민군들 환자들을 싣고서는 어른 꼭대기로 다 끌고 간 거야. 동지란 난리에 인민군들 중공군들도 나오면 주먹밥 싸서 우리 엄마가 그렇게 했는데 이놈들 밥 해서 (주먹밥) 다 쌀 때까지 보초서요(원희순, 강원 홍천, 67세).

만7살 어린 원희순이 살았던 강원도 횡성 고향집에서는 6·25 당시에는 별 고통을 겪지 않았으나, 1·4후퇴 당시에는 인민군이나 중국군 상이병들을 직면하면서 전쟁을 실감하게 되었다. 특히 원희순의 눈에는 자신의 집에 주둔해 있던 인민군이 미군전투기에 폭격을 당해 다리가 부러진 처참한 광경이 남아 있었다. 즉 여성이라 해도 전시의 일상사에서 '군인'과 일상적인 만남을 할 수밖에 없었다. 강원도나 충청도 모두 전장터였고, 특히 강원도에서는 인민군이나 군인은 모두 구체적으로 실감을 갖게 하는 존재들이었다. 충청도 보은에 살았던 육영희의 인민군 묘사를 보자.

[조사자: 그때 인민군이나?]
다 봤지. 인민군 못 생겼어. 키도 짜리몽땅하고 (웃음) 비행기 소리만 나면 피란오니. 철모에다가 막 나무 시퍼런 나뭇 가쟁이를 꺾어서 철모 안 보이려고 하나 철모에다 다 꽂고서는. 그때는 머 아가씨 큰 집에는 인민군이 붙드러 간다고 해서 뻔드러게 숨어 있었지. 그때는 아가씨 큰집에는 붙들어 간다고 해서 숨어 있었지. 나오지도 못하고. (……)
[조사자: 뺏어가고 그런 것은 없었어요?]
사람들은 그 사람들도 본성은 착하더라고(……). (육영희, 75세, 충북 보은)

육영희가 본 인민군은 못 생기고, 키도 작았다. 흔히 한국 사람이 생각해왔던 인민군의 인상과 다름없는 진술이다. 실제로 못생겼을 수도 있고, 몇 날 몇 일

제대로 씻지 못해 더 그럴 수도 있다. 다만 한 가지 짚을 점은 키가 짜리몽땅한 점이다. 인민군 부대에 따라 다를 수 있으나, 일반 보병에는 10대 후반의 청소년들이 많았다는 점을 기억해야 할 듯하다. 또한 '본성은 착하다'는 진술은 동네 사람들에게 나쁜 짓이나 행패를 부리지는 않았음을 의미할 듯하다. 탁희영 역시 이와 유사한 구술담을 했다.

〔조사자: 인민군 등쌀에는 안 괴로우셨어요?〕 아이고, 인민군 등쌀에도 괴로웠지요. 피란을 간다간다 하는 게, 가서, 거기 집에 가서 들어오니까 인민군이 보글보글해. 거기 가서 또 문초 받느라고 하나하나 불러다가 뭐, 이제 다 잊어버렸어, 뭐야, ㅁㅁ 뭐야 다 물어보니까 아군 와서 뭐라 그러더냐, 하나하나 불러다가 다 그렇게 물어봐. 아유, 그것도 곤란스럽던데, 아주. 〔조사자: 피해봤거나 그런 건 없어?〕 그런 건 없어. 인민군들이 그런 건 없어. 깨끗해. 그다음엔 또 그 사람들 다 가고나면 또 여기 우리나라 군인들이 와가지고 뭐 어디까정 갔다 왔냐, 인민군을 봤냐 뭐, 또 그러는 거지. 난리도, 아휴(탁희영, 강원 양양출신, 79세).

탁희영은 인민군에 의한 괴로움을 '피난' 가는 문제로 얘기한 반면, 인민군에 의한 피해는 없어서 '깨끗'했다고 구술했다. 그런데 미군 폭력에 의해 가족이나 친척이 죽은 것이나 한국 군인에 문초를 받은 문제에 대해서는 '곤란'스럽게 느꼈다고 기억했다. 탁희영이 반공이데올로기가 약해서 이런 구술을 했을지 모르지만, 38선 이북 출신이던 양양사람이나 차경숙과 같은 강원도 인제사람들에게 종종 들을 수 있는 유사한 맥락이 있는 구술로 봐진다.

전시 문경으로 피난온 엄기명(경북 상주출신, 77세)은 문경새재에서 빚어진 엄청난 학살의 현장을 목격했다.

(조사자: 인민군이 누구 죽이는 거 실제로 본신 적도 있으세요?)아, 그럼, 아이고, 뭐, 한국군인들, 인민군들, 마이 막 끌고 뭐이, 내려오고 뭐이, 막 궁둥이 다 깨져가지고 내리오는 사람 뭐, 말도 못하지 뭐. 말도 못해요. 그때는 막 사람 썩은 내(냄새)가 막 말도 못하게 나고 뭐, 말도 못했어. 다 죽었는데 뭐 많이. 다 죽었어. 그래 옛날엔 그랬어(엄기명, 경북 상주출신, 77세).

엄기명의 기억은 불분명하지만, 역사적인 현장성을 바탕으로 하고 있다. 실제로 문경새재에서는 1949년 12월24일 끔찍한 학살 만행[38]이 있었다. 1949년 12월의 학살로 인해 6.25전쟁 당시 피해자가족에 의한 우익에 대한 보복이 이어졌고, 다시 우익의 인민군 부역가족에 대한 대대적인 학살과 개인적 린치로 확산되었다.

원희순(강원 홍천, 67세)은 8살에 6.25를 겪었다. 그의 기억에서 인민군은 미군에 폭격당하고, 민중을 불신하는 모습이 역력하다. 반면 그의 오빠도 인민군 의용군으로 동원되어 나갔으나, 그 점에 대해서는 구체적인 언급이 없다.

백영옥(충남 아산, 78세)는 기혼인 채 6.25를 겪었고, 그의 구술담에는 다른 사람들과 두드러지는 용어가 등장한다. 즉 '빨갱이'의 등장이다.

> 우리 집 영감이 의용군 갔응게. 이제 이렇게 돌아서가지고 대한민국으로 돌아선게 끌고 간겨. 인공때 인공 사람이 빨갱이들이 막 인제 전투하다가 전쟁하다 빨갱이패가 지고, 대한민국이 올라서잖아? 그러니까 그때 빨갱이들이 눈들을 빨갛게 뜨고 아무나 보면 막 총으로 쏴 죽였어. 그러니까 쏴 죽이다가 저이도 다 죽을텐게, 그러다가 대한민국 국인들이 막 이런 게 그 사람들 다 죽이고 이럴 적에, 빨갱이적에 심부름만 했다 하면, 대한민국 사람들이 자기네가 이제 억울하게 빨갱이한테 총 맞어 죽었잖아?(백영옥, 충남 아산, 78세)

다른 구술자들, 정현자나 차경숙 등 여러 사람들이 빨갱이 문제를 언급하고 있다. 그래도 백영옥의 경우 한 문단 안에 '빨갱이'가 최소 다섯 번 등장할 만큼 많이 쓰는 데 어떤 이유가 있을까? 아마 '빨갱이'에 대한 공격을 함으로써 설령 남편은 인민군 의용군으로 나갔더라도 스스로 빨갱이가 아님을 입증하려는 무의식이 작동한, 반공컴플렉스의 반영으로 보인다[39].

---

38) 2007년 6월 29일, 진실화해를위한과거사정리위원회(약칭 진실화해위)에 의해 1949년 12월24일 경북 문경군 석달마을에서 마을 주민 86명(사망자 중 10세 이하 어린이만 22명)을 집단 총살한 사건은 2사단 소속 국군 70여명에 의해 발생되었음을 진실규명 결정했다. 『서울신문』 2007. 6. 30.
39) 김대환, 『사회심리학』, 법문사, 1985[1970], 276쪽; 김동춘, 『분단과 한국사회』, 역사비평사, 1997, 78쪽. 김귀옥, 『월남민의 생활경험과 정체성-아래로부터의 월남민 연구』, 서울대학교출판부, 283쪽.

4.3. 전시 남편 없는 시집살이는 여성을 단련시킨다

'부재하는' 아버지와 남편은 한국 사회의 남성에 대한 대표적인 수식어로 불러 왔다. 공사영역의 분리 속에서 가족과 분리된 아버지와 남편을 가리키기도 하고, 베레나 카스트의 심리학서적인『콤플렉스의 탄생 어머니 콤플렉스 아버지 콤플렉스』이나 김정현의 소설,『아버지의 눈물』에서처럼 가족과 소통이 단절됨을 '부재'함으로 가리키기도 한다.

한국에서는 역사적으로 한국전쟁기 남북을 걸쳐서 아버지는 '부재'하는 존재가 되었다. 한국전쟁기에는 만17세로부터 만30세까지의 남성이 정규 군인으로, 만17세 이상 40세 이하 남성이 비정규군인 제2국민병(국민방위군 포함)으로 징병당했다. 제2국민병으로 갔더라도 이는 정규군이 아니므로 현역 정규군으로 다시 차출될 수도 있어서 특히 젊은 남성들은 상이를 입지 않는다면, 1950년대를 통털어 5, 6년간 군대 생활을 하는게 다반사였다. 또한 한국전쟁 당시 남성의 혼인적령기가 10대말 20대초여서 결혼 후 피부양가족 여부와 상관없이 징집되는 일이 많았다.

한국전쟁기에는 군 입대를 하게 되면 제대로 훈련도 받지 못한 채, 전선에 투입되는 경우가 허다하다보니, 보병으로 최전선에 투입되는 걸 '총알받이'가 되러 간다고 인식하는 경향이 강하여, 일반 남성들은 가능하면 병역을 기피하고자 했다. 그 결과 한국전쟁 당시 남북 모두에서 군 징집 기피가 심각하게 대두되었다.[40] 한국 전쟁 전후로 해서 남한 내에는 군기피자들이 많았고 고위층 자제일수록 더 많았다. 주한미군 사령관이나 장군들이 지적하듯 미군 장성의 자식들은 한국전쟁에서 전사하는데, 정작 한국 고위층 자제들은 당시에도 해외 유학 등으로 군 복무를 기피하곤 하였다. 부유층이 뇌물을 써서 군 입대를 면제받는 일도 허다하였다.[41] 실제로 1951년에서 1956년 말까지 한국에서 유학간 3,769명 중(미국 유학 91% 3,424명) 중 입대자는 1957년 2월말 현재 한 명도 없었다.[42] 예외적인 경우를 제외한다면, 1950년대 유학생의 가정 수준은 한국 사회

---

40) 북한의 경우에도 노동당원도 징집 기피한 경우들이 있다. 국사편찬위원회 엮음,『북한관계 사료집』16, 국사편찬위원회, 1993, 88쪽. 김귀옥의 월남민 연구에서도 북한 주민들의 많은 병역 기피 문제를 다루고 있다. 김귀옥, 앞의 책(1999), 223~226쪽.

41) 『동아일보』1951년 2월 14일자.

에서 특권층에 속함은 두말할 나위가 없다. 그러한 분위기에서 일반인들도 가급적이면 군을 기피하려고 했고, 특히 생계를 책임지고 있는 기혼남의 경우에는 말할 나위가 없었다.

특권층이야 권력과 돈을 동원하여 입영대상자를 기피할 수 있었으나 일반인들이 군대 기피할 수 있는 거의 유일한 방법은 신분증을 통해 나이를 조작하는 것이다. 당시 사람들은 이를 '고무줄나이'라 부른다. 공민증이 전국적으로 실시되지 않았던 한국전쟁 상황에서 피난민들은 피난지에서 인후보증을 적절히 세울 수 있으면 나이나 신분을 조작한 신분증을 만들 수 있었다. 그런 과정에서 군대를 가지 않기 위해 나이를 올리거나 낮추는 일이 빈번하게 일어났다.

구술자 19명 가운데 전시 기혼자가 16명이고, 그 가운데 남편이 정규 또는 비정규군으로 군대를 간 사람은 김영림, 성기영, 육영희, 백영옥, 오정자, 탁희영, 차경숙, 양순영, 정현자, 신혜정, 이현숙 등 11명의 남편이 해당된다. 육영희(충북 보은, 75세)의 남편은 신장병에 걸려 2년만에 의가사제대를 했다. 그렇다고 하더라도 직업군인이었던 이현숙(서울 출신, 78세)를 제외한 대부분의 사람들에게 남편의 부재는 공통적인 문제를 던졌다. 바로 '빈곤'의 문제였다. 남편이 부재한 상황에 시집살이를 해야했던 차경숙이나 김영림, 차경숙, 탁희영 모두는 여성의 전통적인 역할을 수행하면서도 남편의 역할마저 해야 했다. 게다가 남편의 부재는 가족들로부터 구박을 감수해야 하는 고통마저 안겨주었다.

앞에서 언급했던 고무줄나이와 관련지어진 사례가 차경숙의 남편이다. 그는 군대 기피를 위해 나이를 줄였다. 남편에게 맞추어 차경숙도 나이를 함께 줄여 신분증을 받았다. 그런데 전쟁이 빨리 끝나지 않아 결국은 남편은 군대를 나가게 되었다. 그 사이에 자식을 세 명을 낳았기 때문에 자녀 양육과 생계연명은 올곧이 차경숙의 몫이 되었다.

안 해본일 없이. 나무를 안 해봤나, 뭐 저 상수도 하는데 모래짐 지고 올라가는 것도 하고. 안 해본 거 딱 두 가지라고 애들한테도 그러고 살아요. 서방질 안 해보고, 도둑질 안 해보고 (그외는) 안 해본 게 없어요. 산에 가 나무 떼다 해 놓고 살고,

---
42) 윤종현, 「병무행정짓밟는 '특권계급'」, 『신태양』 5, 1959.

가서 품 팔아다 먹고 살고. 농사 쪼금 있는 것도 돈 있어야 사서 하지. 큰 집에서 와서 힘든 건 거들어주고 가요. 내가 애들 셋 데리고 사니까. 나머진 내가 다 해야지. 힘들고 신경써서 안 죽는 건 사람이더라고. 그렇게 살았어, 휴(차경숙, 강원 인제, 75세).

남편의 군입대로 인해 가난 속에서 고통을 받았던 것은 만19살 새색시였던 탁희영 역시 마찬가지였다.

〔조사자: 할아버진 군대 안 갔다 오셨어요?〕 왜? 갔다 왔지. 가서 전장도 했는데. 〔조사자: 군대 가 계실 동안에 어떻게 사셨어요?〕 시어머니, 시아버지하고 같이 살았지. 히. 〔조사자: 신랑 없다고 구박하고〕 그런 건 없어. 그런 건 없고, 내가 고생시러웠지, 그냥, 그냥. 밥만 먹으면 시아버지하고 둘이 나가 저 들에 가서 짐(김) 매고, 밥 싸서 해 이고, 짐(김) 매다 배고프면 먹고 그런 거야(탁희영, 강원 양양출신, 79세).

탁희영은 남편을 대신하여 시부모님을 모시고 생존하기 위해 농사를 지으며 남편의 가족을 부양해야 했다. 특히 탁희영이 전시에 홍역으로 어린 장남을 잃어버린 것은 남편이 없는 고통보다 더 심한 것이었다. 김영림 역시 남편의 군입대로 인해 가난 속에서 고통을 받았지만, 그에 못지않게 고부갈등이 컸던 것으로 보인다.

[조사자: 그 이야기부터 하시면 돼요.]
아이구 옛날에 먹을 거 없고 그래서 고생하고 그런 거지 고생이야 머 다른 거 있어. 군인가고 신랑 군인 가서 삼년, 만 삼년 만에 제대 했잖아. 그래 시아버지 시동생들, 머 시동생이 서 있었거든. 그래 군인가고 시아버지가 술 잡수시고 맨날 살림 때려부시고 그래서 한데 잠도 많이 잤어요. 맨날 애들을 이불 덮고 자보질 못했어, 업고 자고 날을 새우고 불을 못 때게 해서 뗄려면 술 잡수러 가시면은 한 오후 한시 두 시경에 불을 떼야 해. 오시기 전에 아궁이 틀어막고 딱딱 덮어놓고 새벽에 아침 두 시경이면 방이 얼마나 추운지 몰라. 그러면 애가 추우니깐 내 이 사타구니 속에다 애를 끼워서 이불을 덮고 냉방이니 씨고 날을 새웠지(김영림, 강원 횡성 출신, 72세).

김영림의 빈곤에는 시아버지의 횡포까지 결합되어 고생이 상상하기 어려울 지경이었다. 육영희(충북 보은, 75세)의 남편은 2년만에 상이군인이 되어 의가 사제대하면서 가난은 가중되었다.

이 년만에 제대를 해서 와서 신장이 안 좋아서 배가 불어서 병만 잔뜩 들어서 왔어. 거기서도 군대 치료서 병원에 입원해서 거기서 고쳐서 와야 하는데 그런 사람을 그냥 내 보냈다고. 왜 집에 와서도 우리 아버지하고 나하고 지금은 가리게나 좋지. 그때는 소나무 솔방울 요만한거 있는거 그거 따다가 떼 가지고 약을 했어. 약 해주고 효험을 좀 봐서 괜찮았었는데 그 약방에서 술 같은거 우리집이가 술 좋아했어. 술 겉은 거는 저기하면 금(禁)하라고 했는데 그래서 제발이 되어 나스니깐 좋아서 술을 계속 자시더니 그래서 제발이 되었는데 한해 가을에 재발이 되어서 병원에 왔다갔다 왔다갔다 인저 돈만 좀 없애고 결국은 살(살지)도 못하고 그랬지 (육영희, 충북 보은, 75세).

전시 또는 전후 1950년대 한국 정부는 제대 상이군인에 대한 대우는커녕 제 대로서 버리다시피 했다. 그런 상이군인에게는 일자리조차 없어[43] 고생은 고스 란히 아내의 몫이 되었다. 가난한 여성에게는 그러한 고생이 가난뿐이면 그나 마 다행인지도 모르겠다. 가정 내에서는 새로운 고통이 도사리고 있었다. 5, 6 년 끌었던 한국전쟁기 남성의 군대 생활을 새로운 문제를 낳았다. 양옥분(강원 삼척, 75세)의 사례를 보자.

그래가지고 8년에 전장, 여 휴가 왔더라고. 제대해 왔더라고. 소식이 없어. 전장, 언제 전장하고 오는지 소식을 알 수 있는가. 전장할 새 없어. 소식할 새 없어. 안 오니 우리 할머이 울어가지고 난리 나고. 아이고. 죽었다고. 군에 가 죽었대. 그때 다 죽고 살아난 사람이 몇 안 돼. 우리 할아버이 군에 갈 적에는 죽은 사람처럼 기를 동네사람들이 몇 개를 해주면 기를 앞에서 들고 거서 태국기 들고 태국기 이 래 매고 뒤에 따라가고 이랬어. 그때 갔잖아. 그때 갔는데 내가 그때 여 시집 와가 지고 새 각신데 시아바이하고 시어머이하고 가자 하더라고. 그전에 시방에 죽설로 야. 죽설로 근방이야. 거 가이까네(그러니까) 하마 [조사자: 죽설로?] 죽설로. 여기

43) 이임하, 앞의 책(2010), 119쪽.

죽설로. 여 죽설로, 시내 죽설로 있잖아. 거기야. 그 앞이야. 가이까네(그러니까) 큰 트럭에다가 군인들 거다 다 태워가지고 펄썩 덮어가지고 새벽에 하나도 없어. 못 봤어. 갈 적에도. [조사자: 그렇게 고생 시켰지만 그래도 살아있어서 다행이었네요.] 어. 살아왔으이 다행이지. 그것도.

군에 가서 뭐 처녀 하나 친해가 딸을 하나 낳았다는데 안 데리고 왔어. [조사자: 군대 가서? 그 난리판에도. [조사자 웃음] [조사자: 할 건 다 하셨나봐 그래도.] 어. 그래도 그래 그건 안 데리고 그래도 [조사자: 어디 있겠네.] 어디 있지. 근데 내가 날 찾아서 왔더라이까. 그래가주 이래 또 살은 기 또 고상하미 또 살은 거야. 그래 이 떨어지지도 안하고 그래 왜 떨어지지도 안 해.(웃음) 싸우민서도 떨어지지도 안하고 겉궁합은 안 좋아도 속궁합은 언간히 맞대. [조사자 웃음] 그래이 안 떨어졌지. 그래 안 떨어졌는 거야. 안 그랬으면 벌써 이혼했지 거 사나? 뚜드려 패지, 술 먹지, 쥐정 하지, 누가 거 사나?(양옥분, 강원 삼척, 75세)

가부장제 사회분위기 속에서 축첩제도는 일제 강점기에 이미 불법화되었으나 해방 후에도 여전히 통용되던 분위기에서 양옥분은 이상보다는 현실을 쫓았다. 그 전후에도 많은 여성들이 그러한 길을 쫓았던 것과 마찬가지라고 볼 수 있다. 만일 외지에서 낳은 자식이 아들이었다면 또 문제는 다를 수 있었을 것이다. 역설적으로 그 딸을 낳은 여성의 운명은 어떻게 된 것일까? 양옥분은 소위 '조강지처'로서 부재한 남편을 대신하여 가정을 지켜내어, 한 집안의 며느리, 아내, 어머니로서의 지위를 누릴 수 있었으나, 그 딸을 낳은 여성과 딸은 남성에게서 버림을 받은 채, 질곡의 시간을 살았을 것이다.

게다가 남성의 부재는 임신과 출산의 기회를 제한했다. 위의 양옥분이 바로 그런 사례로서 결혼 직후 남편이 징병 당함으로써, 출산할 기회가 없어졌다. 그에게 남편 없는 고생보다 자식 없는 고생이 더 컸다. 자식의 부재는 시집살이 고통의 원천이 되었고, 자식의 출산이야말로 자신의 지위를 상승시키는 해법이기 때문이었다.[44] 그런 상황에서 양옥분은 외지에서 자식을 낳은 남편일지라도 며느리와 아내의 자리를 지키기 위해서는 8년 만에 돌아온 남편을 방패막으로 삼을 수밖에 없었다.

---

44) 윤택림, 『한국의 모성』, 지식마당, 2001, 25쪽.

다른 한편 남편이 인민의용군으로 징용당했던 백영옥의 사례를 보자. 그의 경우에는 국군에 징용당했던 경우와 유사하면서도 다른 문제를 겪어야 했다.

나는 우리 집 영감이 의용군 갔다는 그걸로다가. 그 죄로다가, 그래 우리 집 영감은 또 살아와가지고서 살아와가지고 육개월 있다 군인 갔어. 그때는 자원해서 갔어. 군인. 우리 집 영감은 뽑혀서 간 게 아니라 내가 그런 길을 걷기 때매 대한민국 군인을 갔다 와야 내가 마음을 먹는다 하고, 의용군 갔다 온 사람이 군인 자원을 해서무리 육년을 군인생활을 했어, 우리 집 영감이. 그 제주도가서 훈련받고 사관학교 나와서, 그 학교 댕기면 사년 사관학교 댕겨야 한대야, 그리고 삼년 군인생활하고……(백영옥, 충남 아산, 78세).

백영옥의 이야기를 전후 문맥상으로 보면, 그는 인민군 의용군으로 나갔다가 포로가 되어 1953년 반공포로로서 석방되었고, 그 직후 국군에 자원했던 것으로 봐진다. 1953년 정전 과정이나 1953년 '6·18이승만 특명'[45]으로 풀려난 반공포로로 추정이 되는데, 당시 반공포로로 풀려났던 사람들 가운데 '애국심'을 발휘하여 군 입대하기 운동 분위기가 되었다.

그러한 사정은 가난과 외로움, 반공적 경계감 등이 얽혀 있는 정서를 만들어내면서 여성을 가정을 지키는 수호천사로서 만들어갔던 것 같다. 앞에서 보았듯이 한편에서는 남편 부재의 가정 속에서 남편에 대한 절절함과 고통을 감내해야 했다. 다른 한편에서는 남편의 부재 속에서도 '안 해본 거 딱 두 가지라고, 서방질 안 해보고, 도둑질 안 해보고 (그외는) 안 해본 게 없어요'라고 말하는 여성들의 당당함은 가부장적 가족의 수호자로서 한 가정의 신화와 같은 것이 될 수 있었다.

5. 여성은 전쟁과 국가권력의 피해자이기만 한 것인가?

여성과 전쟁은 어떤 관계가 있는가? 여성은 전쟁에서 빗겨 서있는 존재인가?

---

45) 1953년 '6·18이승만 특명'이란 것은 정전협정되기 전에 이승만이 군부 장성, 경찰 등에게 명령을 내려 소위 '반공포로'를 일시에 불법적으로 석방한 사건을 가리킨다. 김귀옥, 앞의 책(1999), 277쪽. 당시 이승만의 이런 결정에 대해 미국측도 곤란해 했고, 북한과 중국도 정전회담 위반으로 항의했으나, 역사를 되돌릴 수 없었다.

원론적으로 전쟁은 인적, 물적 모든 것을 동원할 수 있는 국가적 폭력과 수단이며, 국가폭력으로서의 체제이다. 한국의 경우 한국전쟁에서 전쟁을 반대하는 생각이나 행위를 '반역'으로 한국 버전으로 '빨갱이'로 몰 수 있다는 점에서 전쟁체제(Regime of War)는 일종의 파시즘 체제이다. 실제로 전쟁이 일어나면 비상계엄령을 선포하여 모든 물자를 동원하고 국가권력에 한 치라도 반대하는 행위를 했다고 여겨지는 세력에 대해서는 엄중한 처벌을 가한다. 1차 세계대전 당시 프랑스군대를 배경으로 제작된『인게이지먼트(A Very Long Engagement)』(2004)에서는 자해행위조차 반전행위로 간주하여 즉결처분에 따라 사형에 가했다. 양차 대전 속에서 수 십만명의 반전운동가들을 구속 감금했고, 사형시켰다. 한국의 경우 형식적인 재판절차도 제대로 없이 사형시키는 경우가 허다했고, 그 과정에서 수많은 민간인 학살사건이 발생했다. 1950년 6월 25일 6·25개전 당일 공포된「비상사태하의 범죄처벌에 관한 특별조치령」(대통령 긴급명령 제1호)은 헌법은 말할 나위가 없고, 당시 무소불위의 권력을 가졌다고 했던 국가보안법보다 상위법이 되었다.

그런 상황에서도 국가는 여성을 군인으로서 직접 동원하지는 않았다. 일제강점기 일본의 여성 정책을 남한의 경우 그대로 잇는 경향이 있었다. 일본제국주의는 태평양전쟁과정에서 여성을 전쟁터에 동원하지 않았다. 대신 대규모의 성의 강제적 동원을 감행했다. 4만~20여만 명에 달하는 일본군위안부 가운데 70~80%가 조선인 여성들이었다.[46] 한국전쟁시기에도 표면적으로는 모성성을 보호하기 위해 여성을 군 인력에서 배제하는 정책을 물려받았으나, 다양한 형태로 여성을 전쟁터나 후방에서 동원했다. 한국전쟁에서 한국군은 위안부대를 세워 한국여성을 성 착취했다.[47] 또한 한국 여성을 한국전쟁 기간에 창설하여 여성의 군대화를 시도했고, 제2전선에서도 여성을 널리 활용했다.[48]

46) 정진성,『일본군 성노예제: 일본군위안부문제의 실상과 그 해결을 위한 운동』, 서울대학교출판부, 2004, 280쪽.
47) 김귀옥,「朝鮮戰爭時の韓国軍慰安婦制度について」, 宋連玉·金榮 編著,『軍隊と性暴力』, 東京: 現代史料出版, 2010, 284쪽.
48) 김귀옥,「분단, 한국전쟁과 여성: 1950년대 한국 여성의 삶」, 정진성 외,『한국현대여성사』, 서울: 한울아카데미, 2004, 57쪽.

이번 시집살이 이야기 조사연구팀에서는 이러한 조사결과는 거의 찾을 수 없다. 그렇다면 여성은 한국전쟁에 동원되지 않은 것인가? 여성도 전적으로 전쟁에 동원당해 고난의 길을 함께 걸었다. 개인의 삶을 전혀 책임지지 않는 국가, 부재하는 남편, 형제와 부모를 대신하여 여성과 딸들은 가정을 지켜야 했고, 자존심을 구겨가며 생존을 위해 모든 것을 바쳤다. 더 극단적으로 생계와 가족 사수를 위해 몸까지 받쳐야 했다. 그 덕분에 해방 직후 1947년 10월경 2,124명이던 공, 사창이 1948년말이 되면 5만명으로 늘어나게 되었고, 전쟁이 지나면서 일반 여성들까지 성매매를 하기에 이르렀다.[49] 그런 의미에서 이번 강원, 충청 지역 구술자 69명 중 전쟁과 피난담을 이야기했던 19명을 제외한 사람들이 전쟁과 상관없는 사람들이라기보다는 더 어려운 경험과 더 많은 고통을 침묵 속에 가둬둔 사람들이 있을 수 있음을 상기해 볼만 하다.

남성이 부재한 가정을 여성이 지킨다는 것은 어떤 의미인가? 최소한의 방패막이로서의 남편마저 부재한 상태에서 시집살이를 해야 했던 아내로서의 여성의 고생은 막급한 것이었다. 어쩌면 시집살이는 여성에게는 자유의 족쇄이면서도 최소한의 사회적 보호장치였을 수도 있다. 그런 과정에 자식을 낳고 키우며, 가부장적 가족을 수호했던 것은 여성의 자긍심의 원천이었다. 즉 시집살이로 단련된 여성은 가부장적 가족 관계 속에서도 목소리를 낼 수 있었고, 어머니의 지위를 굳건히 만들 수 있었다. 1960년대 이후 핵가족화와 산업화가 진척이 되면서 가부장적 문화가 약화된 것은 사실이다. 1980년대 이후 여성의 사회적 진출이 확대되고, 1990년대 여성의 고학력 교육율이 급증하면서 표면상으로 2000년대 여성의 사회적 진출이나 지위는 남성보다 하위라고 할 수 없는 상황에 이르렀다. 2008년에는 '가족관계등록제'가 시행되어 그간 한국여성계의 숙원적 과제이던 '호주제'를 철폐하였다. 그러나 여전히 가정 안팎에서 가부장적 문화는 지속되고 있다. 제도는 사라지고 있으나 사회관계와 문화가 남아 있는 데에는 그런 차별적 문화와 관계로 인해 이익을 보는 여성들이 있기 때문은 아닐까?

---

49) 해방 후 성매매업 상황에 대해서는 다음 글을 참고 바람. 강정숙, 「공창은 폐지되었는데 사창은 급증」, 『우리나라 여성들은 어떻게 살았을까』 2, 청년사, 1999; 강정숙, 「매매춘 공화국」, 『우리는 지난 100년 동안 어떻게 살았을까』 2, 역사비평사, 1998; 宋連玉·金榮 編著, 『軍隊と性暴力』, 東京: 現代史料出版, 308-309쪽.

여성은 보다 큰 틀에서는 전쟁, 국가권력이나 남성권력에 의해 피해를 입고, 고난을 당했다. 그런 맥락에서 많은 자식들은 '어머니 은혜'를 부르며 목메어 하고, 가족을 위해 많은 걸 바칠 각오를 하곤 한다. 그러나 여성의 피해와 고난은 어떤 의미에서 국가권력이나 남성권력, 가부장적 가족제도에 대한 문제제기가 아니라, 어쩌면 기득권력에 편승하여 자신의 고난을 통해 어머니와 여성의 권력을 지키는 과정이라고 볼 수 있다. 더욱이 여성은 국가권력이나 전쟁으로부터 비켜서 있지도 않았다. 여성이 직접적인 전쟁 동원을 당하지도 않고, 사적 공적(국가적) 가부장제의 피해자라는 비국민적 요소를 가지고 있다. 그렇다고 하여 여성이 탈국가화되어 있거나 탈이데올로기화되어 있는 것이 아니다. 여성은 가족, 즉 남편, 자식들을 통해 국가적으로 동원되어 있고, 파시즘적 이데올로기에 순응[50]하였고, 가부장제 이데올로기에 피해를 보면서도 나름대로 활용하며, 시집살이 속에서 자신의 권리를 찾고 지위를 누렸다.[51] 여성 고난사와 영웅담은 바로 이런 맥락 위에 서 있다.

따라서 여성은 역사나 사회적 수동자이거나 피해자이기만 한 것이 아니라, 미시적 수준에서는 수동적·피해자적 위치 속에서도 자신의 위치를 활용하여 어머니로서의 권력을 누리며 가부장적 가족관계를 활용한 능동자로서 살아 왔다. 진정 가부장제를 해체하기 위해서는 남성 중심의 사회에 대한 문제 제기 만이 아니라, 여성 자신의 삶 자체를 재구성하며, 가족과 사회, 국가적인 대안을 모색해내야 한다.

6. 맺음말

이 글에서는 시집살이를 구술하는 여성들이 전쟁이나 피난살이 이야기를 어떻게 이해하고 자신을 그 이야기 틀 안에서 '신세타령'을 통하여 주장하고 영웅시 하고 있는가를 보았다. 구술 서사를 하고 있는 대부분의 여성들은 전시의 어려운 생활 또는 피난 생활, 남편의 부재의 생활에서도 시집살이를 해나가며 가족을 부양하여 가부장적 가족을 지켜냈다는 것에 자부심을 과시하고 있다.

---

50) 김용우, 「이탈리아 파시즘과 파시스트 신여성」, 『대중독재와 여성』, 휴머니스트, 2010, 271쪽.
51) 강준만, 『어머니수난사: 여자보다 강한 어머니들 이야기』, 인물과사상사, 2009.

개인차는 있지만, 그 여성들은 전시의 수동적·피해자적 위치 속에서도 가부장제를 수호하며, 간혹은 국가이데올로기나, 반공이데올로기를 수용하는 모습도 보이고 있다.

한편 강원, 충청 지역에서 시집살이 조사에 참여한 69명의 여성노인(1명은 조사 당시 30대 후반) 중에서 단지 19명만이 전쟁과 피난살이담을 이야기했다는 점은 다소 놀라운 일이다. 이 조사가 시집살이라는 주제로 구술자에게 접근했기 때문에 당연하다고 할 수 있다. 그들은 대개 결혼이나 30, 40대에 이주하기는 했으나, 대개는 전시에도 현 거주지와 근접한 지역에 살았으므로 직간접적으로 전쟁을 경험했다고 볼 수 있다. 그럼에도 불구하고, 많은 여성노인들이 전시 구술을 피했다는 것에서 구술자 여성노인들의 연구주제에 대한 주체적 해석, 즉 시집살이 이야기와 전쟁·피난살이이야기를 구분하고 있는 능력에 대해 생각해 볼만하다. 이점이 구술사연구의 가장 중요한 특성인 연구자(조사자)와 구술자의 주체적 관계성이라고 할 수 있다. 좀 더 부연하자면 시집살이라는 개념과 전쟁이라는 개념을 공/사 영역으로 구분하고 있는 여성노인들의 의식 세계를 이번 연구는 건들었다고 할 수 있다.

전쟁·피난살이 이야기에 참여한 19명의 이야기는 다소 대조적이다. 수많은 생략을 거듭하고 있는 몇 명의 구술자와 거의 당시를 재현하듯 촘촘하게 상세묘사(deep description)하고 있는 구술자로 대별할 수 있다. 성긴 묘사(loose description)와 상세묘사는 개인의 기억력과 화술력의 차이에 기반하기도 하지만, 기억 훈련의 정도, 구술자의 관심, 연구조사자에 대한 신뢰 등 다양한 의미를 내포하고 있다. 연구자 또는 조사자가 구술자의 이런 내면 세계를 어느 정도 간취하고 있는가가 연구의 성패이거나 연구 주제의 향방을 좌우한다고 할 수 있다. 이런 점에서 이번 건국대 시집살이 이야기 조사연구팀의 연구 방향은 불확실한 면이 있었던 것으로 봐진다. 반면 시집살이 이야기를 전면에 내세우므로써 전쟁·피난살이 이야기에 참여한 구술자들의 무의식을 들여다 볼 수 있는 직·간접적인 계기가 되었다고도 할 수 있다.

따라서 향후의 연구에서는 이번 전쟁·피난살이 이야기에 참여하지 않은 여성노인들의 목소리가 절실히 필요하다. 시집살이를 통해 세상이야기를 하고, 세상이야기 속에 개인과 가족, 여성의 기억을 이야기해야 한다. 여성사와 문화사의 생생한 자료가 될 여성의 삶을 통하여 세상이야기를 보다 풍부하게 만들어 나가기 위해서는 구술사가들의 역사적 상상력과 성실한 실사구시적 태도가 보다더 절실하다.

참고문헌

강인철, 「한국전쟁과 사회의식 및 문화의 변화」, 『한국전쟁과 사회구조의 변화』, 한국정
　　신문화연구원, 1999.

강정숙, 「매매춘 공화국」, 『우리는 지난 100년 동안 어떻게 살았을까』 2, 역사비평사,
　　1998.

강정숙, 「공창은 폐지되었는데 사창은 급증」, 『우리나라 여성들은 어떻게 살았을까』 2,
　　청년사, 1999.

강준만, 『어머니수난사: 여자보다 강한 어머니들 이야기』, 인물과사상사, 2009.

권인숙, 「우리 삶 속의 군사주의」, 『여성과평화』 1권(창간호), 2000.

국사편찬위원회 엮음, 『북한관계 사료집』 16, 국사편찬위원회, 1993.

권태환·김두섭, 『인구의 이해』, 서울대학교 출판부, 1997[1990].

김귀옥, 『월남민의 생활경험과 정체성-아래로부터의 월남민 연구』, 서울대학교출판부,
　　1999.

김귀옥, 「지역 조사와 구술사 방법론 : 경험과 성찰, 새로운 출발」, 『한국사회과학』 22,
　　서울대학교 사회과학연구원, 2000.

김귀옥, 「전쟁과 공간, 인간의 사회학적 만남: 속초 월남민 공동체를 중심으로」, 김필동·
　　지승종 외. 『한국사회사 연구』, 나남출판, 2003.

김귀옥, 「한국전쟁의 사회학 연구의 쟁점과 과제」, 『성공회대학논총』 제19호, 2004.

김귀옥, 『'반공전사'도 '빨갱이'도 아닌: 이산가족을 보는 새로운 시각』, 역사비평사,
　　2004.

김귀옥, 「분단, 한국전쟁과 여성: 1950년대 한국 여성의 삶」, 정진성 외, 『한국현대여성
　　사』, 한울아카데미, 2004.

김대환, 『사회심리학』, 법문사, 1985[1970].

김동춘, 『전쟁과 사회』, 역사비평사, 2000.

김선희, 「한국 가족내 여성의 갈등에 대한 철학적 분석-고부 갈등을 중심으로」, 『한국여
　　성철학』 창간호, 2001, 95-111쪽.

김성례, 「국가폭력과 여성체험」, 『창작과비평』 102, 1998.

김아람, 「1950년대 혼혈인에 대한 인식과 해외 입양」, 『역사문제연구』 제22호, 2009.

김용우, 「이탈리아 파시즘과 파시스트 신여성」, 『대중독재와 여성』, 휴머니스트, 2010.

김정현, 『아버지의 눈물』, 문이당, 2010.

박명림, 『한국 1950: 전쟁과 평화』, 나남출판, 2002.

베레나 카스트. 이수영 옮김, 『콤플렉스의 탄생 어머니 콤플렉스 아버지 콤플렉스』, 푸르메, 2010.

서중석, 『조봉암과 1950년대(하)』, 역사비평사, 2000[1999].

신시아 코번, 김엘리 옮김, 『여성, 총 앞에 서다』, 삼인, 2009.

우에노 치즈코. 이선이 옮김, 『내셔널리즘과 젠더』(비판총서 3), 박종철출판사, 1999.

윤종현, 「병무행정 짓밟는 '특권계급'」, 『신태양』 5, 1959.

윤택림, 『인류학자의 과거 여행: 한 빨갱이 마을의 역사를 찾아서』, 역사비평사, 2003.

윤택림, 『한국의 모성』, 지식마당, 2001.

윤택림 · 함한희, 『새로운 역사쓰기를 위한 구술사 연구방법론』, 아르코, 2007.

이임하, 『전쟁미망인, 한국현대사의 침묵을 깨다』, 책과함께, 2010.

이임하, 『여성, 전쟁을 넘어 일어서다』, 서해문집, 2004.

정진성, 『일본군 성노예제: 일본군위안부문제의 실상과 그 해결을 위한 운동』, 서울대학교출판부, 2004.

조성숙, 「고부관계에 비친 타자의식」, 『철학과현실』 제30호, 1996.

조은 · 이정옥 · 조주현, 『근대가족의 변모와 여성문제』, 서울대학교출판부, 1997.

존 P. 파월슨, 권기대 역, 『부와 빈곤의 역사』, 나남출판, 2007.

최승범, 「다시 생각해 보는 예전의'보릿고개'」, 『월간 문화예술』 통권 156호(7월호), 1992.

한국방공청년회, 『반공한국의 좌표』, 한국방공청년회, 1987.

한국사회학회 엮음, 『한국전쟁과 한국사회변동』, 풀빛, 1992.

한국전쟁전후민간인학살진상규명범국민위원회, 『한국전쟁전후 민간인학살 실태보고서』, 한울출판사, 2005.

함한희, 「한국전쟁, 가족 그리고 여성의 다중적 근대성」, 『사회와이론』 2006.

함한희, 「한국전쟁과 여성-경계에 선 여성들」, 『역사비평』 91호(여름호), 2010.

박순호, 「한국입양아의 유럽 내 공간적 분포 특성」, 『한국지역지리학회지』 제13권 제6호, 2007.

장윤수, 「한인디아스포라와 해외입양」, 『세계지역연구논총』 26집 3호, 2008.

이예원, 「한국사회의 귀환 입양인 운동과 시사점」, 『민족연구』 2009.

金貴玉, 「朝鮮戰爭時の韓國軍慰安婦制度について」, 『軍隊と性暴力』, 現代史料出版, 2010.

宋連玉 · 金榮 編著, 『軍隊と性暴力』, 現代史料出版, 2010.

갈브레이드, J. K., 최광렬 옮김, 『대중은 왜 빈곤한가』, 기린원, 1979.

Charlton, Thomas L., Lois E. Myers, and Rebecca Sharpless, *Thinking about Oral History*, MD: AltaMira Press, 2008.

Kim, Gwi-Ok, "Regional Korean War and Oral History Research" *The Review of Korean Studies* Volume 9 Number 2(June), 2006.

Leydesdorff, Selma, Luisa Passerini, and Paul Thompson(eds.), *Gender and Memory*. Oxford University Press, 1996.

Thompson, E. P., *The Voice of the Past: Oral History*, Oxford: Oxford University Press, 1988[1978].

Yoo, Chul-in(유철인), "Life histories of two Korean women who marry American GIs," doctoral dissertation of Anthropology, University of Illinois at Urbana-Champaign, 1993.

가족사 서사로서 시집살이담의 성격과 의미*

- 박정애 화자를 중심으로 -

김종군

1. 머리말

현대의 이야기문화에서 향유되는 텍스트는 이미 전통적인 구비전승물인 고담이나 전설의 범주를 벗어나고 있다. 현지조사 과정에서 고담 조사를 목표로 이야기판을 기획하더라도 이야기판의 결말은 '살아온 이야기'로 전환되기 십상이고, 그렇지 않으면 초반부터 대부분의 이야기가 화자들의 경험담으로 채워지는 경우가 일반적이다. 남성 화자의 경우는 한국전쟁에 얽힌 경험담이 주를 이루고, 여성 화자의 경우는 시집살이 이야기가 주요 레퍼토리로 자리를 잡은 것이 현실이다.

이러한 실정임에도 이들의 생애담에 대한 관심은 사회학이나 인류학, 심리학, 민속학의 범주에서 구술사로서 연구 대상이 되었고, 문학의 범주에서는 사실담이라는 제약 때문에 적극적인 접근을 피하는 입장이다. 그러나 구술 현장에서 접하는 생애담은 반드시 사실에 입각한 개인의 전력에 대한 연대기적 정보 수준에 머무는 것이 아니다. 제보자는 자신의 생애에서 특징적인 사건이나 인물에 대한 기억을 토로하는데, 이 이야기는 조사과정에서 처음 구연을 시도하는 경우는 아니다. 자신의 삶에서 기구하였거나 극적인 상황에 대한 이야기를 살아오면서 자식들이나 이웃에게 여러 차례 구연한 사례를 거듭 이야기하는 경우가 대부분이다.

우리가 주목할 부분이 여기에 있다. 생애담이 비록 사실 정보에 입각한 사실담의 성격을 띠고 있지만 여러 차례 구술되는 과정에서 문학적 구조로 형상화가 이루어지는 경우가 많기 때문에 사연이 풍부한 생애담의 경우는 이미 구비문학 작품으로서의 위상을 갖추었다고 볼 수 있다. 문학연구자들은 이에 착안하여 생애담 가운데서 문학적 구조와 서사적 특징들을 구명하는데 힘써서 현대구비문학의 새로운 영역으로서 생애담을 자리매김해야 할 것이다.

사실담·경험담·생애담을 구비문학의 범주로 포함하려는 시도는 일찍이 천혜숙[1]·신동흔[2]·김현주[3] 등에서부터 있어 왔다. 이들의 논의에서는 사실담

* 이 글은 『구비문학연구』 제32집(한국구비문학회, 2011. 6)에 실린 논문을 일부 수정하여 수록한 것임.
1) 천혜숙, 「여성생애담의 구술사례와 그 의미분석」, 『구비문학연구』 4집, 한국구비문학회, 1997.
2) 신동흔, 「경험담의 문학적 성격에 대한 고찰」, 『구비문학연구』 4집, 한국구비문학회, 1997.

범주의 이야기에서 찾을 수 있는 허구담적 성격이나 서사구조 분석을 통해 영역 확대를 꾀하였다.

그런데 이러한 생애담 연구에서도 여성 생애담에 대한 연구가 남성의 경우에 비해 활발한 경향을 띤다. 아마도 구술사 조사가 일상사 · 민중사 위주로 진행되는 가운데 남성에 비해 소외받은 존재, 사회적 약자로 인식되는 여성에게 주목하는 경향에서 비롯된 것으로 이해된다. 여성의 생애담에 대한 연구는 천혜숙[4]을 비롯한 김정경[5] 등에 의해 진행되었으며, 지금에 와서는 구비문학의 연구 주제로 부상하는 양상을 보이고 있다. 이들 연구에서는 여성생애담의 서사구조를 분석하여 여성 화자들이 자신의 삶을 의미화하는 방식에 대해 접근하고 있다.

여성 생애담 가운데 특징적인 역사 사건을 겪거나 특수한 업종에 종사하는 대상을 상대로 한 경우를 제외한 가장 보편적인 이야기가 바로 시집살이담일 것이다. 결혼한 여성이라면 노소를 떠나서 누구나 겪는 일상사로 간주할 수 있겠지만, 당사자의 입장에서는 고난이나 억압, 부당함으로 기억되는 사건을 시집살이 이야기로 범주화하여 구연하게 된다. 보통의 경우 시집살이담에서 사건화 되는 소재는 지독한 가난, 시집 가족 중 일부(시아버지, 시어머니, 시누이, 동서 등)의 횡포, 남편의 난봉 등이다. 그리고 이러한 소재들은 극명한 하나의 소재나 인물로 집중되어 단일화되는 경우가 일반적이다. 서사민요의 대다수를 차지하고 있는 시집살이노래의 경우도 단일 사건 위주로 서사가 전개되어 유형화[6]가 가능하다. 물론 기본적인 서사의 배경에는 다양한 갈등의 요소들이 전제

신동흔, 「PC통신 유머방을 통해 본 현대 이야기문화의 단면」, 『민족문학사연구』 13집, 1998.

신동흔, 「구전 이야기의 갈래와 상호관계에 대한 연구」, 『비교민속학』 22집, 비교민속학회, 2002.

3) 김현주, 「일상경험담과 '민담'의 구술성 연구」, 『구비문학연구』 4집, 한국구비문학회, 1997.

4) 천혜숙, 「여성생애담의 구술사례와 그 의미분석」, 『구비문학연구』 4집, 한국구비문학회, 1997.

천혜숙, 「농촌여성 생애담의 주제와 생애인식 양상」, 『한국고전여성문학연구』 2집, 한국고전여성문학회, 2001.

천혜숙, 「농촌 여성 생애담의 문학담론적 특성」, 『한국고전여성문학연구』 15집, 한국고전여성문학회, 2007.

5) 김정경, 「여성 생애담의 서사 구조와 의미화 방식 연구: 『책 한권으로도 모자랄 여자이야기』를 중심으로」, 『한국고전여성문학연구』 17집, 한국고전여성문학회, 2008.

6) 시집살이노래를 대체로 유형화하면, ① 중노릇 가출 유형, ② 친정부모상 유형, ③ 양동우 깨서 항변하는 유형, ④ 시부모의 독살 유형, ⑤ 진주낭군 유형 등으로 특징적 사건이나 소재로 단일화된 경우가 많다.

되어 있더라도 여성 화자의 발화에서는 하나의 사건을 들어서 이야기를 하는 경우가 일반적이다.

그런데 설화나 소설 등의 일반적인 허구서사에서도 단편의 이야기가 있는가 하면 복합적인 인물 구조나 사건이 얽히는 가문소설이 있는 것처럼, 시집살이 이야기에서도 이러한 복합적인 이야기를 접할 수 있어 주목하고자 한다. 이는 소설로 치자면 가족사 소설이나 가문소설로 범주화할 수 있는 포괄적인 서사라는 특징이 있다. 이 이야기를 통해 가족사 서사로서의 시집살이담의 성격을 구명해 보고, 여성 화자에게 가지는 의미에 대해서도 탐구하고자 한다. 나아가서 가족사를 다룬 복합적 시집살이담과 기존 서사갈래의 연관성에 대해서도 추론해 보고자 한다.

2. 구술조사 개요

2.1. 구술조사 상황

2008년 12월 27일과 28일 양일에 걸쳐 두 명의 조사원과 함께 조사를 수행하였다. 필자는 제보자 박정애를 알고 있었고, 그의 시집살이가 기구하다는 이야기를 주변에서 자주 들은 상태에서 사전에 조사 취지를 전하여 방문을 허락받은 상태였다. 12월 27일 밤에 제보자의 집인 경남 하동군 북천면 방화리를 방문하였는데, 제보자는 조사자를 맞이하기 위해 저녁도 준비해 두었고, 며칠간 잠도 자지 않고 자신의 살아온 삶을 되돌아보았다고 하는 등 구술조사에 대해 대단히 우호적이고 적극적인 입장을 취하였다. 밥을 먹고 왔다고 저녁을 사양하자 못내 서운해 하며 별식으로 준비한 호박죽을 동치미와 함께 대접해 주었다.

제보자는 준비한 이야기를 봇물 쏟아내듯 풀어 놓았다. 시집온 이야기부터 시작하여 제보자에게 가장 큰 상처를 준 남편의 전처와 술이 취하면 행패가 심했던 시아버지 이야기가 주를 이루어 1시간 30분가량을 거침없이 구연에 임했다. 이야기 도중 다른 이야기가 섞이면 "이야기가 요량도 없이 이거하다 저거하다 한다"고 하였지만 비교적 침착한 어조로 준비한 이야기를 조리 있게 풀어 놓았다.

잠시 휴식 시간을 가지고 다시 시작한 이야기판에는 조사자의 방문을 알고 집에 들른 둘째아들 내외까지 합류하여 2시간 10분가량 이야기를 계속하였다. 아들 내외는 그동안 간간이 들은 에피소드들을 꺼내며 빠진 이야기가 없는지 챙겨주었는데, 이를 통해 제보자는 자신의 시집살이 이야기를 레퍼토리화하여 가끔 구연한 것으로 판단되었다. 아들의 개입으로 이야기가 반복되기도 하였지만 제보자는 상황을 정리해 가면서 새로운 이야기를 시도하는 모습을 보였다.

초저녁에 시작한 이야기판이 자정이 넘은 시간에야 마쳤는데, 제보자는 방에 불을 넣어 두었다고 자고 가라고 권하며, 다음날 벼슬을 지낸 조상들의 묘가 있는 선산과 열녀비가 있는 재실[7]에 꼭 들르라고 붙잡았다. 다음날 일정을 이유로 집을 나올 때 못내 아쉬운 내색을 떨치지 못했다.

그리고 다음날 제보자에게 다시 전화가 와서 어젯밤에 다 못한 이야기가 있으니 잠시 들르라는 요청이 왔다. 조사자들은 12월 28일 다시 제보자를 찾았는데, 가는 도중 재실에도 들러 사진도 찍어 두었다. 제보자는 어제 조사팀이 가고 난 뒤에 밤잠을 못자고 밤새 뒤척이면서 빠뜨린 이야기를 생각해 냈다고 하며, 시집살이하면서 화병이 나서 의원을 찾고 고생한 이야기를 풀어 놓았다. 그리고는 현재 자식들의 상황에 대해 하나하나 거명하며 이야기를 진행하였다. 자식들의 결혼과정과 현재 자신에게 얼마나 잘 하는지를 자랑하기도 하면서 대략 한 시간에 걸쳐 이야기를 풀어 놓았다.

2.2. 시집살이 개요

제보자 박정애는 1932년, 경남 하동군 하동읍 호암(범바구)에서 태어났다. 부모님은 칠남매를 두었는데, 홍진으로 모두 죽고 오빠와 남매로 성장하였으며, 아버지는 아홉 살에 병으로 돌아가셨다. 홀어머니 밑에서 일제시대 관리학교 2년을 마치고, 마을의 길쌈을 도맡아 해주며 오빠 뒷바라지도 하고 생계도 꾸렸는데, 집안 형편이 그렇게 어렵지는 않았다.

어려서부터 점을 치면, 정상적으로 시집을 가면 명이 짧을 것이니 재취자리로 가야한다고 하여, 스물한 살 먹어서 십리 거리의 화심동에 딸 둘을 두고 전

---

7) 제보자의 시집은 경주이씨 집안으로, 조선후기 서울에서 경남일대로 유배를 와서 지금의 하동지역에 안착하였다고 한다. 20년 전쯤에 하동군 횡천면소재지에 재실(齋室)을 위엄 있게 건립하였고, 그 재실 앞에 조상의 열녀비가 위치해 있다.

처가 집을 나간 이씨 집으로 시집을 갔다. 신행 온 날 떡국상[8] 앞에서 일곱 살, 다섯 살의 두 딸과 첫돌이 지난 막내딸을 무릎에 안겨주는 것을 보고 젖먹이 딸의 존재를 숨긴 사실을 비로소 알았다.

인근에서 양반 집안이라고 소문도 났고, 부산에서 직장생활을 하다가 들어온 남편도 잘생겼다고 하여 시집을 와 보니 끼니를 걱정할 정도로 살림이 엉망이었다. 이대로 살 수는 없어서 남편에게 그동안의 정황을 듣고 외사촌에게 빼앗긴 논 열세 마지기[9]를 되찾아 집안을 일으키기 위해 백방으로 노력하여 3년이 지나니 겨우 가세가 폈다. 그동안 시아버지와 시어머니, 남편은 아무 일도 하지 않고 수수방관하였다.

시집오고 한 달이 지나자 집안의 실상을 보게 되는데, 시아버지는 술주정으로 밤마다 집안을 뒤집고, 시어머니는 양반집 막내딸이라 하여 가정 살림에 무관심하였으며, 남편은 마을 이장 일을 본다고 날마다 읍내에 나가서 기생들과 어울렸다. 남편의 전처도 이런 상황을 견디지 못해 집을 나갔다고 했다.

시아버지는 극심한 주정으로 시어머니와는 일찍이 각방을 쓰면서 불화가 심하였는데, 맨 정신에는 아무렇지도 않다가 술이 취하면 온 가족을 구타하고 난동을 부려 남편과 시어머니를 밤마다 이웃집으로 피난을 시키고 혼자서 술주정을 다 받아냈다. 머리채를 휘어잡고 온 마당을 돌리는 수모도 겪어야 했다. 시어머니는 양반집 딸이라고 고상하게 앉아서 살림에는 일체 관심을 두지 않고 쫓아다니면서 끊임없이 잔소리만 해댔다. 그래도 그 근엄함이 무서워 눈도 감히 마주치지 못했다.

남편은 성격이 무던한 사람이었는데, 집안 살림을 돌보지 않고 마을 이장 일을 20년 동안 맡아 볼 정도로 바깥일에만 힘썼다. 한량으로 술 마시고 기생들과 어울려 노는 일로 소일하였지만 그건 참을 수 있었다. 문제는 젖먹이를 포함해 세 딸을 두고 나간 전처가 일 년이면 두세 번 찾아와서 손님처럼 묵었다 가는 일이었다. 처음에는 멋모르고 보아 넘겼는데 반복되자 도저히 참을 수가 없어

----

8) 제보자는 이것을 '정밥상'이라고 설명하였다.
9) 남편이 일본 징용을 가서 벌어온 돈으로 논을 사두었는데, 시부모는 그것도 관리하지 못하고 외삼촌에게 맡겼다가 해방 후 토지정비 때 외삼촌이 자신의 명의로 등기를 한 사실을 알게 되어, 시집 와서 이를 바로 잡았다.

당장 나가라고 퍼부었다. 그러자 그 후론 읍내에 여관방을 잡아서 남편을 불러내는 것이었다. 결혼하고 아들 둘을 낳도록 이혼도 해주지 않아 출생신고를 전처소생으로 할 수밖에 없었는데, 지금 생각해도 살면서 가장 분한 일이었다. 더기가 막힌 일은 전처가 부산에서 떠돌이 남자를 만나 아들을 하나 낳았는데, 실을 호적이 없다고 남편에게 부탁을 하였고, 남편이 그 일을 상의해 오자 분노가 폭발하여 이혼을 시킬 수 있었다.

전처가 두고 간 딸 셋에게는 미운 마음이 전혀 안 들고 정이 갔다. 남편과 사이에 3남 2녀를 두었는데 형제간에 서로 다투지도 않고 착실하게 자랐다. 전실 딸 중 셋째 딸은 영리하여 남편의 반대를 무릅쓰고 고등학교까지 보냈다. 그러나 친자식처럼 살갑게 잘하지는 않았다.

집안 살림도 좀 나아지고 해서 가산을 정리하여 선산이 있는 북천으로 이사를 하였는데, 친정에 문제가 생겼다. 직업군인으로 안정된 생활을 하던 오빠가 갑자기 자살을 하고, 하는 수 없이 오갈 데 없는 친정어머니를 모셔야 했다. 친정 올케가 춤바람이 나서 집 두 채를 다 말아먹고 집을 나가자 오빠는 제대 신청을 하고 결국 자살하게 된다. 남은 재산을 탐내서 어머니를 모시겠다던 올케는 한 달 만에 어머니와 분란을 일으켜 모셔가라고 한 것이다. 마당을 사이에 두고 위채에 시어머니가 거처하고 아래채에 친정어머니가 거처하는데, 시어머니의 괄시가 이만저만이 아니었다. 돌아가시면 사돈집에서 초상을 칠 수는 없다고 생각하여, 결국 15년을 모시다가 명절에 온 친정조카의 차에 억지로 태워서 보냈더니 한 달 후 돌아가셨다. 그래도 그 때 어머니를 조카에게 보내고 거기서 돌아가시게 한 것에 대해서는 후회가 없다.

시아버지와 시어머니의 불화가 끊이지 않아 부산의 시동생에게 시아버지를 모시라고 하였는데, 작은 아들집에 간 시아버지는 술을 먹고 쓰러져 하반신이 마비가 되어 다시 모셔오게 되었다. 3년간 대소변 수발을 받고는 돌아가셨는데, 그 와중에서도 술을 계속 드셨다. 그래도 주정을 하지 않으니 대변을 치우는 일이 하나도 힘들지 않았다. 시어머니는 남편 병수발을 한 번도 하지 않고 도도히 지내다가 아흔에 돌아가셨는데, 쓰러진 후 한 달 만이었다. 남편은 아흔 셋으로 돌아가셨는데, 돌아가기 몇 달 전부터 대소변을 받아냈는데, 어느 며느리나 딸에게도 시킬 수 없었다. 그런데 시아버지 수발 때는 힘든 줄을 몰랐는데 남편의 병 수발은 무척 힘들었다.

전실 소생 둘째 딸이 결혼하여 살다가 사위가 병으로 죽으니 먹고 살기 힘들다고 갓 돌이 지난 외손녀를 데리고 와 울며불며 사정을 했다. 하는 수 없이 두고 가라고 하여 초등학교 5학년 때까지 거두었다. 자라면서 상처가 될까봐 엄마를 이모라고 부르게 하며 애지중지 길렀는데 자라서 제 어미를 쫓아가더니 자주 찾지도 않아 서운했다.

남편이 돌아가고 지금 비록 넓은 집에 혼자 지내지만 아들 셋이 가까이 있어서 날마다 돌아가면서 들여다 봐주고, 손자들도 모두 잘 돼서[10] 이젠 여한이 없다. 몸 아픈 데만 없으면 말년이 행복할 것이다.

2.3. 시집살이에 연관된 가족과 대표적인 에피소드

박정애의 시집살이와 관련되는 가족들과 그들에 얽힌 대표적인 에피소드를 표로 정리하여 나타내면 아래와 같다.

관계	인물의 성격 및 대표적인 에피소드	평가
시아버지	· 양반의 후예, 주색을 좋아하여 가산탕진, 아내와 평생 불화. · 손재주가 뛰어나 글씨나 전각 및 공예에 재능이 있음. · 〈술 먹을 돈이 적다며 도끼로 소를 죽이겠다고 소동 벌린 이야기〉 · 〈술주정으로 머리채를 휘여 잡혀 맞은 이야기〉 · 〈하반신 마비 후 3년간 대소변 수발한 이야기〉	부정적/동정심
시어머니	· 양반집 막내딸로 살림엔 무관심하고 도도함. · 기방 출입하는 남편과 각방살이. · 〈한번 시작하면 열흘을 가는 잔소리꾼〉 · 〈신행 온 새 며느리에게 사흘에 걸쳐 자기 빨래시킨 이야기〉 · 〈남편이 죽을 때까지 앙숙으로 지낸 이야기〉	부정적/외경심
남편	· 준수하고 인정도 있으나 유순하여 결단력이 부족함. · 음주가무를 즐기고 치산에는 무관심.	유보적/동정심

---

10) 제보자는 큰 아들에게 손녀 둘, 둘째아들에게 손자 둘, 셋째아들에게 손자 둘을 두었는데, 둘째아들에게서 난 장손이 한의사로 있다는 사실을 구연 도중 자랑하였다.

	· 〈부모의 무관심으로 일본 징용 간 이야기〉 · 〈전처를 감싸고 온정을 베푸는 결단력 없는 남편 이야기〉 · 〈기생과 과부들에 빠져 가산을 돌보지 않는 한량 남편 이야기〉	
남편의 전처	· 어린 자식을 버리고 갈 정도로 모질고 염치가 없음. · 〈이혼도 해주지 않고 남편을 꼬여내는 염치없는 여자〉 · 〈어린 딸들도 내팽개치고 시어머니 머리채를 쥐어뜯는 독한 여자〉 · 〈떠돌이 남자 자식을 낳아 전남편에게 입적해 달라고 한 이야기〉	부정적/혐오감
전처소생 세 딸	· 정을 붙여 키워서인지 계모와 갈등 없음. · 친자식과는 마음 씀씀이가 차이가 남. · 〈신행 첫날의 떡국상 앞에서의 첫 만남 이야기〉 · 〈남편의 반대에도 셋째 딸 고등학교 진학시킨 이야기〉	긍정적/동정심
친자식 삼남이녀	· 어머니의 고생을 알고 모두 착실하게 자란 효자들임. · 〈어머니의 고생을 알고 할머니에게 항변한 둘째 아들 이야기〉 · 〈외할머니에게 각별한 정을 가진 큰 아들 이야기〉	긍정적/애착심
친정 어머니	· 생활력이 강하고 자존심을 갖추어 딸을 적극적으로 지원함. · 〈말년에 딸집에 의탁하면서 사돈의 괄시를 받은 어머니 이야기〉 · 〈딸네집서 종신하면 안돼서 조카에게 내몬 사연〉 · 〈어머니의 안타까운 죽음과 이장한 사연〉	긍정적/미안함
친정오빠	· 성실하고 인자하지만 유순한 성품. · 〈누이동생의 시집살이에 눈물 흘린 친정오빠〉 · 〈아내가 춤바람이 나자 자결한 오빠〉	긍정적/안타까움
친정올케	· 음란하고 책임감이 없으며 몰염치함. · 〈춤바람으로 가산탕진하고 가출하여 오빠를 죽게 한 악녀〉 · 〈시어머니도 모시지 않고 떠맡긴 몰인정한 사람〉	부정적/혐오감
외손녀	· 철없고 인정이 없음. · 〈전처소생 둘째 딸이 남편이 병사하자 젖먹이로 맡긴 사연〉	긍정적/동정심

3. 시집살이 이야기 분석

3.1. 시아버지와 시어머니 이야기

시집살이 이야기에서 여성에게 가장 큰 고난을 가하는 존재는 시부모가 일반적이다. 보통의 경우 시어머니의 구박이 심하면 시아버지는 방관자로서 지켜보거나 온정을 가진 존재로 변론을 해주는 경우가 흔하다. 그러나 제보자의 시부모는 두 사람이 모두 혹독한 고난을 가한 존재로 기억되고 있다. 특히 시아버지는 술만 취하면 폭력을 행사하였으므로 육체적 고통이 더하였고, 시어머니는 육체적인 학대를 가하지는 않았지만 잔소리로 사람 마음을 괴롭혔다.

두 사람은 평생 동안 몸은 비록 어른이었지만 정신이나 마음은 어린 아이 수준에 머물러 있었다고 볼 여지가 많다. 제보자가 단정적으로 말하지는 않았지만 구술 도중 여러 에피소드에서 그 심중을 읽을 수 있었다. 제보자는 시부모의 철없는 행동들에 대해 나름대로 일목요연하게 정리하여 기억하였고 이를 정연하게 풀어 놓았다.

3.1.1. 양반의 자식, 무능한 부모

시아버지와 시어머니는 모두 양반의 후예로서 어려서부터 어려움을 모르고 자랐다고 한다. 시할아버지가 구한말에 참봉을 지냈고 치부를 하여 하동군 횡천면소재지 땅이 대부분 그의 소유였다고 전한다. 그 아래에 두 아들을 두었는데 시아버지는 둘째아들이었고, 두 아들이 선대의 재산을 모두 탕진했다고 한다.

> 그 할아버지가 여 횡천서 살 쪽에는 자기- 땅, 넘으 땅 안 봉고 댕기고, 그만침 부재라. 부재집일근데, 부재집 두채 아들이그든? 두채 아들인디 살림도 모리고, 아무 것두 모리고 마, 부모 세업으로 마이 탔어. 마이 타, 탔는디 (목소리를 높여) 싸악 기상한티 다 갖다 조 비리고. (웃음) [조사자 : 할아버지가?] 할아부지가. 기상, 싸악 다 갖다 조 비리고 고마, 아 저, (손을 내저으며) 아무 것두 인자 자기 아들, 딱 아들만 둘 낳았그던. 둘이 났는데, 그 사람들 키울 적에는 고마, 살림도 모리고 고마, 얄궂지 그리 됐는 기라.
> 아바이란 사람, 핑-상 기상방 가 있제-. 어마이란 또 막냉이 참, 부잣집에서 막냉이로 해갖고 하인들 뎃꼬 오고, 그르이 해서 시집와갖고, 아무 것두 모리고, 마 살

림을 모리는 기라 도저히.

시어머니는 화심동[11]에서 최고 부자였던 집안의 팔남매 막내로 자라서 아무
것도 할 수 없었다고 한다. 제보자가 시집을 올 때는 양반 집안이고 해서 먹을
것은 여유가 있을 줄 알았는데 막상 와 보니 집만 내 집이지 논밭은 물론이고
채소를 기를 밭 한뙈기도 없었다고 한다. 부모에게서 물려받은 풍족한 재산을
곶감 빼먹듯이 다 팔아서 먹어치우고, 집안의 의복이며, 놋그릇, 기타 세간을
모조리 잡혀서 술과 떡을 사먹었다는 이야기는 몰락한 양반가의 전형적인 이야
기이기도 하며, 〈심청전〉에서 보이는 뺑덕이네의 악행과 흡사해 보인다.

이렇게 경제적으로 무능한 존재들이었으므로 큰 아들인 남편은 국민학교만
마치고 일본으로 징용을 갔고, 거기서 모은 돈으로 집안에 논을 열세 마지기를
사주었다고 한다. 그런데 이마저도 관리하지 못하고 시어머니의 친정오빠에게
맡겼다가 토지개혁 때 명의가 넘어가는 지경에 처해 있었다.

3.1.2. 시부모의 불화

제보자가 기억하는 시부모는 몰락한 양반가의 부부의 전형으로 보인다. 부모
에게서 물려받은 재산을 모두 먹고 마시는 것으로 탕진하고, 살림에는 무관심
한 무능한 존재이니 아들은 객지로 나가 고생을 했다. 이러한 전형에 어긋나지
않게 두 사람은 평생을 서로 핥기면서 살았다고 한다. 이러한 시부모의 불화에
서 오는 갈등이 그대로 시집살이로 이어진 것으로 기억하였다.

> 우리 집 어무이가 양반으 참, 딸로서 이리 했는디,
> "더런 년들 몸, 붙친 건 내 몸뗑이 안 댄다."
> 딱, 요런 식으로 고마, 해. 그런께 더 하는 기라 할배.
> 그래갖고 자기 옷도 다 갖다 잡히-묵으삐리고 온께, 그륵도 놋그륵도 없어. 싹,
> 다 갖다 잡히묵으삐리고.

----

11) 경남 하동군 하동읍 흥룡리의 마을 이름.

아들 둘 놓고는 저리, 영감을 상대를 안 해, 절대. 그런께 분란이 나그든. 그런께 집이 분란이 나는 기라. 남자가 집이 들오믄 여자가 좀 알랑알랑해야 뭘 거슥할 낀디,

시아버지가 술을 좋아하니 자연히 기방 출입을 할 것이고, 시어머니는 도도함을 갖춘 양반집 딸로서 아들 둘을 낳고는 남편의 더러운 몸에 자신의 몸이 닿는 것도 싫다고 평생을 각방을 썼다고 한다. 제보자의 눈에는 이 역시 세상물정을 모르는 행동으로 보였다. 남자가 비록 잘못이 있더라도 가정의 화목을 위해서는 자존심을 굽히고 부드럽게 품어야 한다는 입장이다.

이러한 부부간의 불화는 일시적인 감정 다툼이 아니라 평생 동안 이어진 정 없음으로 이해된다. 제보자는 시부모 사이의 갈등을 몇 가지 에피소드로 기억하고 있었다. 〈각자 독상으로 받는 상 위에 맛있는 반찬 훔쳐 가기〉, 〈군불 때는 나무 훔치기〉, 〈반신불수가 된 상태에서도 멱살 잡고 싸우기〉, 〈남편이 죽도록 똥 한번 안치우기〉 등이 그 예들이다. 이러한 불화는 죽음을 맞는 상황에서도 풀리지 않았다고 한다.

그때는 아랫방에 세상을 비-도 객사라 캐. 객사라 캐서, 그래 아랫, 꼬옥, 오실 때는 세상을 벨릴 겉드라고. 그래서 아랫방에, 웃방으로 내가 모실라 큰께 할멈이 천하없어 몬 들어오구러 하는 기라. 할멈이 꼭 몬 들어오구로 해서, 고마 내가 밀고 들으갔어. 들으가니까 할수없어 자기가 아랫방으로 인제 피해 가는 기라. 아랫방으루 피, 그래 방을 바꾼 텍이지. 그래 아랫방으로 피해 가드만, 영- 고마, 고집을 피우고, 할멈이 고마.

부산 작은 아들 집에 잠시 기거하다가 쓰러져 하반신 마비가 되어 돌아온 시아버지가 꼭 죽을 것 같아서 안방에 모시려고 하니 시어머니가 완강하게 비켜주지 않으려고 했다고 한다. 정침(正寢)을 못하는 것도 객사로 보는[12] 마을 풍속에 해가 될까봐 밀고 들어가는 용기를 보였다고 한다. 그리고 병 구환을 잘하

---

12) 장례의 절차 중 천거정침(薦居正寢)을 지칭하는 말로, 사후에 제사를 받들 안방에서 임종을 해야 한다는 풍습을 제보자는 반드시 따르고 싶어 했다.

여 죽을 위기를 넘기자 똥 냄새가 문제였다. 성주를 비롯한 가신을 모시는 안방을 그대로 둘 수가 없어 다시 방을 바꾸자고 하니 시어머니는 강하게 거부한다. 하는 수 없이 꾀를 내어 점쟁이에게 부탁을 하여 성주신이 원한다고 협박을 하여 방을 바꾸게 한 이야기는 지혜로운 며느리의 일화로 다가온다.

3.1.3. 시아버지의 술주정과 폭력, 시어머니의 멸시와 잔소리

사치벽과 무능함이 태생적으로, 또는 성장과정에서 자리 잡은 것이라 고칠 수 없고, 부부가 불화하여 평생을 싸우는 것도 두 사람의 몫이니 지켜볼 수밖에 없는 요건이지만 본격적으로 가해진 시집살이의 실상은 상상을 초월한다. 시집 온 지 한 달 후부터 벌어진 한밤중의 난동 상황을 제보자는 '범아구지'로 표현하였다. 시아버지의 술주정은 속옷 바람에 도끼를 들고 사람에게 덤벼들기도 하였고, 이를 피해 사람이 집에 없으면 닭장에 들어가 닭목을 모조리 비틀어 죽여 버리기까지 했으니, 마을로 내려온 호랑이의 난동으로 비유될 수도 있겠다.

> 빤스바람으로. 그래 한븐 잽힜다 쿠먼, 전엔 옛날엔 (머리를 만지며) 낭개 머리그든. 요새는 이래 논께로 뭐 잡을 것두 없지. 근디, 낭개머리 (손을 휘휘 골리며) 창-창 손에 감아놓먼 몬 빠져나와. 그래가 한번은 얼-매나 고마, 온 마당- 끌고 당기민서 내를 패놨으. 패놔두 뭐 뒷날아측 몬 인나겠든디, 고개도 몬 들겄고. 그래 참 신랑한텐 안 맞아 봐두, 시아바이한텐 마이 맞았으, 내는. 그래두 우리 집, 인자 우리 어무이를 만날 오믄 패다가, 어무이 싱키삐논께 인제 내한테다 엄포를 하는 기라. 내가 싱키논께로 인자.

제보자가 어려운 살림살이를 일구고 모은 돈으로 농사지을 소를 사겠다고 시아버지와 남편을 모시고 하동장을 갔는데, 소 값을 치르느라 시아버지 술값을 적게 준 것이 화근이 되었다. 소를 사온 날 밤 시작된 전쟁같은 술주정은 남편과 시어머니를 피난시키면서 시작되었다. 소를 외양간에 두고 자신까지 피난을 하면 도끼로 쳐 죽을 것 같아 남았더니 쪽진 머리채를 칭칭 휘어잡고 온 마당을 돌리며 때렸다고 한다. 살아오는 동안 단 한 번 겪은 폭행이라 하더라도 제보자의 뇌리에는 가장 강하게 박힌 시집살이의 고통인 듯하였다.

그런데 조사과정에서 아들이나 며느리도 이 이야기는 처음 듣는 반응을 보였다. 집안의 가축을 죽이고, 집기를 부수는 술주정은 여러 차례 들려주었지만, 직접적으로 며느리를 구타하는 할아버지의 모습을 자식들에게 전하고 싶지 않은 배려로 이해되었다. 이 이야기를 구연하는 제보자의 의중은 그동안 가슴 속에 숨겨 두었던 가족들의 극단적인 치부까지도 풀어 놓겠다는 데까지 가 있었다. 결국 우리의 구술조사를 자신의 일생을 돌아보는 자서전적인 성격[13]으로 단정한 듯한 분위기를 읽을 수 있었다.

> 참-, 마음씨는 고와. 고븐 양반이, 넘헌테는 절대 그래 안해. 넘헌테는 절대 그런디, 내 가족에만 그런당께. 가족에만. 그래고 마, 연장, 연장을 갖구 설치구. 나는 신랑헌테는 빰 한 개두 안 맞아 보고, 이년 소리두 안 들어 봤는디 시아바이한테는 마이 맞았어. 술을 잡숩고 오믄 그래. 술. 뒷 날, 술로 깨믄 참- 미안해하믄서두 그래.

시아버지의 이러한 폭력 속에서도 살 수 있었던 것은 시아버지의 심성이 그나마 고왔기 때문이라고 변론하는 입장도 보인다. 이러한 시각은 전장 같은 상황을 참지 못하고 집을 나간 남편의 전처와 자신을 비교할 때 자신이 가진 우위의 지점을 보이는 것이고, 가족이라는 울타리는 참고 견디는 가운데 유지될 수 있다는 신념을 보이는 지점이기도 하다.

시아버지의 폭력적 시집살이에 비하면 시어머니의 시집살이는 그나마 받아줄 만하였다고 한다. 한 가지 꼬투리를 잡으면 열흘도 넘게 읊어대는 잔소리로 정신적 스트레스가 컸지만 시아버지의 폭력보다는 견딜 만했다는 입장이다.

> 인자- 시아부지만 그르믄 괜찮은디-, 우리 집 어머이는 또 (눈을 질끈 감으며) 그리 잔소리가 많아, 또. 자기는 아무, 손두 까딱도 안 함서르도, 자기 방두 청소 안 해. 그르험서르도 오-만 팔뚝 거석을 다 하고, 잭설로 여, 요새 녹차. 녹차 그기,

---

13) 구술 자서전에 대한 언급은 이미 천혜숙과 김정경의 논문에서도 있어 왔다. 천혜숙, 「여성생애담의 구술사례와 그 의미분석」, 『구비문학연구』 4집, 한국구비문학회, 1997; 김정경, 「여성 생애담의 서사 구조와 의미화 방식 연구:『책 한권으로도 모자랄 여자이야기』를 중심으로」, 『한국고전여성문학연구』 17집, 한국고전여성문학회, 2008.

전에는 녹차가 읎었그든? 읎었는디, 자기 친정 대밭에 가면은, 녹차가 몇 나무 있어. 그기이 약나무그든. 꼭- 그걸 따다가 일 년 열두 달, 삼백육십 날 하리도 안 잡술 때가 없어. 그때는, 요새는 참 저 까스도 있고- 전에는 곤노도 있고 허지만은, 부숙케다 맨날 딜이야 돼, 잉그락에다. 그래 댈이놓믄, 그걸 따라, 그래 댈이갖고 그기라도 좀, 자기가 따라 잡숩면 허낀디. 내가, 언-제든지 따라 바치야 돼. 바치야 된께로 고마, 내가 어쩌다 참 뭐 바빠서, 대차 아들 거슥헐라 하제, 들에 갈라 허제, 몬, 몬 따라 바치믄 인자, 늦게 좀 따라가 가머면, 내 돌아오는 뒤꼭제에 날아와, 그륵이. 날아오는데, 날아오제.

제보자는 시어머니에 대해 이중적인 잣대를 가지고 평가하는 입장을 보였다. 양반집 딸로서 귀하게 자라서 살림도 모르고 게을렀으며 잔소리로 며느리를 못 살게 구는 전형적인 시어머니상이지만, 다른 한편으로는 한문까지 읽어내는 유식함, 평생 녹차를 마시는 정갈한 취향을 가진 우아한 여성의 모습이었던 것이다. 삶에 쪼들려 자신은 엄두도 낼 수 없는 고상함을 갖추고, 게다가 남편의 부정을 평생 용납하지 않은 도도함까지 갖춘 선망의 대상으로 인식하고 있음을 이야기 곳곳에서 발견할 수 있었다.

3.1.4. 순종과 항변을 병용한 시집살이 자세

제보자는 이러한 호랑이 입 같은 시집살이에서 견뎌내는 방식을 나름대로 깨우친 현명함을 보였다. 이는 아마도 사람이 세상을 사는 지혜라고 할 수 있을 것이다. 순종과 항변이라는 두 가지 대처 방안이 없었다면 시집살이는 절대적인 비극으로 기억되었을 것이다.

그래도 내가 말로 안 허그든. 절-대 말 안해.
그른께 첨먼제 시집온께, 시아바이가 댕기믄서 주막에,
"우리 집이는 버벌이를 하나 데다 났다고, 버버릴 하나 데다 났다."
자꾸 요래, 요른다 해. 그래 뭐 헐든가 마든가, 내는 말로 안 허지. 그 사람들허고 갈불라면 내가 미칠 거 겉은디, 갈불 수가 있냐 말야. (웃음)

전형적인 며느리상인 순종하는 모습은 참는 데서 비롯된다. 부당함에 대해 언급하지 않고 벙어리 삼 년, 귀머거리 삼 년, 봉사 삼 년이라는 시집살이의 세태를 알고 있었으므로 그대로 실행하고자 한 것이다. 약자일 수밖에 없는 며느리 입장에서 터득한 삶의 방식으로 체화한 것이다.

그러나 제보자는 모든 점에서 자신을 억누르고 살지는 않았다. 자신에게 가해지는 폭력과 멸시는 참아낼 수 있었지만 친정에 대해 가해지는 부당함에 대해서는 항변하는 모습도 보였다.

> 우리 어매 인제 환갭이, 친정어매 환갭이 돌아와서. 대처 아들 하나 딸 하난데, 아들은 군에 가삐고, 딸이 안 찾아주믄 찾아줄 수가 없어서, 내가 옷 한 벌하고 단술 한 단지 허고, 이고 갔어. 갔드만, 그거 가아 갔다고. 자기들 해서, 자청해서 보내 될 석세, 내가 해갖고 가는디도, 그거 했다꼬, 따악 한 달로, 하릿지녁 빠지고 낼로 퍼붔는 기라, 고마. 으찌 쌩이 나는고 내가, 외사춘 시아재 델다 앉히놓고, 신랑 앉히놓고, 시아배 앉히놓고 인제, 술 안 채서. 시어매 앉히놓고, 내가 간다 캤어.
> "내가 사람으 집에 오믄, 사람을 사람으루 봐야 될 낀다- 사람으루두 안 보고, 내가 이래가 우찌 살겠느냐고 내가. 내가 무슨 죄나 짓고 가믄 내가 야간도부를 허지만은, 나는 이 집이 와 죄 진 거 한 개두 없은께, 나는 뻔-하이 보는데."
> 갈라 캤어.
> "간다꼬."
> 이랬어. 가구러 허냐, 또? (웃음)

혼자 사는 친정어머니의 환갑을 맞아 자신이 모아 둔 돈으로 옷을 한 벌 짓고, 식혜를 한 동이 해서 찾았다고 한 달 동안 구박을 한 사건이 빌미가 되었다. 이 상황에서 제보자는 분함이 폭발하여 집을 나가겠다고 선언했다고 한다. 그런데 그 방식에 있어서도 현명함이 묻어난다. 일일이 대꾸를 할 경우는 시부모에게 불경한 며느리로 비난을 받을 것은 분명한 상황이라 판단하고, 제보자는 사적인 자리에서 항변하는 것이 아니라 공적인 자리를 마련하여 강력하게 항변하는 모습을 보인다. 가족들끼리 모인 사적인 자리에서의 항변은 시집살이의 투정으로 보일 수 있으므로 시부모와 남편, 거기다 외부 사람인 남편의 외사촌을 동석 시켜 자신의 억울함을 항변하고 있다. 그리고 그 방식은 가정을 버리고 집을 나가겠다는 것이었다. 이러한 처방은 이미 한번 며느리가 나간 적이 있고, 집안 살림을 모두 맡아서 일으킨 며느리의 부재가 가족들에게 미칠 파장을 잘 아는 입장에서 나올 수 있는 극약 처방이었다.

제보자의 이러한 항변은 이후 몇 차례 있었다고 한다. 불화가 심한 시부모 문제를 공론화하여 그 해결책으로 부산의 시동생이 시아버지를 모시도록 결단을 내리기도 하였다. 이러한 대응 방식은 여장부의 면모로도 보인다.

3.1.5. 시부모에 대한 기억

제보자는 시아버지를 말년까지 정성껏 모셨다고 한다. 부산에 간 시아버지가 하반신이 마비되어 다 죽게 되었는데, 모시고 와서 3년에 걸쳐 대소변을 받았다고 한다. 여느 시집살이의 결말과 다르지 않다. 그런데 이 상황에서 제보자는 시아버지에게 동정의 마음을 가진다.

> 그래 삼 년을 인자, 똥을 내가 쳤어. 똥을 쳐이, 똥을 쳐도, 칠 때는 고마, 넘은 내로 욕 본다 그래싸도, 나는 참 좋아, 똥 치는 기. 그그는 내 수족만 놀리믄 되는 기그든. 수족만 놀리믄 되는디, 그만-침 저, 맘도 좀 편코. 또- 저녁만 되믄 고마, 뭐 으찌 하꼬- 싶어서, 그런 불안도 읋고. 그런 불안도 읋고 고마, 참- 내 맘에는 그리 좋을 수가 없어. (웃음) 이그는 내, 내 몸만 꿈직이믄 되는 긴께. 참- 좋드라고. 삼 년을 똥을 쳐도, 한- 개두 싫은 게 없어.

기세가 등등하여 사람을 못살게 하던 시아버지를 바라보는 시각이 동정심으로 변하는 모습이다. 대변을 치우는 수고로움은 밤마다 겪었던 공포의 시간에 비하면 행복이었다고 회상하고 있다. 여기서 제보자에게 시집살이는 극단의 공포 자체였음을 확인할 수 있다. 제보자는 시아버지의 마지막을 잘 지켜주어 지역 방송국으로부터 효부상을 받기[14]까지 하였다고 한다.

제보자에게 시부모는 마치 어린아이와 같은 존재였다고 판단된다. 가정 살림

---

14) 시아버지의 병구완을 지켜본 마을 사람들의 추천으로 진주 MBC에서 수상하는 효부상을 받았다고 한다. 제보자는 이러한 영광스러운 상을 받은 것도 다 시아버지 덕이라고 웃으며 언급했다.

이나 가정의 화목에 대해서는 전혀 고민이 없이 오로지 자신의 욕구-맛있는 음식, 편안한 생활만을 갈구하다가 그것이 이루어지지 않으면 투정하고 폭발하는 어린 아이와 같은 시부모를 평생 수발한 것이다. 그럼에도 시아버지에 대해서는 동정의 마음을 가지게 되고, 시어머니에 대해서는 외경의 마음을 간직하게 된 것이다. 아마도 가족이라는 울타리를 지키려는 강한 의지가 그러한 선성(善性)으로 발현된 것이 아닐지.

3.2. 남편과 전처 이야기

시집살이 이야기에서 남편이 가해자로 설정되는 경우는 주색잡기라고 할 수 있는 난봉과 도박, 폭력 등에 얽힌 이야기가 일반적이다. 그런데 제보자의 경우는 남편의 전처가 가출을 한 상태에서 재취로 들어간 것이 갈등의 여지를 안고 있었다. 제보자의 시집살이 구연 가운데 가장 비난의 대상이 된 존재는 남편의 전처였다. 시부모의 폭력과 구박, 친정의 몰락, 남편의 난봉은 다 참아 낼 수 있었어도, 남편 전처의 몰염치한 행동에 대한 미움과 질투의 감정이 제보자를 가장 힘들게 한 요소였다.

3.2.1. 우유부단하고 무능한 한량 남편

제보자는 남편에 대해 다분히 온정주의적인 시각을 보였다. 성격적으로는 유약하고, 경제적으로는 무능했지만 심성이 착하여 부모의 말씀에 순종하는 효자였고, 자신에 대해서도 평생 욕설을 해 본 적도 폭력을 행사한 적도 없는 무던한 사람이라고 평가하였다.

아바이가 그 야단을 해도,
"아바이, 왜 그래요."
그 소리두 안 해.
그래구 동네서두 참 호자라꼬-, 참- 호자라꼬 막, 참 동네서도 칭찬두 마이 들었으. 절-대, 아바이 상대를 안 해.

내는 맏내갖고 자기 번 거 안 써봤어. 저 마누래 있을 때는 직장 있어가 그래 했지만 해도, 그질로 나가갖고 맨-날 동네 이장만 몇 십년 했지.

남편은 선대에서 물려받은 가산을 모두 탕진한 부모를 대하는 데도 한 번도 거역한 적이 없어 효자라는 칭찬을 들었다고 은근히 자랑하고 있다. 비록 경제적으로 무능하여 집안 살림을 위해 평생 돈벌이를 한 적은 없지만 남편의 심성을 잘 알기 때문에 자식들 앞에서도 비난을 삼가고 살았다고 한다. 그런데 이러한 가정에서의 행동 방식이 그대로 자식들에게 교육의 효과를 발휘함을 볼 수 있다.

그래 자시고, 그래 해도. 참 자슥들이, 그리 즈그 아부지가 그리 술로 잡솨도,
"아부지. 왜 그, 술 잡솼냐?.
그른 소리도 안 허고. 펭상 노래만 부리고 놀아도-,
"아부지. 왜 그리 노냐."
소리두 안 허고. 참 아들네들, 효자는 효자라. 그래 펭상 나는 내 혼차 일로 하지, 전에 머슴 있실 때는 머슴 덴꼬 아들 덴꼬 했지만은. 인자는 펭상 내 혼차 일로, 들에 가서두 하고. 들에 가서 일 허구 내가, 한 손에 들고 마, 한 손에 이고 이래가 와도, 마중이는 나오는 기라. 인자 해놔 오는가 나서도, 그그 받는 법이 없어. (웃음) 받는 법이 없어. 그래, 그래서 인자, 하두 무겁버서 인자,
"아이, 이걸 좀 받으먼 안 돼요?"
긍께,
"아이, 그럼 진작 그르지."
그기, 생각이 읎는 기라.

남편이 문제가 많은 시부모를 원망하지 않은 것처럼, 자식들도 한 번도 아버지의 음주와 무능함을 비난하지 않는 효자의 모습을 갖추더라는 시각이다. 지극히 자기희생적인 발상이 답답해 보이는 일면도 있지만 살아 있는 가정교육의 장으로 인식하고 있다고 볼 수 있다. 자신이 남편의 무능함을 비난하지 않고 머슴처럼 일을 하는 편이 자녀의 교육에도 도움이 되고, 가정의 화목을 유지하는 방편이 된다는 자기희생이 깔린 삶의 방식이다.

제보자는 남편이 자신에 대해서는 별로 정이 없었다고 보는 입장을 취했다. 젊어서 가정을 돌보지 않고 20년을 마을 이장 일을 맡았는데, 항상 기생과 술집 과부들과 어울렸다고 한다. 그런데 이러한 난봉이 자신에게는 큰 시련이 아니었다고 말한다.

나는 펭-상, 주막 한븐이래두 찾아갈 시간이 읎어, 나는. 대처 (손가락을 헤아리며) 아-들, 그거 키울라쿠제, 나만 사람 수발헐라제-, 머심 딜꼬 들에 갈라제, 시간이 읎는 기라 나는. 시간이 읎어 찾아가지두 못허고 주막에두 펭-상 내가 한번 찾아가보도 안 했어. 찾아가보도안 하고 헌디, 저- 마누래는 인자 집에서 살림만 그래 살고 있고, 신랑 벌이고 한께롱 멫 번 긃키 나왔대 주막에서. (웃음) 긃키 나오고, 옷도 멫 벌 째고. 하-, 저 여자가 악종이드라고, 내 가마-히 봉께로.

술집 여자들과 어울리는 남편의 난봉에 대해 여자로서 평정심을 가지고 이해한다는 것은 불가능해 보이지만 제보자는 그러했다고 한다. 그러나 그 실상은 남편의 전처와의 경쟁의식에서 자신의 대범함을 표현하는 뼈아픈 감내 행위였음을 확인할 수 있다. 주막의 여성들과 어울려 집을 들어오지 않을 때, 전처는 달려가서 남편을 끌고 오기도 하고 옷을 찢기도 했지만 자신은 그런 악종이 아니라는 입장을 보인다. 이러한 감정의 절제는 결국 자신이 전처와는 다름을 남편이나 주변에 보이고자 하는 억압적인 의식에서 비롯된 행동임을 확인할 수 있다

내가 수박 다 가꽈 그래 해도, 내비놔두고. 그른께 그그 저, 그 저 지집들이 묻드라네.
"무신 사람이 그른 사람이 있는고."
한븐 덴꼬 오라드라, 대접한다고. (웃음)
그래 한번 오면 딱- 대접해 보내면 안 와, 그거는 안 찾아와. (웃으며) 그래갖고, 나 그르고, 저 그른 건, 간도 안 따시이, 고마. 그른다-, 저저, 본 제집 저건, 죽어두 몬 보겄대, 그그는 고마.
'그래두, 어째두 저 놈을 떼비리야 되지.'
싶어. 그래갖고, (목소리를 높여) 그래, 이혼허구 그래난 뒤에두 찾아온당께, 그릏게.

집안을 일으키기 위해 혼자 똥장군을 지고 거름을 날라 키워 둔 수박 밭에 남편이 술집 여자들을 데리고 와 밤새 놀면서 분탕질을 쳐도 눈 하나 깜짝 않겠는데, 전처가 남편에게 들락거리는 것은 도저히 참을 수 없더라는 것이다. 결국 전처의 존재가 남편과의 관계에서 가장 큰 장애였음을 확인할 수 있다.

3.2.2. 몰염치한 전처에 대한 대처

남편은 전처를 부산에서 형사 생활을 하던 중 만나서 연애결혼을 했으며 무척 정이 깊었다고 하였다. 제보자는 두 사람의 정에 대해 "원캉 이가 좋은 사람이 돼 놓은께로, 죽드룩 들믹이드래[15]"하고 인정하고 있다. 남편과 전처의 연애결혼이라는 결연 형태는 제보자가 누리지 못한 절차이므로 부러움의 감정이 전제되어 있다. 이것이 전처에 대한 질투심으로 평생 속을 끓일 수밖에 없는 사정인 것이다.

전처는 시부모도 없이 객지에서 둘이만 살다가 한국전쟁에서 남편이 손가락에 총상을 당해 형사 생활을 접고 고향으로 돌아왔는데, 시부모의 구박을 견디지 못하고 석 달만에 가출을 했다는 것이다. 남편이 이혼을 하지도 않은 상태에서 시집을 온 제보자는 첫날밤에 남편에게 전처와의 관계를 물었고, 이혼하겠다는 각서를 그 오빠로부터 받아왔다는 말을 들었다고 한다. 그런데 전처는 이혼도 해주지 않고 일 년에 두 번씩 딸들을 보고 싶다는 핑계로 찾아왔다고 한다.

아, 그러드이 고마, 고마 종종 그르이 와, 또. 와가 나중에는, 신랑을 인자 낚아내는 기라. 그래 낚아내갖고, 가마-히 본께로 인자, 그르자 인자 밎 년 됐지. 내가 긍게, 머심아 그때 두 개 놓고 저, (웃으며) 세 개채 내가 뱄는데 뭐. 내가 그랬는디, 아이. 그런께 가이나 세 개나 놔았두고도, 고기이 들어서 날로 더 부야를 채우는 기라 자꾸. 내, 우리 집 영감도 참- 각, 각시를 좋아해갖고 술집 가스나 밍상은 다 건디리. 그른 사람인디. 그래 해도, 그그는 나는 끄떡도 안 해.
'즈까짓 년들. 뭐 그르다 말지.'
나는 딱 이리 싶으고.
그으 저늑에 와서두, 그 가스나들 덴꼬 와서 내 저, 이불 깔아서 잠 재이서, 뒷날

---

15) 워낙 (부부간의) 의가 좋은 사람(들)이 돼 놓으니, 죽을 때까지 들먹이더래.

아침에서 술국 끓여서 그래 믹이놓먼, 그년 다시두 안 찾아와. 그래 놓먼. 안 찾아 오는 기라.

그래갖구 인자, 가마-히 본게 자꾸 인, 하동읍에다가 방을 얻어주래. 저년이 살 라꼬. 근디, 내가 뭣 때미 내가, 가시나로 와가주고 으잉? 지헌테 내가 첩 노릇 왜 할까 말이야. 쌔가 빠지 일은 내 혼차 하고, 저년 저래 됐다 안 되겠다 싶으이,

버리고 간 딸들이 보고 싶어 온 모정에 대해서는 어느 정도 인정을 하겠는데, 남편과 관계를 유지하는 상황은 도저히 참을 수 없었다고 한다. 그런 정황에서 도 남편은 전처를 편 드는 모습을 보여 더더욱 마음을 상하게 하였다. 이에 그 동안 참아왔던 분노가 폭발을 하고 우유부단한 남편의 처결을 기다릴 수 없었 다고 한다.

"(눈을 내리깔며) 자식이 보고 싶어 왔겠지."
딱 이르는 기라, 신랭이. 그래서 내가,
"자식이 보구 싶어 와? 뻘떡뻘떡."
그때는 우유도 없고, (손을 내저으며) 아무것두 없어. 에미 젖 아이먼, 읎는 기라. 그른디,
"젖 뻘떡뻘떡 묵는 자슥 놔두고 갈 땐, 디-지라고 놔두고 간 거 아이가? 응? 디진 자슥 보러 왔냐?"
내가.
"주제 늠네. 이건 내 집이지, 니 집 아이다."
내 이랬어.
"(목소리를 높여) 분명히 나는, 동네 사람 세워놓고 나가, 겔혼식 허고. 내가 처 재로서 이 집에 들은 사램이다. 그른디 네가 여, 어디다 들오네?"

남편이 점점 전처의 사정을 봐주면서 옹호하는 입장을 취하자 제보자는 특단 의 조치를 취할 수밖에 없었다고 한다. 사람들이 자기를 비난하더라도 독기를 품고 전처의 출입을 막겠다고 나선 것이다. 젖먹이까지 두고 떠난 전처의 만행 을 비난하면서 자신의 가정 내 지위를 스스로 강조하였다고 한다. 정식으로 마

을 사람들 앞에서 혼례도 치렀고, 봉양을 거부하고 떠난 시부모도 맡아서 모시고, 더더구나 젖먹이로 버린 딸까지 키우고 있으니 당당할 수 있었던 것이다. 제보자의 이러한 행동은 가정을 위해 희생하며 살아온 처지에서 발현된 당당한 자신감이라고 할 수 있다. 무책임과 몰염치를 온정을 봐주는 남편과 시부모에 대한 항변이기도 하며 자신의 삶을 스스로 개척하겠다는 주체적인 여성상을 보이는 지점이라 하겠다.

3.3. 친정어머니와 친정붙이 이야기

제보자가 살아온 이야기를 하던 중 가장 가슴 아파하는 부분이 친정에 대한 이야기인 듯했다. 조사자가 친정어머니를 오랫동안 모신 사정을 알고 질문을 하자 자신이 시부모와 친정어머니를 15년간 같이 모셨다고 스스럼없이 말했지만, 친정 오빠의 존재를 묻는 대목에서는 주저하는 모습을 보였다. 제보자에게는 친정의 몰락과 친정어머니의 죽음이 아직 아픔으로 남아있다고 판단되었다. 그 감정에는 오빠의 죽음에 대한 안타까움, 비행을 저지른 올케에 대한 증오, 사지로 내몰 수밖에 없었던 친정어머니에 대한 미안함이 혼재해 있었다.

친정어머니를 모시는 일이 시집살이 이야기의 범주일까 싶지만 한 울타리 안에서 시부모와 함께 봉양하는 일은 여느 시집살이와는 다른 '속이 다 썩어버리는 일'임을 제보자의 구술을 통해 확인할 수 있었다. 양반집 딸로 평생 남의 보호와 위함만을 받아온 자기중심적인 시어머니와 초년 과부가 되어 두 남매만을 바라보며 평생 길쌈으로 업을 삼은 친정어머니의 동거는 절대로 편안할 리 없어 보였다. 그것도 며느리가 춤바람이 나서 아들이 자살하고 오갈 데가 없어 딸네 집에 온 기구한 삶은 괄시의 대상으로 모자람이 없었던 것이다. 이런 상황임에 제보자의 마음 고생은 이루 말할 수가 없었다고 한다.

　　그 범아구지 겉은 총중에두 내가 친정엄마를 이, 십오 년을 모셨어. [조사자 : 시어른이랑 같이?] 하며. 그른께 꼬옥, 우리 저 또, 시어매가 그리, 그라- 비꽈는 기라., 우리 친정어매로. 그래,
　　"사돈은 으디서 죽을 끼요?"

인제 내, 들에 가고 나먼 그래 돌오는 갑서, 내려와서. [조사자 : 아, 어디서 죽을 끼요 그래?] 응.

"어디서 죽을 끼요? 어쩔 끼요?"

[조사자 : 그럼 왜 친정어매를 십오 년이나 모시다 가시라, 시어매하고 안 좋아서?] 어, 그르구 안 좋고 내 맘에. 그래, 자꾸 사돈이,

"사돈 어디서 죽을 끼요, 어디서 죽을 끼요?"

해쌓는디, [조사자 : 시어매가?] 하며, 할매가 그러는디, 내가 여기서 죽을 순 없는 기라. 그래서 내가, 내가 넘도 부끄럽고, 그래서 내가, 여기서 죽을 순 없어서.

지금처럼 장례식장이 흔치 않은 시절, 시골의 집에서 초상을 치는 절차는 무척 번거롭고 금기가 많이 따른다. 사람이 죽어 귀신이 되었으니 집안 가신과 조상신들과의 상충도 문제가 되고, 상제를 세우는 일도 문제가 된다. 제보자는 이런 상황을 잘 알기 때문에 시어머니의 괄시를 원망할 수만도 없었다. 그럼에도 그 속상함은 감출 수 없었던 것이다.

결국 15년을 모신 후 몰락한 친정의 조카들이 장성했을 때 과감한 결단을 내린다. 바람이 나서 아들을 죽게 만든 며느리가 있는 집으로 친정어머니를 보내기로 결심한 것이다. 이 결단은 친정어머니를 사지로 내모는 상황이었다. 그럼에도 인정사정없이 몰아붙여야 했다고 한다. '남부끄러워서 그랬다'는 말에서 시집살이의 애환을 여실하게 읽을 수 있었다. 여기서 '남'은 시어머니이고, 남편이고, 자식들을 포함한 죄인으로 자처할 수밖에 없는 딸의 주변 사람 모두인 것이다.

"인자 누우는, 내는 할매 모실 때 모실 만치 모셨구 한께, 누우가 그만치 장성해서 겔혼해서 아꺼징 낳응께 인제 할매 모시고 가. 누우도 모시다가, 누우가 모시다가 세상을 베리야 될 거 아이가? 모시구 가그라."

그래서, 그래 마 억-지로 강지로 마, 쎄리 고마 막 내가, 모시가라고 조진게 치이 논께로, 모시가드이, 그으 우리 집 영감이 청에 앉아서,

"우리 집이 가믄, 한 달두 몬 지내 세상 베릴 끼다."

이래.

그래두 내가 그리 모시고 그래 한, 모시도. 할마이가 가믄서 삽밖에 나가믄서, 그글 사우가 들었어. 저,

"야 이년아. 니가 내 가고 나서 잘 사는가 보다."

요러고 나가드래. (웃음) 부모두 그래. 그래서, 그래가 참 가갖고, 한 달 지내고 세상을 베렀으.

설에 세배 온 조카의 차에다가 옷 보따리도 챙기지 않고 등 떠밀어 보낸 친정어머니는 한 달 후 돌아가셨다고 한다. 그 원수 같은 집에 가고 싶지 않았기에 친정어머니는 15년을 모신 딸에게 마지막 악담을 하고 떠난다. 그에 대해 "부모두 그래"라고 서운함을 드러내지만 그 바닥에는 한없는 좌절이 묻어나고 있었다.

참-, 친정부모 모시는. 내가 그런다 만날. 친중부모 모시는 사람, 죄인이라. 고마. 딸은, 딸은 자식이 아이드라고, 내가 딱- 모시봉께. 그래서 내가,

"참-, 친중부모 모시는 사램이 내가 죄인이다."

싫어서 내가. 내가 헐 말두 몬 더고, (바닥을 두드리며) 이 가정에서 내가 헐 말두 몬 해. 내가 헐 말두 못, 쎄가 빠지게 노력을 해두, 내가 헐 말을 몬 댔어, 내가.

제보자는 시집살이가 아무리 힘들어도 자신이 선택한 운명이고 살아내야 하는 삶이라는 주체적이고 긍정의 마음을 가진 인물로 보인다. 그러나 친정어머니를 모신 이후로 그것이 죄가 되어 당당하게 자신의 입장을 펼 수도 없었고, 시어머니에게서 괄시 당하는 어머니를 곁에서 보는 것이 고통이었음을 토로하였다. 아무리 운명을 개척하고 주체적으로 살고 싶어도 시어머니와 친정어머니를 함께 모시는 상황에서는 불가능함을 절실하게 말하였다. 며느리로서의 삶은 고난을 감내하다 보면 보상도 따를 수 있었지만, 딸로서의 삶은 "골병드는 일"이라고 그 한계를 고백하였다.

4. 가족사 서사로서 시집살이담의 성격

제보자의 시집살이 이야기는 복잡한 가족 관계만큼이나 복합적인 구조를 띠고 있다. 시부모를 포함한 시집 가족들에게서 가해지는 고난의 구조는 단편적이거나 복합적이라 하여도 전형성을 띠는 경우가 보통이다. 그렇지만 제보자의 경우는 그 가족사 자체가 평범하지 않은 데서 시집살이 이야기가 복합적인 구조 띠게 된다. 몰락한 양반의 전형을 보이는 시부모봉양에서 오는 며느리로서의 고난, 자식을 버리고 떠난 남편의 전처와 우유부단한 남편을 바라보는 처지에서 견디는 조강지처 같은 후처의 심리적 갈등, 친정의 몰락으로 오갈 데 없어진 친정어머니를 모시는 가운데서 오는 딸로서의 한계, 전처자식의 양육 과정에서 비롯되는 계모에 대한 오해 등이 복잡하게 얽혀 있다. 대부분의 가족 구성원들이 시집살이의 고난을 가하는 존재로 역할을 수행하며 사건이나 갈등의 양상도 특징적임을 확인할 수 있다.

제보자는 가족 구성원들에게서 받은 상처와 고난의 사건들은 에피소드식으로 기억하면서 레퍼토리화 해 두었다. 물론 소설의 플롯처럼 잘 짜이진 않았지만 그 자체로서 한편의 가족사 소설[16]을 접한 인상을 지울 수 없다. 시대적 배경이나 생활사적인 풍속들도 비교적 소상하게 그리고 있어서 근대적 가족사 소설 구조와 흡사하다[17]는 판단이 든다.

근대 가족사의 주요한 소재들을 꼽아보면, ①몰락한 양반들의 전형성, ②남편의 외도, ③자유연애와 전통적 중매혼 사이의 갈등, ④전실 소생과 친자식 사이의 갈등 등을 들 수 있을 것이다. 제보자의 시집살이담에는 이러한 요소들이 고스란히 배치되어 있다.

①의 경우는 시부모를 통해 여실하게 그려지고 있는데, 제보자의 시부모는

---

16) 가족사 소설에서는 한 가족의 연대기가 가족 관습과 가치관, 가족간의 세대의식, 가족과 공동 사회의 풍속의 변모와 아울러 전통적인 공동체의 개변 속에서 사회의 연대기와 연계하여 충실히 재현됨으로써, 한 가족을 포함한 그 사회의 역사가 우회적으로 제시된다(이상화, 「일제말 한국 가족사소설연구」, 상명대박사학위논문, 2003, 11쪽)고 개념 정리할 때, 제보자의 시집살이담은 이 범주에 충분히 속할 수 있다고 판단된다.

17) 가족사 소설의 연대기적 서술 형태와 시대 재현의 독특한 방식에 따라 가족사 소설은 가족과 그 시대의 사회 풍속, 그리고 민족의 역사적 발전을 아우르는 소설장르로서의 위상을 지니게 된다. 이와 동시에 가족사 소설은 미시문화사의 텍스트로 접근할 수 있는 대상이 되기도 한다(이상화, 「일제말 한국 가족사소설연구」, 상명대박사학위논문, 2003, 11쪽).

전근대적 생활방식에서 벗어나지 못한 존재들로서 격변하는 사회 변화를 감당하지 못하고 있다. 신분제의 붕괴로 집안에서 부리던 하인들은 모두 떠나고, 가산을 관리하고 보존할 능력이 없는 상태에서 먹고 마시는 원초적인 욕망에 충실하게 살아왔다. 그 결과 가산을 모두 탕진하고 서로를 핥기는 구차한 삶을 영위하는 가운데 제보자가 며느리로서 영입된 것이다. 이 시점에서 몰락한 양반의 횡포는 모두 며느리에게 집중되게 된다. 대체로 시집살이담에서 갈등의 요인은 가난과 가혹한 육체적 노동으로 귀결된다. 본래 가난하게 살던 집에서야 힘든 노동을 감내하면서 부를 축적하기 위해 노력하는 것으로 이야기가 전개된다. 그러나 몰락한 양반은 지금까지 살아온 씀씀이가 있고, 오만한 자존심을 버릴 수 없으므로 노동의 강도는 더 크고, 인간적인 모멸감을 가하는 모욕적인 언사가 수반되고 있다. 몰락한 양반집안의 며느리는 기존의 하인들이 하던 모든 육체 노동을 전담[18]해야 하고, 양반의 권위적인 언사들을 끝없이 받아내야 한다는 이중 삼중의 고난을 당하는 구조이다. 제보자의 시집살이담에는 한국 근대사의 몰락 양반의 전형적 인물을 시부모로 모시면서 당한 고난의 서사가 생생하게 자리 잡고 있다.

②와 ③의 경우는 남편과 전처의 행태에서 찾을 수 있다. 남편의 외도는 근대 가족사 서사에서 빠지지 않는 소재이다. 보통의 경우는 중매로 만난 조강지처에게 부모 봉양과 가사를 전담시키고 남편은 밖으로 돌면서 신여성이나 기생들과 자유연애를 하는 구조로 서사화가 이루어진다. 그러나 제보자의 경우는 시집살이를 견디지 못하고 자식까지 버리고 집을 나간 전처가 그 역할을 수행하면서 갈등을 일으키고 있다. 특히 남편과 연애결혼을 한 전처는 중매를 통해 재취로 들어간 제보자와 비교할 때 우위의 위치를 점하고 있어 갈등을 증폭시키고 있다. 그러므로 제보자는 남편이 술집 여자들과 향락에 빠진 것은 오히려 여유롭게 참아낼 수 있었다. 그 감정이 지속되지 않을 것이라는 믿음도 있었고, 이혼도 해 주지 않고 남편과 관계를 지속하는 전처가 더 큰 적으로 인식되었기 때문이라 판단된다. 제보자의 이야기에서 남편의 외도 소재는 다른 가족사 서

---

18) 제보자의 시어머니는 시집을 올 때에 하님이를 둘이나 데리고 와서 살림을 전담하게 하였으나 제보자가 시집을 왔을 때는 그들이 나간 상태에서, 시집온 사흘만에 마루 밑의 궤짝에서 몇 달간 모아둔 자신의 빨랫감을 꺼내며 며칠에 걸쳐 빨도록 시켰다고 한다.

사와는 판이한 구조를 보이고 있다. '전처=중매혼=조강지처/후처=자유연애=향락대상'의 일반적인 구조를 '전처=자유연애=향락대상/후처중매혼=조강지처'의 상반된 구조로 서사가 진행되는 특징이 있다.

④의 사건은 구술하면서 극단적으로 표면화하지는 않았지만 계모로 자신을 대하는 전실 자식들에 대한 서운함을 언급하는 과정에서 충분히 짐작이 된다고 하겠다. 이와 같은 근대적 가족사의 전형적이 사건들이 복합적으로 구성된 제보자의 시집살이담이야말로 가족사 서사의 문학 텍스트로서의 위상을 충분히 갖추었다고 판단된다.

아울러 보통의 가족사 소설은 가족들의 갈등과 변화하는 세상과의 부조화로 비극적 결말로 이어지는 경우[19]가 많은데 비해, 제보자의 이야기는 시집살이에 대한 긍정적이고 현명한 자세와 가족의 화목을 지키겠다는 온정적이고 주체적인 주부의 역할이 강조되어 평온한 결말을 보인다는 특징이 있다. 이와 같은 결말구조는 자서전적 글쓰기에서 흔히 발견되는 양상으로 제보자의 시집살이담이 '구술 자서전'으로서의 위상도 충분히 갖추었음을 확인할 수 있다.

한편 제보자의 시집살이 이야기를 듣는 과정에서 고전서사에서 익숙한 주체적인 여성상을 엿볼 수 있다. 제보자의 이야기 전체를 관류하는 키워드는 가족의 화합과 가정의 경제적 부흥이다. 몰락한 양반의 모습으로 살아가는 시부모를 보듬어야 하고, 사랑하는 전처에게서 버림받은 남편에게 위안도 주어야 하며, 전처의 소생들도 친자식과 차별 없이 양육하여야 하고, 몰락한 친정도 돌보아야 한다는 며느리, 아내, 계모, 딸로서의 사명감을 인지하고 치열하게 살아온 삶에서 가족의 화합의식을 읽을 수 있다.

그리고 이런 목표를 달성하기 위한 방편이 자신이 주도가 되어 몰락한 집안 경제를 살리는 일임을 잘 알고 있었다. 그래서 시부모와 남편이 세상물정을 몰라서 친척에게 빼앗긴 농토를 되찾고, 이를 밑천으로 과수원을 사들이고, 다시 수박 농사를 시작하여 집안의 살림을 일으켰다. 이를 통해 자식들 공부도 시키며 먹고 사는 것도 남부럽지 않게 만들었다.

---

19) 가족의 흥망성쇠를 다룬 가족사 소설의 대부분을 행복한 결말이라고 진단하기에는 주저되는 점이 있다. 주인공의 회한어린 눈길이 결말의 잔영으로 남는 경우가 대부분이기 때문이다. 〈토지〉를 비롯한 대하소설이 그러하고, 특히 〈김약국의 딸들〉과 같은 작품은 비극적인 여운을 떨칠 수 없다.

제보자의 재산증식 이야기는 조선 후기 야담집에 보이는 여성치부담과 상통하는 지점[20]이 많다. 제보자는 남자 머슴들도 힘들어 하는 똥장군을 스스럼없이 지었으며, 여유 있는 사람들이 소유한 배 과수원을 장만하기 위해 둘째 아들과 밤낮으로 삽질을 하는 고된 노동을 마다하지 않는다. 농사로는 재산을 늘리는 데 한계가 있다고 판단하여 술도가를 해볼 마음을 내고 일을 추진하기도 했다. 소심한 남편의 반대로 계획을 접은 것이 못내 아쉽다는 미련을 보이기도 하였다. 이와 같은 치부담은 야담에 수록된 이야기에서 결코 뒤처지지 않는 흥미를 제공하고 있어 그 문학적 가치를 인정하게 한다.

제보자의 이야기 가운데 큰 비중을 차지하고 있는 남편의 외도와 전처의 퇴출 소재는 조선후기의 세태소설인 〈이춘풍전〉의 서사와 맞닿아 있어 흥미롭다. 애써 가꿔놓은 수박밭에 남편이 기생들을 불러 밤새 춤과 노래로 놀고 있으면 새벽같이 아침밥을 해서 이고 가 해장으로 먹였다고 한다. 그러면 그 기생들이 미안해서 다시는 오지 않았다는 이야기에서 여장부다운 기개를 읽어 낼 수 있다. 이는 전처가 남편의 술집 출입을 사사건건 간섭했던 것과는 확연히 대비되는 모습으로, 춘풍의 처가 남장을 하고 주색에 빠진 춘풍을 회개시키는 장면과 겹쳐진다.

아울러 제보자의 이야기에서는 가족의 범위를 넘어 자신의 손자 대에서는 선대 양반가의 가풍을 세워줄 것을 소망하는 모습을 찾을 수 있다. 곧 가문의 부활을 소망하는 의식에서 조상대에 유배를 와서 정착한 정황에 대해서도 자주 언급하고 있으며, 뱀에 물려 죽은 남편의 원수를 갚기 위해 그 뱀을 유인하여 물어 죽이고 자신도 절명한 열녀 할머니의 이야기도 자랑스럽게 펼치고 있다.

---

20) 상주의 한 선비가 부모가 사망하고 가난해 26,7세에 결혼했다. 첫날밤을 자고 아내가 다음과 같이 제의했다. "지금부터 10년 기한으로 재산을 모으는데, 아이들이 태어나면 돈을 모을 수 없으니, 당신과 나는 각방거처하면서 잠자리를 하지 말고, 하루에 죽 한 그릇씩만 먹고 일을 합시다."하였다. 이에 남편이 동의해 그날부터 각방을 쓰면서 돈을 모았다. 남편은 신을 삼고 아내는 길쌈을 하는데, 밤이면 텃밭에 구덩이를 7,8개씩 파고, 동네 머슴들에게 길가에 널려있는 개똥을 한 섬 모아오면 비단주머니를 하나씩 주어 그 개똥을 구덩이에 채워 묻었다. 봄에 여기에 봄보리를 심으니 수확이 100여 섬이나 되었다. 또 담배를 심어 많은 수확을 올리니, 6,7년 후에는 곡식과 돈이 집에 가득했는데, 그래도 죽 한 그릇씩 먹는 것은 계속했다…(『청구야담』); 김현룡, 『한국문헌설화』3, 건국대출판부, 1999, 225-226쪽 참조.

특히 그 묘소를 관리하던 중 자신의 직접 체험한 사실을 신이하게 구연하고 있어 흥미를 끈다.

곧 제보자는 가정 구성원의 화합, 가정 경제의 부흥, 가문의 부활을 의도하는 방식으로 자신의 생애담을 구성하고 레퍼토리화하는 경향을 띠는데 이러한 방식은 조선후기 고소설이나 야담에 빈번하게 등장하는 주체적인 여성 주인공과 상통하면 측면이 강하다.

제보자가 생애담 구연의 말미에 자신의 삶에 대해 평가한 부분이다. 돈 구덕에 빠질 정도로 부자가 되고 싶었고, 운도 따랐는데 남편의 만류로 이 정도라는 한탄과 더불어 그래도 성공한 턱이라는 만족스러운 자평이다.

> "아부지 간이 엄마 간만치만 컸시먼, 엄마 볼-쎄, 부자 됐을 끼라고."
> 그라. 그래갖고 마, 그 묻는 디마둥, 별로 도개를 허믄 부재 되겠, 돈구덕에 빠지겠대. 그래갖고 도개를 내가, 그래 가이까, 겡희가 그래.
> "엄마. 엄마, 내 커갖고 돈 벌어가 어매야, 엄마, 도개 사주께."
> 이러드라고. (웃음) 그래 그 도개를 겔국은 몬 허고 내가 이리 늙어뺐어, 인자. 그래 내가, 참- 이리두 해보구 저리두 해볼래 해두-, 말을 안 들어. 간이, 우리 집 영감은 (손으로 뭔가 잡는 시늉을 하며) 한번 딱, 손에 쥐면 (주먹 쥔 손을 저으며) 그걸 놓지를 몬 대. 그기 큰일이라. 그래갖구 간이 작아서 안 돼. 그래가 마, 그긋두 몬 대보구, 인자 (턱짓으로 뒤쪽을 가리키며) 여 산꼴창아 와갖고, 만날 땅만 파니 되냐 말야. (웃음)
> 그래두 뭐, 그랬든 저랬든 마, 자슥 성공은 다 한 텍이그든. 음, 다 한 텍인께 인자, 인자는 이래두 저래두 몬 더구 내가 여그서 죽으야 되겠다. (웃음)

5. 맺음말

구술문화의 실체는 고금을 막론하고 존재하고 있으나 현대 사회에서 그 텍스트를 확보하는 문제는 한계에 봉착해 있다. 허구화를 전제로 한 고담은 이미 구술문화의 주요 향유 대상에서 제외되는 양상을 보이며, 대신 그 자리를 극적인 생애담이나 경험담들이 차지하고 있음을 확인할 수 있다. 그러나 이들 자료는 허구가 아니라 사실에 기반하고 있는 실담이라는 제약으로 구비문학 연구

영역에서 배제되는 것이 현실이다. 그 결과 현대의 구비문학 연구는 점점 더 그 영역이 축소되고 자료는 제한되는 위기를 맞고 있다. 이런 현실에서 비록 사실에 입각하고 있지만 이야기문화 현장에서 향유자들이 활발하게 구연하는 이야기 텍스트는 현대의 구술문학의 영역에 포함해야 한다는 입장이다.

현대의 구술문화에서 여성화자들에게 가장 일반화된 텍스트가 시집살이 이야기이다. 이들 이야기는 경험의 단편을 일회적으로 구술하는 것이 아니라 살아오는 동안 극적으로 작용하거나 기억되는 이야기를 에피소드 형식으로 갈무리하여 레퍼토리화 해 둔 것으로, 이를 주변 사람들에게 반복적으로 구연하는 방식을 취한다. 이러한 경향성은 시집살이 이야기가 비록 사실에 입각하고 있지만 구술문화의 주요 텍스트로서 지위를 확보하는 지점이라 하겠다.

이 글에서 다룬 제보자 박정애의 경우는 한국 근대적 가족사에서 일어날 수 있는 극한적인 시집살이를 포괄적으로 체험한 사례라 주목을 요한다. 몰락 양반의 전형으로서 며느리에게 희생을 강요하면서 억압을 가한 시부모, 세 딸을 두고 집을 나간 남편의 전처와 그에게 미련을 못 버린 남편, 아들의 죽음으로 딸집에 의탁하면서 시어머니의 괄시를 받은 친정어머니, 그리고 남편 전실의 세 딸과 친자식 오남매에 대한 수많은 에피소드들이 생애담을 구성하고 있다. 제보자는 이들 에피소드를 레퍼토리화 하여 자식들에게나 주변 사람들에게 종종 들려주기도 하면서 서사를 보충하기도 하고 자신의 삶에 대한 구술 자서전으로 완성을 해 나가고 있었다. 그 서사의 특징은 근대적 가족사 소설의 소재를 포괄하고 있으며, 19세기 이후 고소설에서 자주 발견되는 주체적인 여성상의 전형적인 구조를 띠고 있다는 특징이 있다. 이러한 서사적 특징은 제보자가 일생을 살면서 스스로 서사를 구성하는 가운데 문학적 장치로 작용한 요소라고 파악할 수 있다. 이를 통해 보더라도 사실에 입각한 시집살이 이야기는 현대의 구술문학으로서의 위상을 충분히 확보하고 있다고 진단할 수 있다.

참고문헌

김경섭 · 김정경, 「시집살이 이야기 조사연구 중간보고」, 『인문학논총』 47집, 건국대 인문학연구원, 2009.

김정경, 「여성 생애담의 서사 구조와 의미화 방식 연구-『책 한권으로도 모자랄 여자이야기』를 중심으로」, 『한국고전여성문학연구』 17집, 한국고전여성문학회, 2008.

김종군, 「지리산 인근 여성 생애담에 나타난 빨치산에 대한 기억」, 『인문학논총』 47집, 건국대 인문학연구원, 2009.

김현룡, 『한국문헌설화』 3, 건국대출판부, 1999.

김현주, 「일상경험담과 '민담'의 구술성 연구」, 『구비문학연구』 4집, 한국구비문학회, 1997.

신동흔, 「경험담의 문학적 성격에 대한 고찰」, 『구비문학연구』 4집, 한국구비문학회, 1997.

신동흔, 「PC통신 유머방을 통해 본 현대 이야기문화의 단면」, 『민족문학사연구』 13집, 1998.

신동흔, 「구전 이야기의 갈래와 상호관계에 대한 연구」, 『비교민속학』 22집, 비교민속학회, 2002.

이상화, 「일제말 한국 가족사소설 연구」, 상명대박사학위논문, 2003.

천혜숙, 「여성생애담의 구술사례와 그 의미분석」, 『구비문학연구』 4집, 한국구비문학회, 1997.

천혜숙, 「농촌여성 생애담의 주제와 생애인식 양상」, 『한국고전여성문학연구』 2집, 한국고전여성문학회, 2001.

천혜숙, 「농촌 여성 생애담의 문학담론적 특성」, 『한국고전여성문학연구』 15집, 한국고전여성문학회, 2007.